我心飞扬

——"华虹520精神"纪事

何建明 著

上海文艺出版社
Shanghai Literature & Art Publishing House

序

走进"芯"里……

人没有了心，就无法活着。

人类没有了"芯"，大概率也会活得特别累、特别无能。现在中国人几乎每个人都有一部手机，一个人拥有三四部手机也不为奇。有的人一天吃一顿饭甚至一顿都不吃也没有多大问题，但假如突然间没了手机，哪怕是一小时、几十分钟，可能他也会像丢了魂似的慌张与发疯，慌张到坐立不安，发疯到不可收拾。因为手机的用处太多、太大，且持机者的诸多秘密或许都在手机里面，所以现在的人已经很难离开手机。即使是遥远的边疆和乡村那些不认字的农民，也都至少人手持有一部手机，因为他们需要与在外的儿女联系，需要把自家种的粮食和瓜果卖出去。

这就是手机的魅力。一部手机至少有十多个芯片，它牵动着整个世界的每一天，也牵动着每一个现代人的神经末梢以及情感和价值取向……总之，谁今天离开了"芯"，谁就可能寸步难行，荆天棘地，或者像个傻子似的恍惚一天。

芯，何止在手机上，它还在你驾驶的汽车上，在你住宅中的冰箱与电视上，在厨房煮饭的电饭煲上，当然，电脑和游戏机更少不了芯。就算你是一个文盲，一个从没有出过大山、出过远门的大叔，你也离不开芯，因为你到医院看病，去储蓄所存钱取钱，你没有那张装着芯的卡，也会举步维艰。在江浙，养鱼的农民给池塘里的鱼都嵌上了芯，一条鱼从何处来、到何处去，甚至消费者吃了它觉得味道如何，芯都可以向农家反馈。

芯，无处不在。芯，伴着我们的心一起跳动，一起兴奋与感慨，一起欢乐与伤感，一起动荡与紧张，一起走向明天和未来。芯在白天尽力"配合"着我们丰富多彩的人生，在夜间，芯也不会轻易放弃对你的关爱与体贴——一首睡眠曲、一阵起床铃、一杯自动加温的咖啡，芯比保姆或私人助理更体贴周到地为你服务。

有科学家预测，本世纪末，因为芯，地球将发生有史以来最大的转变，出现例如人类与地球分化、生物生命被机械式智能生命所替代的问题。尽管这样的"未来"听上去很危险，但可能谁也无法阻挡芯的"摩尔"生长率。"摩尔定律"告诉我们：它前进一代所需的时间大约是18个月，未来的几十年里有多少个"18个月"？想一想这个，我们就会十分恐惧了，从"BB机"、大哥大，到现在的手机、卫星电话、北斗定位、无人战斗机、太空舱……我们才用了多少个"18个月"，就已经让我们的生活和国家发生了天翻地覆的沧桑巨变。何况"摩尔定律"还告诉我们：芯片技术的代际发展除了约18个月一代之外，它还是叠加式进步，即它是以二次方似的飞跃迭进的。

其势不可挡，其威宛若滚滚惊雷。

专家认为，未来二三十年间，"芯"的发展会彻底改变人与人、国与国之间的传统交往与力量平衡，甚至可能让人失去原有的生物天性与自然属性，从而导致人类被智能人主宰，国家的发展命运不再被制度和意识形态决定，地球的毁灭或再生也成为可能……

一切或可怕或惊喜的可能性，都是因为"芯"的存在和发展而突然呈现在我们面前的，其节奏之飞速让我们有些无法适应。

芯，代表着人类迄今为止最前沿的科学水平，其广度和深度非常人能想象——以往的哲学家都十分自信地以为自己的思维是宇宙级的，以往的文学家同样一直骄傲地认为只有自己的灵感才能达到"日行千里"，然而我们的半导体专家如今已经把整个微观世界和宏观世界的所有可能尽收于微米纳米级的一块芯片上，甚至将其嵌在人的头脑内，控制和分离着人的思想与情感的走向。今后，我们每一个人可能都要接受这样的现实……

芯，你太神奇！太伟大！也实在可怕。

是的，芯已经不单是科学与物理问题，也不单是专业与成果问题，而是世界强国与弱国、强者与弱者之间进行生死较量的终极武器——也就是说，人类几千年的文明史都不曾解决的胜负，在今天，或将成为可能，谁掌握了芯的最前沿的超级技术，谁就可以轻易地卡住他人的脖子并制裁其呼吸和自由，甚至一招制敌。

呵，芯就是如此强大。强大到你用意志和制度、理想与信仰，甚至押上一个民族和一个国家的全部实力，都有可能被对方一"芯"粉碎，全盘瘫痪。

这就是芯的力量，芯的恐怖！

中国是个发展中国家。中国靠母亲们纺纱织布，靠父亲们挑石挥锤，以及爷爷奶奶们参与奋斗出的每一件衣、每一双靴、每一吨粮、每一匹绸，去换得自己的小康……然而，有人开始眼红，开始警惕，开始指责，甚至穷凶极恶地谩骂和挥舞制裁的大棒。他们面对我们国家依靠十几亿人民流血流汗奋斗出的刚刚富起来的成绩，将可能置我们于死地的大棒当头挥来：断我"华为"粮食，撕我"海归"机票，堵我货船……总而言之，勒脖子的绳索一根又一根地甩过来。

他们把芯当作阻止中国人民走向全面小康、走向繁荣与富强的大炮和机枪，对准我们的胸膛与肝胆。然而，我们依旧要生存，依旧在努力，依旧在抗争中赢得前进的每一种可能。于是我们也有了完全独立于他人控制的属于国家背景的造芯企业——那片闪着银光，浩如海洋，贴着大江，纳着清风，被工人与科学家们团团围着的"芯"世界。

这是一个神秘的世界，普通人不可能轻易接触它，触碰它的后果可能是在秒针滴答的瞬间，你的个人信息被一个个"探头"摄进大型计算机里，最终你的"个人档案"被永久地存放在随时可以拿出来警告你或者摧毁你的储存器内；这又是一个完全透明的世界，对业界来说，你在哪儿盖起了厂房，从哪儿弄来的原材料，生产何种规格的CPUASSP，甚至你的设计团队和这个团队中的某位设计师的个人从业轨迹，同行企业也能知道得一清二楚……

这就是芯世界的特殊和特别之处，对外行人来说，每一步都是坚不可摧的铜墙铁壁。对内行人来说，一切几乎都如在X光下般透明。

但芯又有异常极致的精明，稍稍一点儿的变化和不同，可以阻断世界上万个专家的创造性与模仿术——在几万个技术设计中只需有一个与众不同，他人就无法超越你的前进步履；同样，即使你有一百个、一千种同等的发明与创造，但如果知识产权早已属于别人，你的所有同样发明的创造价值都将归于零！

这就是芯，芯的不凡与超凡。

已经说了很多关于芯的事，现在我想揭开芯和制造芯的秘密，以及它所披戴的神秘面纱。

所有最先进的科技企业，一般不允许外人闯入，尤其是禁止"参观"一类的事，因为专家和管理人员怕技术被泄露，但是大科学家和大管理家则不这样看。

这让我想起当年我采访"两弹一星"元勋、三次与诺贝尔物理学奖遗憾擦肩的王淦昌时的一幕：王老那年89岁，他是排在钱学森之后、其他"两弹一星"功勋人员之前的原子弹、氢弹和激光武器的重要研发人员。那天我到他家拜会和采访。大科学家与我是老乡，我们的出生地在同一个江南小镇。所以王老见我后十分高兴，连声喃喃着"老乡见老乡，两眼泪汪汪"，然后招招手，说："坐坐，你先坐，我给你拿样东西看看……"然后迈着颤颤巍巍的碎步进入自己的房间。不一会儿，只见他抱着一大堆纸，有卷着的，有打开的。我连忙过去接应，并问："这是什么东西？"王老说："是研究原子弹的。"他这么随口而说，可吓得我连退了好几步，说："王老，这可是国家机密啊，您可千万别给我看呀！"王老听后哈哈大笑起来，友善地朝我说道："我知道你看不懂，所以拿出来给你'见识见识'。"哈，原来如此！大科学家的幽默与机智，阐述了一个不破的真理：有时候伟大的秘密，放在外行人面前，它便根本不成其为"秘密"。

芯片厂核心的制造车间通常是不允许任何外人进入的，即使是本厂员工和工程师，每一次进入，也必须记录与备案，并且从你从业的那天开始到离职后的若干年内，你都有承担保密义务的法律约束，否则将受到严厉制裁，包括人身自由的限制。

本世纪以来的芯片制造业，已经超现代化地在朝前发展，厂房内的核心制芯车间——它专业的叫法是"洁净室"——空气经过特殊过滤，除杂后十分干净，空气里的粉尘粒子是最低限度的，环境还必须十分安静。有专家这样比喻："制芯之地"要比生婴儿的产房还要讲究十倍。

"所以嘛，我换穿好特制的防护服后，需要经过一道道程序，如风淋、静电过滤，之后才会被允许进入制芯的核心车间——洁净室。""001号"工程师这样讲述。

"001号"工程师是整个制芯车间的生产部长，他所在的部门归属芯片厂的生产工艺部门，是这个部门的制造部负责人，他们称他是"部长"。

我发现他穿的防护工作服与我穿的不一样。"我们这连体式的叫工作服，可以连续在车间内24小时，但一般不超过8小时，而你穿的普通防护服最多只能在车间待2个小时……"他说。

"这有什么差别呢？"我好奇地问。

"材质一样但密封性能不一样。"001号说，"临时进车间的防护工作服一般为临时进入人员使用，如果超过了2个小时，那时就只能'请'你出去。出于员工身体考虑，在里面工作的技术人员一次也不能待超过8小时，在洁净服管理方面，使用一周就要进行专业清洗，所以要求特别严……"

001号说这些都是基本工作要求，精密程度越高的制芯厂对环境的要求越高。"我们这个厂属于世界先进的芯片制造厂，跟同类厂的设置一样，实现了全自动化。也就是说，所有制芯的生产与技术环节都是不用人工的智能自动化，很少的人在里面，一般是负责管理及检查设备的技术人员，一个车间也就五十个人左右，不能再多了！"001号介绍道。

在此说明：先进的芯片制造厂里的一个"洁净室"，可不是我们概念中的一二十平方米，或者大一点的五六十平方米的房间，而是一个占地3万平方米的超大型厂子（仅是一个制造芯片车间）。3万平方米大约是 45 亩，一个足球场接近 11 亩地，那么一个现代化的制造芯片车间约有 4 个足球场大……闭上眼想一下它有多大吧！

单体 3 万平方米的车间，就是当今芯片制造车间标准样板。建这样一个车间生产 12 英寸的芯片，需要近 400 亿的人民币，而且你的厂尚在建设之中，世界的芯片技术，就已经翻跟斗似的跃上另一层更高的台阶，而你设计建造的生产线所能制造的产品可能已经落后几代而只能卖个白菜价。难怪有位很著名的国际经济学家说道："想让一个世界级富翁破产，就鼓励他去搞芯片。"这意思是，那些疯狂扑向现代半导体制造业——芯片生产的企业和老板，最后的命运，不是落荒而逃，便是无法出头……

故而，芯片产业现在做得最好的美国、日本、韩国和中国台湾的企业，它们最初的资金都来自官方支持。美国干得最早，是因为芯片当时属于军用产品，因此政府大把大把地投入研发资金。我们比较熟悉的中国台湾的台积电，今天之所以发达，就是因为当局不惜代价地为它"垫资"。

中国大陆在芯片制造业方面，除了像华为、中芯国际等民间或混合资本的企业外，自然还有非民间、混合资本背景的"华虹集团"（全称"上海华虹（集团）有限公司"）等制芯企业。

现在，我进的这个"芯"厂房，就是华虹集团数条生产线中的其中一条，一间与世界先进制芯厂具有同等水平的全自动设备的超级厂房（洁净室）。

其实走进"芯"里的目的，是想看看那个影响和搅动全世界每个人的芯到底"长"啥样？它是怎么被造出来的？还有另一个特别的奢望：认识一下那个被全世界捧到天上而且也是当代制造业技术上具有天花板意义的光刻机……顺便可以告诉你的是：若不是因为写这本书，作家绝无亲近高端光刻机的可能。

001号对此笑了："我们董事长特别交代，让我带你去看一看，因为你是作家……"

在一阵无比荣幸与感动的情绪之后，我突然脑子里闪出一个问题。"是不是因为我们是什么都看不懂的作家才被允许进来的呀？"我开玩笑地问。

001号连忙笑着摇摇头，解释："是因为它太高贵、太娇气……"从洗手、更衣、风淋除尘之后，我们与核心洁净室之间，有一段长长的密封通道。于是001号把光刻机的事科普了一下：

世界上最好的光刻机就是荷兰的ASML公司生产的。现在美国用制裁大棒命令ASML公司不卖给我们先进光刻机，一旦发现违背者，美国还要将光刻机制造的连带企业一起制裁。荷兰产的光刻机，美国凭什么可以蛮横制裁光刻设备的生产与使用厂呢？

因为光刻机是用来制造芯片的核心设备，而芯片设计是芯片的整个灵魂，某一芯片的功能完全取决于芯片最初的整体设计。也就是说，这个时候的芯片设计已经将系统、逻辑与性能的设计转化为具体的物理版图，其中芯片的规格制定、逻辑设计、布局规划、性能设计、电路模拟、布局布线、版图验证等等都设计在其中。由此可以看出芯片的设计何等重要！美国的硅谷那么出名吧！就是因为它有世界上最多、最强大的芯片设计人才在那里。这还是其中一个方面的问题，更重要的是芯片设计的软件，我们简称它是EDA软件，它的全称为Electronic Design Automation（电子设计自动化）。没有这个软件，芯片设计基本上是寸步难行。EDA软件在全球不过100亿美元的产值，然而它却控制和主宰着全球6000多亿美元的半导体芯片市场。那么谁控制了这EDA软件呢？美国！三家EDA软件巨头都在美国，所以美国可以为所欲为地制裁全世界的芯片产业链，包括生产光刻机的荷兰公司，你没有了前端的芯片工艺设计，不同要求的光刻机怎么可能造得出来呢？即使造得出来，低端光刻机在国际市场上并不具有经济优势。包括中国在内的许多国家都能造出低端光刻机，所以美国借着 EDA 软件这卡脖子的武器，不仅卡我们中国华为海思、紫光展锐、寒武纪、地平线等芯片顶级设计公司，还霸道地干预世界其他国家的半导体设计公司。

但技术就在人家手里。在科技主宰世界的今天，国际游戏规则本来便是如此。对于中国而言，另一个重要因素必须承认：在西方世界开始研发芯片的 20 世纪八九十年代，我们整个国家的经济发展水平依然不高，解决十几亿人的温饱问题仍是我们当时的主要任务。此时的国家一下拿出几百亿、几千亿去干一件不知是否有结果的事，谁敢轻易决策？直到 1995 年，时任国家主席的江泽民同志考察韩国三星后，真真切切地看到了我国半导体事业与世界先进水平之间的巨大差距，发出了"砸锅卖铁"也要把我国半导体搞上去的警世之言，开启了追赶世界芯片业的伟业。然而，谁能想到：芯片——这科学＋实力＋恒心＋市场的"摩尔"之路有多难啊！难到几度差点让国家"吐血"。这是后话，我们另述。

还是先来现场听一听、看一看通向"摩尔"之路上最重要、最核心的科学技术这一程吧。

"其实我们普通人说的芯片，在专业上是半导体元件产品的统称，它由半导体、集成电路和芯片三个载体组成。它的基础材料是从沙子里'淘'出来的硅。美国的芯片产业发达，就是因为它有个'硅谷'。简单地说，从硅到成品的芯片，整个工艺过程约有一千多道，每一道工艺就是科技上的一座珠穆朗玛峰。而这些核心工艺的尖端人才又基本都在美国，虽然美国的硅谷有极多的中国留学毕业生，但他们努力攻克工艺的最终成果与专利，则是由美国人和美国公司牢牢控制着。"001号说到这儿，指指庞大而现代化的、花费了几百亿投资的制造芯片厂，说，"顺便介绍一下：我们这样的厂，是整个芯片制造工艺中的核心部分，即通过不断的技术工艺，按设计的集成电路要求完成硅片，最终通过光刻机等制造出市场上所要用的芯片产品。在行业中，我们这样的厂不叫芯片制造厂，而叫半导体晶圆代工厂，即芯片的最后工艺加工生产线。著名的台积电也是这样的晶圆代工厂，只是台积电是世界上最大的晶圆代工厂，而它现在也被美国严密地控制着。"

"芯路"上的相关问题，用一百本书来阐述也未必写得完。我们只能简而言之。

专家告诉我："荷兰生产一台单体的光刻机，约有10万多个零部件、4万个螺栓、3000多条线路，软管加起来有2公里长。其整台光刻机设备重达180吨，所以如果到国外买一台光刻机，对方单次发货就需要运用40个货柜、20辆卡车以及3架货机才能完成。现在世界上最好的光刻机是荷兰阿斯麦尔（ASML）生产的。先不说现在由于美国公开制裁我们中国，就说它不让荷兰光刻机厂卖给我们中国芯片制造厂这件事。2015年那会儿，美国还不对我们制裁时，一台当时最先进的光刻机价格大约在人民币10亿元。我们订上货后，荷兰方先要派专家来检查我们的厂房，要看厂房也就是专业上我们常说的'洁净室'符不符合安装光刻机的环境与条件。当检查结果符合要求了，还要看是不是正好在光刻机运到的时间点可以进入洁净室车间安装，中间不能有间隙。在运输过程中的要求更是极其严格：主设备不得有任何外露，必须用专门的特殊外箱封装。搬运过程不得有震荡，必须保持其接近静止的状态。由于时间关系，光刻机的运输都是靠大飞机的货物舱来完成。一路上除了保持不受震荡外，温度是第二高的要求，即从光刻机出厂到末端的制造车间的安装，其中间的全程里不能有哪怕零点几摄氏度的温差，因为温度和震荡对光仪器设备有极大的影响。"

"到了我们洁净车间后，在正式安装时，货主派的专家来拆箱时先要在箱外面钻一个小洞，然后测量一下里面是不是有温度变化了，稍有变化也不行……"001号说。

"安装时让你们看吗？"我想到中国人很聪明，常常一看、一拆，就把对方的技术弄明白了。

"不能。整个安装都是他们派专家来的，他们绝对不会让我们的人靠近……"001说，"拆了也学不会的，拆了你就不会装了，即使勉强装了也是废物一堆，跟原机性能就不一样了……"

尖端的光刻机之所以昂贵、在技术上受到极其苛刻的保护，实在是因为它的核心技术几乎是集合了当代全世界最尖端的半导体领域的顶级专家们的智慧，某种意义上，只有一个超强大的技术体系才可能对其产生某些左右的威势。即使荷兰ASML公司，也并不是这10多万光刻机零部件的制造者，其制造者遍及全世界，比如它所用的照相镜头，是德国制造的，因为德国的光学镜技术最高；它装配的磨具等零件，用的也是德国的，德国的工艺超人一筹。荷兰ASML公司的工艺设计师们就是将全世界这10万多个零部件最先进的技术汇集到他那里，然后由核心的那几个专家设计出工艺，进行最终的安装与制造，最后出来一台台制造芯片的光刻机。

"他们在制造中的最终技术甚至是无法学习到的，因为不是采用常规设计思想和工业工艺弄出来的，据说为了保密和阻止别人模仿与抄袭，最后几道工艺技术是由一两位工程师完全依靠手工完成的……"001号说。

10万多个零部件，分布在全世界各地的不同企业或研究制造机构，你半秘密半公开地将其汇聚到一起，本身就是一项浩繁无比的工程，且每一个零部件的制造与安装过程的工艺，全部被注册过专利，谁都不可侵犯。更可怕的是，这些设计的工艺，其思维过程中的逻辑方式与逻辑方向，也是不可靠近和越界的知识产权，牢牢地掌握在ASML手里。他们设定了一个法律"规矩"：比如他们成功地发现了向东的方向是美丽的大海，再有人想到大海去，就不能再走他们已经走过的方向了，甚至你想从东的反向——西或与东相近的南、北，都不能走！你只有可能从天上或地底下走才被允许，而他们明明知道，那天上和地底下是根本走不通的。天下哪有这般逻辑！但芯路历程中，有个知识产权就叫"逻辑设计"工艺，它就是具有"独我"的知识保护范畴，你绕不过去。这些年来，我们一直听到相关言论，比如说"绕道而行"为什么没有结果，其道理就在于此——那样的思路，基本上就是死胡同，费尽力气，也难以成功。

全世界有多少芯片制造厂家？扳扳手指可以数得出。就我们中国，有名有姓的芯片制造企业也就那么几家，因为一般的企业都干不动，一条生产线就是几百亿投资，且极大可能这些钱投进去后完全打水漂似的没了影子，谁敢贸然行动？

不进芯制造车间，怎知几百亿钱是怎么花的！去了之后，你才可能"叹为观止"！

"这个地面，还有上面的顶子……"001号指指上面的车间顶子，说，"仅它的装修费用，包括其他配套在内，每平方米就在20万元左右。"

装修费20万元！是宫殿还是黄金打造的呀？我不由得看了看脚底，又抬头仰望了一下，只见地面和房顶上的板面，尽是密密麻麻的小洞，这是啥"暗道机关"？

"与静电吸尘差不多功能吧！"001号用最直接的话一带而过。接着他说，"制造芯片需要比生孩子更高级的环境，所以其车间的地面和房顶都必须用特殊材料，既保证整个车间的洁净度，还要对所有工作着的设备起到保护作用。"现在，我踩在芯片车间的地板上，像踩在黄金上，这种感觉既有点兴奋，又有点玄乎。

洁净车间太大了，一眼望不到头。更了不得的是，眼前的种种机器设备之豪华程度前所未见，其复杂与神秘状，不可思议！前年我去成都双流机场参观大飞机的发动机修理厂时，就被飞机发动机的复杂性震撼过。然而看了芯片制造车间的机器设备，就觉得原来飞机上发动机也就那么回事，跟制造芯片的机器比，简直就是小巫见大巫。可不嘛，世界上第一台大飞机的发动机制造至今也快有一百年了吧！一百年后世界最尖端机械制造就是芯片，二者之间差了一百年。这一百年间，全世界的科学家、工程师们攀登科学高峰的步伐从未停止……

走进"华虹"的那一刻，在每一个人的脸上，我又一次看到了钱学森、王淦昌那一代人的自信与坚韧……

洁净厂之大已经说过，其"内容"则更是一部浩瀚的史书——作为工科较弱的作家，我想要对眼前的这些繁杂无比的精密制造做历史的追溯，估计需要将整个世界的制造业翻个底儿才能有点头绪，所以只能对我的直观感受作一番描述：

3万平方米的单体大车间里，除了人能行走的几条走廊外，摆满了密密麻麻的精密机器设备，有的看上去是统一格式的机械，但001

号告诉我，其实在芯片制造车间里，每一台机器的角度都不一样，它们排列在一起才能完成1000多道工艺的"芯"制造任务。

它们也有可能执行着同一个技术指令，进行着无差别的技术工艺任务——001号指着另一条排列整齐得像阅兵式的钢铁队伍，步伐一致地、每分每秒做着共同的、同一标准的、丝毫不差的动作，在纳米和微纳米的世界里找准定位，衔接线路、嵌入电极、启动闸门、转换基线……芸芸万千步骤。

它们又有一些像广袤的油田上那些单纯得不能再单纯的"磕头机"一样，全天候地、一年365天地、年复一年地做着同的一个动作——为的是在让每一个微纳米状态下的"芯"与其他千万颗"芯"完完全全地一致……

它们甚至还有瞬间更换材料与本体的功能，因为打开一个"逻辑门"就需要封闭另一个"逻辑门"，而每一个"逻辑门"就像人类母亲的肚子，同一个母亲肚子里诞生出的孩子，他们基因相似，成人后的人生则完全不同——"芯"也同样，它们虽然未来执行相同的任务，但它们的独立性、个体性的功能足以让整个人类世界为它疯狂。这就是"芯"厂为什么神秘而昂贵的原因之一。

除了它们，当然还有很多很多甚至连给我介绍的001号专家也无法解释的神秘世界……用肉眼只能看到一小部分外观形态下的自动化机械操作，而自动化本身就告诉我们：在机械内部的所有操作形态是封闭的，因为半导体芯片的许多核心制造技术本身就是光学高科技。高端的光技术是不能在我们眼睛所能看见的环境下制造与生成的，密封技术是芯制造的一个主要特征，故而即使站在被机械重重包围的世界里，我们也能看到错综复杂、眼花缭乱的现象，但在整个制芯环节里，这些可能只是微不足道的"表面现象"而已。

微观世界里的纳米技术，是很难被描述准确的。呵，穿梭在制芯世界里，我只能一次次地叹为观止，一次次地目瞪口呆，一次次地进入痴迷状态……

但我还是被头顶世界的宛若中国高铁式的空中"运输线"的工作状态所震撼：庞大洁净车间，竟然还需要在"天"上构建另一条通道——我称之为制芯车间的"空中高铁"，其实是全自动制芯环节的重要组成部分，001号告诉我，由于庞大洁净车间也无法满足整个生产线的要求，设备太多，所以只能开辟天花板上的空间来搭建空中运输线。什么叫自动化？你站在制芯车间昂首望去，所看到的在头顶上"嘶嘶"溜溜奔跑飞驰的那些载片盒，它们时而直线飞步，时而在某一机械处迅速稳升着（因为有时必须快速进入机械内进行加工，在完成加工程序后，又不能有丝毫的震荡等外部因素的破坏，所以速降稳升在这里非常必要，就像高铁在启动和到站时需要稳而慢些，一旦出站进入正常道路，便可马力开足）……我已经观得痴迷。

我无法不为如此强大而绝妙的科学技术世界所激动！

什么叫自动化，大概进入制芯车间就能真正感受到。什么叫现代化制造业，大概你到了制芯车间便能领略并深受震撼……

在这样的地方，偶尔见到一两个穿着与001号一样工作服的工作人员在一排排自动化机器中间若无其事地"逛溜"，显然是在检查某一设备和上面的数据——"一些设备还是需要人为指挥和操纵的，而有些数据与工艺也需要及时调整……"001号解释。

"它在哪儿？我主要想见见它……"我说的它就是光刻机。

"在最中间的地方！"001号踮起脚，往一片机器的"海洋"中间指指。

于是我们两人在几条通道间穿梭，向"海洋"的中央走去……

"这就是！"在一排厢盒式的机器走道的中间，001号突然指着两边的那一片像集装箱似的"盒子"——高出我们人头一米左右的庞然大物说道。

"它就是呀！"我既惊喜又有些失望，原来神乎其神的光刻机就这么个"愣大个"呵！我甚至没觉得有一丝壮观与美观！

001号显然看出我的小心思，道："它的里面可是一个神妙无比的精彩世界呵！可惜我们看不到……"

"微纳米状态下光学技术制造，绝对不允许外界有丝毫的干扰与影响，而且它的复杂性远比我们肉眼能看到的万千世界要奇妙而精致得多！我们只能看到它的一个巨型外壳……"这时，001号俯下身子，打开一扇小小的"观察窗"，让我凑近往光刻机的"心脏"一角瞅一眼：哇，那真是一个魔幻的世界，那斑斑星光下各种我们根本不认识的器具在高速而有序地运转着、奔腾着，仿佛都在争抢着万分之一秒的速度，并为了亿万分之一的精确度而竞相争辉。

"其实，我们在这扇小孔窗所看到的，只占整个光刻机工作状态的万分之一还不到，整部机器的运行和芯片封装过程复杂无比，非肉眼和人脑所及……"反正001号说的，在我听起来就是一个神话般的世界，用简单的一句话就是：叹为观止，难以描述。

站在一个庞大的"盒子"（光刻机外形）面前，除了惊叹人类的智慧和科学先进的水平外，我的脑子里闪出的另一个概念是：原来这个家伙值10亿元！

10亿元换这一样东西，不知世界上是否还有比这更昂贵的——我指在机械设备上。而它现在就在我身边：一个看得见、摸得着的东西，它所生产与制造出的东西将能够"指挥"我们上天入地、探究星球上的任何秘密，主宰人类社会的未来。

这就是决定芯片等级与命运的光刻机。

机械物体本来是没有自然生命的。但光刻机似乎除外，001号告诉我：光刻机一旦安装到生产线上开始运行，每天24小时在工作，而且它从不停机……

"一直这样转下去？"我感觉有些不可思议。

"一直转下去！"001号十分肯定地回答我。

"那它就没有寿命？"

"自然也会有的，机械嘛，运行太久也会不行、会被淘汰的……"

"那像这样一台先进的顶级光刻机，一般会有多少年寿命呢？"我想了解。

"欧美是上世纪80年代末进入高端芯片制造业的，如果从那个时候算起，现在也有近30年了……我知道顶级芯片制造厂家的高端光刻机现在还在生产线上运行，那证明它至少应该可以不间断工作30年吧！"001号认为。

也就是说，一台先进的光刻机，它可以连续不间断地高速运行工作至少30年……仅这一点，我们就不得不对研发和制造这样的高端科技设备的发明人、工程师们表示崇高敬意。

经过光刻机之后的芯片，实际上叫作封装好的高性能集成电路硅片。在整个洁净车间里，所有机械设备的作用就是实现对一盒盒外形看上去40厘米左右见方的、内嵌25块硅片的东西进行芯片的封装，我们俗称这个过程为芯片制造。在洁净车间内，从头到尾，无论是我们能看到的一盒盒处在自动化的高速运行线上奔跑着的，还是在各种设备上正进行着测试与封装的硅片传送盒（英文名为"FOUP"），我都分不出是候补产品还是正式产品，所以001号为了让我见到芯片的正式产品，将我领到一台机器前，指着正在自动流水生产线上有一能出去买些东西保命等等，一无所知，且谁都将面临一样的命运。

于是，整日熙熙攘攘、入夜灯火辉煌的大城市进入了静默……

房间和窗口内的每一颗心都紧张地悬了起来：明天会是什么样？后天是不是也要被拉到"大方舱"去接受考验？

可既然人还活着，那就要更好地活着。

既然人活着，城市就该继续运转，车子还要开着，马路上的红绿灯还要闪亮，码头的轮船需要启航，飞机早晚也要飞行……那么，有些不可缺的产业必须保证正常运营，尤其是为了生活在这座城市里的3000多万人的基本生活与生存的保障。

谁来承担此任？

谁来担当此责？

"他！"

"他们……"

"还有他们和他们……"

"对，其他单位、其他行业可以停工停产，唯独它们不能停，也停不得啊！"

"它们"是谁？"它们"中的"它"又是排列首位的——"华虹"被列入全市最重要的"保供"单位之一，也就是说，全市几十万个单位、企业可以关门、可以停工，但你"华虹"不能停工、不能停产，就像每一个夜晚，孩子们都睡着了、爷爷和奶奶安眠了、爸爸和妈妈休息了、汽车与飞机停泊了……但，你那警惕的眼睛瞪得更大了——就像边防官兵握在手中的钢枪，这时要握得更紧，因为他们是国家安全的钢铁长城。

"华虹"也一样。

全世界正以异样的眼光紧盯着中国的防疫政策的同时，别有用心的一些国家和势力恨不得跟随可憎可恶的新冠病毒一起悄然潜入中国大地的肌体之中，企图用激烈手段阻挡我中华民族奋起发展的伟大步伐，从而实现他们阻挠我们崛起进程的目的。

"断芯""断供""断链"……美国等西方国家已经一次次地在半导体产业对华实行所谓的制裁，不惜用尽卑劣手段。

现在，无情和疯狂的疫情，给予了某些势力"良机"，它们一方面在共同对待威胁人类生存的防疫政策上使尽坏招，另一方面看着大上海的危难形势幸灾乐祸……

在它们看来，"封城"是不可思议的防疫行为；而它们看到了大上海的"封城"则又是一个不可失的"良机"——如果此时上海这座全国集成电路的产业之都都停止了芯片生产，中国芯片产业自断，那就意味着它们可以不费吹灰之力，一箭多雕地实现阻止我民族发展的历史车轮前进步伐的目的。有人因此而对上海的"封城"号叫起来，并开始"疯狂的快乐"。

然而，它们又一次失算了。

中国"芯"不仅没有停止跳动，反而越发强劲地跳动着……

地点："芯"的指挥中枢——华虹大楼。

时间：2022年3月27日晚上。

整个行政办公楼是安静的，因为这一天是星期天。只有值班室等当班人员看到"上海发布"的消息后，纷纷议论起来。

"你们知道吗，今晚开始就要封城了！"

"什么意思？"

"就是浦东的人不能到浦西，浦西的人不能过黄浦江……"

"而且4天后，全城都不能动了，全市所有的人都必须足不出户！"

"天，那可怎么办？我们的这些生产线怎么办？"

"不可能吧？封城也不能把我们华虹封掉呀！"

"是的嘛，我们是芯片厂，不能停工。"

"可全市都停工了，都封城封路，你咋上班呀？"

"这可怎么办？"

"是呀，我们……怎么办呢？"

同样的疑问和焦虑，也在华虹各厂正居家休息的员工们中传开了……

可选择的路有两条：顺其封控居家；逆行，回厂去！

华虹与众不同，不能停工停产！

对，回厂去！

"晚饭还没有吃完，你要做啥？"

"回厂去！"

这是一对小夫妻之间的对话。男的在华虹上班。女的一听赶紧帮他收拾。"你等等，带上换洗的衣服……"她比丈夫还紧张。

"今晚不过江，明天就到不了浦东……"

"那就赶紧吧！"

这是另一对夫妻，他们都在华虹上班，只是不在同一个厂，但都在浦东。

"喂喂兄弟，你看到浦东封城的时间了吗？"

"刚听说。今晚必须过江，否则明天就来不及了！"

"急死人了！现在根本叫不到出租车……"

"等着，我马上开车过去搭你……"

"太好太好！回头请你喝啤酒！"

"哎哟哟，我的姐，我刚刚洗浴出来，就听说今晚浦东要封城……你说咋办？"

"有啥咋办的！赶紧返厂呀！"

"好好，我也马上走！"

这是一对同届毕业、同时进厂的"华虹姐妹花"。

"我们回厂去！"

"我们马上回厂！"

"我们立即回厂去！"

"立即！"

"马上！"

……

这些声音，都来自同一个单位，它叫"华——虹"。

那一天。夜幕降临的时刻。

浦江两岸，大地已在颤抖，江面已经汹涌，街头所有的汽车声音都变了调……行人的步履都是急促与慌乱的。

天上的云压得很低、很低。

一切都是我当时所见所闻，丝毫没有夸张，而且根本不用夸张。

我经历过2003年的北京"非典"，经历过四川"5·12"大地震，也经历过天津爆炸现场……似乎上海的这一次疫情比上述那些灾难来得还要猛烈和无情。

人类最经受不起的是空气里有毒。新冠病毒就是空气里的杀手，漫无边际地厮杀我们，又来去无影踪。

可憎！可恶！

"妈妈，你就要……走了？"工程师的女儿看着妈妈慌乱地抓起衣架上的几件衣服塞进行李包里，平时用的护肤品都顾不上一起塞入包内，便冲出房间。即将高考的女儿在身后的一声喊叫，将她叫停在家门口。

"宝贝，妈妈要回厂里去，再晚了就过不了江啦！"她说。

"嗯，那你给我打电话，晚上我一个人睡觉害怕……"这是女儿唯一的请求。

"知道知道，一定会给你打的！"她觉得这算啥事嘛。

她搭上了出租车，觉得万分庆幸，因为这辆出租车可能是奔向浦东的最后一辆了。

突然，她心头一紧，像撞在石头上。"宝贝，你看看冰箱里还有什么吃的？有多少？"她赶紧给女儿打了第一个电话。

"有鸡蛋和西红柿不少……够吃十天了！"女儿在那头回答说，听起来还蛮有信心的。

"嗯，自己试着做西红柿炒鸡蛋吃啊！"女工程师吩咐道。

"知道了。你放心上班去吧！"女儿的话让她十分宽慰。于是，女工程师的头抬了起来，目光向着东方……

东方是她和她的几千名同事上班的地方——华虹芯片制造厂在那里。

此刻的东方，残阳已被乌云吞没。

车流，人流，甚至气流……在黄浦江上的所有大桥与隧道内，都被占据。

它们都朝一个方向奔涌、咆哮着奔涌——从东边涌向西岸，涌向即将"划江而治"的浦西……

女工程师眼前所看到的是洪流般的钢铁潮水、人流潮水和气息的潮水……

"这种情形，有生以来第一次见。"她后来回忆说。

"上海也是有史以来第一次出现……"史学家后来这样说。

也不知何故，此时此刻，她的脑海里突然涌出一个曾经与女儿说过的故事。

时间：1956年，因为只有这个时间才有可能让她和其他一心向往回到祖国的科学家们摆脱联邦政府的无理纠缠……这一年，中美双方在日内瓦达成协议，允许双方学术人才回到自己的国家。

而就是这一年过后的第二年——1957年某日，一艘由美国旧金山驶向中国香港的远洋轮船即将出发。沐浴着海风与阳光的甲板上，一位年轻的中国女性充满了即将回归故里的喜悦……

突然，异国海关警察和穿着便衣的几个联邦特工走到她身边说道："检查！"

无奈，她必须接受最严厉的检查，因为她是科学家。一番翻江倒海般的折腾之后，警察不经意地拿起她的一个药盒，问："这是什么东西？"

"我有晕船毛病，用它会好些……"她镇静地说。

联邦特工极为警惕地看看药，又看看她，将药盒还给了她。但对她身上的6000美元就不那么客气了，他们笑眯眯地塞进了自己的口袋内。

"祝女士一路平安。"

"谢谢。"等联邦特工海关警察离开船时，她真的内心异常激动，心想：钱，你们爱拿就拿走，但药盒不能拿走！

后来我们知道，正是这个药盒里的东西，让中国半导体的发展至少提前十年！

这位女子名叫林兰英，福建莆田一户名门望族的才女。18岁时，她便成了当地第一位女大学生。

考入福建协和大学的她，因为战火而跟随着校园一路漂泊，眼中盛满了积贫积弱的苦难，心中勃发了学成报国的火焰。以优异成绩毕业后，获准留校任教。她对教学事业和学术工作尽职尽责，很快得到了赏识，被推选进入出国留学的队伍。

留学后的她也是一如既往地表现优越，然而在选择攻读博士方向时，她出于为祖国需要服务的拳拳赤子之心，选择了物理学方向。

在得知1956年中美双方在日内瓦达成协议之后，林兰英立马放弃了10000美元的年薪，收拾行李准备回国接下月工资270元的研究工作。

或许普通人面对这两项待遇迥异的选择会迟疑，会纠结，然而林兰英认为她的选择理所应当：正因为前方是荆棘遍布的泥泞小道，她的所学才有报效祖国的机遇！于是，顶着或明或暗的威逼利诱，她最终登上了这艘驶向她滚烫故里的航船。思绪万千间，她看到了几个神色冷漠的男子向她走来，她知道，这一定是联调局的特工，前来搜查她的包裹行李……后来发生的一切，就是这个故事的开头那一幕。

林兰英之所以激动和庆幸，是因为药瓶中装着她冒死带回祖国的价值20万元的锗单晶。而这不仅是她八年的研究成果，更是她历尽千辛万苦献给新中国的厚礼。20多天后，林兰英回到祖国。

同年，我国第一根锗单晶拉制成功。

一年之后，第一根硅单晶拉制成功。

1962年，无错位硅单晶拉制成功……

那个时候中国的半导体研制水平与世界先进水平比较接近。

女半导体科学家林兰英一直是华虹这位女工程师的榜样。

她曾多次对女儿说："我们都要向林奶奶学习，做一个对祖国有用的新女性。"

"山雨欲来风满楼"的一刻，她竟然又想起了林兰英。顿时，女工程师的精神立即一抖擞。

"师傅，你能开快一点吗？"她对司机师傅说。

"你看，我已经超限速了！"的哥说，"我也想早点回来，这是最后一趟出车，也许把你送到目的地，我就过不了江、回不了家了……"

"真对不起你……"女工程师有些内疚道。

"你们是啥单位？为啥还要去上班吗？看看，人家现在都在拼命往家跑，你们倒是相反呀！"的哥不解地问，因为迎面而来的车流上的一个个司机们瞅着他也很纳闷。

"我们是华虹呀，谁都可以停工停产，可我们不能……"她说。

"明白了。华虹我知道……"的哥不再说话。车子则比方才的速度又提了一挡。

她哽咽着说了这样一段话："开始以为也就三五天封控结束，我们可以回家。哪知一封就是75天……我只带了几件换洗的衣服，在厂里就不用说了，集团对我们全体在岗人员非常关照。可我女儿一个人在家，天天吃西红柿炒鸡蛋……但她坚持下来了！"

这是后来我采访她时她说的话。讲起这件事，她哭了。不过很快她就破涕为笑，说："那些日子，我女儿一下长大了……后来等我回家后，她对我说，从今以后，我不再轻易把自己交给妈妈你了，因为我知道，在国家需要你的时候，你会丢下我去干更重要的事。那么我做你的女儿，就要学会独立地生活着……"

女工程师的话和泪，让我跟着沉思和落泪。

其实他看上去还像是个孩子，但他的的确确是华虹的一员。大学毕业后留在上海也还不到两年，"理工男"的他并没有从学生的模样中全部脱离出来，因为他还没有谈一段稳定的恋爱，他认为自己应该更"帅"和"嫩"一些。

所以他走路的样子像风儿一样灵动、有力。

我与他的相识完全是一种偶然，到华虹采访时在门口等车，小伙子从我身边擦过，嘴里哼着我并不熟悉但似乎年轻人都很熟的小调正准备下班……

"那75天封控时你也在厂里吗？"我随便问了这么一句。

他知道我是在问他，便说："当然。"

"那天晚上你本来在干什么？"我当然指的是3月27日那天

晚上。

"正准备上码头摆渡到浦西约会去……"他有些不好意思地说。

"对象还好吗？"我关切地问。

"好。就是那天晚上失约了……后来近三个月没见面！本来是可以见面的，要真那天晚上去了，可能我们提前结婚呢！"他开心地笑了。

"结果呢？"

"到现在还没呢！"

"为什么？因为疫情耽误了？"

"不是，是要补回那75天没在一起的恋爱时光……"他说。

我惊诧又好奇地看着小伙子，乐了。心想：这就是现在的年轻人，浪漫而实际，每一天都过得充实而精致。

"那一天我下班后本来去浦西的新世界与女朋友见面的，但在买好渡轮的票后，突然接到同事来电问我能不能回厂？我说为啥？他说再有一个多小时如果回不了浦东就可能无法再回厂了……我再一抬头，发现轮渡突然像潮水般涌上了无数向浦西走的人群，原来浦东真的要封控了呀！我赶紧打电话，想告诉女朋友，我不能前去约会了，我要回厂。可这个时候她的手机就是不通，怎么办？我在码头上犹豫了好几分钟，因为有可能我眼前的那一班轮渡是从浦东到浦西的最后一班了，如果我不走，就可能再没有机会了。我犹豫再三，最后只能折身离开码头，迅速叫了一辆出租车。那个时候其实出租车也特别难叫，连续多次没有人接单，最后只能叫了辆高价商务车——比平时贵了两倍……"

"你女朋友后来知道你当晚回厂了？"我问。

"知道。她是去商场抢菜去了，所以一时没有接我电话……"

他说。

"那晚回厂时厂里情况啥样？"这个问题对我很重要。

"像一场战争来临之际，所有赶回来的人都很严肃，都很神圣，好像一进厂大家都说着同样的话：'我回来了！'我也这么说。"

"像准备打仗的战士？"

"很像。因为不知后来会发生什么，只知道厂里必须有人，我们赶到厂里就是一种战斗状态，就是准备打仗的。"突然我觉得小伙子很成熟。

"你的对象呢？她没有埋怨你？"

"没有。怎么会呢？她真要埋怨我，那就不是一路人了……"他有些骄傲地笑，"但她也有些怨我。"

"为什么？"

"因为她后来一个人关在小区里近70天，也很不容易……她说如果我那天赶到了新世界，那有可能我们就提前进入婚姻状态，过上真正属于两个人的超级'蜜月'了，结果错失了良机！"他有些顽皮地冲我乐。

哈哈……我有些忍不住地笑了。

"那么后来呢？"

"我在厂里，她在家里，我们只能隔江谈网络恋爱……"他说。

"中间没发生点什么？"我好奇地问。

"你是作家？可以给我保密吗？"

"当然。"我点点头。

"其实也没什么可保密的。"他自言自语地又说，"因为不能见面，75天中我们只有通过网络联系，开始是每天相互问候，后来时间实在太长，她一个人很孤独甚至苦闷，而我相对好许多，因为我在厂里，我们从董事长到班组同事，每天都在一起，生活相对丰富和有趣，所以我把厂里的集体生活通过视频发给她看，甚至有时让她参与我们的一些知识性比赛……她就这样慢慢地稳定和恢复了情绪，这个对我来说太意外了，因为有段时间她曾经觉得我上班的地方离市中心太远，每天早出晚归，约会也是匆匆忙忙的。她曾希望结婚后我能离开华虹，到近一点的IT公司工作……"

"现在呢？还有这要求吗？"

"没了，她对华虹也有了感情……支持我好好在华虹干出一番事业。"小伙子的精神似乎一下抖擞起来。

"现在结婚了吗？"我心算了一下：上海解封到我采访的时间已经又过了一个"75天"了，小伙子和姑娘的恋情应该如"干柴"一样了吧？

"没有！我们还要认认真真地补上那75天的热恋日子……然后再说！"这时，一辆小车"嘎嘶"一声停在了我们跟前。小伙子机灵地打开车门，跳上了副驾驶座位，然后朝我摆摆手："拜拜。"

车子便从我眼前一闪而去。我看到，在车子的玻璃窗内，那撑着方向盘的漂亮姑娘甜蜜地给了小伙子一个吻……

这对年轻人走了。我愣在原地，后来笑了。这个时候，其实有好几辆车子从我身边飞过，他们都是年轻人，多数是一对一对的男女青年。

他们，都是华虹的员工。

"他们中间有很多人当时就在厂里，有的是夫妻俩都留在岗位上……"华虹宣传部门的人告诉我。

突发的疫情，突发的变故，给一个不能停工停产的制芯企业带来的冲击是巨大而不可想象的——

第一章："芯"战、疫战，惊心动魄　　31

那一瞬间，一切都变了。容不得你去多想。"我们当时只有一个想法：马上就要封城了，必须赶回厂里，否则就麻烦了……"

这对夫妻俩一个在华虹的五厂、一个在二厂，相隔一条马路，但疫控时则好像两个世界。

"你没换洗的衣服怎么办呢？"丈夫问妻子，因为妻子原本当晚下班后是要回家的，可突发的封城，让她回不去了。

"熬一阵子再说吧！"她说，"我倒是担心这下没有人关照的你，咋个活法呀？"

"大老爷们还怕这？再说，又不是我一个人……集团董事长也在厂里呢！"他悄悄透露道。

"是吗？那我踏实了……"她"吃吃"笑，"把你托给董事长，比我管着你要放心一百倍！"

"那倒是。"他乐观道，又说，"这回你也不用赖着说我一直不给你时间搞研究，现在没了家务，24小时在单位，你可不能再说因为照顾我而没有出研究成果了吧？"他说。

她的嗓门突然提高："你以为真没你的事了？告诉你：必须每天早请示、晚汇报！我再出不了成果，责任还在于你……"说完，她自个儿先"噗嗤"地笑了。

"那好吧。我们比试一下……"泄气后，他又鼓足了新的勇气。

"比就比。学校的时候我输过你？"她不服。

这，他服气。因为同一个大学毕业的他和她，在学校里她就是比他强。他到华虹来时，也是她先面试成功后"带"他进来的。

后来，他们一起进了华虹，又在华虹结的婚，又一起在华虹被提拔为工程师……现在，华虹需要有人投入战斗，他俩自然是顶天立地也要坚守岗位的人。

这样的夫妻，在那一夜，以不同的方式汇聚到了厂里，连与家人打个招呼的时间都没有。

数以千计当日下班的员工，从车间走出时获得的第一个命令是：十分抱歉，根据上海市防疫要求，今晚浦东全部封控，你们都不能回家了，大家只能留在厂里……

啊？这可怎么办？突如其来的"意外"，不能不让人惊恐和紧张。

但马上所有人都需要做出一个选择：根据生产需要，公司希望能留在厂里的都留下来，如果确有困难和家里有事的，可以离厂。现在报名留与走……

"我留下！"

"我也留下！"

"我……"

最后没有一个人不选择留下。"个人或家里确有事的，可以走的，真的可以走……"领导说话了。

集团董事长也来说了。

"我们留下！"

"我们留下……"

"对，我们留下！"

所有人都选择了留下。

"好好，都留下，都留下！你们快去吃饭吧！吃饱肚子，今晚一定要多吃点，放开肚子吃，公司保证大家有饭吃……"厂长含着热泪说。

集团董事长的眼睛也发热了。

"给各厂发个通知：马上统计一下能回到岗位上工作的员工人

数……"董事长给办公室负责人下达疫情封控后的第一道正式指令，因为这是关系到整个集团能不能正常运营的关键：平时六条生产线满员的人数必须有上万人才能满足生产所需，没有人，再自动化智能化的机器设备也终将瘫痪！

但疫情突发严重的遭遇战，谁也没有料到，谁也没有经验应对，更没有人想到大上海的疫情会不得不封城，而且封城决策完全像当头一刀劈下来似的，没有一个单位可以做出"提前"的准备。更不用说像华虹这样的制芯企业，平时每一个班次的员工进厂后就是待12个小时。如今疫情封控是"半路杀出的程咬金"，连"通天"的董事长都被闹得个措手不及，各生产厂、每一个普通员工，怎么可能面对突如其来的封城而应对自如呢？

制芯的生产设备是无法停歇的。而管理和运作生产线的人谁能保证他们在封城之前回到工作岗位，确保全集团生产正常运营……

那么需要多少人在岗才能保证生产正常运营？

只有平时在岗的一半人数"拉犁"肯定会把这些人累得个个吐血。可你能保证在封城之前有一半人数回到厂里，即使当时那些下班的人全部被"扣"下来，谁能保证还有两三千人能及时赶回厂里？！

尽管3月27日晚饭前后集团董事长一直在工厂的大门口看着潮水般涌进厂区的一批又一批员工，其他各厂也在不断地向他报告各自员工返厂情况，然而董事长的目光里仍然透着浓浓的忧虑。

于是，他仍然在一遍又一遍地催问着办公室从各厂统计上来的数字，同时依旧把企盼的目光投向天色渐黑的浦东大地……

因为在那片土地上，正在发生建城以来最令人揪心和紧张的一幕：人们正在惊恐与不安中慌乱地奔回家，而唯独数以千计的"华虹人"正逆着人流向东奔走……

你们来得及回来吗？我的好员工们！

那一刻，从集团领导，到各厂厂长、部门负责人和各班组长，他们的目光都一样焦急和期盼着……

期盼着她和他，还有他。

是的，一个大型集成电路生产厂，如果厂长不能在位，这仗是无法打下去的，如果临阵换将，必须要做好万全应对之策。芯片生产线是一个庞大的系统，当然不是离了谁就绝对转不动，然而一个熟悉业务的高层管理者，忽然离开了指挥全局的岗位，这个庞大的系统一定不会运转得像原先一样好。

这是毫无疑问的。更何况，疫情的突发，并没有给华虹的管理层队伍提前"备份"的机会与条件。

"不行啊，你们一定要放我出去！"

"不行，现在是大疫当前，我们的社区已经封控，所有人都不能出去！"

"其他人可以不出去，但我必须出去。"

"你也一样，不能出去！"

"知道我是谁吗？"

"知道，你不是住在这个小区的吗？"

"我当然住在这儿，不住这儿你们更不能把我封起来嘛！"

"封起来是为了大家好，我的同志，你要配合我们社区工作嘛！"

"我当然是配合你们的工作嘛，所以……"

"所以你就别在这里添麻烦了，你看看我们现在忙得四脚朝天，电话都接不过来……"

这是3月27日当晚的浦东金杨"香山新村"社区门口发生的

一幕。

"喂喂……是，我是居委会。但现在都是一样，我们是按照市政府的决定做的：所有在小区住的居民只进不出……对对，这是铁纪。请你理解，也请你配合啊！"

"你有事也不行呀！现在封控是政府决定，谁都不能违反。我放你出去了，我就是违规违法。谢谢你配合……"

居委会工作人员说话说得嗓门都哑了，电话铃依然一阵比一阵急促地响着。

"同志，我确实要出去，我实话告诉你吧，我是一个企业的厂长，我的厂子还是比较重要的，厂里有一千多人在岗位上，我要不在，这个厂成什么了嘛！"我们现在看清楚了，他确实是厂长，华虹二厂的厂长姚亮。

华虹人都是低调的人，尤其是领导层，他们都是恪守着一条纪律：埋头为国家做事，不做张扬的人。

但这在这当口，有些吃亏了。

"你说你是厂长，刚才那人还说他是局长呢！这个时候啥官都没用，你在我这小区住着，你就得服从政府的统一封控管理：在家待着，别想出去！"居委会工作人员有些烦这个自称"厂长"的姚亮了。

"可我确实是厂长，而且我还必须回到厂里去。再说，我老婆也在厂里，她……"姚亮这话不说还好，这话一出口，就被居委会的干部狠狠地瞪了一眼，说："你这个人也怪，你老婆在厂里你还往厂里奔？家不要啦？"

"那没有办法，我们厂就是这个性质，24小时机器不能停止运转的，而且不光是今天这24小时不能停机，从建厂投产那天起，机器天天都得转……"姚亮临时抱佛脚,给居委会工作人员科普起来。

"这是啥厂?机器一直不停还不坏了?"

"是有一天会坏的,但至少有二三十年都一直转着……"

"你这啥厂呀?"

"做芯片的,像手机上、汽车上的……"

"噢,是高科技的厂呀!"

"是。我们是国家的高科技芯片生产厂,什么都可以停,就不能停了像我们这样的芯片厂……一旦停了,如果你的手机缺芯了咋办?"

居委会工作人员开始有些刮目相看了:"原来我们小区还住着科学家呢!"

"不算科学家,但也算是一名芯片生产管理者吧!"姚亮反倒谦虚起来。

"你真是芯片厂的?还是厂长?"

"没错。"

"哪个芯片厂?"

"华虹……"

"哎呀,你怎么不早说嘛!"居委会工作人员都肃然起敬道。

"你爱人也是华虹的?"

"是,我们都在一个集团,我是一个厂的厂长,她是另一个厂的副厂长……"

"天哪,你们一家太厉害了!"

"还行吧!"姚亮看准时机,便问,"你看能不能帮忙一下呀!我们厂是绝对不能停工的,我们要保障国家和上海市的正常运营提供产品的……"

"我马上请求上面……"居委会工作人员立即抄起手机,请求有

第一章:"芯"战、疫战,惊心动魄　　37

关领导，随后对姚亮说，"领导同意特批你出小区……"

"太感谢了！"姚亮脸上顿时露出了感激之意。

"不过你要办一下手续。"

"可以。"

不到两分钟，居委会工作人员，拿出一张红色的"特别放行证"，交给姚亮。对他说："你是我们小区开出的第一张'放行证'。请注意了：时间只有今晚。"

"明白！"姚亮拿着一张手掌大小的手写字的"放行证"，飞步奔回家，迅速带上一只已经装好衣衫等日用品的行李包，然后驾车直向东方疾驶……

一路上，他一边给厂里值班的负责人打电话询问生产情况和返厂职工情况，末后，他打电话给夫人："老婆，我已经出来了。"

"你本事不小嘛！想啥法子'逃'出来的？"妻子问。

"我手上有特别通行证……"然后他有些得意地从衣服口袋里掏出那张红色的小纸条，念着，"放行证：仅限 2022 年 3 月 27 日晚有效。1 人。然后是居委会的大红章……"

"哈哈……就这么简单呀！"

"就这么简单，但今晚它重如千斤！"姚亮突然有些深沉地说。

"好好开车，注意安全！"

"明白！"

姚亮再次将油门往下一踩，汽车飞速向前……

是，还有他。这位男工程师。这一天他正常上班，正常下班……

像往常一样，他自己开车，开着自己的车，往城里行驶。奇怪了：今天为什么都往西走——都往城里奔？

他越看越觉得有些不对劲：往西走的车流，已经越来越走不动，而往东走的车子则像飞似的，因为那边没有什么车子……

为什么嘛？出什么事了？！整个浦东咋都这个样？

他忍不住打开手机，问自己单位的头儿："今天怎么啦？好像大家都在从浦东往浦西大搬家似的，你老兄走到哪儿了？你那边路况咋样？"

"你还蒙在鼓里呀？再过些时间，黄浦江上就不让过车过人了！封城……"那边哥们说。

"什么？封城？那、那我们怎么办？你在哪……？"男工程师突然一个刹车，差点让后面的车子"碰鼻子"。

"你干啥呢？神经出毛病啦？"后面的车子停了长长的队伍，有人火冒三丈地向他责问。

"对不起，我到前面拐弯处倒车去……"他说。

"你倒啥车嘛？都啥辰光了，快往西开吧！"车流中的开车人都在说他，甚至骂他"戆大"（上海方言"傻瓜"的意思）。

此时此刻，他自己也在嘲笑自己：真是有点"戆大"啊，第一，往西走的车流里，唯独你想掉头走，寸步难行；第二，往东的结果会是什么呢？

男工程师其实也不知道，但他只知道一件事：如果我不上班，明天谁来接替我的工作？没人接我的班，我负责的制芯生产线的那一块就会停机。而一个局部的停机，就会影响整个洁净车间瘫痪……一个制芯车间的停机与瘫痪，就将影响整个华虹集团的运营。

华虹集团是中国"芯"之心，它的跳动出了丝毫问题，影响的将是什么？男工程师清楚，每一位华虹人清楚。

所以别人如何看并不重要，重要的是我自己如何回到厂里、回到公司——因为天可以塌下来，黄浦江可以封控和断流，芯片制造厂不能停工，尤其是"华虹"不能停工。

上海人也清楚这一点。中国的半导体产业的人知道这一点。中国的领导人更知道这一点——而现在我也知道了这一点的意义：西方势力利用各种手段，企图扼杀中国芯片产业，但我们必须全力保护"华虹"不受这种势力的压迫与捣乱，尽管有人千方百计地想在"华虹"身上做文章，但中国人清楚的一点是：高精尖的技术买不到，越自力更生的成就、越是会受到反华势力的挤压与仇视的成就，中国人民越要竭尽全力地保护它、捍卫它！

在此时西向的车流中，我们的男工程师心中聚起一个信仰：回厂，坚守岗位，确保制芯生产线的每一分、每一秒钟都在正常运转——再大的城"躺平"，再多的人"躺平"，再多的时间"躺平"，唯独保障国家和社会及人民生活的"芯"线不能"躺平"，绝对不能！

"戆大""傻瓜""不识相侬"……在车流中，他被无数嘴脸这样骂着，因为他的反向而行叫人不可思议，也确实影响了一些车辆的西行时间，所以挨骂是必然的。

现在顺当了！终于，男工程师挣脱了西向的车流，把车头转向东方——那是他工作的地方，华虹厂的方向……

他看了看时间，这个一反向让他耽误了一个来小时。

"喂喂，哥们，你们到厂了吗？"他边开车，边操起手机拨了个熟人的号码。

"刚进厂区……你在哪呢？"对方告诉他。

"我在浦东张杨路上……估计还有十几分钟也到了！"男工程师擦了额上一把汗，说。

"别忘了进厂前找个地方做个核酸啊！否则你进不了厂区的……"对方提醒道。

男工程师的脑子猛地激灵了一下：对啊，赶紧找个地方做个核酸！

这是厂里的要求：保证每个上班的员工不出现被病毒传染的任何可能，而这正是保证制"芯"正常生产的关键之关键——将病毒拦在厂门外，就是保卫生产线安全的铁壁铜墙！

找到了！路边街头的一个做核酸的小房子在风中摇晃着。

"好了。""大白"姑娘用眼神示意他。

"谢谢。"他不仅点点头，而且这样说了一声。

"快跑——"车子再一次出现在向东方的公路上奔驰。现在他想的唯一一件事就是：按厂里刚刚发出的指令，晚12点前赶回厂区。

为什么是这个时间？

因为全浦东响应市政府的防疫命令的时间就在28日零点，除防疫人员和特别保障人员外，所有浦东地面上、水域区，甚至空中都必须停止任何活动，也就是说不得有人在外面晃动了！这就叫"封城"。

华虹高层在此基础上也作出了更严厉的防疫措施：回厂者，必须有当日出来的核酸阴性证明。

"你现在在哪呢？"又是厂里的熟人在催问他。

"快到厂了，约五分钟后到……"男工程师颇有些得意地告诉对方。

"核酸结果出来了吗？"对方追问。

男工程师急了："刚做怎么可能出来嘛！"

"结果没出来，你是不能进厂的……"

"什么？你……"男工程师发现对方的手机挂了。"喂喂？"他连打了几个电话，对方就是不接。

第一章："芯"战、疫战，惊心动魄

男工程师的车子已经接近厂区了……只需再踩一次油门,眨几下眼,他就可以进厂了。

"嘎嘶——"突然,他的脚踩在了刹车板上。

这是厂里的规定,没有核酸结果,不能进入厂区!他想到了这个铁律。

怎么办?他犹豫了片刻。那片刻的目光里,一辆又一辆同事的、领导的车子从他身边擦肩而过,甚至有人与他招呼,有人瞪着惊诧的眼神,似乎在问:哥们,咋啦?快进厂吧!

他摇摇头,苦笑地回应着。

看到如此奔涌如潮、逆向而行的车流和厂友们的身影时,他真的很激动,很自豪,也很光荣——这就是我们"华虹",我们国企!

甚至,他有些陶醉其中……

入夜,整个浦东大地从未有过的寂静与恐怖:寂静是为大疫的突然降临而抖栗的寂静,这种寂静自浦东大开发以来三十多年里从未出现过,一个每天车水马龙、熙熙攘攘的国际化大都市瞬间街上没了人、没了车,商店和工厂以及百姓的家门统统紧闭所呈现的寂静……恐怖当然是自然的,因为大浦东如此繁荣之地怎么可能一下出现了企图威胁我人类的瘟疫呢?它们在哪儿?它们会在哪儿?其实它们根本是些看不到、摸不着的东西,而就是这些看不到、摸不着的病毒,伴着空气和你我的呼吸在肆无忌惮地传播并企图摧毁整个人类的防护体系……

这一夜,我们的男工程师仰望着星空,星宿则在向他询问:你是怎么啦?有家不回?有厂不进?

他笑笑:我有家,但我有更大的家需要我,所以我在路边的车内独守一夜……

至于厂，你不已经看到了吗？它就在我眼前不远的地方。我为什么不进？那是暂时的，我不能因为急着进厂而放弃遵守厂规：没有出核酸的结果，我不能随便闯入。

月亮感动了，闭上弯弯的眉眼，向他致敬。

风儿静了，轻轻地告诉他：你安逸地睡吧，我退至一边，把美好的时光留给你这样的"华虹人"……

于是我们的男工程师在月光和风儿的祖护下，坦然而又镇静自若地进入了梦乡——

IT男士的梦境，一般都会飞向那个遥远其实也就是隔着一个太平洋的旧金山海湾、那个叫"硅谷"的地方，通常他们都会是这样，因为那些的故事尤其是被称为"20世纪革命性的神话"的半导体创业与创新的故事，往往让他们想入非非、跃跃欲试。

华虹的这位男工程师也不例外，他身边有许多人确实来自硅谷，他们在他面前讲的那些传奇的故事常令他听得入神，所以他平时一进入梦乡就会把自己"送"到了隔着太平洋的那个旧金山的硅谷去了……

也是1956年。当今世界上许多重大事件都在这一年发生，比如这一年有个后来影响了整个20世纪和21世纪物理学发展的叫威廉·肖克利的人，他在1956年获得了诺贝尔物理学奖，是因为在之前他发明了"肖克利二极管"，与他一起获得诺贝尔这项荣誉的还有两位科学家，那两人后来无法容忍肖克利"疯子般的疯狂"而撤向他地。然而注定不甘安稳的肖克利在此年做了一件影响整个世界的大事：他带着自己的革命性的伟大发明，为一个单纯的原因——照顾生病的母亲，把自己的实验室搬到了加州。从此让紧挨著名的斯坦福大学的圣塔克拉拉谷成了名声显赫的"硅谷"。

也是1957年。男工程师在梦中笑出了声，因为这个年份在IT世界里有许多奇妙而有趣的事,比如伟大的肖克利先生离开贝尔实验室搬到加州的第一件事就是:成立了一个由他招募来的八位年轻工程师组成的一个趋向于将实验室科研成果转化为产品应用的公司型实验室,用现在的话来说是IT公司最早的模式。但肖克利是科学家,管理公司的能力几乎可以用"一塌糊涂"来形容。1956年他来加州成立的半导体实验室(挂靠在贝克曼仪器公司的一个部门),不到一年就无法再维系下去,因为这些年轻的科学家包括后来成为芯片制造"魔术师"的戈登·摩尔在内的八个青年人一夜之间与肖克利分手,这就是世界"芯"史最有名的"八叛逆"分子,他们除了后来英特尔创始人戈登外,还有罗伯茨、克莱尔、诺伊斯、格里尼克、布兰克、赫尔尼、拉斯特,他们中多数后来都成了缔造IT王国的领袖级人物。他们的"仙童"公司也成了IT行业中那些有野心和创造性青年科学家们所梦想与学习的榜样。

"18个月迎来一场风暴式的革命"——这是戈登创造的"摩尔定律"的一个基本公式,即在半导体行业,每18个月就是进行一次技术上的革命性升级的周期,谁抓住了这18个月的时间,谁就是IT业界的老大。现今美国人能够左右IT世界,就是因为他们在这一领域比谁都早地开发和不断升级着半导体的研发与产品开发。这当然要归功于成功领导"仙童"公司的既低调、又务实而又是魔术师般的诺伊斯和戈登先生。后者在中国人还处在60年代初的"三年困难时期"时,已经在《电子学》杂志上将他在"仙童"公司的实验经验公布于世。在发表在这份杂志上的文章中,戈登描述了芯片的化学印刷会有怎样的开放性结果。如果对这个行业进行投资,技术必将进步,而这种投资将会让芯片制造商获得丰厚的回报。这是一个双赢的局面。通过缩小晶体管并把更多的晶体管放进单个芯片里,一切都变得更加美好；随着芯片变得更好更便宜，其应用将大大扩展。

"他太了不得呀！"男工程师在梦乡中笑出了声。因为他现在的时代——虽然距离戈登先生说这话已经过去半个多世纪了，但现实的一切完全证明了"摩尔定律"的发明人戈登先生的预见。

"太了不得啦！"正是这样的认识，我们的男工程师在十几年前就"投奔"到了华虹。而这十几年他完完全全体味到了戈登先生当年的预见实在奇妙而伟大。

"是的，他是先知者！"男工程师梦语道。

最不可思议的事还在后面：1965年，戈登先生还向世人报告了他的一个新研发成果，一个数值预测——自1959年他与仙童公司的同事们实现的一次技术突破以来，芯片上的晶体管数量每年增加一倍，从而使当时的每颗芯片上包含了超过50个晶体管。戈登先生预言，这种化学式的变化，将在未来十年中持续下去：通过投资于化学印刷技术，让晶体管数量每年翻一倍，并降低成本——在技术开发和经济上都没有任何迹象表明这种趋势会受限，制造商到1975年将制造出包含65000个而不是50个晶体管的芯片……

这就是神话一样的IT行业中的"摩尔定律"的第一个公式。它至今仍然是决定芯片行业生死命运的一根魔杖，不管你喜欢还是不喜欢，它就这么存在着，一个尚没有人破解的"铁律"。

这就是戈登的厉害之处，美国人拿着这个一直在全世界IT行业甚至整个高科技领域称霸着天下，尤其是用它来制裁和阻击中国这样的新兴的发展中国家。而荷兰光刻机不卖给我们中国，是因为美国害怕中国有了先进的设备而更快地追赶甚至超越自己的制芯水平……所有的核心问题都在于此。

男工程师今晚被迫一个人睡在车上，滞留在空旷的没有了人烟的一条马路边茬，原因就是华虹作为中国自己制芯企业，正在走一条不畏美国等西方国家制裁的"芯"路……

"家国情怀，一诺千金，敬业奉献，使命必达！"这是男工程师到"华虹"上班第一天听到集团董事长给他和其他新员工动员时讲得最多、最重、最让他牢记的一句话。

突然，他被一阵手机的电话铃震醒了："兄弟，你现在在哪呢？"

我？男工程师尚未彻底从梦乡中回过神。他从驾驶座位上直起身，往外一看：东方已露几缕鱼白……哟，我睡了4个多小时啦！

突然，他想起了自己睡在车子上的目的，于是赶紧打开手机，点击健康码，再细一瞧核酸结果："出来啦！出来啦！"

"报告头儿，现在我可以进厂了！"他猛地扭动车钥匙，踩动油门。于是车子"嘶"的一声，四轮飞起，直奔近在咫尺的"华虹"厂区……

"报告厂长，我回来了！"他进厂的第一件事是向厂长报告。

厂长似乎已经知道他之前4个多小时的"奇遇"，于是点点头，命令道："立即上岗！"

"是！"男工程师迅速进入换衣间，之后便很快消失在洁净车间……

上海的这一夜，很多人彻夜未眠。我也一样，半夜我往酒店的窗户外看去，大街静地出奇，偶尔有车子过往，便是120救护车，其他的便是警车。附近的居民楼宇间，却比平时的深夜多了些亮着灯的窗户，那一定是与我一样被疫情扰醒而不眠的人在不知所措着。其实，在3月27日晚上央视《新闻联播》之后的上海电视新闻里播出上海市政府关于28日零时起浦东封控通知之前的下午到傍晚的五六个小时中，普通百姓尤其是浦东地区的人，几乎都知道了当晚12点钟后浦东与浦西隔江进行不同时间的封控，因此出现了下午三四点钟后的超市、商场大抢购之风，而当时所有人抢购物资也仅仅是为一周时间的日常生活所需去准备的，这是三年疫情中上海让人难忘的一幕之一。

采访华虹人之后我才意识到，当日绝大多数华虹人其实在上海的新闻播出前并不清楚外面已经出现的混乱和疯抢风潮，原来华虹人每天是12小时的倒班制，也正是这个原因，他们平时就是上海产业战线上最"两耳不闻窗外事，一心只干车间事"的人，所以3月28日零时浦东封控之前，尤其是上海宣布浦东封控之前，很多正好在产线上当班的华虹人完全"蒙在鼓里"。

"我们一半人还在封闭的车间里上班，另一半正在忙着准备接班前的那顿晚饭。所以基本上大家并没有像普通百姓那样提前敏感地意识到封控所带来的恐慌，也没有条件反射式地去抢物资、抢食品，一直到了市政府宣布封控的新闻出来之后才意识到问题的严重性……"一位华虹人谈了她在当时的情形，"通常晚饭后和早上是我们的交接班时间，那天下午三四点时，确实已经有些当夜零时浦东要封控的传说，但我们并没有把它当回事，甚至在想可能又是哪一波'小道消息'，所以该干啥仍然在干啥。那天下午我就是在准备晚饭，其他的都跟平时一样。可等《新闻联播》结束后，上海电视新闻正式播出了第二天零点浦东要封控的消息后，才悚然紧张起来。一想如果不在零点前过黄浦江的话，就不可能在以后的几天日子里回到工厂的工作岗位上，当时我们想到的可能也就是一周左右封控，于是手忙脚乱地抓了几件衣服和一些日常用品就出门……"

"那个时候，我觉得自己真的很勇敢，心里想的就是到工厂去，到岗位上去，因为我们都知道我们的生产线是不能停工的，再难，也要有人盯班！就是这样，所以义无反顾地往东走，走到我们热爱的华虹厂！"她这样说。

其实她说她平时是个话也不敢大声说的"小细娘"，但那一刻，她是强大的"华虹人"。

"我真的为自己有这么自觉、这么好的华虹同事们感到特别的自豪。"这是董事长张素心的话。这位一直在经济战线工作、由几个大企业领导岗位走过来的清华大学毕业的"理工男"在说此话时，眼睛是红润的。

他说："那天晚上我也是急匆匆从家里赶回单位的数千人之一。"

3月27日是周日，董事长张素心说这一天下午妹妹家有点事让他过去，所以晚饭是在妹妹家吃的。

"哥，浦东要封控了，今晚起黄浦江就不能来回走了！你们厂怎么办呢？"妹妹从另一个屋子过来，对正在桌上吃饭的哥哥张素心说。

"你哪来的这消息？"张素心问。

"电视里刚刚播出的新闻呀！市政府发布的……"妹妹说。

张素心立即放下手中的饭碗，再看了一下手机：可不，新闻已经出来了！

"不行，我得马上走！"张素心立即起身往外走。

"你得回家带点东西吧，看样子至少一个星期呢！"

"晓得晓得，我这就赶紧回家去……"车子已经发动，四轮立即飞旋起来。

从浦西的家里出来，张素心驾着车，一边观察路况，一边未雨绸缪，中途停车间隙他抄起手机给正在六厂值班的上海华力党委书记、执行副总裁周利民去电话告知其正在返厂途中。

"我家在浦西。那天晚上开车在路上，我想到的第一件事，就是必须赶在黄浦江封路之前过江，所以也是加足马力，往东走……还好，我到六厂时大约是当晚9点40分。"张素心说。

"把508会议室打开，10点开会！"六厂是华虹在上海最先进、最新建的生产线，是张素心董事长经常驻守的地方，所以在大疫决战时刻，他选择了这里作为他指挥全集团的"司令部"。

"报告董事长，我们在岗值班的几个负责人都在508会议室……"周利民说。

3月27日。22点整。
六厂五楼。508会议室。

这个会议室对张素心来说太熟悉不过，集团的许多重要的会议都是在这里召开的。然而今天与以往不同，一是时间不同，尽管集团平时也有些重要会议需要开到半夜，但22点开始开会并不多见。其二，参加会议的正式人员其实只有十来个，他们有些是集团的，但主要是华力的管理者。

张素心坐在他们的对面。我在当时留下的会议现场的一张照片上看得清楚：会议桌上甚至连一个茶杯都没有。而刚刚从浦西赶到这儿的张素心神情也显得格外严肃。

"情况来得很突然，我们几乎来不及做任何对应的准备。好在一周前根据上级指示，集团和各厂都建立了一个疫情应对值班团队，但那也只是为了应对突发情况下最低限度的生产线保障……现在的情况比我们原先预想的要严重得多，所以眼下我最关心的是返厂职工情况，它将决定我们华虹在大疫情袭来、上海全城封控的日子里，能不能正常生产……这是一次关乎华虹生死存亡的大事，从现在起，我们应当有这种意识！"

张素心说完这话，用异常严峻的目光扫了一下对面坐着的几个同事。

"我们厂的几个负责人基本都在岗，总裁雷海波同志正在返厂的路上，他跟我们是在厂里值班的，刚才紧急回家取衣服去了……"上海华力党委书记、执行副总裁周利民第一个汇报，末后他补充道，"另一个执行副总裁苏国良所居住的小区当日已经封控，但他也已经成功离开小区，赶在返厂的途中。"

六厂厂长王艳生汇报："大约在八点半，我们做了一次初步统计，员工的返厂率在50%多一点，到刚才开会前的10分钟新一次统计结果，已经超过了65%……"

"不容易！这个返厂率太不容易！"张素心听后连说了两个"不容易"。

"许多同志现在依然在路上，他们都在往工厂的方向过来呢！"产品品质总监吕煜坤说。

制造部部长周菁插话："我们部门的在岗率已经超过了平时轮班换岗的水平了……还有两个同志住得比较远，我考虑班上同志已经够用了，可他们坚持要回厂，挡都挡不住！"

"精神可嘉。"张素心说，"每个员工的家里也是我们华虹重要的阵地，安顿好每位返厂员工和在家员工的家庭生活，同样是保障我们生产线正常运行的重要一环，绝不能有过失。"

正在拍照的行政总监黄中俊放下手中的相机，说："我们已经在起草生产线上的员工和封控在家员工在疫情期间的不同管理与生活保障的意见，应该明天一早可以交总裁和书记过目了。"

行政部部长全晓文汇报道："我们厂的生产与生活物资准备应该是充足的，蔬菜一周、冻品两周、米面油一个月没问题……"

张素心立即指令："六厂是全集团两个生产平台中最大的厂子，海波和利民与大家一直比较重视物资储备，现在看来确实印证了毛主席他老人家说的一句话：手中有粮心不慌。但六厂仅仅保障好自己还不够，要关心和照顾好全集团的近一万名员工的生活、生产，尤其是近期的生活生产物资保障。既然我在你们这里，这里就是华虹的司令部，要负责起全集团的生活、生产保障。"说到这儿，张素心停顿了一下，目光扫到华力副总裁朱骏那边。

"朱骏，这回保供任务毫无疑问是头等重要事情。如果我是华虹抗疫保产的司令，那你就是保供团团长。有没有信心？"

朱骏一听，站了起身："报告'司令'，我一定当好这个保供团团长，确保全集团生产和生活供应万无一失！"

张素心满意地点点头，又问参加会议的其他人："大家有没有信心？"

"有！我们坚决服从集团需要，听从董事长的统一指挥！"上海华力党委书记、执行副总裁周利民首先表态。

"好，有同志们的决心，就有我和华虹全集团人的信心！但大家也要充分地估计到这一次上海疫情对我们考验的力度，它可能是前所未有的，其困难程度也可能远超我们的想象。所以每一位领导者都要有思想和心理上的准备，要关心每一位在厂和不在厂的员工的身体与生活，还有他们的家庭，只有这样，我们才可能实现不停工、稳产量、保任务。好，现在散会，我们分头行动！"

"是。服从集团指挥，有难同当，六厂有我，华虹不倒！"六厂

第一章："芯"战、疫战，惊心动魄　　51

副厂长任昱、安全环境部部长张晓东、生产计划部总监裴雷洪、市场部总监曹永锋、先进模块研发部部长方精训、财务部副部长王晓裕等纷纷开始分头行动。

第一场紧急会议，虽然开得很短，但目标和行动计划非常清晰。

末后，张素心叫住行政助手："你马上联系其他几个厂负责人，我要跟他们通话！"

"好！"

此时，墙上的时针已经指到22点30分。

不多时，行政助手送来一份表格，交给张素心。"董事长，这是各单位刚刚报来的返厂员工人数……"

"好，放在这儿！"正在给华虹所在地的浦东新区张江科学城管委会负责人打电话的张素心示意了一下，继续他的电话："无论如何，你得给我一张通行证，明天一早我必须去几个厂子转一转……太好了！我派人去取！"

没有"通行证"，寸步难行。张素心获得浦东新区政府的保证后，在浦东封控当日一大早就有了全浦东第一份"特别通行证"——这张用A4纸打印的白纸黑字全称为："浦东新区防疫工作采样专用车辆"。落款单位为上海市张江科学城建设管理办公室，盖着红印章。在落款和红章下面有一行小字：本证有效期自3月28日0时至4月1日5时止。

"实在对不起，我这儿的最高权限就是这4天了！"张江科学城负责人这样说。

"这就是对我们的巨大关照了！"张素心不胜感激。

之后的四天里，张素心冒着极大的风险，走遍了华虹在上海的所有厂区及其他所属单位，从此拉开了华虹历史上一场罕见的抗疫保产的艰难战役……

然而让张素心想不到的是，3月27日当晚，他在六厂的临时指挥部里，便有了第一次热泪盈眶的事：

真有这么多吗？返厂人数接近70%？！张素心手里捏着助手刚刚送来的各单位统计的返厂员工人数表，有些不信。

"不会有错，是各单位刚刚电话里报来的数。"助手肯定地回答。

"好啊好啊！快给我接通几个厂的电话……我要谢谢同志们！"

"是。"

"大家辛苦了！在这里先要感谢各厂的干部、员工，特别是那些赶回厂的同志们，请各单位负责人转达集团对大家的感谢，他们太了不起！太值得表扬了！"张素心说到这里，鼻子酸了一下，话语有些哽咽。

接着话锋一转，张素心提高语气："同志们，一场艰巨的抗疫保产的战斗正式打响了！从现在开始，我们就要用这70%的员工去实现100%的全员生产！困难将是前所未有的，但我们相信，华虹人一定能够众志成城，战胜疫情，夺取生产、防疫双胜利！"

"众志成城，战胜疫情！"

"夺取生产、防疫双胜利！"

这是口号，在那一夜空中久久回荡，响彻云霄。

这不是口号，它仅是一向低调的华虹人内心的一股迎难而上的勇气与精神。它一旦爆发，一旦凝成一种行动时，就会形成一股不寻常的力量。

战斗便是这样开始的。

第二章

保卫"根据地"

3月28日早晨,我记忆中的上海,一片被大疫情所笼罩的恐怖与紧张。当我推开酒店的那扇小窗户往外望去……大街上根本看不到一个人,偶尔有车风驰电掣地闪过,也一定是警车或120救护车,人们完全被不知怎样的未来吓着了。

唉,能是什么样呢?经历过2003年北京"非典"和2020年上海第一次疫情的我,也无奈地感叹着命运的不测。

当时,我并不知道在同一片浦东土地上,竟然还有六千余人坚守在生产线上工作……当然他们是华虹员工,中国制造芯片企业的干部与群众。我在设想:如果当时就到现场去采撷华虹的"战况",一定让国人热血沸腾、泪流满面,因为中华民族从来都是在"最危险的时候"显示强大而不可战胜的能量。

华虹当时的情况,就是这种民族精神的集中体现。

现在我知道,2022年上半年的大疫情中的上海,有这样一支队伍是抗战在生产第一线的——

3月28日,董事长张素心巡视完二厂和三厂之后,次日即29日,便决定去离"司令部"比较远的金桥的一厂。

28日下午,他让司机带上那张张江科学城管委会签发的A4纸"特别通行证"后,已经在张江地区察看了二厂、三厂等另外两个所属单位。现在,他最担心的是一厂。

"一厂情况怎么样,唐总?"晚上,张素心问华虹所属的华虹宏力公司党委书记、总裁唐均君。

唐均君告诉他的消息很不乐观:一厂已经发现有"阳"的了!并非在厂内感染,是在大筛查时发现的。

"不过,已经隔离了!"唐均君说。

"一厂是我们华虹的老根据地,可一定要保护好啊!"张素心听后,不由心头一紧。

什么情况都可以出,但绝对不能出现"阳"——新冠病毒感染者。但在这场前所未有的大疫情下,什么情况都可能发生,而且完全不以人们的意志为转移。

你越不想"阳"、害怕"阳",无情的病毒就偏偏让你"阳","阳"得你不知所措、毫无办法、晕头转向。

一厂的那位阳性患者,就是这样。

他是在26日有些不太舒服的情况下,到医院做了个核酸。27日他正常上班,因为那时核酸还没有出来,可就在他上班时,医院来通知了:你"中招"了!

"阳"和"中招",这在大疫情中成为最热门的词汇。

就在浦东宣布封控、华虹人逆流向东去的滚滚洪流汹涌之时,突然有一个"阳"冒出来。给紧张而又难以有序的一厂,添了一大难题。

"马上联系疾控部门,帮助把我们的患者拉到方舱……"值班厂

第二章:保卫"根据地"

长发出紧急指令。

"最关键的问题是：必须立即想法找出所有密接者，同时坚决阻断任何可能传播到其他生产单位的病毒源！"厂长华光平最着急的是这个。

"我来负责！"副厂长徐焦斌道。

"我们医务室配合！"负责厂区医务工作的总务部副部长杨梅芳，她也站了出来。

"好，马上行动！"华厂长道，随后又吩咐说，"你们自己也务必注意！"

"明白。"

"某某'阳'了，大家现在要认真地想一想：这两三天中，你有没有跟他接触过？如果有接触，接触程度和距离是什么情况，要立即报来……厂里为了确保大家的安全，需要将密接者隔离，请同志们务必配合！"

"对，这关乎你的健康，关乎全厂的安全和生产保障，所以大家一定要仔细想一想，并且立即报告我们……"

那时，浦东的疫情专业流调队伍已经完全不能满足需要，一厂的志愿者"流调"队伍就是在那时自觉成长起来的。

"我们就是这样过来的，从战斗中学习，之前一点儿也没有准备过……"杨梅芳说。

张素心只说了一句话，但他内心却泛起了一片情，因为华虹一厂是华虹集团的诞生地，是集团从无到有的老"根据地"，是在他之前几位董事长带领下华虹艰辛创业的原点。而此时大疫情席卷全上海，一厂地处人口最密集的浦东金桥出口加工区。昨晚，一厂已经有报告那里正在发生有可能随时蔓延开来的疫情……

保卫"根据地",就是保卫华虹全集团。张素心的心,此时一点儿不"素",相反充斥着揪着肉的紧张与不安。

我曾开玩笑地问过他:"你这素心名字很独特,起名时有何用意?"

他一本正经地告诉我:"素的古字形上半部分是'草'叶,加后面的'心'字,所以注定了我这辈子跟'芯片'相关。"

谁说不是呢!对此我默然而笑。事实上,很多人的名字中确实隐含了他一生的命运与人生信息,这是无法解释却存在的东西。

昨晚一厂报告的情况已经让张素心有所警觉,根据浦东疫情防控所发布的信息可以作出初步判断:一厂所在地的金桥地区的疫情来得比浦东其他地方要严峻和猛烈……

29日早上的浦东大地,往日车水马龙、到处车辆堵塞的情景,此时荡然无存,张素心和司机在十几分钟里只对话了一句:"平时嫌路上堵车烦人,真到了没人时又多想见到一两个人。"

此刻整个浦东的异常与寂静,也反衬出了28日零时前的疯狂……

"一厂是我们华虹的老根据地、中国芯片的摇篮,这块阵地保住了,我们就更有信心保护好全集团……"

"我明白。请张董事长放心,我马上赶到一厂那边,有情况随时向你报告……"

这是27日晚上10点在六厂开完第一个紧急会议之后,张素心与华虹宏力公司党委书记、总裁唐均君的一段对话。

其实就在他们两人通话时,一厂的形势已经处在紧急战时状态。

徐焦斌副厂长等人刚刚处理完那一例"阳"的隔离,并对内部流调出的近30名密接者和40名次密接者进行妥善安排,就马上投入了

第二章:保卫"根据地"

迎接一批批返厂员工的生活安排。

"看来返厂的人数超出了我们想象……"徐焦斌向华厂长报告说，"现在已经达到了七成以上啦！"

"太好了！真是我们的好员工！"华厂长好一阵激动，新闻中宣布浦东封城时，他最担心的是生产线上的下一班该上岗的人回不到厂里，那该如何是好啊！

现在好了，有六成人员返厂到位，就不怕生产线会缺人停产，这是全厂的"生命线"。

"估计到明天零时前还会有相当一批人回到厂子！"徐焦斌乐观估计道。

"谢天谢地。他们能在零点前赶回来是万幸之事！"但随即华厂长瞬间脸色变得凝重起来，"工厂没有宿舍，加上原来在厂上班的人，这一千多人的生活和住宿是个大问题，必须立即采取措施……"

徐焦斌汇报道："我们初步的想法是把行政楼全部改为员工生活区，每个办公室就是大家生活与工作的地方，剩下的办公楼上的会议室、文体活动室等公共场所，全部改为集体临时宿舍，男女分开，行政与设计人员，同生产一线员工分层管理……"

"这个办法好。我最想知道的是今晚大家能不能有地方睡、身上有没有被子盖。"华厂长日常统抓生产，后勤保障另有行政部门负责，但谁也想不到一夜之间，仅有的一栋行政楼里要安排一千多人的住宿与生活，这本身就是一大难题。

"走，我们到各层楼转一转。"他说。

"住的地方只能将就了，就地着铺。但每一个人会有一个睡袋。这是前些日子厂里储备的，正好现在用上……"杨梅芳边走边向厂长汇报道。

"好，这个要表扬你们！但现在天气还比较冷，睡在楼板上、办公桌上恐怕需要请大家注意保暖……"华厂长推开设计部门的一个办公室，见七八个工程师们横七竖八地睡在地上，心头一阵忧虑。

"地上凉不凉？腰板不太舒服吧？"华厂长看到一位年轻小伙子还在睡袋里拿着手机看设计图纸，便躬下腰摸了摸他的睡袋，问道。

"睡袋里还是挺暖和的。没事厂长，平时他们腰杆不挺拔，这回可以每天练练直了！"小伙子的回答让华厂长和在场人都乐了。

"请厂长放心，我们已经规划好了，每天除了上班，准备把这里当作锻炼的场所，还要定期比赛。"这时，七八个睡袋已经全部"复活"了。年轻的工程师们一个个活跃地向厂长报告他们刚刚商量出来的生活安排。

"好，现在我命令你们：早点休息，养精蓄锐，准备迎接更大的挑战！"受了鼓舞的华厂长，也顿时亢奋地说道。

"是！"

那楼层内好一阵慷慨激昂！

华厂长检查过三层楼，欲再往上行时，听得头顶处清晰地传来一阵阵悦耳的歌声。

"谁在唱歌呀？唱得还挺好听的……"他侧过耳，然后说。

"是今年新进来的一批大学生！"随行人员说。

"年轻人就是活跃。"华厂长一番感慨后，转头问徐焦斌和徐云等，"这是不是有点我们从学校出来后，大家第一次又回到集体生活的感觉呀？"

"还真的是！至少有二十多年没过这样的生活了，一千多人住在一栋楼里……"徐云跟着感慨起来。

"是，是。我刚才到会议室那边去看了一下，好热闹的，大家突然睡在一起，感觉很亲切、兴奋，说说唱唱，好不热闹！"随行的一位女员工边说边捂住嘴笑。

她笑得有些弯腰，因为刚才楼上的一幕令她也想跟着一起痛快地一展歌喉了——

"喂喂，我们睡哪儿呀？"几个女孩子说。

"就这儿——桌子归你，桌子底下归我！"男孩子指指一张乒乓球桌，调皮道。

"去去！我才不睡这儿呢！"女孩子一扭小蛮腰走了，挥挥手，上了另一间办公室。

就在这时，来了生产线下班的一群青年。根据行政办公室分配，他们被安排在乒乓球室。

"嗯，这么个地方，谁睡桌上、谁睡桌底下呀？"B拉着腔调问A。

A笑笑，说："平时我俩乒乓球比赛你赢过几次？我赢过几次？"

B摸摸头，有些尴尬地说："你的意思赢者睡桌子上面、输的人钻桌子底下睡？"

A得意地一笑："还能有其他选择？"

B无奈地把睡袋往桌子底下一扔，扔下一句话："以前多少还留了些面子给你……这回咱有的是时间。你说的啊，赢者睡上面、输者钻桌子底下！"

A还是充满自信道："条件不改，赛事择机进行！"

B说："一直奉陪！"

后来，A跟B进行过多次乒乓球对决，结果是30局A赢得17局，B赢了13局，不过他们的睡觉位置并没有换。相反，两人在疫情期间的感情与球艺都有了明显的增强。

这是后话。

3月27日夜间和28日凌晨的一厂行政楼里，一幕又一幕的关于睡觉的事儿里，有许多开心与有趣的情景：

C与D一直是轮班的车间操作工，过去每天你来我往，但却没有多少实际在一起的时间，尤其是从来没有在一个房间一起睡过觉。这回他俩被分在一个平时放杂物的小间。里面有一张沙发、一张行军床。

"行军床归你，沙发归我！"

"行。军训时我就爱睡行军床！"

C和D因为自己能与生产线上的老同事生活在一起，相互之间都有些兴奋与激动。然而第一夜睡下后，C急得直在楼道里踱步了两个多小时。

有人看到C独自在楼道上溜达，便问他干吗不睡觉？

C立即瞪着眼珠子，拉着人家到他与D一起睡觉的那间小房间听动静……

"天哪，简直是'震耳欲聋'呀！"从里面传出的打呼噜声，让人震惊。

"算了，我到食堂吃早饭去吧！"C无奈地说。

"听说食堂五点半开门。"

"那我宁可去帮厨也比进屋睡觉舒服得多！"

"哈哈……"

第二天D听说了C的事，十分抱歉，便在C睡觉之前也跑到食堂去帮厨——因为一千多人封控在一栋楼里，休息的时候也就是搞点娱乐活动，然而在半夜，除了到厨房帮着师傅们做事外，又能找谁一起娱乐呢？

第二章：保卫"根据地"

开始的十几天里，C和D每天依靠这个方法，错开睡觉时间，再后来他们发现完全用不着错时睡觉了，而且C说："我若听不到他的呼噜声，真的感觉睡不香哩！"

D听后，眼眶内一下涌出泪花。"好兄弟……"他张开双臂，给了C一个深情的拥抱。

突如其来的集体宿舍，让一厂的年轻员工们异常兴奋。

28日凌晨另一间办公室临时改成的宿舍内更加热闹，十几个女员工住在里面，那有笑的，也有啼哭的——那位上班不久的女孩一直在抹眼泪：每晚我都是搂着"咪咪"睡的，可、可现在我没啥搂的呀！呜呜……

那，我做你的小"咪咪"行吗？一位在楼道边路过的男员工调皮地去逗那女孩。

去你的！她破涕为笑。

"咪咪"是这位女孩的宠物猫咪。从这一夜起，她知道自己将与"咪咪"分居很长一段时间，便不由伤心起来，捂在睡袋里竟然"呜呜"地啼哭……

"喂喂，你的咪咪来了！快抱抱咪咪呀！"第二天早晨，有人掀开这女孩的睡袋，给她送上一幅漂亮而可爱的"咪咪"彩画。

"呀——我的咪咪！"女孩子兴奋地举着"咪咪"，欢快地哼了起来：

我们一起学猫叫
一起喵喵喵喵喵
在你面前撒个娇
哎呦喵喵喵喵喵

……

　　我的心脏怦怦跳

　　迷恋上你的坏笑

　　你不说爱我我就喵喵喵

　　我们一起学猫叫

　　一起喵喵喵喵喵

哪知这《我们一起学猫叫》的歌一传唱，整个楼层都在学"喵喵"叫。先是女声，后来是男声——

　　每天我都需要你拥抱

　　珍惜在一起的每分每秒

　　你对我多重要

　　我想你比我更知道

　　你就是我的女主角……

女生们一听更加兴奋地回应道：

　　有时候我懒得像只猫

　　脾气不好时又张牙舞爪

　　你总是温柔的

　　能把我的心融化掉

　　我想要当你的小猫猫

"哈哈……我愿意！"

正常的生活、生产……

他想到这儿，双目湿润了。

"你是我们国家培养出来的半导体高级人才，厂长一职是我们高度信任你才让你当的！"这是他第一次出任厂长时，集团党委书记对他说的话。

"有什么奇怪？继续任命你为厂长，就是对你的莫大的信任！"他出任一厂厂长第三个任期时，集团张素心董事长一边握着他的手，一边说完上面这句话，之后还亲切地补充了一句，"我为有你这样的清华校友而骄傲！"

这是华光平厂长听到的最暖心的话之一，那天他真的热泪盈眶。心头发誓道：一定要把华虹一厂搞得更好，要为自己祖国的半导体事业贡献全部力量。

不错。华光平厂长，他从清华大学微电子专业毕业后，参加了一段时间工作，那个时候中国大陆的半导体产业仍处在低端和落后的状态，而世界的半导体产业却正在飞速发展，尤其"亚洲四小龙"的日本、韩国、中国台湾和新加坡更是踏上了国际先进半导体产业发展的快速道，技术进步突飞猛进。然而以美国为首的西方国家则在高科技领域对中国采取封锁与制裁，凡是中国科学家与专业人士很难获得机会去接近这一领域的核心部门。鉴于此，华光平选择了去新加坡学习半导体产业技术与管理专业。在岛国新加坡，华光平开始接近先进的国际半导体技术，但后来却意外地止步了……

"他是中国人，不能让他知道更多的东西。"有人站在华光平的身后，悄悄地说。

华光平有一段时间非常痛苦。既然如此，那么我就换个身份看你们会怎么样呢？

之后他很快获得了新加坡国籍。一个清华大学的高材生，新加坡热情地拥抱了他。

换了一个身份，有人再不好说什么了！华光平心想：不管我是哪个国籍的，永远改不掉的是我的血液，我永远是中国人。他因此努力地向国际半导体先进技术靠近……1996年到2002年，这6年中，他在国际先进的半导体领域如饥似渴地学习与钻研着，成为名副其实的半导体芯片生产线上的专家。

2003年，祖国的快速发展，尤其是芯片产业在上海的崛起，让华光平坐不住了，他毅然决定回国。

"大浦东开发如春潮一般，确实波澜壮阔，所以我觉得自己选择回国干芯片产业是对的，尤其是上海这个地方，一定是芯片产业最具活力的地方。"华光平说，他回国后在上海的几个电子企业工作过，上海和浦东的产业环境让他看到了发挥自己才智的前景和机遇。

"那个时候，华虹的发展势头特别强劲，所以2007年我就进了华虹，开始任工艺部部长。2010年被推荐到了厂长岗位。"华光平说了一个成长的"花絮"：当时他听说自己被华虹推荐担任一厂厂长时，根本不敢相信，以为人事部门弄错了他的身份，他便找到集团有关负责人，说："我可是新加坡人啊！"

华虹集团的领导人："这个我们都知道的呀！有什么问题吗？"

华光平摇摇头，有些着急地说："不是我有啥问题，是你们别推荐错了人，我是新加坡人，当厂长不太合适吧！"

集团领导人笑了："没弄错，没弄错，我们选的就是你这位清华大学毕业的现今是新加坡籍的中国人……"

华光平这回脸红了，说："你们还是当我中国人啊？"

"哈哈哈，你就是中国人嘛！我们从来就没有把你当外国人嘛！"

华光平的眼眶又红了。

把一个先进的半导体生产厂交给他管理，本身就意味着高度的信任和期待。华光平深知这一点，而且他也清楚，一厂是华虹的发源地、老根据地，更是中国芯片的摇篮。这份责任和使命可以同泰山比轻重……

华光平干得怎么样？不用说，从2010年到现在他一直是一厂的厂长，这一点就足以证明他的能力与实绩。

国际芯片制造业，本来就像一艘行驶在大海浪尖上的帆船。而自2020年以来的上海，更像那艘帆船的船头，所有的巨浪与逆流，全都击打在这里：西方同行的打压，无情疫情的疯狂袭击……

一厂的员工清楚地记得，在2020年2月，自武汉出现大疫情之后，上海也曾一度陷入艰难的局面。那时的一厂就处在浦东的疫情重点风险区，许多员工克服困难赴厂上班，身为厂长的华光平每天站在厂门口迎接那些上班的员工。大家都很感动地"谢谢厂长"，华光平则深情地说："你们每一位就像我的家人一样，我希望能够做多一点、想多一点，员工就能更平安健康一点。"

正是因为他为员工们"做多一点、想多一点"，一厂从未因为疫情而影响过生产进度与产品市场，相反一直都是逆势增长。

2020年末，上海市评选"智慧城市建设中的智慧工匠"，华光平名列其中。

"厂长，天快亮了，你进屋休息一会儿吧！"这时，有人在身后叫他。

华光平转身一看，是总务部副部长杨梅芳。

"杨医生，你也没有睡呀？"华光平称这位一厂的总务部负责人"杨医生"，是因为杨梅芳确实是位医生出身，即使当了总务部负责人，她仍然经常在厂医务室给大家看病问诊，所以大家亲切地称她"杨医生"。

杨梅芳的出现让华光平眼睛一下亮了许多，因为平日里只要有杨梅芳这位"大管家"出现，杂七杂八的问题，就能迎刃而解。

可不，杨梅芳之所以刚才一直没有出现，就是因为在华厂长、徐焦斌和徐云副厂长等迎候返厂员工、安排大家临时就宿时，她去处理一件更紧急的事了，那就是一位工程师核酸检测"阳"了的事。

这绝对是天大的事！我们稍稍回想一下2022年3月末的那段时间：倘若那个时候发现一例感染上新冠的阳性者，整个单位、整个厂子可能都要隔离。

"上级防疫部门也是一再这样要求我们的，我对他们说，我们华虹厂平时就是与外隔绝的。于是人家说，你必须找到所有密接者以及次密接者。我心想这还了得！密接者肯定要找出来，一个都不能漏。但次密接者到底有多少，我也心里没底了！你当时一个命令，说杨医生这事交给你处理。我就只能根据厂里的实际情况，先让防疫部门想法把'阳'的同事拉走，其余密接者迅速排查，一查三十多个，就赶紧全部把他们隔离起来。至于次密接者，大约有四五十人，我们就安排他们在跟其他员工离得远一点的地方住宿和生活。"杨梅芳借这机会向厂长作了汇报。

"好，这就我放心了！"华光平拍拍胸口，苦笑着摇头道，"封控命令下来，我最怕两个：没有那么多人上班怎么办？现在这个已经没问题了；其次就是怕厂里出'阳'。这不，偏偏刚说'阳'，它就来了呗！"

杨梅芳抿抿嘴，说："我们的四周是疫情重灾区，我担心还可能会继续出现感染者。"

第二章：保卫"根据地"

华光平厂长立即做出惊恐状："杨医生你可别吓唬我啊！"

"厂长这不是吓唬你，是这回上海的疫情防控形势太严峻了，谁也说不清结果。"杨梅芳解释。随后她保证道，"请厂长放心，这一块我一定全力给厂里保护好，就是豁出命也要确保全厂的员工安全，做到不影响生产线！"

华光平不无感激地说："谢谢杨医生了！"随后他又仰头朝楼上看了一下，说："现在我就担心一千多人都住在这栋楼上，一天24小时封控在这有限的空间里，生活、休息、轮班和疫情防控，所有吃喝拉撒都集中在一起，容易出问题，有劳你这个大管家了！"

"一切都是我们总务部门该做的事，只是现在人成倍地多了、物资缺了许多。"杨梅芳说，"不过我们会想办法克服的。"

"食堂安排好了吗？"华厂长问。

杨梅芳点点头，说："我在处理那例阳性患者后，就给食堂开了个会，根据新的就餐时间和批次，给食堂师傅们重新排了班次。第一拨上班的是凌晨三点，现在他们已经忙上了。"

"一千多人，人人都要吃上饭，食堂师傅要比平时忙三倍的工作，这不是小事。吃得好，才能干得好！走，我们去看看！"华厂长迈开了步子。

"你该去休息了！食堂的事我都全安排好了呀！"杨梅芳想劝住厂长。但没用，华厂长边走边说："吃饭是个大事，我得去看看……"

杨梅芳无奈地跟在他后面。

此刻的食堂内，已是热火朝天的场面，白花花的馒头和丰富多样的菜肴，香喷喷地扑过来。

"辛苦了师傅们！"华厂长一进食堂，看到正在忙碌的大厨们，倍感鼓舞。

"厂长放心,我们保证让每一位员工吃上饭、吃好饭!"大厨们纷纷表示。

"谢谢!谢谢你们啦!"华厂长一一给他们作揖。他刚转身,突然又被另一批在厨房里的人吸引了,"原来是你们啊!"

华厂长说的"你们",是平时在他身边从事行政工作的同事们。

"厂长好!"正在择菜、帮厨的这些行政人员们异口同声道。

"他们都是自愿来食堂帮忙的!"杨梅芳随即介绍道,"我也给他们分了早、中、晚三批次来厨房。"

"好好,这我就放心了!"华厂长又一次被自己的员工感动了。

"厂长看我们还有什么做得不够的地方?"跟在华厂长身后的杨梅芳轻声地问道。

"很好,真没有想到师傅们能够迅速适应这么多人的就餐需要,而且安排得井井有条。"华厂长突然压低嗓音,问杨梅芳,"我想今天在食堂里多吃几顿!"

杨梅芳先是一愣,然后马上点点头:"行啊!给你多备几个小菜?"华厂长乐了:"你想哪儿去了!我是想跟一天就餐,看看这么多人在这儿轮时就餐会有什么问题。"

杨梅芳"噗"地笑了出来,然后说:"请厂长放心,我们已经安排好了!就等你到时来检查!"

华厂长点点头,又说:"现在生活和防疫方面最缺的物资是什么?你尽快汇总起来。天一亮我们就争取先自己想法解决,实在不行的就向集团和公司汇报!"

"明白。我们现在最需要的是解决大家吃喝拉撒的生活问题,其次就是防疫方面的物资,今天有七成的人能够睡上睡袋,另外两三百件睡袋则需要紧急采购或者请集团和公司帮助解决。食品方面应该能维持一个星期，但如果长于一周，情况就比较复杂，我今早已经让行政部门的年轻同志拿出方案，回头向你报告！"杨梅芳真是一个好管家，华厂长想到的事她已经都想在了前头。

"我是管这块的，如果没有想在领导的前头，就是失职嘛！"杨梅芳平时也经常这样说，"你要给人家看病，你自己没有备好药，人家来门诊就医，你给患者看完病后不要开药吗？如果事先没备好药，你这个医生咋当的嘛？"瞧，她把"医生意识"带到了行政管理上，难怪走上行政管理岗位后，大家依然喜欢称她为"杨医生"。

杨梅芳送华厂长出食堂时，东方已近晓白。这时，他们的耳边传来"哐当""哐当"的声响。

"哪儿还在施工呀？"华厂长奇怪地问。

"是我请设备部的人帮助把卫生间改做成浴室。"杨梅芳说。

"走，我们去看看！"华厂长一听，就朝响声的地方走去。

"你一夜不睡了呀，厂长？"杨梅芳有些急了。

华厂长转身朝自己的总务部负责人认真地说了一句："今晚很多人没有睡，你也不是一样吗？"然后他一挥手："走！"

改装浴室的现场也是一片热火朝天，十几位工人师傅不等天亮就开始动手干活了，他们一看厂领导来到现场，就自己给自己下了"军令状"：原本三天的活，现在今天晚上就争取让大伙儿洗上澡！

"好！到时我就代表厂里表扬你们为全厂抗疫保产立头功！"华厂长情绪激昂地说道。

"谢谢厂长。我们一定提前完工！"

"不是你们谢我，是我要代表全厂谢谢你们才是！"

厂长和工人相互作揖感谢的场面，感动了杨梅芳，她忍不住在一旁拭泪起来。

其实在那一天、那一夜，一厂及其他各厂的许多地方、许多事、许多人，都令人感动与难忘。

一件睡觉的事，可以说成三段相声：

李某和王某一个睡在桌子上面，一个睡在桌子下面，抢位置的时候王某很得意，因为他不用睡"地铺"。他因此高高在上，得意扬扬，但他就是睡不着，因为在家时他的小媳妇照顾他——那大床可以打上三个滚也不会掉到床底下，再说那床底下也是地毯铺着，怕啥？小夫妇俩玩得疯一点的时候就在地毯上"战斗"一番。但这回突如其来的返厂，睡在桌子上的王某真的难以适应：翻身不敢动，不动又难受。这一折腾就是一两个小时。年轻人一躺下就是呼噜声惊天动地，这睡不着确实也是不堪折磨。再看桌子底下的李某此刻，早已进入甜美的梦乡，那睡梦中露出的小样，让王某气得敢怒不敢言，无奈只好忍着……

就这么着又是一分钟、十分钟……一个小时过去了。王某感觉太累，累得四肢乏力，浑身酸疼。

糊里糊涂间，竟然睡着了。

"噗通！"突然黑暗中一声闷响。

"哎哟哇——"李某惊叫，随后从睡袋里跳了起来。再打开手机电筒：是王某从桌上摔了下来，正好砸在李某身上……

"你、你是咋回事？"李某怒斥。

迷糊中的王某，抿着蒙蒙眬眬的眼睛，问："啥情况？"

"你砸疼我了！"李某怒言道。

"我、我刚才记得是我媳妇推了我一下……"

"去你的！还在梦里做美事呢！"李某气得一脚踹过去。

这回王某终于醒了。抱歉地说："要不我俩换一下：你睡上，我睡下？"

"我才不呢！昨晚睡之前你咋跟我争的？"李某一把将王某从地上揪起来，然后将其重新推到桌子上，"记住啊，好好睡觉，别再想媳妇了！"

王某无可奈何地伸伸懒腰，嘀咕道："还是睡在媳妇身边好嘛！"

李某在睡袋里偷偷嘲笑道："你小子出息一点吧！"

王某还在耍赖："我媳妇不在，你得照顾着点我……"

李某气得伸出头，吼道："老子才不管你！好好睡觉！我们返厂是为了上班来的，不是来集体度假的！"

"知——道！"王某哼了一声，总算安静了。

这让李某又担心起来，所以他轻手轻脚地起来，搬了两叠书，放在王某睡的桌子边上，这样打滚翻身的王某一碰到书就会"提高警惕"，不至于再从桌上掉到地上……

第二天王某醒来时，见桌边的一堆书，开始奇怪，后来明白了怎么回事后，深情地点点头：嗯，哥们就是哥们！

嗯，怎么没人了？王某把脖子伸到桌子底下，李某不在！他到哪儿去了？

"早就去吃早餐了！你也快去吧！"走廊里，有人告诉王某。

于是王某赶紧穿上衣服。等他到食堂就餐时，里面的那个热闹劲，厨师们用了四个字形容：从来没有。啥太热闹了？热闹啥？都在说昨晚睡觉的事，那个花样多得不得了！

王某顿时心虚地左右环顾了一下：李某在哪？他是不是也在兜露阿拉老王昨夜从桌子上掉下来的事儿？

但他没有找到李某。后来有人告诉他：李某被行政部叫走了，去搞改装女厕所！

这人，真是个好爷们啊！王某感到异常开心，因为未来若干天内，他因为有这样的伙伴万分荣幸。

说起昨晚上厕所的事，女员工们的"热闹"多数是因为这个主题。

"我跟你说，半夜我突然尿急了，从睡的地方站起来，可就是找不到洗手间，连转了几下也没有找到地方。怎么回事？我想了半天，摸了几次就是没有找到呀！一想，原来这不是在自己家呀，是在单位的办公室呢！所以就赶紧重新再找出去的门。后来门找到了，随后顺着走廊找厕所，总算找到了，往一头往里钻……哪知刚要蹲，又吓得跳了起来：我咋进了男厕所呀？赶紧提了裤子就往外逃，一直逃到睡的那个办公室。但又想想不对呀：刚才进的是男厕所，那女厕所在哪嘛？想不起来了！没有女厕所我这尿尿裤子里？不行不行，我还得去尿！可到哪儿去尿呀？我不得不又朝刚才去的那个男厕所那边急步走去。这个时候，我看到隔壁睡的一位女同胞从那男厕所里悠闲地走了出来。我吃惊而又奇怪地问她，你咋进男厕所了？她朝我点点头，嗯，是男厕所呀！可昨晚领导说了，现在它归我们女同胞用了，改成女厕所了呀！你看，这里贴着纸条呢！我小心翼翼地过去一看，可不是嘛，那A4纸上明明白白地写着'男士止步'。你说气不气人！"

这段"传奇"经历，让女员工们笑得此起彼伏，有的甚至乐得直不起腰来。

真是苦乐有趣。

现在是就餐时间。疫情紧急状态下的就餐，也成了一厂的一道风景线——

在这道风景线上，厨师是最出彩的。想一下就会明白这些大厨们多么不容易：不仅是正常就餐人数增加，用餐时段也增加了。此前因为不少职工家在市区，上班前的早餐和下班后的晚餐一般这些人就不在厂里吃了。

现在不是。不光就餐总人数创下新高，其次，所有人一天至少有三餐都在厂里用餐，而且因为倒班和防疫值班人员，还有相当一批人得一日四餐……因此大厨们的工作量一下就变成了以前的数倍！

同一个人数倍的工作量如何干法？开始大厨们有些愣了：阿拉没长三头六臂，再说锅碗瓢盆也就那么多，侬让阿拉哪有个干法呀？

这皮球踢到"杨医生"杨梅芳那里。

杨梅芳笑笑，说："上海人有句话这样讲：家里客人来得越多越是福。我看你们是有福之人，是来喜事了！我没听上海哪家人家来了喜事嫌人多的，反倒是人越多，事情办得越好！你们是不是这个风俗？"

大厨师多数是上海本地人和南方人。听杨医生这么一说，大家脸上一下绽出了彩云："是的呀，哪有办喜事嫌人多的！我们也一样，能为全厂的人做好服务，是我们十年不遇的一次好机会，大家是不是应该拿出看家本领把饭菜做好呀？"

"对，请领导放心，我们一定全力以赴，保证不让任何一个员工吃不好、吃不上！"

"好，这才是我们华虹一厂人，才像我们华虹老根据地的英雄好汉！"杨梅芳杨医生欣喜不已，说，"好，掌勺上灶的事你们来，择菜刷碗一类的事包在我身上，回头如有需要，我请其他同事也来给你们提供帮助。"

"太感谢杨医生了！您老不仅为大家治身体上的病，还能为阿拉看'心病'呀！"有调皮的大厨开起玩笑道。

"你小子给我规矩点啊！"杨医生半嗔半笑地顺手抄起一把铁勺

要去打调皮的年轻大厨。

"哈哈……"

欢笑声压住了食堂的锅碗瓢盆声。

一千多人,员工们的一天三餐加一顿加班晚餐,对食堂确实是一个巨大的考验与挑战。头一天下来,几位掌勺的师傅说自己的胳膊像比练了一天举重还疼,而且有好几位师傅在灶上站了十七八个小时,自己竟然连一顿像样的饭都没有赶上……

"那些日子虽然天天都很辛苦,但我们从未那么开心过:全厂的员工们每一声'大师傅'都叫得亲切、温馨,让我们感到格外的自豪和有精气神!所以虽然活苦了点,但大家越干劲十足,就像厂长跟我们说的那样:员工们顶着疫情,舍家忘我地在为华虹、为国家的芯片制造干活,我们厨房的任务就是让每一位留在厂里的人吃好吃饱……"大师傅们的活干得实在,话也说得实在。

在大战时刻,一两句"实在话"其实无论如何是无法概括激烈而紧张的战况的。有一厂的员工这样描述过:"我们每天吃饭跟打仗也差不多呀!得往里拥呀!每顿饭得20分钟内干完,因为后面的人等着呢!这样一天三顿、四顿饭就是三次、四次的冲锋与战斗。但最辛苦的还是食堂师傅和那些帮厨的人,大师傅掌勺一天就得站在灶头十几个小时,帮厨的也不容易,蹲在地上择菜等于在车间流水上似的那样紧张忙碌……其情其景好感人哩!"

我想想,那场景也是那么有趣,那么生动,那么感人。

"哎呀不好了不好了,厂长……"千人的就餐问题刚刚安排有序,第三天早晨,杨梅芳火急火燎地找到厂长。

"别急,慢慢说来!"华厂长正在与华虹宏力公司党委书记、总裁唐均君商量如何确保生产线不断原料供应之事,杨梅芳的出现,让他们立即放下手中的工作。

"保、保洁那边出'阳'了!"杨梅芳气喘吁吁地报告道。

"啊?!"华厂长和唐书记同声惊诧。这可是个当天雷轰事件:保洁是干什么的?是每天帮助厂里厂外(当然不进生产车间)和办公楼和生产车间打扫卫生的啊!

"对啊,她们会出现在除洁净车间之外的所有地方呵!"其实不用杨梅芳提醒,华厂长和公司唐均君书记清楚保洁人员出现新冠感染的严重性了!

这意味什么?意味着千保万护的一厂,将可能面临疫情导致的全面瘫痪的危险和可能!

"她们现在在哪?"平时文质彬彬的华厂长这回完全没有那么斯文了,他差点没跳起来说话,两只眼睛一下瞪得鼓溜圆。

"在、在她们休息的地方等候厂领导指示。"一向镇定的杨梅芳这时也有些语无伦次了。

"先不用太着急。"唐均君书记用双手轻轻地在华厂长和杨梅芳面前按了一下,说,"现在要做的是先将所有保洁人员跟厂子里的人隔离开来。"

"这个我已经让行政同志过去处理了,让所有保洁人员迅速远离生产线车间和这座行政大楼。"杨梅芳说。

"好。这样至少首先控制了有可能的传染源的再度扩散。"唐均君书记说,"其次要迅速流调保洁人员的密接人员有多少,在哪个部门和哪些区域!"

"这个已经作出初步判断,因为今天出来的阳性保洁员是昨天做的核酸,今天她们做的保洁工作正好与员工们的吃饭和上班时间错开了,也就是说没有与太多人直接接触,但区域面积很大,基本上散遍了厂内，尤其是这座行政大楼。"杨梅芳报告道。

"我最担心的就是这个。她们搞保洁的每一层楼都会走到，而且停留的时间还比较长，尽管不进员工们休息的房间，但她们在走廊、楼梯和厕所等地方待的时间很长，这些地方是很容易成为传染源的！"华厂长分析道。

"你们看这样做行不行！"唐均君书记说，"马上组织消杀，将整个楼道、走廊和厕所等保洁人员去过的地方全部、彻底和认真地消杀两遍，然后严密观察大楼里的所有人员，一旦发现感染者，立即将楼层与楼层之间封死，不让有感染的患者再接触和流通到其他楼层。其二，与感染者在同一楼层的人，不能再去生产线或其他岗位上班了，每个人都要静观身体变化情况。杨医生与防疫部门专家联系一下，请教这样的人群观察期是多久。"

"好的。"杨梅芳点头。

"另一个问题是：已经成为病毒密接者的三十几个保洁人员，要确保她们的生活与救治情况。"唐均君书记问杨梅芳现在张江地区防疫部门能不能派人员来帮助厂里解围。

"这两天全市的疫情形势已经有些失控了，只能将感染者送出去！这也要左一个电话、右一个叫急才可能来一辆'120'给拉走，其余的人想进方舱已经难度极大！"杨梅芳急得直想跺脚，"刚才几十分钟里我打过不下几十个电话，不是接不通，就是接通了也说不上什么话。"

华厂长皱了皱眉头，说："还是要靠我们自己想办法，否则一旦耽误，感染面会更大，那个时候真的马上会影响到整座大楼里的一千多人，生产线也将无法再保障了。我们不能犹豫了，要另找地方把保洁人员彻底隔离起来，不得让她们离开隔离区一步！"

第二章：保卫"根据地"

唐均君书记思考了一下，点点头道："华厂长的意见是对的。应该马上采取自救措施，不能等区里的防疫部门来帮忙了，那样反而会耽误时间。现在我们要做的，就是与病毒比时间、抢时间！"

"杨医生，那就按唐书记的意见，我们立即行动。大楼消杀、保洁员全部隔离、全员身体观察一齐并进！"华厂长下令道。

"我马上去布置！"杨梅芳转身就"飞"走了。一位年岁不算小的中年女同志，此刻是跑着步去战斗了。

对保洁人员的隔离并不是那么简单，找地方，安排休息和吃住，还要定时观察每个人的身体情况。三十多个人的隔离，需要配合一系列隔离及相关工作的人员也需要一二十个人。一厂工程二部部长李晓远用一个多小时就把这些事一一落实妥当，而此时，大家的心仍悬在那栋正在大消杀的行政楼上……

那个楼上正住着一千多名员工，他们多数是为了厂里的生产而冒着风险从四面八方赶回到工作岗位，每天坚持在生产线和设计岗位上战斗着。如果他们中再出现疫情大感染，杨梅芳啊杨梅芳，你这个行政"大管家"该怎么办？

从保洁员的隔离现场到大楼的短短一段路程，杨梅芳的双脚，仿佛跨越了万水千山。

从 27 日晚至安排与处理好大楼里一千多名员工的吃喝拉撒到两起突发性的感染病例，再到生产线全面进入正常运营的"战时生产"，前后 100 多个小时里，厂长华光平到底有多紧张，他自己已经说不上来了。反正他知道这是"有生以来"让他最紧张、最心惊肉跳的一段"超级经历"——基本上没有真睡过，闭上眼一分钟，马上会有 10 分钟、20 分钟或者更长的时间睁大眼睛想着：哪个地方会不会出啥事情。然而这一想就可能会真发现问题了，于是就赶紧起身去现场处理，或叫上一帮人开会解决问题。华光平厂长苦笑着跟我回忆道。

"厂长，坏啦坏啦——"又是杨医生在叫唤，而且这回叫唤有点变了声调。

"杨医生你可别再吓唬我了啊！"华光平几天下来，有点暗笑他的行政"大管家"有时过于大惊小怪，把事情看得空前严重。

瞧，这回她又来了。厂长的内心在笑她。

"不是厂长……你得听我认真说……"杨梅芳这回说话有点结巴了。

"说吧。是不是又有谁染上了？是不是大楼里的人？"华厂长看杨梅芳此番与以往不太一样，内心也跟着有些紧张起来。"说呀，有我呢！"他鼓励道。

"不是，是……"杨梅芳还是没有一下说出来。

"哎哟我的杨医生呀！你今天咋了？"华厂长觉得"大管家"有点反常。

"区里防疫站马上来车要把你拉走……"杨梅芳终于说了。

"拉走我？干吗，开会去？防控会议不是说好了，都由你负责嘛！"华厂长有些恼了，这厂里从一开始就定的事，怎么说变就变了呢？

"不是不是。是你'阳'了！"

"什么？什么什么？我？我……感染上了？"华厂长觉得不可思议，"我怎么会'阳'上了嘛？"

杨梅芳告诉他：因为你是厂长，区防疫部门特别重视，必须马上将你拉走去"保护性"观察和治疗。"车子一会儿就到，区领导特别关照的。"杨梅芳说。

华光平的神色一下凝重起来。片刻，他又释然了，冲杨梅芳说："你是医生，你知道，我身体还是不错的，不会有问题。不过我一走，厂里那么多事，大家可是要更辛苦了，好在唐书记也在厂里盯着。"

"啥都不用想了，安静观察几天，配合治疗。"杨梅芳轻声安慰道。

"这个我明白。不过要走的话，我也得跟厂里几位负责人开个会，安排一下这几天厂里的生产。"华光平自言自语道。

"不行！你现在尽量不要跟任何人接触。"杨梅芳突然严肃道。

华光平厂长一愣，稍许，他便道："那也是。不过我还可以跟大家开视频会。到时你让办公室的人帮着送点我需要的东西。"

"行。"杨梅芳与华光平厂长说着的时候，一辆"120"车已经来到厂门口。

门卫和杨梅芳站在厂大门口，目送"120"开出厂区……

大楼里，许多窗户上贴着一厂员工们的人头，他们也在目送渐渐远去的厂长坐着的那辆"120"救护车。这是一段特殊的、每个人都很压抑与无奈的日子。

身为华虹一厂厂长的华光平便这样忐忑不安地离开了岗位。

"我怎么可能会传染上嘛？"他觉得自己没有不适的，除了累一点之外，似乎与平时无异。

是错觉？还是真感染上了但头脑失去了应有的正常警觉？

一天、两天……

华光平一边有些焦虑地等候着最后的"阳"或"不阳"的判决，一边不停地指挥厂里的生产。

"光平啊，好好配合医生，慢慢观察。没事最好，有事就配合治疗。这里有均君书记在,你就放心。我也会经常过来看看的。一厂的生产现在很正常,大家的心气都很好,我很满意。你就放心等候几天吧!"这是集团董事长张素心的来电中所述。亲切的关心,如暖流涌进华光平的心间,让他眼眶有些湿润。

"明白。董事长,我会配合医生的。没事我就马上回去。"华光平说。

三天、四天……

医生过来了,笑眯眯地通知华光平:"根据观察和刚刚出来的核酸结果,你是假阳性。"

"哈哈……我说我没问题嘛!"华光平兴奋得双手自击一掌,说,"我可以回厂了?!"

"可以了!"医生说,"实在抱歉了华厂长,让你虚惊一场,还耽误了你工作……"

"这不能怪你们!你们认真负责的精神,是当下防控所需要的。我要谢谢你们呢!"

华光平回厂的路上,脸上是一直露着轻松和愉悦的微笑。

而他内心想的是:绝不能让一厂的生产受影响,更不能让一厂——华虹的老根据地出现任何问题。

华虹是中国的芯片制造摇篮。华虹是一个国家伟大工程的承载者。这个工程叫"909工程"。

"909工程"属于国家,也属于华虹人自己。

从"909工程",到华虹诞生,再到华虹的今天,就是国家"909工程"的时代高科技的伟大交响曲——

华光平回到厂里,在下车的那一瞬间,他的目光投向了那片通明的厂区……这是他多么熟悉的地方,然而这一刻,他竟然有些迫不及待,他快步走向车间,然后跟正在上班的每一个技术人员一一打招呼,不停地说着"谢谢""谢谢你们"……

"不知为什么,那一天我到车间后,感到从未有过的一种幸福感、自豪感,因为那一天我似乎第一次感觉到,身为华虹人、身为国家'909工程'老根据地的一名工作人员、华虹一厂的厂长,是多么骄傲,我是多么舍不得这里的点点滴滴。当时我在心里默默地说了一句:我属于这里,属于华虹……"

第三章

"909工程"计划

天底下的事总有些非同寻常的巧合：2022年11月30日中午起，江浙大地阴雨绵绵，寒风萧然。我住在上海黄浦江边的浦东一家酒店，看着窗外阴冷的小雨，想到这个月份出现这样的天气在上海是很少见到的。就在我胡乱想着什么事时，手机里突然闪出"江泽民同志逝世"的消息，顿时心头一紧：这么巧啊！写到他，竟然他的消息就出现在我们的眼前……

是的。中国的芯片事业正因为他，才有了一项伟大的战略决策，这就是"909工程"计划。

一直以来，我们国家和党的许多大事都是用数字代号来指代的，它们通常是某些具有极大保密性的国家大项目、大工程，或战略，比如"863"计划等。

"909工程"计划就是上世纪90年代以江泽民同志为核心的党中央作出的关于发展半导体（芯片）产业的决策代号。在江泽民同志逝世的头几天里，有关他的纪念文章不断在报刊和网络上出现，让我们有机会重温这位对中国改革开放作出杰出贡献的中国共产党领导人，对他有了更全面的认识和了解。在众多悼念文章和江泽民生前的影像资料中，我看到有一段与中国半导体"909工程"相关的文字：江泽民说，1989年，我主持中央工作以后，决定启动了"908工程"。预测到2020年，国际上微电子技术水平将发展到14纳米。我们应该清醒地认识到，核心技术是买不来的，必须靠我们自己，只是一代又一代地引进新的生产能力是赶不上世界先进水平的。我们研究人员要人人争口气，否则发达国家在核心技术方面总是要卡我们的脖子。

"908工程"是什么？为什么又有后来的"909工程"呢？它们之间又有什么关系？想弄明白这些问题，得首先了解一下中国的半导体事业发展史，而中国的半导体又是在西方先进的半导体产业发展影响下成长起来的。

在现代工业产品的科学征程上，我们自然要感谢一些发达国家的科学家们所作的贡献，正是他们的发明创造，使得我们今天有了网络和手机，坐在家里只需点几个键便能点到想吃的东西。这在三五十年前是不可思议的事，现在却连一位最普通的百姓都能做得到了。

电—电介—电子管—半导体—晶体管—电脑—芯片……这些看起来都是物理和电子学家们的事，如今却与我们每个人的生活息息相关了！

是的。正如一位半导体专家所言：近一个世纪和未来的一个世纪，改革人类最大的因素不会是政治与宗教，也不会是军事与意识形态，而是与电子相关的半导体。信不信由你，反正这个世界确实完全不像前一百年的"大革命世纪"了。

改变我们的不再是战争与政治，而是生活中渐渐变得必不可少的、那些能让你方便快捷地深入和透出的东西——电脑与手机，以及由此延伸出的所有工作、生活与认知等等。

创世以来一直处在农耕状态的中国，无法与近二三百年依靠工业革命发家的西方发达国家相比,当我们的先人还在靠"算命"来预测未来时,英国人巴拉迪就已经发现硫化银会随着温度变化而产生电阻变化,这就是"半导体现象",当时是1833年。1839年和1873年法国科学家和英国科学家又相继发现了半导体的新现象。1879年,霍尔先生关于磁场与感应电压之间的关系的定义,历史性地为半导体找到了明确的"霍尔效应"。再之后到1904年,英国科学家弗莱明发明了世界上第一支电子管,从此半导体便走到了人类舞台的中心,而这之后的一百多年里,半导体几乎是"导体"了世界的全部领域与全部肌体,几乎让所有人类进入了它的"管子"内……

中国在这条路上慢了不是一点点儿。一百年前,我们整个国家就几乎没有懂得半导体的人,更没有这样的科学家甚至是爱好者去触碰这个东西。但后来有了,一旦中国人去触碰它,就差一点儿赶上了在电子领域摸索了近一百年的西方人。

我们现在一说芯片和半导体,就很迷信"微软""台积电",包括我们自己的"华为"等,其实老一代的中国半导体人非常了得!

在中国半导体界,有这样一句话:北黄南谢,一男一女,横跨天地。这里讲的就是我国半导体的奠基者黄昆先生与谢希德女士。他俩一个是北京大学教授,一个是复旦大学教授,都是有故事的人。

黄昆先生很传奇,1977年8月,邓小平曾为他在一个国务院会议上痛心疾首道:"我们没有善待半导体专家黄昆,北大不用他,我用!让他去半导体所当所长……"

能让邓小平说出这样话的人一定是位了不起的人。确实,黄昆在中国物理学界的威望和资格可以称得上"呱呱叫"。18岁时,他成为燕京大学物理系学生;23岁时,成为"中国物理学之父"的吴大猷的高徒,其同班同学有杨振宁等。1945年,黄昆赴英国布里斯托大学就读，导师是固体物理学大师、诺贝尔物理学奖获得者莫特。在名师教授下的黄昆，很快成为"物理大牛"，他提出的固体中杂质缺陷导致X光漫射的理论，开创了C射线的研究新领域。其"黄漫散射"至今仍是世界物理学界的一个重要命名。

在英国大学的实验室里，年轻的黄昆还验证了一个东西方融合的爱情结晶体——他与漂亮的英国女孩里斯的爱情，两人竟然还共同创造了"黄—里斯理论"。

在即将与诺贝尔奖靠近时，黄昆回到了祖国，他向同学杨振宁博士写信这样陈述此举：

我们衷心觉得，中国有我们和没有我们，make a difference（截然不同）。

1951年秋天，黄昆回到北京，在北大物理系教书。绝对是一种机缘或天然的巧合：也是这一年，也是这个时间，一位年轻的南方女士从英国和她的丈夫一起回到祖国，在上海的复旦大学任教，教的也是物理系课程。

这位女士就是谢希德。与中国共产党同一年诞生的谢希德同样是位物理天才，其物理学家的父亲对她影响很大，1947年谢希德赴美国史密斯学院留学，后转到麻省理工学院攻读物理博士学位。1951年谢希德绕道英国回国，是因为其身为生物化学学家的丈夫在英国。

"晶体管发展将是物理学的未来方向，中国不能没有半导体！"回国后的黄昆和谢希德一北一南执教两所名校的新课程时，他们不约而同地向国家提出了自己的战略方向。两位年轻的物理学家之所以高度重视半导体，是因为他们在国外学习期间，恰好当时被世界物理学界公认的肖克利发明了"点接晶体管大器"，即后来引发一场电子革命的晶体管。肖克利又被称为"硅谷之父"，尽管他的研究当时主要是为美国海军服务的，但其新的半导体理论与研究方向已经被同行看作了"改变世界未来的最前沿科学"而引起发达国家前所未有的关注。作为年轻的中国学者，自然敏感地意识到世界半导体的这一发展趋势，他们不能不为此所动。

"好啊，这个方向关乎国家科学发展前途，这事就由你们两人负责抓起来吧！"首长的一句话，从此让一北一南的黄昆和谢希德俩人紧紧地"捆"在一起。很快，他们接受了"组织"安排，共同编著了中国的第一本《半导体物理学》教材，并且共同主持了新中国第一批半导体骨干培训班。这个班后来涌现出了一批院士和著名学者，成为今天中国半导体芯片制造与研发领域的领军者。

1988年，谢希德成为复旦大学首任女校长。受到邓小平特别关照的黄昆先生成为中国科学院半导体研究所所长，2001年黄昆先生获得国家最高科技奖。黄昆院士逝于2005年，而谢希德先生则早于黄昆5年离别了这个世界。然而，正是一北一南的这"一男一女"，使得中国的半导体事业在上世纪五六十年代曾经一度与世界半导体发展水平十分接近，并占有一席之地。

如上面所述，尽管新中国成立之初，我国的半导体处在探索的早期阶段，但在黄昆和谢希德等教授的影响与带动下，北京大学、复旦大学、吉林大学、厦门大学和南京大学等高校纷纷开设了半导体专业课程，而且很快组建了北京电子管厂，并于1957年制造出了第一批锗晶体和二极管，这一成果与从美国带回锗单晶的林兰英有直接关系。肖克利在美国贝尔实验室发明锗晶体管是1947年。也就是说，当时我们的半导体水平仅比美国晚了十年。

1960年我国成立了两个半导体研发机构，分别是中国科学院半导体所和第四机械工业部（电子工业部前身）的第十三研究所。

驻地石家庄的第十三研究所在 1965 年研发出了中国的第一块集成电路 DTL（二极管晶体逻辑），当时只比美国晚了 7 年。而上海无线电五厂在 1966 年开发出 TTL logic（晶体管逻辑），则只比西方落后了 3 年！极其可惜的是，眼看中国的半导体电子科技快要接近国际先进水平之时，十年政治动荡一下让这一前沿科学研究在中国停顿并在此后落后于西方发达国家。

尽管如此，我们的核心科研能力依然顽强生存了下来，并艰难地迎难而上。1979 年上海元件五厂和上海无线电十四厂联合仿制（逆向工程）成功 8080 八位微处理器（编号 5G8080）。

这 8080 为美国英特尔公司在 1974 年推出的第二款 CPU 处理器，集成 6000 只晶体管，每秒运算 29 万次。自 1975 年第一台个人电脑诞生以后，8080 芯片帮助英特尔在几年后占据了电脑芯片的霸主地位。德国西门子仿制出 8080 芯片是在 1980 年 10 月（Siemens SAB 8080A-C），比中国还晚一年。可以说，到上世纪 70 年代末，我国半导体发展依然维持了比较完整的科研和独立发展体系，且与全球的差距也并不存在不可逾越的鸿沟。

比如，无锡有个四机部所属的"742"，它可以说是我国的"芯片摇篮"，因为它是我国改革开放之初建起的第一座具备规模化生产的晶圆厂，建设时间是 1980 年，当时国家投资 2.8 亿人民币。742 厂从日本东芝引进全套 3 英寸半导体晶圆厂（5 微米技术），并于 1982 年起正式投产，那个时候产品主要是开发彩电。由于彩电在当时的中国十分受欢迎，刚刚富起来的中国百姓，家家户户都希望有台彩电，因此我们的半导体产品主要满足彩电的配套。1984 年到 1990 年，中央和各地政府先后共引进建设了 33 个半导体晶圆厂。然而由于受时代的局限性和对芯片认识上的不一致，大多数半导体晶圆厂没有形成规模生产，也不具备商业运转能力。虽然晶圆厂在全国开花，但重复建设让这一产业变得廉价而又缺乏向创新与尖端方向发展的动力。

制"芯"产业（或说半导体行业）有个无法绕开的怪圈，那就是它越落后于人越受人支配，或者说它有个让你无法摆脱的软肋，你所用来制造芯片的生产线和装备可以买回来，但你几乎不太可能买到最先进的核心设备，你买不到核心设备，你就得永远在别人后面慢行，你这样慢行的结果是：你的鼻子永远让别人牵着走——老实说，西方世界就希望发展中的中国就这样老老实实跟在它们身后。

中国人愿意吗？暂时也许可以忍一下，但绝不答应永远如此。

不答应？不答应你就别想获得最先进的制芯技术和设备。

改革开放之初，其实我们已经对必须加强半导体（制造芯片产业）的发展有所察觉，当时中国就派出了电子工业考察团到日本参观日立、东芝、富士通等日本集成电路企业，随后一下从日本引进七条全套的半导体生产线。这些设备全都放在刚刚开发开放的浦东金桥。不得不说，这是一次重大举措，可谓"举国之力"。然而设备安装调试完毕后，上海人或者说中国人才发现一个无法绕开的大问题：制造工艺中的技术问题和软件设计问题无法解决，生产线设备无法发挥作用。也就是现在大家都知道的，比如没有光刻机，你永远干不了、超越不了高精密的芯片技术。

芯片技术关乎和涉及的不仅是民用的日用产品，更重要的自然是涉及军事、金融和国家安全等等方面的用途，依赖他人的结果或许更惨。大国战略绝不能走这条路。决策者是清醒的，经过反复讨论，最后选择了"引进—吸收消化—自主创新"这一中国芯片业的发展主轴。

然而，令我们中国人意想不到的是：发达的西方国家不仅不可能把最先进的技术卖给我们，而且在芯片产业上还提前设置了苛刻的死循环套路：从最初的"巴统"，到后来的"瓦纳森协定"，都是那几个在芯片领域走在前面的国家，通过制订具有封锁他国技术含义的条款，来限制像中国这样正要赶上来的发展中国家利用和生产芯片相关技术时所需要的技术与配套产品的进出口。美国是这些协议的主要发起国。比如曾经发生过捷克拟向我国出口"无源雷达设备"时，美国便向捷克施压，迫使其放弃跟我国的这一交易。近些年我们看到的包括像光刻机等进口不到我们国家的严酷现实，除了生产国自身的原因外，更多的就是以美国为首的"瓦纳森协定"制订国借用这一原本的行业协议实现霸权主义的丑恶行径。简单一句话：就是不让像我们中国这样的发展中国家发展芯片事业，从而限制我们整个国家的发展。

这个芯片产业链，被人称为"死循环"。那些在"巴统"和"瓦纳森协定"之内的经济体，在芯片半导体产业中各有其分工、无缝合作，像早期韩国、日本以及中国台湾地区芯片产业的崛起，多少离不开美国技术转移的支持，像荷兰最先进的专用设备制造商 ASML，也同时拥有美、韩、中国台湾地区三方股东。这些国家和地区的技术与生产的"内循环"的结果是：像我们中国便一直被排除在外，你想进口芯片制造的核心技术与材料，都会受到极大的限制。说白了，你只能花大钱去买他们的产品而你无法独立地完成自主研发，因为研发高端芯片的技术与材料的代价极大。它涉及的领域和技术及材料，应该是全球性的，即便像美国那样的超级大国也很难靠一国之力完成芯片生产的全部技术与配件生产供应链。

"拿来主义"曾经是中国的一大取胜经验，后面还有一句话叫"以市场换技术"，即我有庞大的十几亿人的消费群体，你的技术好，你把产品卖给我们的同时，希望把技术也带过来。

一些资本主义国家认为这样的生意合算，但到了关键点上，它们就退却了——美国在后面向它们挥动着霸权的指挥棒：你若敢与中国走得太近，或者把核心技术卖给了中国，那么你就得挨打！其结果是：中国依然得不到任何尖端的核心技术。

在相当一段时间里，中国一直处在这种受人压制和无奈的状态之中。

1982年，江泽民出任国家电子工业部部长，不久国务院成立了"电子计算机和大型集成电路领导工作小组办公室"，其主要职责一是负责协调半导体等相关产业的发展，并由此形成了南北两个微电子基地的布局；二是大力发展集成电路。

1986年，电子工业部提出了集成电路技术《531发展战略》，即：普及推广5微米技术，开发3微米技术，进行1微米技术科技攻关的"531"行动步骤。

两年之后，电子工业部为落实"南北两个微电子基地"的战略布局，巩固和诞生了五家具有相当规模的微电子企业，它们分别是江苏无锡华晶电子（原无锡742厂）、浙江绍兴的华越微电子（1988年设全国第一座4英寸厂）、上海贝岭微电子、上海飞利浦半导体（于1991年设第一座5英寸厂）和北京的首钢NEC（1995年设第一座6英寸厂），俗称中国半导体产业"五朵金花"。

从事电子行业的人还记得江泽民1983年在《人民日报》上发表的一篇题为《振兴我国的电子工业》的长文，他在文中有一段话，很有警示意义："电子技术是现代化的重要标志。从这个意义上讲：'没有电子工业，就没有四个现代化'。"在论述什么是国家电子产业的重点项目时，他明确指出："军事电子装备、大规模集成电路和电子计算机。"这三个重点，都少不了一样东西，那就是"芯片"。

我们现在也终于可以衔接到江泽民后来所说的"1989年，我主持中央工作以后，决定启动了'908工程'……"据说，"908工程"也是邓小平认可的（见胡启立《"芯"路历程》第5页）。代号"908工程"，是源于1990年8月，国务院决定在"八五"（1990至1995年）期间推动半导体产业升级，促成中国半导体产业进入1微米以下工艺制造时代。

"要多少钱？"

"20亿。"

"这么多啊！能少一点吗？"

"一个亿也不能少。"

据说在国务院会议上，关于钱的问题，总理和主管电子产业的副总理有过上述"谈钱"的对话。可以看出，当时国家还比较穷，尤其是处在四面被反华势力"制裁"风暴之中的那个年代，拿20亿元做一件可能"水中捞月"的事，确实让领导人掂量了许久。

20亿人民币的投资，其中15亿人民币用于投资建设华晶电子的6英寸晶圆厂12000片产能，其余投资用于成立了数家集成电路产品设计中心。其中华晶电子在1990年8月被确定为中国半导体产业战略性发展工程。而"华晶"作为第一个芯片产业厂，其实它是由原"742"厂与永川半导体研究所无锡分所于1989年合并成立起来的，是国家512家重点企业之一。

但"908工程"在执行过程中出了一些问题。主要体现在缺乏统一有效的协调机构。国务院电子计算机和大型集成电路领导工作小组办公室于1988年取消后，我国政府缺乏协调各行政部门间政策的组织，这使得"908工程"的执行效率受到了影响。例如经费审批耗时达2年，在是否引入AT&T的0.9微米集成电路制造技术问题的讨论上耗时三年等。对于集成电路发展而言，在摩尔定律的支配下，这种延时导致"908工程"最后的产品与国际同等产品的差距逐步拉大，对产品竞争力造成了很大的冲击。除以上提及的原因外，总的来看，"908工程"执行期间，涉及的问题是多方面的，主要有以下四点：一是体制的限制，1996年以前，我国仍然处于改革开放的探索初期，半导体作为具有国家战略地位的产业，前期主要依靠国家投资，市场开放有限，因此早期具有比较浓厚的计划经济色彩；二是早期探索存在一定程度上的政策试错。当时我国半导体政策重点是技术和制造工艺的先进程度，相对而言并没有考虑过多市场因素；三是计划执行存在一定的摇摆。我国"908工程"执行期间，正值"市场换技术"思潮的讨论期。因此在资金支持、政策配套方面存在波动；四是国际政治因素，如美国对中国早期的封锁等。（见刘玉书《我国半导体早期发展与"908工程"和"909工程"》）

涉"芯"事，从来都不简单。既有自身的体制机制问题，也有国际时局变迁关系。然而作为一个拥有十几亿人口的发展中大国，中国人民和中国政府一直以来抱有对所有国家的良好愿望，那就是和平共处、和平发展，希望相互学习，尤其是在科学技术方面。也正是在江泽民逝世这几天里，我看到他1997年访美时在哈佛大学演讲的一段录像，江泽民全程用英语，真诚地讲了中美两国人民之间的相互学习与帮助。他这样说：

> 中美两国人民的友好交往，已有二百多年历史，1784年，美国商船"中国皇后号"远航到中国。1847年，中国最早的一批留学生容闳等人赴美求学。许多中国人参加了美国的建设事业，不少美国人帮助过中国的民族解放事业。他们的动

人事迹，我们永远记在心里。中国人民一向钦佩美国人民的求实精神和创新精神。

　　昨天，我参观了国际商用机器公司、美国电话电报公司和贝尔实验室，领略了当代科技发展的前沿成就。科学技术的突飞猛进，越来越深刻地影响着世界政治经济的格局和人们的社会生活。坚持变革创新，理想就会变为现实。我们在扩大开放、实现现代化的进程中，重视学习和吸收美国人民创造的一切优秀文化成果。中美两国人民的友好合作对世界具有重大影响。

　　……

然而谁能想到，仅隔两年不到的时间，那个笑脸欢迎中国国家主席江泽民的美国政府，在南联盟首都直接对我国驻南使馆连发三枚战斧巡航导弹，造成我多名使馆人员伤亡。而美国所使用的是精确制导导弹，靠的就是超高精准的芯片导航。如此违反国际法的蓄意所为，给中国人民一次极大的血泪教训：落后必定挨打。当时江泽民曾连续三次在中央内部会议上警示道：在这个世界上，最后还是要拼实力的。我们要卧薪尝胆，一定要争这口气！"只有坚持埋头苦干、卧薪尝胆，把我国的经济实力搞上去，把我们的国防实力搞上去，大大增强我们的民族凝聚力，我们才能永远立于不败之地。"

事实上，在这之前，电子专家出身的国家主席江泽民在1995年11月13日至17日应韩国总统金泳三的邀请访问韩国。这次访问，江泽民作为国家主席，同时又是电子方面的专家，他应主人的邀请，参观了韩国三星电子公司。当江泽民和中国代表团成员走进三星先进的芯片制造车间，看到了全自动化设备和所陈列的产品时，被深深地震撼了。呵，我们落后了！落后了不止一截呀！是一大截呀！

参观完三星企业的现场，江泽民和中国代表团成员的神情十分凝重。

回到北京之后，正值这一年年底，中央在北京召开全国经济工作会议。江泽民在会上用亲身实地参观韩国三星集成电路生产线的感受，告诫中共党内同仁和经济界、科技界人士，人家的先进和我们的落后之间的距离之大，是"触目惊心"啊！

"触目惊心"，这四个字从此成了中国半导体产业和科技界"卧薪尝胆"至今的一句警示之语，它一直激励着这条战线上的所有科学家与实业家努力奋斗，成为他们追赶世界先进水平的一种志气和力量。

与此同时，还有四个字也是江泽民在此次中央经济工作会议上回忆我国集成电路和芯片工业发展时所说的话，就是"砸锅卖铁"也要把我们的半导体和芯片产业搞上去！

显然，江泽民访问韩国所受到的震撼极大。在中央经济工作会议之前，中央政治局已经开过了相关的会议，在党和国家决策层已经有了统一的思想，即要举国家之力，来助力芯片工业在中国的发展大计。因此在中央经济工作会议上，国务院总理李鹏也十分明确地说："半导体产业是关系到国家命脉的战略性产业，必须坚决按照江泽民总书记的指示要求，不惜代价把半导体产业搞上去。"为此会议正式决定：原则同意电子工业部《关于"九五"期间加快集成电路产业发展的报告》，投资100亿元，实施"909工程"，建设一条8英寸硅片、从0.5微米工艺技术起步的集成电路生产线。

为什么当时提出要建这样一条芯片生产线，时任电子工业部部长的胡启立在《"芯"路历程》中这样说，当时"908工程"项目还在进行之中，而且遇到了很大困难，此时再向中央提出建一条新的生产线，必定会引起国务院决策层的疑虑。但电子工业部后来拿出的方案即"909工程"是对的，胡启立这样向中央陈述：据我们了解，1994年以来，各国家和地区都出现了半导体生产线建设的高潮，8英寸生产线成为当时的主流技术。据不完全统计，1995年在建的8英寸集成电路生产线就有55条，总投资在500亿美元，其中中国台湾地区就有超过10条。而当时0.5微米的生产工艺已不属于先进技术，所需关键设备经过努力可以买到。如果我们当机立断，建设一条以我为主的8英寸0.5微米生产线并产生效益，再以此为基础，吸引更多的国内外企业资金，开展深亚微米技术的研究和开发，就有可能建立起向下一个新技术阶段不断前进的基础，缩短与世界先进水平的差距从而增强我国电子信息产业的后劲。

  无疑，这个战略是非常正确的。正是基于这个考虑，电子工业部在向国务院提交相关报告后，在紧接着召开的中央经济工作会议上，胡启立部长代表电子工业部又在会上作了题为《发展我国集成电路产业中重中之重》的发言，详细阐述了"909工程"计划以及意义。当然，他所提的这个"909工程"计划，事实上已经在国务院相关领导那里甚至包括江泽民总书记那里得到了初步首肯。即便如此，在中央经济工作会议上讨论"909工程"计划时，李鹏总理仍没有放弃与电子工业部的两位正副部长进行一次面对面的询问——

  李鹏："之前的'908工程'项目也是你们提出来的，并受到中央的全力支持，但现在看来它不是太成功，你们说的原因之一就是审批周期太长。为什么会出现这种情况呢？"

  胡启立："半导体产业是更新换代最快的一个产业，产品集成度每18个月增长一倍，相应的许多设备也要升级换代。这就是所谓的

'摩尔定律'。而我们的投资和决策过程需要层层审批，所以时间很长，无法适应半导体这样快速发展的高科技产业节奏，往往是等项目批下来后，许多原来设想的情况都发生了变化，原本先进的技术已经变得落后了。1990年8月我们确定下来的'908工程'，但随后却用了5年时间，直到今天还没有完全落实。当初定下的0.8—1微米、6英寸技术尚未投产就已经落后。所以这回如果不对'909工程'给予特殊政策，这件事将很难办成，还是可能出现'908工程'项目的窘境。"

李鹏听后一阵沉思，然后抬起头，问胡启立："投资一套先进的集成电路生产线需要多少钱？"

胡启立："起码要10亿美元，这是目前建设8英寸生产线的国际公认的投资额。"

说完这话，胡启立和在场的所有人都把目光投向总理，会场一片寂静。

李鹏把手中的笔一放，神情凝重了片刻，然而微笑起来，并转过头，对胡启立说："为了保证速度，我从总理基金里调一笔美元直接转到电子工业部的账号上，这样等于你电子工业部有了一个活期存折。只要你部长一签字，不经层层审批即可动用。如何？"

胡启立十分兴奋："这太好了！谢谢总理。"

讨论的会场顿时一片热乎起来，与会者也跟着窃窃私语起来。

胡启立趁热打铁，问："那么'909工程'放在哪个地方呢？"

副总理朱镕基这回说话了："地址你们不要扯了，就定在上海浦东，特事特办要快！"

浦东好。浦东现在正在热火朝天地开发着……与会者又热议起来。胡启立和刘剑锋对此也表示赞赏，这边的朱镕基见胡启立和刘剑锋的脸笑盈盈的，便一本正经道："启立，这回是国务院动用财政赤字给你办企业，你可要还给我呀！"

胡启立立即回复道："我明白。一定，一定还给您！"

李鹏和朱镕基顿时笑了。其他人也跟着笑了起来。

"909工程"作为一个特定的国家战略性芯片制造项目被确定下来，这一决策带给中国今天和未来的意义我们可以用"不亚于打胜一场战争"来形容和比喻。

因为如果没有这一决策，如果没有一改"908工程"等以往的审批程序上的"特事特办"做法，中国的芯片产业到底会落后于西方世界多少，我们可以简单地预测到：今天不会人人有先进的国产手机，不会有世界上最强大的互联网物流，不会有你想出行"滴滴"个车片刻即到，也不可能汽车开到哪都给你导航，更不可能开个会就到会议软件上输入编号就连通天南海北，自然也不可能有我们的城市智能化、数字化一说……

设想一下，如果我们没有自己的芯片制造产业，没有半导体产业的蓬勃发展和全球最大的消费市场，包括美国在内的西方国家会买我们账吗？真要是那样，人家什么时候想卡我们脖子只需轻轻打开它们制造的芯片上的一个"窗口"，我们的金融系统、通信系统，甚至所有人的身份证信息，都会瞬间成为他国制裁我们的武器。

是的，芯片和半导体产业的进与退、先进与落后之间的博弈的最后结果，就是你死我活，它甚至在极大程度上跨过了意识形态的防护与抵抗，直接可以掏空一个国家、一个民族的机能与肌体的精髓。这就是半导体科技带给人类的好处与恶果。

简单而言：谁占据了它的高峰，谁就可以驰风浩荡，左右逢源，主宰天下，反之情况则无法想象。

"909 工程"项目和意图显然暂时需要保密，说"暂时"是因为半导体的特殊产业和技术的全球化的原因，真到了项目上马的时候，想保密都是没有用的，人家美国和欧洲等几个半导体先进国家早把发展先进的芯片产业技术链条和知识产权划定了一个大而无边、严而密封的"游戏规则"，即我们在前面所提到过的"巴统"和"瓦纳森协定"。突破和超越这个"游戏规则"的可能性几乎是零。如此境况下，我们中国又能怎样呢？

再难也要往前冲。"卧薪尝胆"四个字的含义和深意也许只有中国人自己最懂得。而在一切透明的环境下，如何达到"卧薪尝胆"的目的，其实是需要智慧和勇气的，还需要有更多的耐心与能力。

"909 工程"确定后，有人提醒电子工业部：既然我们的半导体研究水平落后了，那就赶紧派人出去看看人家的发展情况，虽然技术一下拿不回来，但去看看，开开眼，总还可以吗？

于是 1996 年初，一队穿着整齐西装的中国电子工程师们来到了位于美国得克萨斯州具有世界半导体集成电路一流水平的"德州仪器"。

这一次，中国电子工业代表团虽然没有得到"德州仪器"任何有关芯片制造方面的先进技术，但却为中国带回了一个后来在整个世界半导体产业"兴风作浪"并几乎改变了中国芯片制造地位的大人物。此人便是张汝京。

张汝京后来到浦东创办了"中芯国际"，至今仍是中国芯片制造的大鳄。

我们先来说他当时所在的"德州仪器"。

这家由塞瑟尔·H. 格林、J. 埃里克·约翰逊、尤金·麦克德莫特、帕特里克·E. 哈格蒂于 1949 年创办的电子产品企业，一直以来是美国最重要的芯片电子产品制造企业，它制造民用芯片，更制造军用芯片。所以要谈论世界当今芯片产业，美国的这家"德州仪器"是绕不过去的。

张汝京当时就是"德州仪器"的高管，负责美国本土之外的海外投资建芯片厂的大佬。四年前，我在上海创作《浦东史诗》一书时，张汝京先生曾与我有长时间的交流，记忆尤深的是他向我详细介绍了回国前后与老东家"德州仪器"的分手和回国后搞芯片的往事，让我有机会较全面地认识和了解了中国芯片的发展历程以及他个人对中国芯片的贡献。

很难看出，一位文质彬彬的谦谦君子，竟然是在芯片战场上被人打得头破血流却仍前赴后继、英勇作战的超级猛将！

张汝京因为诚实智慧和勤奋能干而深受"德州仪器"总裁的重用。张汝京对我说过：德州仪器的"造芯厂"基本上都是他主持去建的，所以海外扩张的新厂自然也是他的"能力范围"。从分工角度，美国得州本地干的是技术与研发，海外的厂子是开发与生产，这是芯片产业两大支柱体系。张汝京独当一面的能力和在世界各地的开拓与市场营销，使他在世界芯片业中获得了显而易见的地位。

偏偏如此巧合，1996年的一日，中国电子代表团到访"德州仪器"。

总裁一上班，就急忙地叫住张汝京："张，你今天帮我个忙：一会儿中国电子代表团要来参观，我现在有急事需要去处理，你就负责接待一下中国代表团，你会中文，方便交流。就这样定了？"

"听总裁安排。"长着一副腼腆脸的张汝京先生说话时笑眯眯的，这也让所有与他合伙的人感觉特别舒服。

"OK！"

张汝京是正宗的中国人，他出生在上海，1949年中国大陆解放前夜，技术员出身的父亲被国民党裹挟到了台湾，从此张先生便生活在台湾，后来到了美国留学，学的是电子专业。大学毕业后，张汝京携手其夫人一起到了得州，尽管得州条件不是很好，但它是半导体产业最好的发展地，就是因为有"德州仪器"这样的先进半导体企业。

　　"美国政府对芯片技术在军事上的用途控制得非常严格，绝不会让外人看到一丝一毫，但民用方面的技术还是开着门的。"采访时，张汝京给我讲述了那次接待中方电子代表团的过程。

　　"那次我接待了中国电子代表团，带着他们参观德州仪器的民用产品。当时我也不知道大陆的电子生产水平是什么样，于是就先让他们看一些德州这个厂所生产的民用产品。所谓的民用产品，当时也就是照相机、投影仪什么的。可是哪知我让公司职员一打开投影仪，其光影的清晰度那么鲜艳、对比度那么强，一下子把我的大陆朋友给镇住了：他们都在'啧啧'发出赞叹声，说太好了！同时我又听到他们在不停地惋叹，说五六十年代时，中国的电子技术不算差，与世界先进水平是平行的。但十年'文革'之后就远远落后了，一直到远远地被别人甩在后面。我听代表团成员的议论后就说，可能大陆现在一是没设备，西方世界封锁；二是没技术；三是人才短缺。他们就说你张先生一针见血指出了我们大陆的问题所在。看得出，大陆同胞对自己的科技落后感到深深的忧心。他们认真的劲头和忧国的议论，对我内心产生了很大的震动，因为我也是黄皮肤的中国人呀！我自然而然地好像内心就涌出一股想帮帮自己家里一样的情绪来……"

　　"张先生，我们知道你是台湾同胞，你愿不愿意回国去？"就在这时，代表团有人突然问张汝京。

　　"我……"张汝京说他当时也真的一下被代表团的人问住了，他有些窘迫地答道，"我会认真考虑，回去跟家人商量商量。"

"我们在北京等你！"代表团临离开德州仪器时，已经跟张汝京很熟悉了，并且对他有种特别的期待。

"那天等中国电子代表团走了后，我的心情平静不下来，就想一件事：我该回到祖国大陆去！去帮助自己的国家把电子产品搞上去呀！否则就对不起生我的祖国嘛。"

当天回到家，张汝京就跟母亲和太太讲了大陆来的代表团请求他回国的事说了。

"我是先问母亲的。"张汝京说，"没想到她老人家根本没多想，就立即告诉我：回去！我母亲真的特别爱国。年轻的时候大学刚毕业就跑到重庆，去投身到兵工厂搞炸药去了。所以我一说准备回国帮助搞芯片时，母亲积极支持。我太太也支持我，这让我特别兴奋。于是就开始做回国的准备。这是我一岁被父亲抱着从上海离开大陆后，第一次有了强烈的回去看看的想法。就是这年底，中国电子工业部办了一个学习班，我被邀请作为专家去讲学，有了跟大陆同行们直接交流的机会，这也更加坚定了我回国的决心……"

相隔近半个世纪的游子张汝京，在家人的鼓励和支持下，很快如愿以偿地回到祖国大陆。站在天安门前，他激动不已，感觉他的事业与生命应该属于这块正在燃烧的土地。

张汝京在北京讲课之时多少已经听说了中国正启动代号为"909工程"项目——计算机存储器开发工程。在采访时他回忆起那些日子，这样说："当时虽然大陆与世界水平落后了一大截，但战略意图和工作思路很正确。这与我个人对芯片技术与世界发展的观点及做法极其一致。这一点对我是非常有吸引力的。"

此刻，离开北京重回美国德州仪器之时的张汝京，其心已经

"飞"回了祖国。

确实，从确定"909工程"，到张汝京来京讲课的短短几个月时间里，中国的"芯"事，一直在中央层面和电子工业部方面紧张运作着。这中间，还有一个重要角色，那就是上海。

没有上海，中国"芯"事或许会慢许多。

在当时的上海，最热闹和最有生机的地方，就是浦东。浦东开发开放是在邓小平的亲自推动下，江泽民、朱镕基、吴邦国，以及后来的黄菊等几位后来出任中央领导的上海市委、市政府负责人的全力支持下开始的，"909工程"也是上海的"重中之重"项目。

胡炜，浦东新区第一任区长、浦东开发开放的一员猛将，在上海和浦东大地上，不管是民间还是官场上，这都是位口碑极好的领导干部。在陆家嘴金融区那么多世界经济巨头公司的总裁大亨们，一般人是很难叫得动的，唯胡炜先生一个电话、一句话，他们都会乖乖地"俯首听命"。

关于"909工程"落地浦东金桥的过程，胡炜记忆犹新。

"那年江泽民总书记到上海视察，到了我们浦东。陪同他一起来的还有李岚清副总理等。我们在讨论'909工程'到底怎么弄时，碰到了两个主要问题：一是谁来当这个国家芯片企业的一把手，因为国务院已经明说了是由电子工业部和上海市政府共同来组建这个'国家队'。二是钱的问题，当时我们上海也没有钱，浦东开发本身就是在极其艰难的情况中创业与奋斗的，根本没有钱，上海市政府也没有钱。可中央已经决定了，10亿美元投资的'909工程'，电子工业部代表国家出60%股份，我们上海出40%。40%也不少啊，就是几十亿人民币，哪儿去弄嘛！但这是事关国家战略性大事，就是砸锅卖铁也要做的事，谁敢耽搁不干？鉴于这种情况，我们上海方面自然希望把这个项目做实做到位,不要再像'908 工程'这样,那就很狼狈了,对不起任何一方,关键是不能再耽误国家发展半导体事业了!"胡炜说。

我们就向江泽民和中央提出了一个建议:既然这"909 工程"是中央指令电子工业部和上海市政府一起建设的大项目,那么北京方面应该派最得力的领导出任未来的"909 工程"项目公司的"老板"。

你们认为电子工业部方面谁出任当这个"老板"呢?中央领导问。

当然请部长胡启立同志当最好,这样不用再绕来绕去请求谁了!上海人说。

江泽民和李岚清等中央领导对视了一下,笑笑,没有说话。因为中央还从来没有让哪位部长出任某公司"老板",而且好像中组部是有相关规定的,堂堂部长怎么可以去出任某某"董事长""总经理"的嘛。

如果启立同志出任"一把手",我们上海是不是就得有市长也出任"副董事长"什么的呀?

对呀,既然是我们上海市政府与电子工业部共同办"909 工程",北京那边如果真的让胡启立同志出任"一把手",那阿拉就该让常务副市长华建敏同志当"副董事长"喽!

哈哈……这个提议好!胡炜说,因为江泽民同志过去是他们的老市长、老书记,相互之间又比较熟悉,所以那天上海同志当着江泽民和其他中央领导的面,把"909 工程"的一些实质性关键问题都来了个畅所欲言。

对了,还有一个问题应该也得定下来。就是办这样芯片厂得有个名字吧!现在可以暂时用代号,可以后就不能总用"909 工程"吧!

有人提出一个新问题。

对的，必须有个企业名称，而且应该响亮些。

还应该体现出我们是国家项目。

对啊，最好还得一看就是中央和我们上海一起办的大企业！

一时间，气氛又活跃起来。在场的你一句、我一语地议论起来。

"至少起了十几个名字吧，但大家比较集中在'华'什么上，因为华代表中华和中国的意思，而且以前也有叫'华晶'的。朝着这个思路，就有人提出是不是叫'华浦'，意思是'中国—上海'这么个概念。但后来又有人说叫'华浦'不好，普通话读'华浦'就跟'滑坡'一个声调。这么一提醒大家又立即否定了'华浦'的名字……"胡炜讲了一个很有意思的插曲。

"华虹"是后来起的，它代表着中国芯片事业如彩虹般冉冉升起，所以这个"909工程"的企业名称就这样被定了下来。

"华虹"从此诞生。它的第一块生产基地就在浦东的金桥。

"金桥是浦东开发开放最早成立的三个开发区之一，名字也好听。金桥是原来的一个地名，华虹落户金桥，很有些吉祥的意味。"作为浦东开发许多大项目的落地决策者，胡炜这样说。

"这对中央后来正式决策是有帮助的。因为我们上海想做好'909工程'不仅有信心，而且也希望中央和北京方面能够在一些关键性问题上提供支持，比如谁来当第一把手这个问题其实非常重要。所以我们给领导提出了一些建议，后来真的还被采纳了。"胡炜说。

话说此时北京方面对"909工程"的推进速度也做了前所未有的加码。继中央经济工作会议和国务院总理办公会议之后，电子工业部与上海之间的实质性推进也在迅速回应。1995年的最后一个星期里，电子工业部和上海市政府达成了两件具体的操作"建议书"：一是由中国电子信息产业集团公司与上海仪电控股（集团）公司联合编制《"909工程"8英寸0.5微米集成电路芯片生产线项目建议书》；二是以电子工业部和上海市人民政府名义向国家计委报送了这份项目建议书。

1996年元旦刚过，李鹏总理带着副总理吴邦国及胡启立等一行国务院有关部门的几十位领导，专程来到上海，在西郊宾馆与上海方面黄菊书记等领导和有关部门负责人就落实"909工程"进行专题会议。用李鹏总理非正式的话说：我们把国务院半数的领导都带到上海来跟你们上海商量"909工程"这件大事，可见中央对这一项目的重视，也希望上海方面全力以赴地把这件大事抓紧抓好。

"会议非常务实，就涉及'909工程'的具体问题一一进行了决策，主要有七个方面的具体决定：一是明确在浦东组建华浦（那时还没有将'华浦'改为'华虹'）电子有限责任公司，负责实施生产线项目。公司设立董事会，董事长由电子工业部派任，总经理由上海市派任；二是公司注册资本为40亿元人民币，其中国家投入现汇折合人民币21亿元，上海市投入现金人民币19亿元。工程其余所需可吸引国内外公司投资解决；三是生产线所需资金，融资部分由国家安排外汇贷款解决；四是国务院已原则同意生产线立项。请国家计委根据本次会议精神将项目建议书修改后即报国务院正式审批。1996年6月底前完成项目开工前的各项准备工作，开工后确保在18—20个月内建成投产；五是生产线项目在建设期免征设备、仪器和试运行用材料的进口税和进口环节增值税。生产线投入正常运行后的备品、备件和原材料进口享受浦东新区的优惠政策，免税额度另议。项目建成后，华浦公司享受中外合资企业和高新技术企业在浦东的一切优惠政策；六是在生产线建成投产前明确除现有企业改扩建项目外，国家一般不再批准外商新建 8 英寸 0.5 微米集成电路芯片生产线；七是生产线建设地点放在浦东，具体位置由生产线项目建设领导研究决定。我参加过不少决策性的会议，但像总理和副总理一起参加的会上，能如此具体地对一个重大项目现场做出如此具体的决定，这是很少的，也可以从一个方面看出中央对'909 工程'的高度重视，同时对我们上海也是一个巨大的促进与推动。"胡炜说，西郊会议之后，他们浦东新区管委会立即召开会议，研究落实上面七条中关于浦东要做的具体事。

"比如说公司注册批准、在哪个地方具体建厂，我们都是开着绿灯特事特办的！"胡炜用他们自己的话说，那正是没有耽误过一天"909 工程"的事，"通常当天送来的报告，当天就给出答复和批复了"。他说为了"909 工程"的第一块在金桥的地，他自己到现场跑了不下十次。

上海方面对"909 工程"的期待可以从胡炜等每一位领导身上看出。

后被推举为"909 工程"首任董事长的胡启立这样回忆道：在他和李鹏总理、吴邦国副总理一起乘坐总理专机前往上海时，在飞机上吴邦国坐到他的身边，笑眯眯地问："启立同志，'909 工程'这次是要定下操办了，你是否可以兼任这个项目的董事长？"

胡启立是党内老资格的领导，他对吴邦国副总理的问话，没有直接回答，只是同样笑眯眯地说了一句："政府官员不可以兼任企业的董事长。"

吴邦国也似乎早料到对方会这样说，于是又回复了一句："特事特办嘛！"

胡启立一听，心想：这是中央领导已经商量好了？他趁机看了一眼坐在稍远一点地方的李鹏总理，从他宛然一笑的神情中，胡启立可以看出，自己的判断是对的。

17日西郊会议上，关于"909工程"董事长一事，李鹏直接宣布了：已经中央批准，我这里提名胡启立同志兼任"909工程"董事长一职。

一阵掌声之中，电子工业部部长胡启立同志虽有准备但仍然有些无奈地站了起来，对中央和大家的信任表示了感谢。

上海的黄菊书记和徐匡迪市长高兴了：启立同志兼任董事长，这个"909工程"才办得成。同时表示，上海一定全力以赴做好后勤保障和支援工作。并且他们推荐了华建敏当胡启立的副手、"909工程"总经理。

启立同志任董事长、建敏同志任总经理这一人事安排非常重要，因为"909工程"需要依靠电子工业部和上海市共同协作才能更好地建设起来。主管这一工作的副总理吴邦国这样总结道。

大政方针在一片掌声中落定。

任命部长兼任一个项目的"董事长"，这在改革开放之后是罕见的，一方面体现了"909工程"的重要性，另一方面也是为了体现中央吸取"908工程"等以前的半导体项目实施的问题的经验教训，即层层审批等所带来的滞后效应。一句话：造"芯"非同一般，必须按"摩尔定律"的技术规律办事。违背这一"定律"，即使是"砸锅卖铁"也无助事业成功。

关于中央任命胡启立兼任"909工程"董事长一事，胡启立本人有这样一段话："我一生从政，从来没有经营企业的具体经验。当时有关心我的朋友得悉此事后说，'启立是抢了一个地雷顶在自己的头上，搞不好会阴沟里翻船！'但是'909工程'意义重大，情况特殊，作为电子工业部的部长，我责无旁贷。"

他又说:"中央之所以决定由当时的电子工业部长和上海主要领导同志来兼任董事会领导,是考虑到'909工程'的特殊性和重要性,特别是在工程前期需要在国务院各部门,在中央和地方之间进行大量协调工作。许多事情需要特事特办,才能克服以往审批和建设周期大于产品生命周期的弊端,才能赶上世界半导体产业发展的速度。后来的实践证明,中央的这一决定是非常正确和必要的。正是由于中央的高度重视,'909工程'才得以快速立项,加快建设进度,赶上了国际半导体产业的高潮时期,实现了当年投产当年盈利。"

据参与当年"909工程"建设的上海同志介绍,1996年,身为电子工业部部长的胡启立同志为了"909工程"的事,有半年时间一直在上海亲临工程现场指挥。"这是少有先例的。想想,一个部长有多少事,他竟然一直'蹲'在上海,可见其对'909工程'的上心啊!"

不上心不行的。瞬息万变的国际半导体市场远比中国在决策"909工程"时所预想的变化要大得多。

"在国务院作出'909工程'决策之后不久,进入1996年,半导体的国际市场价格大幅度下降。世界各大芯片制造厂判断世界芯片市场的不景气将进一步发展。老厂开始限产,新厂的建设或放慢速度或干脆停工。这就给'909工程'的建设带来了捉摸不定的因素。"胡启立回忆说。

什么意思?就是说,当中国政府决策拿出几十亿的钱建一条芯片生产线时,人家世界制造芯片的企业正在纷纷下马,而且芯片价格一落千丈,意味着我们中国的"909工程"生产线刚刚花大钱建设起来,就将面临赔本的买卖。

那个时候的国家,还处在缺钱和没钱的境况下,各行各业都要钱来支撑着发展,一个眼看要"赔本的买卖"搁在国务院和全国人民面前，作为具体执行者的胡启立董事长能不"压力山大"？"因为当时对外寻找合作伙伴的工作遇到极大困难，也就是说，听说中国在搞一个没多大赚头的半导体生产线，谁也不愿、也不敢投入资金。这就意味着工程一旦动工，随时可能会塌下来，最后成为一个无底洞。"一位老"909工程"建设者这样描述。

"国家资金已经到位，军令状也已立下；为了显示我们的决心，在尚未确定合作伙伴的情况下，'909工程'打桩的基建工程已经在浦东破土动工。一边箭在弦上，不得不发，一边是迟迟找不到满意的合作伙伴，高层决策很有可能无法落实。想到面临的种种风险，我常常夜不能寐……"胡启立这样说。

胡启立部长的心声，正是当年"909工程"建设初期许多参与者的心里话。

"真的当年我们有点像往海里跳的味道，因为你不知道明天这国际半导体行业会发生什么情况，而一旦有些风吹草动，对我们国家的重中之重的'909工程'面临的打击就是毁灭性的。想想都有后怕呀！你想，国家当时那么缺钱，总理为了支持这个项目，所有的事情几乎都是特批特办，钱是从总理基金里拿出来的，用朱镕基同志的话说，那是从财政赤字中拨出来的钱，你胡启立是要还我的呀！而这样的钱花出去的项目如果泡了汤，中国的芯片制造业和半导体产业还搞不搞了？前有'908工程'受到严重的挫折，再来一个更大的挫折，谁还能出面来继续支持这样的事？然而世界半导体产业发展以18个月一个跟头的速度在往前发展，而已经落后一大截的中国再停滞不前、犹豫不决几年，想想我们的现代化建设、我们的国防、我们一切的一切，还从何谈起？"说这话的是时任"909工程"办公室主任、后出任"华虹国际"总裁的夏钟瑞先生。

我见夏钟瑞先生时，那时他已经是个七十余岁的长者了，尽管他依然气宇轩昂、风度不减，可用他自己的话说，当年"下海"时，正乃"风华正茂"。这位"陪过"五任市长的上海市政府办公厅副主任，那一年"909工程"要上马，他兼任上海信息港办公室主任，自然要接触"909工程"的具体工作。一天，刚刚出任"909工程"总经理的常务副市长华建敏见了他，试探性地问了一句："哎，钟瑞，你愿不愿去干'909工程'？"

"去啊！你在那里当总经理，我去！"华建敏是随口一说，没想到在市政府办公厅副主任交椅上坐得稳当当的夏钟瑞竟然一口答应了。

"你这是真的愿意还是说说而已呀？"华建敏反倒不信了。

"我啥时候说话不算数嘛？去。愿意去。"夏钟瑞重复了一句。

"啊哈！你愿意去是太好的事了呀！"华建敏喜出望外道。

就这么一句不经意的话，一位"老办公厅"便这样"下海"了……

许多人相信命运，也有许多人不相信命运。其实命运就是你回避或顺势的一种人生的自然状态，不论是顺势还是逆境，其实它都是一种必然现象。

夏钟瑞说他"陪"了五任上海市市长，在市府办公厅副主任的位置上也是"元老"级的人物了，可偏偏一个"909工程"的出现，让他"下海"成了"商人"——他自己笑呵呵地自嘲。从小喜欢数学和科技的他，曾因为听过苏步青先生的一堂课，就决定考"复旦"。

"从复旦附中，到复旦经济系，我的心愿就是为国家经济发展做事和搞学问。所以在复旦死啃过《资本论》。后来到了市府办公厅，一干就是15年。'909工程'落户上海时，我是兼任上海市信息港办公室主任，肯定要关顾这一件事。但没想到领导一次无意的问话，竟然让我脑子一闪之间'下海'了！那个时候，'909工程'是市政府和国家的重中之重，所以我们这个项目的办公室主任事情也更多些，而且确实觉得国际半导体发展状态的水很深。因为水很深，也让我感到，我们中国尽管起步慢些，但一旦积聚一定的资本和力量后，同样可以在这个行业的国际市场上发挥我们的优势。"

夏钟瑞告诉我，他后来被领导"点名"出任华虹集团公司总裁，后来怀着拓展中国芯片事业更广阔市场的心愿，孤身独闯美国硅谷，在那里为华虹和中国半导体事业寻找到了新的发展空间和战场。"那个时候，学习语言苦，不认路苦，一次开车迷路，在山弯弯里转了大半天，那种恍然不知身是客的惆怅滋味，只有亲身体验过的人方知。中国的芯片事业就是这样走过来的——我们这些当年的'909工程'人都是吃尽了苦的人。"夏钟瑞说。

夏钟瑞领着"华虹国际"在美国硅谷之地酣战多年，竟然一时出现了"华虹出手，弹无虚发"的业绩，成为硅谷的一个"中国神话"。他和他的"华虹国际"团队依托国家对半导体产业政策、制造业政策和国家制度优势，频频出手，收获不菲，更重要的是带进了新涛、豪威、展讯通讯、晶晨科技、澜启科技、深迪等一批集成电路设计企业，后来这些企业都成了中国高科技产业的明星企业。

一直到现在，整三十年，"909工程"元老级人物夏钟瑞仍然关注着"909工程"——华虹的发展之路。这是后话。

除了夏钟瑞，必须讲一讲另一位因为"909工程"而毅然回到祖国怀抱的"芯片大亨"级人物，他就是前面讲过的，被中国电子工业代表团"说得心动"的张汝京。

张汝京回到祖国大陆原本就是希望直接参与"909工程"，他也同上海市主要领导提出过。经过考虑，领导给了他几点建议：一是借助他的技术和能力，帮助无锡的"908 工程"厂争取"起死回生"，"这个意义并不亚于直接参与建个新厂"。二是中国台湾是半导体造芯技术与能力最强的地方之一，凭借张的人脉关系和身份，可以在台湾发展一下，为大陆未来半导体事业培养人才，同时在经营方面积聚经验与力量。三是由张领衔，利用海外资金和技术在中国组建与"909 工程"并驾齐驱的半导体企业。

"好。只要有利于祖国发展芯片事业，我都愿意干。"张汝京是半导体市场开发的高手，一听中国领导人对他有这样的思考和建议，内心无比感慨：这才是干大事的地方。

于是他义无反顾地开始朝着这三个方向，奔波于海峡两岸，很快作为"909 工程"的另一种推力，将中国的半导体事业推向波澜壮阔的大海……

那天我第一次到了"909 工程"——现在是华虹集团一个厂区采访，才发现原来张汝京创办的"中芯国际"就在斜对面。"这种安排有无特殊意味？"当我问起当年将这两个中国芯片"巨头"放在一起有何用意时，时任浦东新区首任区长的胡炜介绍：除了产业聚集考虑，还是希望这两个芯片制造厂以两种不同的资金结构和管理形式来相互促进，相互影响，共同把中国芯片产业做强做大。

战略目光高远与否，呈现的格局就大不一样。

至此，随着"909 工程"在浦东打桩落地，中华大地上的"芯"光如虹般在这个伟大的时代星空闪耀着、绚丽着——

"华虹"的造芯时代从此开始。

第四章

结亲"NEC"

　　那天到华虹一厂采访，进大门见到一个喷得很高的喷泉及石塑。那石塑是一只巨型之手，握着一块芯片……很有象征意义，它是想说明这里是做芯片的。二十多年过去了，当年的芯片拓荒者自然没有想到从这里出发的中国芯片业，如今也是在这里发出光束的，中国的芯片辉煌——华虹的"源"在此。

　　在这里也让我发现了另一个现象：改革开放之后，第一批到上海"吃螃蟹"的是日本人，现在的虹桥商务区那边就是日本人最早来"开发土地""盘活资本"的。浦东开发开放之后，外商登岸最早的仍然是日本人，如今浦东摩天大厦"三剑客"中的环球金融中心大厦，就是日本地产商森先生建的……客观地说，日本商人在求新、求进、求严的务实方面，是值得我们学习的。

　　这是我在华虹集团起家的地方引发的一点儿思考。因为最早与"909工程"合作并让中国芯片起步的就是日本人。这个企业叫日本电气株式会社（简称：NEC），它与中方的"华虹"合作，在此建起了华虹第一条生产线，这座喷泉与石塑是当时中日企业合作的一个象征：呈现出蒸蒸日上、生机勃勃之气象。

在参观喷泉时，我发现旁边的小花园的草丛中有块石头，上面刻着中日双方的公司"班子"名字，其中有两位是日本人，那个叫"关本忠弘"的便是 NEC 的会长，即董事长。

华虹首任董事长胡启立对 NEC 会长关本忠弘先生高度评价，称他是"中国人民的好朋友""中国芯片业的坚定支持者"。后来，中国人民对外友好协会和上海市人民政府根据关本忠弘先生对中国半导体事业的贡献，将中国授予外国朋友最高荣誉的"人民友好使者"和"上海市荣誉市民"称号授予他。这当然是后话。

读者肯定关注的是 NEC 会长关本忠弘先生因何而获得此荣。事情还得从"909 工程"启动后所遇到的一系列问题讲起——

我们还记得国务院确定这个项目时，说到关于资金投入问题时，除了讲到这项目所需的"10 亿美元"由"总理基金"（60%）+上海 40% 外，其他的建厂资金，是要求成立公司后由公司运营，争取国内外资金参与并共建，意思是还有一个很大的缺口是需要国家之外的力量来实现"909 工程"的建设。

由于造芯工程投入巨大，国际上惯用的建厂方式也常常是"国家+企业+其他资金"合股的形式，中方从"909 工程"到企业"华虹"之后，也想走这样一条发展道路。因此在项目立项之后，华虹由于是国家全资公司，同时为了争分夺秒追赶国际半导体发展快车，所以建设的资金尚未到位，就开始在浦东金桥打桩干了起来。开工仪式，总理李鹏亲自到现场，可见华虹工程的分量。

开工这一天是 1996 年 11 月 27 日。

"今朝哪能嘎冷呀！"参加这一天在浦东金桥的华虹生产线厂开工仪式的人在现场窃窃私语，也不知因为咋的，尽管开工仪式上，礼仪小姐们个个穿得很单薄在放庆贺的鞭炮，但在场的人仍然感觉身子

第四章：结亲"NEC"

骨被袭来的寒风刮得有些明显不适：冷。

"这个芯片厂怕是不好干哩！"有人轻轻吐了一声，立即被其他人用锐利的目光"杀"住了：谁让你说不吉利的话？！

其实，此时的国际芯片业，如华虹开工的天气一样，真是很冷：亚洲金融危机的风在此刻已经吹起，作为科技最前沿的半导体制造业自然首当其冲，国际投资大鳄纷纷收紧投资，一些本在热火朝天干的造芯厂关的关、停的停，而且芯片价格也大幅下降……这种形势下，我们中国的华虹"巨头"竟然要出海，显然极有可能陷入汪洋大海之中而被巨浪吞没！

"为了提振我们搞芯片的士气，所以在没有找到合作伙伴之时，就提前打桩开工，仪式的级别也是最高的：总理、副总理和上海市委黄菊书记都参加了！新闻一夜之间传遍全世界……"夏钟瑞说。

在开工现场，所有人的脸上都挂着喜气，唯独一个人的脸色始终凝重，他就是胡启立——"华虹"董事长、中国电子工业部部长，此时此刻他正站在金桥那片已经打了桩但还长着草的土地上。

现在是：万事俱备，只欠东风呵！抬头望天的胡启立，轻轻地感叹了一声。

"东风"在何处？

东风应在上海东方的大海那边……去寻找吧！

然而寻找"东风"的路程太艰巨。胡启立同志对此曾这样说："由于国际半导体市场的不景气，加上美国的技术封锁，跨国公司围着'909工程'打转转，就是不肯投资，难道我们真的无路可走了吗？"

路在何方？

路是人踏出来的。

踏出来的路才能算得上是真正的路。

中国人走的每一步强国之梦的路，都是靠艰辛探索和艰难踏步走出来的……

"只许成功，不许失败！"在电子工业部刚刚成立不久，我去过他们那个地方，去后大为失望：怎么我们亲爱的启立同志在这个地方当部长啊？

在胡启立同志当电子工业部部长之前，我曾采访过他，那个时候他在中南海当领导，能见他一面就是"万分荣幸"。如今他竟然在这么个破落的地方办公？！

其实地方好坏跟他没关系，而是可以看出电子工业部当初成立之初的艰难，没有太多脸面。偏偏，这个时候国家上了"重中之重"的"909工程"，且让部长胡启立兼任董事长。这个兼任可是不一般，意味着：成功了是你身为电子工业部部长的职责所为，没有什么功劳可言，但失败了：你董事长又是电子工业部部长，"罪责难逃"，至少可以理解为"失败的责任第一人"！

其实，启立同志身为党和国家的高级干部，太清楚这层的玄妙了。然而包括他在内的所有"909工程"人更关心的并非个人的得失，而是国家振兴、民族复兴的大业。用胡启立的话说："此事成，则中国半导体产业有望驶入国际主流航道，在国际半导体俱乐部里占据一席之地；败，则如堵死了华山天险一条路，在未来相当长时期内国家不可能再向半导体产业大量投资，中国也将被抛弃在世界半导体产业的大潮之外……"这一判断是准确的。只是启立同志因为是电子工业部部长和"909工程"的"事中人"，他不好把话说得更尖锐些。事实上，如果当年"909工程"失败，中国损失的何止是不能进国际半导体俱乐部……

第四章：结亲"NEC"

此路绝不允许有人选择！胡启立明白。上海人明白。所有"909工程"人明白。以及所有支持"909工程"的人也明白。

那么走完接下来的路，就是依靠国家的力量和"华虹"人的智慧与勇气了。

"启立同志啊，我们中国人原子弹都搞出来了，难道做不出小小的芯片？你们不能集中一下全国的科技人员，发挥当年'两弹一星'精神，想办法把那个芯片给搞出来嘛！"在北京，有人跟胡启立这么讲。

在上海，有人跟华建敏讲："我们上海自力更生，当年也是在一无所有的情况下，搞出了万吨水压机等一大批独立自主的拳头产品，难道小小芯片就搞不出来？"

一句话：大家决心很大，豪言壮语也很多，你不能说人家说得没有道理。然而"909工程"人内心苦啊：半导体、芯片的事儿跟搞"原子弹""万吨水压机"就是不一样嘛！原子弹是国家的威慑武器，非卖品，可以不受价值规律和产业发展规律的约束，但芯片是一个产业，必须商业化运营与运作，它面向广泛的客户和市场需求，只有这样才能形成相当大的产业规模并取得良好效益，否则就不是它的目的，也一定是没有人干的事，因为巨亏是投资者的噩梦，再傻的企业和国家也不会这样干。芯片建设和芯片市场又受国际化的影响，一个国家有再大的本事也通常不太可能独自搞成，如前面所述，摩尔定律及知识产权的特定限制性，绝对不太可能让一个国家实现其独享的目标。

这就是"909工程"人苦的要害之处。

"半导体产业的特点是：更新换代的速度前所未有，18个月一次产品的更换和相应的设备替代，而设备和投入又是巨量资金，谁也承担不起。其次，我们中国当时一无技术，二无设备，三无人才，同时资金也没有多少，一个'909工程'如果失败，国家绝对不太会同意再来一个'909工程'的！"上海的夏钟瑞说得很明白，他在任办公室主任时，经常参加"909工程"有关会议，在会上领导们不止一次提到钱的问题，包括李鹏总理、朱镕基副总理在内，不时提醒负责项目的同志，要用好钱、不能出错。看得出，因为一旦项目再失误，国家也会感到疼的——10亿美元在当时的中国，总理、副总理也是把它看得很重的一笔大钱呵！

当时的国际环境对"909工程"上马极为不利：发展集成电路不像造原子弹，我们可以关起门来干，它可不行，它只能"借船出海"。然而我们又面临一个无法绕过去的问题：长期以来以美国为首的西方国家又一直对我国奉行高科技禁运的政策，虽然那个时候允许向中国出口一定的半导体设备，但有个条件是：起码要落后于世界先进水平两代以上（近些年连这个条件都不被允许了，美国对华新设的高科技禁令是只要他们认为有可能给美国带来不利的半导体设备都加以限制）。而我国制定的包括"909工程"在内的半导体发展战略，就是要通过"借船出海"实现我们与国际同行尽可能同步的发展，这样"一盘棋"，当"909工程"一出现，西方国家马上就敏感地意识到中国有行动了……

你有行动，他就更警觉。他警觉，你的路就更难走。国际较量历来如此。有的是暗斗，有的是明战，半导体产业实际上是明战，你想绕过它们划定的圈子另搞一套或抄近路程、走迂回战术几乎不可能，人家一点不傻，明明白白地等在那儿看着你撞枪口去。"909工程"开工之后所面临的就是如此严酷的明争暗战。

那么出路到底在哪里？

出路显然早已找到，而且这条路，人家西方世界、大财团、芯片大企业都明明白白：就等着中国来"谈"——"谈"的意思很大程度上就是按它们的"游戏"规则行事：或漫天要价，或永远当它们的"打工仔"，你干活，他赚钱。这是资本主义的本质特性，其实也没有什么不能放上台面的，问题的关键还是比资本主义更可怕的，就是帝国主义的强盗逻辑：我不让你发展，你就不能发展。假如你想发展，你可必须成为我的"小哥仔"和"附庸国"……怎么样，不答应？那就免谈。

"我们就经历了这样的痛苦和无奈的国际环境。"夏钟瑞说。浦东新区老区长胡炜也这样说，他说他至少出面接待和关注过十多家国际造芯企业来谈"909工程"合作事宜，最后都是听到"吓人的价钱"而不得不放弃合作选择。

"不管谈判有多艰难，还是要谈。这家不行，我们再另找一家，资本主义国家和资本家企业也不是铁板一块，所以我们要去多争取，多找些外企来谈！"北京方面不时把这类话传到上海来，这也显示了中央和高层对合作开展"909工程"所做出的开放性战略方针。也正是这样明摆的"战争棋谱"，而你还要争取以弱胜强、以小搏大的决战的胜利——胡启立和"909工程"人当时面临的就是这样的战局。

"硬着头皮往石头上顶！"上海人喜欢用"硬碰硬"来形容自己的决心。

"玩国际游戏，你得有这方面的国际人才，必须是对我们国家意图十分清晰又是坚定的爱国者才能为我所用！"当时就有人出这样的主意，即我们"909工程"方面直接出面跟人家外国半导体公司谈判，其结果可能就是碰一鼻子灰，因此要找可靠的、熟悉这个国际游戏规则的，并在半导体行业中具有威望的，也就是有人脉资源的、对祖国热爱的国际性专家帮忙。

在北京，以胡启立部长为首的电子工业部也在不断利用北京的优势和外交上的便利，由外国专家局帮助寻找一些著名的美籍华人电子方面的专家，请教他们咨询两件最为紧迫的事：技术来源和主干人才。这些爱国专家指出：技术来源必须找到外国半导体的大公司，因为大公司既可以提供知识产权方面的保护，同时还可以提供一定的市场。而且专家们给出了与这些公司"谈判"的条件：给合作方的股份要达到25%到30%，低于20%就达不到上述目的。

这些专家用台湾地区发展芯片的经验，为"909工程"团队指明了一条在复杂的国际半导体循环圈内如何突破"防线"、实现借船出海的目标之路。

上世纪70年代初，中国台湾被国际半导体行业的突飞猛进所唤醒，台湾当局出巨资支持那些想搞芯片的企业，而且台湾当局还成立了"电子工业研究中心"，开始执行集成示范工厂计划，为那些有愿望搞半导体的公司通过这个平台来引进国际上先进的IC制造技术，并最终实现造芯产业的民间化，这一步应该说中国台湾是高明的。其实它也是学习了美国的做法。通常美国对一项具有战略性的高科技，先在军事领域投入研发，成功后再衔接大企业来参与或者直接卖给它们去做——当然有附加条件：必须封锁最高端的技术为美国所用、为军事所用。为了寻找国际大企业的合作，中国台湾"电子工业研究中心"向15家世界上最大的跨国半导体公司发函，以表合作诚意。后来据说有7家公司表示愿意这样的合作。最后中国台湾方面选中了RCA公司，并引进了7微米CMOS制造技术，从而开启了台湾IC自主技术研发的序幕。

"就是再难，也要突破！"决策者的意见非常坚定。

"我们上海在国际招商方面还是很有经验的，比如陆家嘴金融城建设，就是从全球招商的，请了国际上最著名的设计团队来参与设计，然而进行挑选，从中评选出最佳方案，最后综合专家们的意见，决定最终建设方案。在'909工程'实施之后，上海'909工程'的工作人员就开始了向世界顶级半导体企业发函，或通过其他关系邀请他们来浦东参加华虹生产线建设。这些公司中有日本的富士通、东芝、NEC、冲电气（OKI）公司，欧洲的西门子、飞利浦公司，美国的IBM、AMD、惠普等近二十家公司。国际上的事比较复杂，做大生意和小生意有的时候形态差不多，开始我们放风出去后，真正接单的公司并不多。后来我们摸了一下情况，有两个原因，一是不敢轻易染指中国的半导体项目，因为美国在后台举着对华高科技制裁和封锁的大棒，二是担心中国政府各种审批制度。当然还有一个更重要的原因是，当时亚洲金融危机风暴已起，国际半导体产业在走下坡路，大资本不敢轻易流通到一个刚刚起步的半导体产业的国家。但由于我们坚定不移、努力出击和耐心热忱的姿态，到了1997年上半年，国际上那些大公司慢慢地开始对我们的项目热络起来，这在很大程度上是因为看到我们浦东开发开放建设并没有因为金融危机而放慢脚步，外滩对岸的陆家嘴，一幢更比一幢高的摩天大厦真的像雨后春笋般地出现在世人面前，这种中国式的激情和火热的发展态势，确实太诱惑人，没有哪个国家可以同我们浦东热火朝天的景象可比，所以这为华虹对外招商带来了巨大的促进与推动……到了1997年下半年，整个华虹与外企合作的谈判就相对顺利得多，意向性也很明确了。"浦东老区长胡炜最有发言权，他对"华虹"生产线的那块工地比较熟悉，时不时有人通知他"出席"那里跟外商交流，而"谈判"的事也希望他能参加一下。

当时"909工程"在对外寻找合作伙伴时，国家层面和专家的意见都很明确，必须"以我为主，同时吸收外国的资金和技术并取得知识产权的保护"，具体选择合伙伙伴也有三个基本条件：一是能够提供 0.5—0.35 微米制造技术及相应的知识产权保护；二是承诺给华虹公司生产能力三分之一的返销加工量；三是有一定比例的现金入股，并保证中方占大股。

一个新手，想去闯荡生意场，其结果肯定不会那么顺风顺水。中国的华虹生产线合作项目的生意同样如此。外国公司对中国发去的邀约合作函采取了三种态度：不理会；干脆直接回绝；有那么一点兴趣，但开出的价令我方无法接受。比如有一家跨国公司给出的条件是：技术转让费及专利保护费高达 4.4 亿美元，而且不愿意入股，对未来生产线上马后不承诺帮助市场销售。等于实实地赚上中国一笔巨额"技术转让费"。除了钱外，就是明着想欺负没有相关技术的中方。

"这是不可接受的！"中方断然拒绝这种姿高气傲想压一把人的公司。

"那你们就等着项目打转转吧！"外国公司如此讥讽中方。甚至美国的《远东经济观察》刊出《错位》的文章，用"高科技巨头不敢染指中国芯片项目"为副题，冷嘲热讽地这样描述步履艰难的"909工程"："资金准备好了，地皮准备好了，中国总理李鹏在亲自督阵，推动该项目。但这一在上海建设半导体工厂的计划还缺少一个重要的因素：那就是技术。""中国现在遇到的问题比原先预期的要大。""现在项目所需的是一个提供技术、培训人员和负责销售一部芯片的外资合伙人。""目前尚无结果……"

"跨国公司都在中国的这个项目周围打转转。"

第四章：结亲"NEC"

"就是打转转，也是一个值得抓住的好现象，毕竟有人感兴趣嘛！""909工程"的同志们坚信只要真诚，只要中国发展的步伐不停顿，只要浦东蒸蒸日上，那么早晚有跨国公司会热忱地跟我们合作的。

1997年元旦过去不久，上海方面收到胡启立从北京发来的信件，信中特别强调了当前华虹与国外"谈判"时的一个重要"砝码"：市场。巨大的中国市场是我们与合作伙伴谈判的重要条件，在当下国际芯片产业萧条的背景下，中国的庞大市场是可以争取一切有利于我们的合作条件的。胡启立的这一观点非常重要，也是成功谈判的一个"中国力量"。

"在'货比三家'之后，在适当的时候，提出最后的时间期限，要求外商列出它们所能提供的最好的优惠条件，由我方做出选择。不再讨价还价，也不再拖延谈判时间……"胡启立的这一意见十分重要，对那些围着"909工程"打转转的跨国公司是一个严重的提醒与促进，也就是说：你们别再装模作样，相互攀比，意图借此打压中方和抬高价格。要想同中方合作，赶紧抓紧，否则免谈。

哪个资本家、生意人不是老奸巨猾？

哪个企业与公司不想赚更多的钱、捡更好的便宜？

代表中方意志的"胡启立意见"，实际上就是中方秉承的"最后警示"了，意思是：你真想跟中国合作，那就拿出诚意，别再左看右等，没那么多尽是你占便宜的好事！

这一招很灵。突然间，在3月中旬来了几个重量级的跨国公司要求跟中国电子工业部胡启立部长"谈谈合作意向"，他们中有IBM公司的董事长郭士纳先生。

"我们IBM很乐意成为'909工程'的合作伙伴，为此我们希望能承接上海正在推进的信息港建设项目，当然如果上海的信息港建设成功后，贵国倘若将上海的上海标准扩大到中国所有其他城市，那么我们与半导体方面将全面合作……"一直期待IBM"找上门来"的中方谈判代表们面对如此突然的临时状况，反而开始犹豫起来，因为人家提出的条件是把支持"909工程"与中国的城市数字化建设"绑"在一起谈。

"这个……"这个实在是太大、太危险的合作了！IBM的条件超出了中方原先的设想和限界。信息港建设是上世纪90年代初，中央推进信息化建设的计划即类似现在我们大家都很熟悉的"智慧城市"建设，它涉及了整个国家管理体系嵌入现代化信息技术的全面升级问题，在其过程中，我们当然需要现代化的科学技术支撑。然而是否"委托"像IBM这样的美国背景的跨国公司来做，显然不是那么简单的。"当时我是上海信息港建设的办公室主任，尽管我们的架构有的，方向也有了，但到底怎么做、做到什么份上，还不是太清晰，主要是那会儿我们的信息技术还远没有达到世界先进水平，所以尚在探索与渐进阶段。这涉及国家整体管理体系和国家安全问题，尽管我们也确实非常需要像IBM那样的顶级高科技公司的技术支持，但老实说谁也不敢轻易把这个单子交给外国公司来干。因此IBM来参与谈判'909工程'的合作，让我们依然感到还需秉着等一等、看一看的心态……"一直在组织和联络与外商"谈判"事宜的夏钟瑞说。

就在这个时候，中国政府总理李鹏、副总理邹家华和电子工业部部长胡启立几乎同时接到了日本NEC会长关本忠弘的传真，传真内容真诚地表达了NEC愿意成为"909工程"的"可靠合作伙伴"，而且开出的条件基本上是中方所想达到的目标。

"好啊，既然有日本公司来参与，而且条件跟我们所需要的十分接近，那么我们可以优先与 NEC 谈……"当电子工业部和上海把最近所获得的情况向邹家华、吴邦国两位副总理汇报后，这两位领导具体指示道：日本 NEC 公司的这位会长关本忠弘先生在中国已经"淘金"很长时间了，算是一位对中国很友好的日本人士。我们多数人并不知道关本忠弘，但却对 1984 年就有的"中日 NEC 围棋直播赛"记忆一直很深。

上世纪 80 年代初，电视机在中国还没有全面普及，一般百姓买不起，但一些商场里已经有了电视机促销和热销。因此每到夜晚，尤其是夏天的夜晚，像北京王府井大街的商场里，就是以开着电视机来引聚人气。

那个时候我对此印象很深，虽然我家住在北京的西城，但一家人也经常在傍晚跑到王府井百货商场逛热闹。每次去商场，最热闹的地方一定是家电柜台，那里有十几台电视机开着，播放着一些我们平时看不到的电视节目，如体育比赛或文艺演出节目，那个电视柜台前人山人海，大家看不要钱的热闹……北京人的这种生活状态，有一天被一个日本人看到了，他马上回去指令助手，说我们公司组织一场中日围棋比赛直播如何？我们赞助嘛！这个人就是关本忠弘，他的提议让 NEC 公司一下在中国有了广阔的市场和信誉。

可见，关本忠弘与他的 NEC 与中国的渊源不一般。现在他又要出手与中国做一个更大的买卖。而自 1984 年以来，关本忠弘先生已经同中国包括中国高层都建立了良好关系。

这回他又将如何再一次让中方和日方都吃一惊呢？

"可是跟 NEC 新启谈判，那样可能按照国务院设定的 3 月底完成合作伙伴谈判在时间上恐怕来不及呀！"电子工业部和上海方面忧虑道。

"原先作出3月底为合作伙伴谈判最后时限是给那些犹犹豫豫观望的跨国公司看的，是倒逼的做法。既然现在有真想与我们合作的公司，当然可以放宽这个时间限度嘛！"国务院两位副总理都是务实派，完全同意把"909工程"合作伙伴的谈判时间因为NEC的参与而往后拖一下。

前面我们已经提到NEC——日本电气株式会社是当时世界上第二大半导体公司，其实在对待"909工程"合作一事上，一开始NEC并不热心，他们的理由是：NEC在这之前已经在北京搞了个与首钢合作的首钢NEC，也是做芯片的，是6英寸芯片工厂。他们最初考虑如果再在上海与"909工程"合作，从技术上NEC难以支持再在上海搞个NEC项目。其实NEC上述意见非日本总部和会长关本忠弘本人的，而是NEC中国公司负责人的判断。

"错错错，上海的'909工程'是中国芯片产业的大动作，是中国未来半导体的发动机，我们要不惜一切力量参与和支持这个项目，况且我们有这能力！"当关本忠弘得知这事的来龙去脉之后，立即做出与中方合作"909工程"的决定，由于他知道中国马上要在3月底关上谈判大门时，便干脆用他的人脉关系直接给中国总理、副总理和胡启立发了传真。

"我希望能尽快就此事与中方进行具体磋商，寻找对双方有利的合作方案，为中国建立半导体产业基地略尽绵力……"关本忠弘一边亲自起草传真，一边对几位副手说，"我们一定要把这个项目拿下来，这才真正可以打稳打实我们在中国的市场根基。"

关本忠弘下这份决心，除了他具有政治家胸怀和国际跨国公司领导者的格局外，他已经私下地跟中方有关人士讨论过一旦与上海的"909工程"合作之后，如何把北京的首钢NEC与未来的上海NEC

组成一个中国南北 NEC 产业链的建设蓝图。考虑到这一层面，关本忠弘自然有些迫不及待向中方表达合作诚意了。

他的这份诚意也得到了中方的积极回应。其实，NEC 之所在能够在半年中出现变化，根据胡启立同志回忆说，中方在那段时间里做了许多工作，包括李鹏总理亲自出面给关本忠弘先生介绍"909 工程"的定位及未来中国半导体事业的发展前景，而这些都为 NEC 及关本忠弘先生本人的态度改变起了根本性的作用。

此间，电子工业部国际合作司的相关人士也通过 NEC 中国公司负责人，透露中方已经与 IBM 和东芝等就合作达成初步意向，意思是你们 NEC 再不抓紧就会失去同中方合作的机会了。其实中方也确实没有蒙他们，因为经李鹏总理亲自出面，另一个半导体巨鳄——西门子此时也正在跟中方谈得接近火热状态，原因是中国总理已经向西门子董事长表示了这样的话：若西门子公司有意与"909 工程"合作，那么还可以同三峡电站工程项目捆在一起谈。西门子此前一直在与中方讨论谈判投资三峡电站项目，所以中国总理把"909 工程"同三峡电站建设投资一起搬出来，如此巨大市场，西门子着实心动不已。

"我们谈，我们可以好好谈嘛！"西门子董事长事实上已经被巨大的中国市场深深吸引了。

中方谈判人员在此时拿出西门子等公司与我谈判的进程告知 NEC，识货的 NEC 急得不跳起来才怪！

如此生意上的"谈判"艺术，最终促成 NEC 迅速出手，成了与中方合作的真正伙伴。

当然，作为世界半导体第二大公司，关本忠弘领导的 NEC 也非等闲之辈，他们除了与中国总理的直接沟通之外，跟其他跨国公司如

IBM等一样，得知了中国马上要在全国推出第二代身份证IC卡等业务，这个市场业务太大了，中国十几亿人口，仅此一个业务单子，就可以让一个芯片企业赚得眉开眼笑。

什么叫"水到渠成"？这大概就是。"909工程"——华虹工程寻找合作伙伴的事从此进入快速推进的时间表。

"这回不能一而再、再而三地拖了，也不能因为技术上讨价还价把谈判时间拖得没完没了的！"胡启立因为担心这种结果，所以特意交代自己的谈判团队在与NEC谈判时，注意掌握"平等互利，高屋建瓴"八个字原则基础，重点放在合作模式、管理方式以及经营目标上。并且指出在谈判过程中抓住三个要害问题：一是平等互利，长远的合作；二是以我为主，中方占大股；三是效益优先，利益共享。

1997年3月25日，北京的天气仍然有些寒冷，但在北三环的香格里拉饭店，中方与日方NEC代表的谈判正热火朝天地轮番展开着……

NEC派出的是关本忠弘的全权代表、其公司的专务取缔役（即专务董事）羽田祐一等人。中方是电子工业部的张文义、俞忠钰和杨世良，他们三人代表的是新成立的华虹董事长、电子工业部部长胡启立。

此次香格里拉饭店谈判，少有的直截了当——

中方说："909工程"的对外谈判工作实际上已经结束，如果NEC真要想进来参与，那么必须拿出真东西来。

NEC方回答：我们会长和公司已经下定决策，坚决要求参与贵国的"909工程"建设，请务必多多关照！

中方又问：我们的政府已经给谈判规定了时间，现在其实已经没有可以回旋的时间了，也就是，一旦你们有些犹豫，我方可能就不再

"好，能够签下这个谈判意向书是大好事！"中央领导都给予了高度肯定。

那么剩下的就是正式合作协议的谈判了。

在生意上，意向书与正式协议之间的距离还是很大的，可能是很接近的了，也可能是最后的结果仍然什么都没谈成功。很多时候，意向书只是一张废纸而已。

所以，与NEC的正式合同谈判才是关键。

从"特别通道"获悉：中国国家主席江泽民和国务院总理李鹏同意在4月11日会见NEC会长关本忠弘先生，当然，这里的"前提"就不用多说：你们得和我中方把"909工程"合作的正式协议签了……否则领导接见时，关本忠弘先生咋个"交待"？

嘿嘿，这就是"外交"。

"你们马上到北京，抓紧把正式的协议条款一一敲定！"关本忠弘会长在东京向筱原严取缔役如此交代道。

"对了，该坚持的必须坚持，该争取的必须争取！"末尾，他补充道。

"明白。会长！"

显然，正式协议的谈判比意向书要复杂和严谨得多，尤其是一些具体条件必须一一仔细地推敲，直至双方认同为止。

筱原严取缔役一行的任务不轻，既要从中方那里争取更多的利益和权益，又要在规定的时间内与中方签订协议。

这回中方给谈判提供了另一个饭店——北京奥林匹克饭店。它的象征意义是：谈判即使再艰难，也得一起发扬奥林匹克精神把它做成功。

日方对中方的安排表示满意和赞同。

中方这回派出的代表阵营更强：除张文义、王国光等原来电子工业部的代表外，上海方面也来了夏钟瑞等。

由于已经有了意向书，总协议文本的框架不会有太多的争议，最后的争议主要围绕三个问题：一是关于累计盈利问题；二是价格问题；三是总经理任期问题。

"五年太短，我们希望总经理的任期为十年……"日方这样提出。

"理由呢？"这个让中方感到有些意外。

"最初的五年是重要且艰苦的时期，半导体生产线是个投资大、见效相对也长的产业，所以前五年效益有一定的不保，加上近期国际半导体产业不景气，所以我们建议总经理的任期延长五年，这样有利于企业盈利。"日方提出这样的理由。

十年太长，十年内中国和世界半导体发展的进程会有诸多变化，十年内中国半导体产业的发展战略会有许多自主的思路，十年被日方执掌，这显然不符合中方的战略布局。

"不行，这一条不宜更改，而且我们与贵公司最初提出的合作伙伴关系重要的原则之一，就是希望前五年由贵公司带着我们走，后面我们就要学会自己走路，而如果十年时间才完成这一过程，那么对中国的整个半导体产业发展都会带来副作用……"中方的谈判人员非常诚恳地提出了自己的想法和意见。

"实际上，工厂建设还有两年时间，这样算来，你们的总经理任职时间其实是七年。七年再加五年，太长了！这个中方是不能接受的。"中方主谈判张文义表示。

"两年的建厂时间并不能出产品效益，总经理的盈利目标实际上就是五年嘛！"日方说。

"那也不行，再加五年的任期绝对不是中方所能接受的。"中方坚持。

"再说，'五年累计盈利'，是我们将合资企业的经营权交给贵方的前提条件，它体现了'效益优先'的原则。"中方继续陈述。

日方继续摇头："五年太短，五年出效益在国际半导体行业是罕见的，不符合常理。"

"这个我们在意向书讨论时就确定了的呀！"中方说。

"当时我们讨论确定的五年累计盈利，只是个事业的目标，并不是保证一定能实现的条件，生意上的事，没有人保证能100%的成功……"日方依然不退让。

"我们是选择合作伙伴，既然是在选，其重要的条件就是看对方能不能实现一些基本和重要的奋斗目标与产业效益目标，你们之前也是明确表示过的，由你们当首任总经理，五年之内要累计实现盈利的嘛！"中方这样说。

"这个……"日方不服气，但似乎到底如何争取自己的利益理由也并不过硬。

最后，沉默的会谈现场，突然有人建议："喝咖啡去吧，回头再讨论。"

"好，喝咖啡去！"众人一致拥护。

谈判场上，换一种轻松的气氛或者重新挪一个新地方，有利于把复杂的事情简易化。

谈判对手重新回到谈判桌前，所有上面提出的几个互不相让的问题便在相互理解中一一化解，最后的协议文本条款基本上全是中方所希望的内容：首先突出了中方一直主张的"以我为主"的原则，这是国家战略产业发展所需的第一要素；在合资股份比例上，中方实现了控股权；在管理模式上，确定了董事长制度，董事会是这个合资企业的最高决策机构，10名董事成员里中方有7人，且董事长是中方担任，使决策权牢牢掌握在中方手中；在产品加工上，第一位满足的是中方全资或者控股的企业流片；人才培养起来后，由中方全面管理（开始时期企业总经理到各生产部门部长、科长正职岗位，全由日方担任，中方一般是副职。当中方管理人员成熟后，即可担任正职）。日方作出一个重要的承诺是：同意为中方培养一支成熟的管理和技术团队，并且愿意与中方合作成立设计公司，这两点对中方来说极其重要。

1997年4月10日之前，《中国上海华虹微电子有限公司与日本电气株式会社关于超大规模集成电路工程项目合资协议书》文本已经起草完毕并经双方的上级领导者批准。

11日，中日双方就"909工程"合资协议在人民大会堂正式签约，规格之高，是少有的。中方由副总理邹家华签约，日方是关本忠弘先生。

"那天人民大会堂的签约气氛真是喜气洋洋……"当事人之一的夏钟瑞这样回忆。

签约完毕，意味着中国高端造"芯"科技革命进入一个新的时代，当然它更是"华虹"真正起步的基础和关键，如同一名准备当世界冠军的运动员有了一条跑道。

夏钟瑞说，中国领导人对这次与日方企业签约，提高到了两国人民之间的世代友好的象征意义，还指出这是中国迈向现代化科技强国的重要一环。

当日下午，在签约完成之后，国家主席江泽民和总理李鹏在中南海接见了关本忠弘，称他为中日世代友好做出了榜样，并赞赏他是日本企业家中具有战略眼光的杰出人士。

据说关本忠弘对中国领导人给予的高度评价,几度"热泪盈眶"。

送走日本朋友后的中方"909工程"人员,更是在奥林匹克饭店痛痛快快地庆贺了一番,他们高唱着"这一仗打得多漂亮",将喜悦的心情传到了上海浦东工地,传到全国各地……

第五章

"第一役"打得很漂亮

真是复杂!

复杂到你想象不到的事都会突然出现。

已经由中日双方签订了合作协议,且中国领导人也接见了日方企业的老板,照例一切事宜都皆完成,哪想到合资企业到此时还只是个"大意向",还得正式弄个"华虹 NEC"合资公司的协议!

"对的,前面所有的工作确定的是'大东家'的双方愿意,但未来是华虹公司与 NEC 之间新成立的公司的具体协议……"夏钟瑞向我解释。

原来如此。

"这个合资公司协议就定在 5 月 28 日,528,'我要发'——上海同志讲究企业的吉祥兆头,我同意!"中央领导在接见中方谈判代表时这样说。于是紧接着一个多月里,上海方面和 NEC 就必须对合资企业的具体条款一一落实,并拿出协议文本。

"不行,你们之前签订的那个协议有诸多问题,审核通不过!"这个通知来自中国外经贸部。这个通知把电子工业部和上海市政府吓得不轻。

5月18日，颇有兴致的胡启立带着中国考察团正在日本NEC总部参观时，突然接到国内张文义打来的电话，报告了上述情况。

"他们提出了46个问题。核心问题是我们中方占有70%股份，却为何让NEC在董事会里拥有否决权，且日方还出任总经理一职？报告部长：听外经贸部的口气，他们很难通过我们上报的审批件……"张文义说。

这算什么事！胡启立顿时着急起来：中央领导都说好了的事，现在却半路上杀出个程咬金来！关于外经贸部提出的问题，中日谈判时就已经达成共识与相互谅解了，因为日方提出既然让日方承担五年折旧完毕并累计盈利的责任，与责任相对应，NEC必须拥有相应的权力，即经营权，以及在董事会里对重大问题的否决权，而非简单的多数否决权，否则NEC无法让总经理承担盈利责任。经双方协商，中方同意了日方的意见，于是在协议上写进了重要事项应由董事会至少五分之四的董事同意才能通过，而非简单多数，这样日方在董事会里就拥有了否决权。中方对此这样认为，不管谁当总经理都是为董事会打工的。在国内，我们通常对经营管理者每每强调责、权、利相统一，为什么对洋打工却不能呢？

外经贸部并不认可电子工业部的这一解释，认为在中方占大股的合资企业中，中方应拥有决定权和经营权，这是当时我们中国所有合资企业的惯例，你们不能因为是"909工程"如何如何重要而违反这样的惯例。外经贸部执掌着国家赋予的审批重要合资企业资格的权力，它不同意你有办法吗？

胡启立和电子工业部、上海市政府一下发愁起来：华虹NEC公司如果得不到外经贸部批准，以后的进口设备等根本无法运营。这不等于辛辛苦苦办起来的一个合资公司成为一个非法工厂了嘛！

这还了得！怎么办？

见鬼了！中央都批准的事，它外经贸部就不执行？有人发起牢骚来了。

胡启立摆摆手：各部门都是执行中央指令和赋予的职责，人家外经贸部针对国家整体情况所制定的规范，我们不能怨人家。

那"528"签约还签不签了？

当然要签！

可按照外经贸部的要求，我们来不及也无法改动呀，人家日方咋会同意我们随便修改合同内容嘛！

走着瞧吧。

只能如此了。不过"909工程"的同志们心里想：都是一个中国政府领导下的事，大领导到时一句话不就解决了吗？部长你说是不是？

有人这样悄悄问胡启立。那不一定哟。胡启立笑笑，然后一本正经地回到了他的办公室。

5月28日的华虹NEC成立大会暨签约仪式仍然在人民大会堂举行，此次仪式比上一次邹家华副总理与关本忠弘先生签约还要隆重得多，首先是李鹏总理出席，其次是现场约有20多位部级领导出席。李鹏总理一进人民大会堂会场时扫了一眼，然后对胡启立说："你把半个国务院都搬来了！"

胡启立先是谦和地笑笑，连声说："不敢不敢，是因为总理您要出席……"其实此时的胡启立部长还有一件特别急迫的事要向李鹏总理汇报。

这就是外经贸部不批准中方与NEC合资办企业的事。胡启立解释外经贸部的疑问："关于华虹NEC董事会表决需五分之四通过一事，既然让日本人承担五年折旧完毕并累计盈利的责任，就要给他们相应的权利，责权利是统一的，这是'909工程'效益的保证。"

经过胡启立的努力争取，那份在外经贸部放了一个多月一直没被批准的合资文件，此刻在人民大会堂开会之前的几分钟，以迅雷不及掩耳的速度被批准了。"后来证明，外经贸部接受意见打破惯例批准合同是正确的。"胡启立这样评价此事。

1997年7月17日，上海华虹NEC电子有限公司正式注册成立。

"扒！扒掉重新建！"在金桥的原"909工程"工地上，几个日本人正在指挥中国建筑工人拆掉盖了不久的房子。有人问为什么要把刚建没多长时间的厂房拆了？

人家回答：那不是半导体厂房，不符合芯片生产要求。芯片厂房是先进的设备，必须有先进的厂房结构和要求。

原先的厂房设计者，是中国电子工业部第十一研究院和上海电子工业研究院，正牌的电子工程专业单位。

"不行，统统的不行：厂房小了很多，办公行政楼却大了一倍……"日本专家把头摇得像拨浪鼓。

中国人不说话了。心想：这芯片厂到底是啥模样嘛！看看再说吧。

不看不知道，一看才知道啥是现代化高科技工厂：上面的厂房还未盖，地面的各种管道和设备早已密密麻麻地埋下了无数"真金白银"……

原先中方设计院设计规划的造芯厂房面积是5000平方米。这在中国工程师看来已经是超级大厂房了。人家日本专家一看，连声说"太小"。

应该多大？

至少加大一倍！

天哪，10000平方米的大车间，中国几乎没有听说过！就是长春汽车制造厂的厂房也没有单体10000平方米的呀！

10000平方米还是小了一点！最后日方设计师拿出的洁净车间建筑面积达12888平方米。

"部长，这日本人个头不大，但一设计厂房竟然要这么大，比我们原先设计的大一倍还多，有没有猫腻在里面呀？"有人向胡启立部长报告。

胡启立部长不得不去直接问NEC专家了。人家告诉他：在建设产能为2万片的生产厂房时，必须考虑到扩产3万片的可能性，否则无法达成规模效益。而半导体生产工艺更新换代速度之快，超乎我们想象，所以必须为将来的工艺技术留足设备空间。

胡启立听后点点头，人家说得一点儿没有错。后来事实也证明，日方专家说得完全是正确的。今天我到华虹一厂采访时，厂长就告诉我：如果不是因为当时厂房为今天留有设备更新的余地，那么今天一厂的生产产能就不可能在原有厂房条件下实现月产4万片的高效水平。

这是后话，但当时日本专家的"大手笔"，在中国人看来，有点被"糊弄"或蒙骗似的。尽管不能不服从，可中方的建筑者内心却一直在怀疑和摇头。

合作需要一步步接触后才知道，错的恰恰是自己，人家日方就是对的。来看看人家的工作态度和认真劲吧——

"不行，你的这个不行！必须每一块水泥砖一个水平线，就是半毫米都不能差！"那个工程部部长像《地雷战》里专门找中国人麻烦的"鬼子"，说的一串日本话中夹着几个中文词汇，对工地现场要求特别严，一看有人在铺设地面水泥砖不够用心时，就会盯着你不放，

第五章："第一役"打得很漂亮

直到你重新按要求做好才罢休。最让中国工人无话可说的是人家在做工时的认真劲，为了看一条砖线直不直，竟然能将整个身子伏在地上，甚至把脸庞贴在地面上看……听说人家是月薪拿百万元的高级工程师，可在干活时没有半点架子。

日本人的负责任态度和干活精神，着实让中国工人和工程师们大开眼界。"这工厂早晚是我们的，可他们像是在为他们的祖宗干事，太认真、太较劲！"工地现场的中国人最后不得不敬佩人家，后来也跟着人家一样干了。

不合格的就要返工，不能马虎。

不合规的必须纠正，不能对付。

不达标的一定重来，不能敷衍。

开始中方的建筑师和工人们对日本人的那一套很是反感，因为他们求全责备得太多，后来就在工厂机器还没有放进重建的厂房时，中国的电子工程建筑专家和中国工人进去一看，全都惊呆了：这才叫"现代化"呀！

是的，我们中国与最先进的现代化高科技确实差了一大截，这一大截以前是不清楚，所以我们躺在自以为是的安逸床垫上沾沾自喜呢！

新厂房的建设过程，对中国工程师和工人而言，绝对是一次眼见为实的"现场课"。

后来等机器设备安装完毕，生产线开始投片（制造芯片），中国的工程师和工人们再进去看一眼车间——人家叫它"洁净车间"时，造芯的自动化设备在飞旋转动着的情景，用眼花缭乱来形容是很恰如其分的，因为普通人第一次进这样的厂房，会像呆头呆脑的"戆大"（上海话，"傻子"意思）。

这也让我们明白一个道理：一个民族如果掌握了现代化的高科技，它必将会影响和改变一个民族、一个国家的素质。也因为我们引进了世界上最先进的高科技设备，或许也才明白了国家领导人为什么说"就是砸锅卖铁也要不惜一切力量发展半导体产业"的道理。代表高科技最前沿的芯片产业，每18个月飞跃一个台阶……这就是当今的科技革命风暴，我们不能再固步自封了！

在半导体行业，美国科学家戈登·摩尔创立的"摩尔定律"真是把芯片科技引入了一条"只有我进，你别想进"的独断之路。这是很无奈的，因为人家的设计和利用知识产权保护的能力超过所有人的能力，因此他才有这底气，加上一个超级霸权国家的保护，谁想超越和绕道而行，都几乎是"自取灭亡"的结果，所以大家最后选择了老老实实遵守"摩尔定律"。

中国自然不服，但又必须服气，并执行其"定律"的本质——18个月更换一代新技术设备，如果想赶超世界先进水平，就从建厂环节开始吧：18个月能把一条最现代化的生产线建设好，才算在起步上没有输。

华虹NEC成立之后的第一件事，就是能不能在18个月内完成生产厂的建设。

前面已经提到新的华虹NEC生产线厂房是在已经开工在建的基础上重新改建的，其实一个完全不同的设计和完全不同的建设要求下的现代化厂房，与其"改建"和"重建"，还不如在空地上"另建"要简单得多。

"时间是必须争取的，能早日投片就是一个标志性的胜利！"中方领导在这一点上与日方企业"资本家"完全一致。半导体产业的显著特点，就是时间和效益。

素有"建设魔王"之称的中国建筑，可以在其他任何场合横扫千军，鹤立鸡群。然而在高科技建厂问题上，还得谦虚地遵循应该遵循的要求。

毫无疑问，速度是必需的，但偏偏在浦东金桥原本的一片松软的稻田地上建设芯片厂，最先设计的厂房尽管也知道防震的重要性，但绝对没有想到深亚微米级的半导体生产线对防震的要求之高，绝对超出了所有中国建筑设计师和建筑工人们的理解……是的，原先的设计对防震已有足够的认识，于是在松软的原设计厂房5000平方米的车间下面打进2330多根桩子，然后再在这些桩子上面盖厂房，这总行了吧？

不行，这样做只解决了地质的松软问题，防震能力无法达到造芯车间要求。日本专家摇头说。

那怎么办？

必须在这些桩子上面整体性地铺设一层一米厚的混凝土地坪。

中国工程师和建筑工人照此办了。

还不行。日本专家仍然摇头。

什么？一米的混凝土浇上了还不能防震？中国工程师和中国工人真的傻了。

是的，因为防震除了解决厂房底下的土质松软外，车间还会受周边的任何震荡的影响，比如你们看：我们这个厂房与大马路之间也就只有二三十米，往后大马路上车水马龙，每时每刻隆隆车声，这种震动怎么可能造得出微米的芯片呢？你们说是不是？日本专家这样说。

对啊！我们怎么就没有想到嘛！中国工人暗自敬佩日方专家。

"那就必须在厂房四周挖一条隔离带……至少几米深的壕沟。"中国工程师说话了。

"吆西！吆西！"日本专家一听，立即朝中国工程师们竖起大拇指。

挖壕沟不是太难的事。但又要占用一些时间，中国工人一旦"疯"起来，什么人间奇迹都是可以创造的——24小时连轴转，壕沟很快成形。

打桩却比挖沟要复杂得多。原本5000平方米的厂房扩建成12800平方米，其打桩数量也随之多出1300多根。"当时浦东正值大建设阶段，尤其是陆家嘴金融城的几十栋摩天大厦正在决战之中，打桩机和水泥搅拌机是最缺的。但华虹工地是我们特保单位，所以我们集中帮助华虹调集了能够调集的所有在沪的打桩机……记得后来还从周边的江浙两省也调了不少。"浦东老区长胡炜先生回忆道。

看起来建一个厂似乎没有多少问题，哪知华虹NEC芯片厂一开始就像是"老天"有意找茬似的麻烦特别多。比如要打近4000根桩，刚下手，市政部门就来人说："你们不能这样干！我们的地下管道和线路要被你们全部整坏了呀！"人家拿出华虹方面打桩引发的震波和压力，说你们这块打下那么多桩，对三五十米外的马路下面的管道尤其是煤气管道将产生巨大压力，容易引起爆管，一旦煤气管爆开，危及整个社区。

这个难题，连日本专家都傻了眼：这咋办？

"不怕，我们有强大的同济大学的专家们会处理这方面问题……"问题反映到区政府，胡炜立即指示有关市政建设的工作人员，迅速请同济大学的相关专家前来华虹NEC施工现场援助。

一番艰苦勘察，同济的专家们与施工现场的工程技术人员一起，很快找到了一种防止打桩造成对周边地下压力过大而可能出现的工程隐患：先钻孔后打桩，同时在工地周边打沙井、挖防挤沟、敷设塑料排水板等措施，有效解决了市政部门提出的问题。

真乃好事多磨。你想抢时间，老天偏偏给你设下一个又一个连环难题：工厂建设最忙碌和紧张的1997年底和1998年初的上海，竟然遇到了百年不遇的连绵阴雨……

"那一年冬天和次年的春天，老天也不知咋的，反正我们工地上也没有哪天是断雨水的。没法，工期不能拖，所以我们几乎天天穿着雨衣上工地，自己穿雨衣不算，还得给建筑物穿'雨衣'，在钢筋顶上架雨篷、打雨伞……什么招都使上了，就是不停工！"一位参与建设厂房的"老华虹"师傅回忆说。

然而问题又来了：屋架吊装好后，需要涂抹好几层防火料漆，冬雨不断，天寒地冻，防火漆无法干透。

这又是个大麻烦！

"阿拉有办法！"一位上海籍老师傅拿出看家本事：看他先把钢屋架上的钢筋一一用帆布包裹起来，严严实实的，然后在外头架上焦炭炉，点上火，再用鼓风机将热气输送到帆布套子里，这样再把防火漆吹干！

质检专家过来一查验：OK！

在场的人无不欢呼。后来所有防火漆全部按规范要求上了钢架……

"吆西！吆西！"日本专家看到后，又竖起大拇指。原本不怎么瞧得起中国工人的他们开始对合作伙伴另眼看待。

然而建设中遇到的问题一个接一个。

上万平方米的混凝土地坪浇筑，必须一次性完成，这是确保整个洁净车间地面的平洁度和防震度的至关重要的基础，数以千计的造芯设备全在这地坪上操作和运转，而且得确保二三十年连续不停的运转中不能出现任何因为地面不平而影响芯片制造的问题。要求：整个上万平方米的地坪平面不能有5分钱硬币那么厚度的误差，否则需要返工。

能行吗？有保证吗？另外有没有那么多混凝土浇灌机呀？胡启立部长为此亲赴施工现场，他一到现场就连问了一大串问题，担心的就是哪个地方会出丝毫的差错。

得到的回答是：没有问题。

还是"没有问题"。

果真，当他看着专家们用激光照准，检验地平的结果出来后，一块悬在胡启立部长心头的巨石落了下来。

不容易啊！他内心无限地感激在场的所有施工人员。

"超大跨度的钢屋架吊装也是了不得，严丝合缝，分毫不差，一次成功！这也都可称为奇迹！"部长感叹。

"不好啦！不好啦——"突然工地上又有人大喊起来。

又出什么问题了？

"外面的大雨漏进地下了……"1998年夏天长江流域的"抗洪"场面，中国人大多数会记得。长江下游的上海，这一年夏天的雨水也多得远超想象，一转眼的工夫，华虹NEC施工现场的动力厂房地下室的积水达到一人多深……

"立即派出全区消防中队支援华虹抢险！"区长办公室，胡炜神情严肃地举着电话，命令区消防支队。随后他想了想，又重新拿起电话："给我接市政府……"

如胡炜所料：浦东新区的消防队赶到华虹施工现场，几个中队全力用泥浆泵抽水，结果几小时下来，连泵都弄坏了，漏水仍在汹涌地从地面往动力地下室奔涌……最后还是被及时赶来的市消防与工程单

第五章："第一役"打得很漂亮

位运来的数十台抽水泵给抽干了积水。

中国人以前有过很多伟大的建筑和伟大的发明创造，比如长城是我们千年前建的，长达万里；三峡大坝我们也修建了，可拦下滚滚东去的万顷波涛；火药也是我们制造的，能烧尽千座城、万个堡。但中国人真的很多时候干什么活、做什么事，总是"差不多""估计""大概"，但这样的工作标准，着实让我们中国吃了许多亏。因为在工程和科学甚至做人上，"估计""大概"是绝对不行的，失之毫厘谬以千里。

在芯片世界，或者说在半导体科技生产中，它有两个量度：一是它的微细微小性（Micro），是指它在技术追求上的超微极致，是朝着微米到深亚微米再到纳米。二是它的巨大性(Macro)，完成其技术追求之后的产业又是需要巨大的投入与投资，同时还必须是有巨大的市场，市场越大，产业发展和技术进步就会越先进、越超先进。

技术的微观纵深和市场的宏观无边，这是芯片产业的特征。在厂房建设上，需要这两个完全不同的宽度与精度要求同时完全、精确完成。这也就给中国工程人员施工提出了极大挑战。

华虹人主要遇到的是如何把庞大的厂房，建设成完全符合造芯要求的洁净车间。

很有意思。许多"常规"在这里被打破，比如厂房的高度：二十米高，其内部为三层，上层是高效空气过滤器和各种管线层，中间是地面安置生产设备的操作层，在这底下是通风隧道层。这三层的目的是有效循环、空气畅通，保持车间内灰尘颗粒与废气被带到室外，使车间内永远处在符合造芯的技术要求之中。然而，消防部门前来验收时，坚持认为这个厂房是三层结构，必须每一层都放置防水隔断层，否则就是不符合消防安全要求。

"而且，你们的房顶上都没有安装水淋喷头？"消防人员严肃提出这一问题。

"这、这……这是根本不可能的事！我们是半导体车间，多数设备属于高压设备，电压达到几万伏，你一旦水淋其上，就立马断电，那个后果可怕！可怕得很！"日本专家听说车间里要安装水淋喷头，嗷嗷地叫嚷了起来。

"他们说什么呀？"消防人员奇怪地问。

"他们说装水淋喷头是绝对不可以的。"翻译给消防人员听。

"那这个车间也是绝对不可以通过我们消防验收的！"消防人员一听就上火了，扭转身就要走。

"哎——同志，同志别上火嘛！"华虹人一看不对劲，赶忙拉住消防人员，然后解释道："日本专家的意思是：车间的设备有的本身就附带灭火器，这部分是不需要安装水淋喷头的，其他的设备嘛，我们想想办法，力争做到既符合消防要求，也同时考虑到造芯车间的特殊性……总之一句话：要符合消防要求，绝不能有任何消防隐患存在！"

"这还差不多！"消防人员终于消了气。

后来的解决办法是：将消防喷淋系统里的水换成空气，并加上压力感知器监测压力水平，一旦压力异常，将迅速报警，这样相关人员就可以马上赶到现场进行检测。此外，生产车间多密地安装了许多烟敏器、热感报警器，这样确保一旦车间出现温度异常，立即通过系统报警后采取有效措施。

如此这般的一番革新和改造，后来消防部门再来验收时找不出什么毛病，也就给"通过"了！消防部门我有很多熟人，将当年的这一问题请教那里的消防专家，他们告诉我：其实像华虹NEC厂房的现代化科技设备的特殊性，事实上给我们中国的消防技术与理念上提供了一种新的提升思路。"我们之所以后来通过了像华虹厂房这样的消防装置，就是在接触前沿的高新技术过程中，其实也跟着学到不少新知识，从而促使我们对原有的消防验收标准作了改进，强调了对先进科技建筑和设备车间的消防新验收标准，使我国的消防技术管理标准与国际接轨。"公安部消防总局的专家说。

我第一次听"华虹人"讲的数字，真被惊吓了一下：每平方米造价达20万元！你说昂贵吧？

就这么昂贵。那是因为半导体的设备每一个细节都需要绝对的"洁净"，洁，清洁；净，干净。又洁又净，说起来容易，做起来并非那么简单，造芯环境和设备并非我们一般意义上理解的清洁干净就行了，在制造微米芯片时，环境和设备需要对头发丝直径千分之一的颗粒进行控制，其难度可以想象。如此难度的技术处理，没有极其高端和精密的设备是不可能实现的，所以在建厂的过程中，其实也让中国人清楚明白了一件事：要想造出世界上最先进的东西，就一定需要花费同样巨大的代价。

芯片制造便是如此。

"最难忘和印象特别深的还有一个环节：就是安装光刻机等设备，先不说这些宝贝从日本运到上海的整个过程让我们看到了世界上什么才是真正的'宝贝疙瘩'，我们是从机场把光刻机迎到工厂的，一路上那个小心翼翼的程度比迎新娘还要小心谨慎一百倍。在进车间安装时，日本专家专门请了他们有经验的日本搬运工，几十个人小心地把这些精密设备放置到机架上。为了看设备是否丝毫不差地安放到位，日本专家们竟然一个个身子伏在地上，脸贴在地面，几十双眼睛盯着看设备安装到位为止。那个场景我一直记在脑海之中……"曾经参加过现在称为华虹一厂的华虹NEC公司生产线安装建设的老华虹人不止一人这样对我说。

胡启立部长有过一段很深刻的话："拙，是因为我们不懂，需要老老实实地学习；巧，才能够从经济上、技术上实现我们通过建设'909工程'积累国际先进水平的半导体生产线建设经验的目的。"

中国曾经落后了，我们的科技能力也比不上发达国家。但中国人有一个传统的优点，就是虚心学习，善于通过学习来慢慢悟出一些知识与门道，从而通过自己的智慧和实践，不断追赶他人的先进技术，最终实现国家和民族的振兴与强大。

胡启立举了一个很有力的例子：半导体产业投资巨大，其中大部分用在生产设备的采购和车间建设上，而这些设备与材料通常又是国际采购，所以这里面学问很大。作为中外合资企业，中国在与NEC谈判时就提出了一个重要的合作采购流程，这个流程除了我们能够明白钱到底怎么花的，还学会了以后独立采购的方法和渠道。胡启立介绍，"909工程"的设备采购开始也并非一下子开放给NEC来解决的，中国方面用了看似拙简但很管用的办法使原本单方面由NEC封闭式的采购流程，转变为中方参与的全过程。

其方法为：首先由NEC和设备厂去谈，并达成初步协议；随后NEC谈定的设备商到上海来与中方进行第二轮谈判，根据工厂建设情况，一项项设备谈，比较价格，比较技术服务；最后再由华虹NEC和设备厂商签订正式的设备采购合同。如此一来，中方不但和设备厂商有了接触与联系，还对NEC的工艺加深了了解。同时设备供应商为了适应"909工程"的技术服务要求，也纷纷在上海设立办事处及维修中心等，如此一来，上海很快就形成了集成电路产业环境的产业链，这是中方借一个合资企业和建芯片厂的发展过程，有力地促进了整个半导体产业链的建立,并随着一条又一条生产线的建设(加之华虹旁边如"中芯国际"等一批芯片企业的兴建)和生产线本身的技术向前迈进,今天的上海已经成为中国半导体产业的重要基地。这是"909工程"战略的显著体现,也是中央当初决策"砸锅卖铁"下决心要搞芯片的根本所在。

东风不具备时,我们从干一件事开始;等干成了一件又一件事时,东风自然来兮。东风来后,东方大国的气象就不再旧样了!

"909工程"的生产线建设在与日本NEC公司合作后,于1998年10月底,完成动力设备和通用设备的安装与调试;4个月后,又完成月投5000片能力的设备安装与调试。至此,我国合资建设的第一条当时在国际上也属先进水平的芯片生产线正式建成,比预期提前了7个月,投片生产也比一般"摩尔定律"的18个月提前了1个月。别小看了这一个月,它可是中国人借助外国企业的力量,在自己的土地上向高端和先进的半导体迈出了最能证明自己形象和实力的重要一步。

这一步是华虹人用智慧与毅力、苦干与实干拼出来的"第一役",打得十分漂亮。

"建设者们的昂扬斗志、高超技术给我留下了深刻印象。"胡启立感慨万千道。

1999年2月23日,这个日子对"华虹人"来说,是难忘的。身为华虹董事长的胡启立在与上海市长徐匡迪、日本NEC会长关本忠弘等人按下生产线投片生产的电钮时,他用了"思绪万千,心潮起伏"八个字。

在华虹NEC生产线建设进入尾声时,江泽民总书记亲临厂区视察,激情地题词道:"建设好'909工程',推进信息产业发展。"

第六章
我们成长并收获

"走,到日本去!"

"好,到 NEC 去!"

1998 年的夏天,上海虹桥国际机场停机坪前,一队穿着漂亮衣服、朝气蓬勃的"华虹"年轻人举着一面面五星红旗,在登上飞机前合影留念。

"这个日子一定要记住,因为是我们第一次出国,因为是我们代表中国第一代造芯人去拥抱世界、学习技术的,因为我们是中国半导体事业的希望……"那时候手机还没有普及,这批华虹年轻工程师后来在写给他们的家人和厂里的同事的信中这样说。

"我们来了,我们有一颗火热的心,有一腔爱国的情,我们将努力肩负起'909 工程'的建设,为未来的中国半导体事业奉献我们的青春与智慧!"

"我们来了,我们会省下每一刻时间、攒下每一分钱、聚集每一个思绪,去学习,去钻研,去奋斗——为了我的国家和明天!"

"那个时候我们就是怀着这样的信心和决心,走出国门,飞越东海,到达 NEC 的几个基地和研发部的。"如今的"华虹一厂"工程二部部长李晓远，是华虹 NEC 合作的见证者，也是首批到日本学习的工程师。

"我们当时一手持一面五星红旗，一手拿着一本日语字典。基本上一句日语都不会说，但就这样去了，一去就是半年……"李晓远说他现在的日语完全可以在日本"以假乱真"——说一口日语、冒充一个日本当地人。

"全部靠自学日语，然后在工作中接触日本人后又一点点学技术，而且要靠自己摸索。"李晓远说他是学管理体系的，"我印象最深的是，日本人的品质意识非常强，这对从事半导体的人来说十分重要。另一方面我觉得对一个想在科技强国的道路上奋进的国家和民族来说，也是相当重要的。至少，半年东渡日本，在 NEC 公司学习，对我来说，改变了以往的许多做事方式，它对我之后在华虹的工作中，有着太多的意义。"

现在的华虹二厂厂长姚亮与五厂副厂长陈菊英是夫妻俩。夫妻俩同在华虹工作的人，据说相当多。"我们华虹公司成立之初，每年从大学中招收不少应届毕业生，在这里生根结果的人也就不少了……"人事部门的干部介绍道。

令我意外的是女半导体专家陈菊英竟然是我的老乡，她的老家和我老家也就十几分钟的路程。因为我一直在部队和北京工作，所以 1990 年她从西安电子科技大学毕业时，我已经离开家乡十几年了，要不然或许我会知道家乡还有一位未来的科学才女。

"上世纪 90 年代初，世界半导体产业其实已经在东南亚特别是日本、新加坡、中国台湾和韩国很热门，所以记得我们从学校毕业时，新加坡就有人来招收电子专业方面的大学毕业生，我的同学中就有不少人在那个时候到了新加坡。"陈菊英说自己没有去是两个原因：一是她和姚亮已结婚，并有了"小宝宝"，二是他们已到无锡华晶微电子集团公司工作，该单位就是"909 工程"之前的"908 工程"，它也是引进日本东芝技术的一条生产线，但后来因为审批时间拖了近 5 年，该项目基本上没有成功。"但还是留住了一批人。"陈菊英说她与丈夫就是在"华晶"认识并相爱。

"909 工程"开始，"华晶"抽走一部分技术人员到上海"909 工程"建设工程上。

"我们就是在 1996 年被抽到了上海工作。"姚亮清晰地回忆起当时建设初期的"华虹"。

"创业之初是非常艰苦的。"姚亮说，"你知道我们老家那边其实是比较富裕的，尽管比不上大上海，但即使在无锡，也远远比刚刚开发开放的浦东要强得多。我们那时已经有小孩了，开始到浦东工作也没有解决户口什么的，就是来工作的，孩子还留在老家上托儿所，我们夫妻俩提了个包就到这边上班了。到厂子现场一看，除了挖泥机和推土机外，就是干活的工人。当时'909 工程'是准备做 8 英寸的，国内没有这样的生产线，所以工厂如何建也不知道，跟国际上哪家跨国公司合作也没有定下来，但因为国家在迅速推进半导体产业，因此我们的厂就开始打桩了。我是参加第一次打桩仪式的，记得场面还是很隆重，但不多久，又第二次打桩了，原来是日本人拿了图纸来说我们原先打的桩不够，又重新开工打桩……"

"那个时候作为公司的一名普通工程师，说实话，我们虽然也是天天上班，但方向不是很清楚。"陈菊英说，"我们夫妻俩从无锡到上海浦东时，既没有自己的房子，户口也没有迁过来，但就已经干上了'909 工程'，大家当时尽管对先进的半导体不熟悉，可信心和决心很大，想把中国的信息产业搞上去。因此虽然条件非常艰苦，干劲却很足。好像那个时候我们啥都不去考虑，一直等到几年后，才有了自己的房子和安稳的家。"

姚亮和陈菊英是第一批加入"909工程"团队的，是艰苦的创业者，同时又是幸运的第一代高端芯片工艺技术工程专家。

"我是第一批到日本学习的，她是第二批，我们都是六个月的，学芯片设计的要两年……"姚亮说。

陈菊英是我的老乡，所以与我交流更活跃和开心些，她谈了几点在日本NEC厂学习的印象。"日本社会整体上以小搏大的意识和心理非常强，所以它的社会整体上有一种奋发图强、必须成功的意志。不管哪个岗位上的员工都很努力。作为女性学习者，我感觉日本对女性工程师不排斥，在我学习的过程中感受是平等的。再者是不管在什么工作岗位上的人，做事非常细致，比如买设备、做事或验收，就是一个不算太复杂的事，都要写下十几页甚至上百页的记录。同时创新意识也很强，即使对最先进的设备，他们的工程师也还会不断进行改造，融入一些属于自己的东西。自然不用说，我们第一次进NEC洁净车间看到的现代自动化设备内心所产生的震撼，一方面让我们深深感到差距，另一个方面也强烈地激发了我们学习本事、为国争光的决心……"

陈菊英和姚亮都是NEC学习和培训出来"909工程"的骨干。他们回到祖国自己的"华虹NEC"后，立即担起了骨干之责任。

"我在华虹NEC生产线投片运营时就是工艺技术部副主任，华虹与NEC合资办厂的第一个五年中，所有正职岗位基本都是日方人员，中方最高职务就是副职。即使如此，这个副职对我们华虹、对我们个人来说，都十分重要。它可以让我们每天跟着正职学到东西、学到经验，学到那些他们不太想一下子传授给我们的技术。"陈菊英是华虹集团几个生产厂中唯一的一位女副厂，如果加上她丈夫姚亮，他们家夫妻两人都是现今"华虹"集团的厂长级半导体专家，这在行业里也属"珍稀动物"——同事们这样尊称他们。

胡启立对在与 NEC 合作谈判时签订"45000 人日的全员培训"合同给予高度评价。所谓的"45000 人日"的概念，就是中国去 NEC 公司接受学习与培训的人员可以有合计 45000 个工作日。而"从 1998 年 7 月，华虹 NEC 首批赴日培训人员回国，投入了设备安装调试工作。其后，培训人员陆续回国，在华虹 NEC 5000 片投产工作中发挥了巨大作用。从动力到生产、从设备立项到工艺转移，华虹 NEC 的中方员工在实践中逐渐成长起来。在 5000 片投产的时候，在建设和生产现场还有许多日方技术人员；到 2 万片之后，中方人员已逐步成为主力。现在，华虹 NEC 的产能已经扩展到 4 万片，这期间的工作，包括从设备采购、设备安装、工艺调试到产品评价、动力支援、技术开发等工作，完全由中方工程师完成。华虹 NEC 的中国员工，现在他们已锻炼出一支自己的队伍，这支队伍在内能打硬仗，拉出去也完全可以凭自己的能力建设新的 8 英寸生产线。闻听此言，我非常欣慰。这批人才，不但实现了技术和管理经验从无到有的飞跃，更成为中国半导体产业这片土壤上的种子，他们将茁壮成长、聚集成林……"

都知道胡启立部长是个作风十分严谨的领导，平时一般不太把自己的感情外溢，但谈起"909 工程"初期的人才培训这事，他却文采和诗意迸发，激情和浪漫奔涌。可见这件事在他心目中是何等骄傲与出彩！

他没有丝毫的夸张。我今天所见到的华虹骨干，相当大的比例就是当年那批赴 NEC 学习培训的年轻的中国工程师们。

坐在我面前的陈菊英和姚亮夫妻俩的成长颇具代表性。"副的跟正的责任完全不一样。副厂长是生产线的条块负责人，正厂长是全厂的一把手，他的担子可比我重多了！"她说的他，是她丈夫姚亮。

二十多年前的中国，连什么是先进的微米芯片生产线都没有见过，更谈不上管理和运营一条这样的生产线。1999年9月24日，曾经当过国家电子工业部部长的江泽民主席来到华虹NEC即将制片的生产线参观，经过更衣、风淋和二次洗手后，他在胡启立等领导的陪同下，进入洁净车间，参观光刻、刻蚀、离子注入等多道工序后，感叹道："我们当年要做64K的存储品，你们现在做的是64兆的，大了1024倍。三代部长想做的事情现在做成了，你们圆了几代人的梦！"而姚亮就是这圆梦人之一。

"尽管我们夫妻俩，一个学电子专业，一个学材料专业，但世界半导体产业发展太快，迭代速度完全超乎了我们大学里传统的教学内容，所以实际上我们大学毕业时所掌握的电子专业知识极其有限，属于基础的基础，与先进的芯片制造产业差距巨大。更不用说中国与国际芯片制造的差距了，所以我们那次到日本去接受培训，完全可以用'如饥似渴'来形容。正好因太干渴了，所以学得有些拼命，到NEC后我们就是拼命地往脑子里灌……"姚亮坦言这个过程极其重要，"一下让我们站在国际最先进的起跑线上。"

当时NEC生产线在世界上也是属于非常先进的设备，所以姚亮他们以比日本人更勤奋努力的精神，站在"师傅们"的肩膀上，追赶着世界先进的半导体技术。

姚亮给我介绍，他和他的那些奔赴NEC四个生产基地的中国青年工程师们，每天清晨背读日语，上班的12小时都在厂里"跟师傅学"，夜间有三四个小时相互交流、彼此勉励，"即使在躺下的五六个小时里，我们的脑海里仍然在回忆和反复琢磨着白天的一道道功课和师傅所教的每一个细节……"姚亮说，日本人的努力和求进是世界上出了名的，但当我们出现在他们中间时，他们感叹了，说中国人才是最努力和最求进取的！

姚亮和一批又一批的中国学员一样，回到上海，便成了浦东华虹NEC生产线上的骨干，他们在40多名日本专家与工程师的带领下，出色完全了整条生产线的建设，然后不断向月产投片的新纪录迈进。

五年后，当NEC与华虹的合作期结束后，一直站在他人身后的姚亮等中国年轻的工程师站到了前台，站到了中国半导体产业的最前沿，他们无畏地独立挑起建设国际先进的制芯产业生产线的重担，并且越做越稳健、越做越得心应手。从一厂到二厂，到三厂……五厂、六厂、七厂……

姚亮就是这样一步步走过来的中国独立自建的大型半导体芯片制造厂的厂长。在一厂（也就是华虹与NEC合资"华虹NEC"）一干就是10年。"这10年，是我从普通技术员到专业制造芯片的工程师和高管人员的过程。"

2012年，他被调到二厂。2013年，他被提拔为该厂厂长。

一个大型芯片生产厂厂长，就是半导体行业上的一名将军。中国本土诞生的造"芯"将军是如何成长的，姚亮给了答案："我最大的体会是，能够通过培训和实践，经历了整个生产线的建设与投产及运营的全过程，这样的机会是国家和时代给予的。而我自己就是在这样的机会上努力去奋斗，这与我对新的工作有兴趣、认真和愿意不断往更高的要求去努力有关……"

"半导体领域，奥妙无穷，永无止境，你只要努力去探索，就会有收获，就会见到新的星空。"姚亮说，他到二厂后，新的生产线需要购置一批设备，但在调试时一直因为温度数据出现误差而不能进入生产。"整整一个月,我们陷入了困境。设备供应方的专家也没能解决这一问题。怎么办?我和我们的技术人员说:那就得靠我们自己争取攻克这个难关。于是我们通过昼夜奋战,采用降温措施,后来很快解决了难题,使设备顺利投入了生产。"姚亮说。

姚亮任厂长的华虹二厂,从 2013 年到现在产能扩大至一倍多,不仅产品实现了从低端向中端、到高端的目标,而且代工工艺技术方面也达到了国际先进、国内领先的水平。

"姚亮现象,在我们华虹真的还有不少……因为我们华虹就是这样成长起来的。"华虹董事长张素心这样自豪地说。

不错,这样的现象与这样的结果,事实上就是胡启立部长和我们国家领导人最想获得的,而这种结果就是对"909 工程"立项之初,中国领导人那句"砸锅卖铁"也要把芯片搞出来的奋发之语的最好回应。

第七章
南北双雄为国是

何为"国之大器"？就是为国家操心、办事、扛鼎的勇士与栋梁。华虹是半导体领域、芯片产业上的"国之大器"。用这样一句话并不过分："两弹一星"，让一切敢于来犯之敌有了畏惧感而不敢轻易贸然地动我大中华民族的疆土。华虹自制的芯片以现代高新科技为国家和十几亿中国人民在信息与数字时代垒筑了一道防身护体的钢铁长城……

生活中，人们看病、存款、取钱、出行交通、办社会保险等都需要亮一下"卡"或身份证。如今的天下，如果没有了"卡"和身份证，估计是很难出门的。

手机与这两样一样重要，而它们三者的核心，都是一个"卡"在起作用。

没有了"卡"的今天，你几乎是寸步难行。

"卡"其实就是一个芯片。

芯片贴在我们每个人的身上就变得了可以"活"的生命。假如没有了它，我们的生命好似草木。有些可悲，但数字化、智能化的今天，大概也就是这么回事了。

一张"卡",一个芯片,其实就是一堆数据,然而这一堆数据里,有我们每个人的全部秘密和一个国家、一个民族的秘密。这样的秘密假如被另一个敌方的国家弄去了,再来进攻你,实在是太容易不过的事了。

东西方文明冲突,在今天快进入核战争的边缘,数字武器远比我们所知道的常规战争甚至核武器可能还要厉害得多。"卡"和芯片,由此多么重要,不言而喻。

"砸锅卖铁"的意义也在于此。

"909 工程"和后来的华虹则是这个"意义"的践行者和实现者。

1998 年 4 月,某日。上海市委组织部负责人找到已经出任上海市支持"909 工程"项目领导小组办公室主任的市政府办公厅副主任夏钟瑞说:"夏主任,根据市委领导和电子工业部领导的意见,决定你去担任华虹集团总裁一职。"

夏钟瑞有些意外:"这回真让我'下海'了?"

组织部负责人笑着摇摇头:"不是不是,领导专门有指示,市政府办公厅副主任的职务和信息办主任的职务还给你保留,派你去华虹集团任一把手可能是下一步有重要事情让你做。"

噢,明白了!夏钟瑞是信息办主任,此时上海正在全力研究如何推广百姓的出行交通卡、银行系统准备搞"银行卡",还有公安在马路口提升红绿灯指示信号等等与"卡"有关的工程。看来领导有意要把政府这一块的活交给华虹做了!

夏钟瑞一下顿悟了让他这个市政府办公厅副主任正式去华虹,十有八九是为这事的。

常务副市长华建敏见了夏钟瑞,便明确告诉了夏钟瑞:"与这事有关,但华虹后面要承担国家类似这样的'重生活'还多着呢!我和启立部长交流后认为，你是比较合适的华虹总裁，所以委屈你要'过江'了……"上海说"过江"就是从浦西过黄浦江到浦东。华虹集团后来的所在地就在浦东金桥。

夏钟瑞的工作，从一"过江"就开始了他长达二十多年的"华虹生涯"……

中国是个十几亿人口的大国，像上海、北京、广州、深圳这样的流动人口特别多的大城市，出门乘车、到银行、上高速公路，如果还靠人工收费、人工操作，不知要多少人力物力，必须通过信息化建设来改进这些行业和环节上的数字化、信息化和智能化，大力发展集成电路，利用芯片解决这些技术难题。国家信息产业发展会议上，中央领导这样指出。

"我们上海是第一大城市，又有芯片产业基地，应当率先和不遗余力地推动IC'一卡通'……"上海市的主要领导更是把话说在前头。

"华虹"要抓住机遇，为国家承担起制"卡"重任！电子工业部胡启立部长非常明确地要求所属各部门全力组织力量去承接这一国家任务。

此项工作关乎国家安全，只有靠自己干。中央领导的态度十分明确。

我们愿意给华虹做。上海市领导明确表示：老百姓出行难、看病难、上银行还要排长队……如果把这些问题解决了，就算是我们少盖十栋摩天大厦，也是让大上海实实在在地进步了二十年！老百姓会念我们一声好的呀！

既为百姓方便，又保证国家安全，同时又是一个大市场……华虹不干谁干？华虹人笑盈盈中有些摩拳擦掌。就在这个时候，北京方面也不断传来消息：公安部正在准备推出第二代身份证。中国有多少人？中国有十几亿人。这将是一个怎样的生意？

公安部要给每个中国公民建立一个电子数据"档案"的卡，可不是一般工程：安全，可靠，实用等等，都必须考虑。

我们做！

我们想做！

我们愿意与贵部合作。如果把身份证的生意给我们来做的话……

一时间，那些半导体跨国大公司纷纷打听消息，贴着热脸过来跟中国政府和各地方政府"商谈"合作建设芯片生产线，而以往它们一直在观望或者提出的天价让中国方面无法接受。现在有些不同。为什么？中国的市场太大，太有诱惑力了！

这事可不能随便给人做。必须中国人自己掌握自主芯片知识产权！

没错，应该是由华虹来做！

华虹再添喜讯。这样的决策与决定，肯定是北京、上海方面的共识。

就这么定了！

但是，这样的任务并不是刚刚建立起来的华虹NEC生产线能解决的，它的核心是芯片设计。谁来干芯片设计？上海的"卡"和北京方面需要的"卡"应该有所分工，才能有效完成任务，合理铺盖市场。

华虹决策层很快在胡启立和上海市主要领导的支持下，作出了成立华虹南北设计公司——南公司在上海，借助已有的华虹NEC公司等力量，北公司依托原NEC与首钢的合资公司力量拉出一支力量，如此统一指挥下的两支队伍各自分担重点任务，同时又密切配合，完成中国第一代IC卡任务。

夏钟瑞利用上海市信息办主任的"余威"，很快建立起了"南公司"。

谁来挑头干？这绝对是个技术活儿——芯片设计呀！

有啊，这个人我推荐你！正当夏钟瑞发愁时，有人告诉他，复旦大学有个到美国斯坦福大学做访问学者的青年博士可以担此大任。

快把他请来！夏钟瑞高兴得就差没拍大腿。

他来了。一个身材中等、英姿勃勃、年轻帅气的留美博士出现在华虹集团总部……

"闵昊。昆山人？"

"是，我家离这儿很近，所以填报大学时选了复旦大学。"他说。

"复旦大学是名牌大学，也不是那么好考的呀！而且你报考的还是物理专业。"

"是。可我从小喜欢物理。因为在我家乡不远的地方出了好几个大物理学家，王淦昌、吴健雄、钱三强等等，还有我们复旦大学的谢希德校长，我想我应该向他们学习，争取为国争光……"

"在斯坦福大学当访问学者时你依然专攻的是半导体设计？"

"是。"

"据我所知，斯坦福大学的实验性很强，你——是喜欢当实验室学者还是更愿当创业类的实业家？"

"是，斯坦福大学留学期间我感受很深的一点是，除了学习技术外，最大的收获就是创业的氛围和创造的精神很激励我……如果不到斯坦福，我可能更倾向于在实验室工作，现在我更愿望去市场的广阔天地里创业。"

第七章：南北双雄为国是

"太好了,我们华虹准备担起上海市的'一卡通'工程,这个市场巨大,需要专家来设计与开发中国自己的 IC,你愿意来吗?"

"愿意。这个我很愿意。不过,我有个条件……"

"说。"

"保留我复旦大学的教师身份。"

"完全可以。"

"那我们一言为定。"

"一言为定,你为国家设计出我们自己的 IC。我们保证为你保留好复旦大学的教授和实验室岗位。"

"是,是……"这位爱说"是"的闵昊,连续说了好几个"是"。

也许骨子里闵昊具有昆山人那种敢为先的创业闯劲,也许斯坦福大学的校风中创新精神吹动了他的心神,当然,更可能是复旦大学物理与电子专业的人才济济,让这位刚刚回国的学子在踏上浦东大地之后,一下寻找到了理想的实验地,尤其是听说华虹需要他去担当国家和上海的 IC 设计与开发任务时,他激动了:这不就是在旧金山湾时常常隔岸相望硅谷所触发的联想吗?

是的,4 年的高级访问学者,让闵昊深切地感受到世界半导体的发展飓风,也更激励他学成回国的创业雄心:为什么硅谷有那么多中国留学生?为什么我们做了那么大的贡献却在最终成果中很少顾及我们的名与利?难道我们的智慧与能力就必须置放于他人之下,即使发明创造出奇迹也只能默默无闻?

不公平!绝对没有道理。

他无数次呐喊,但这种声音在斯坦福、在硅谷,即使怒嚎,也毫无回声。

他需要回声。一种不甘落后,勇当弄潮儿的回声。

别人能干的事，为什么我们中国人不行？谁说我们中国人不行了？我不信。他无数次告诉自己：在硅谷，在美国，在西方，你是一个中国人，你的声音充其量就是掉在大海里一滴水溅起的声音……你的战场，你的事业在祖国。

祖国是我们自由和充分发挥才华与才干的地方。

"我接了。"当华虹把聘任"南公司"（上海华虹集成电路有限公司）总经理的任命书送到他手里时，他微笑着在心头说。与此同时，闵昊还有一个头衔：复旦大学专用集成电路与系统国家重点实验室主任。

机会总是给那些敢于挑战的幸运者。闵昊确实是幸运者。1998年6月他拿到华虹任命书，7月份华虹就从上海市政府那里拿到了交通部门的"一卡通"工程大单。

这是华虹成立之后首个自主产品的大单。"只许成功，不许失败。"市领导给华虹下达的是这八个字，华虹给闵昊下达的八个字原封不动。闵昊给临时组建起来的团队也是这八个字。

"只许成功，不许失败"这样的话，在半导体行业，会让人笑掉牙的，因为在芯片制造尤其是设计领域，几乎都是千百个失败里滚出来的人当中才可能产生一个成功者。谁要是拍胸脯说我干一个成功一个，那他一定不是干半导体的，或许他一定是疯子。因为只有疯子才会这么说。

闵昊说，我们既然是接了这个大单，我们就是要用疯子一般的精神去投入研发，不然就不可能成功。我们不成功，国家还会找谁呢？找洋人？他们不可能给我们这样的技术的。核心技术你想花钱，人家根本不会搭理你，除非我们把"卡"的命脉给他们。但那就等于划地给他国，这是卖国行为，没人敢干！

路只剩下一条：死活也要干出来。干成功！

一群"疯子"在闵昊的带领下，不分昼夜。其实搞研发的就没有日夜，相反有时白天成了他们蒙头睡大觉的时候，可他们能睡得着吗？"白日做梦""夜里兴奋"，这是闵昊说的他们的研发状态。那是需要"工科生"的缜密计算功夫，但光这不行，得有哲学家的高超的逻辑思维能力。仅此仍然不行，半导体的高级境界，除了物理，更要有对万物能力的畅想，而畅想属于艺术，所以半导体的技术叫"工艺"。

"工艺"，工科与文艺的结晶，如果你这么想了，那么工艺就不是一种简单的理工技术，它应该包含了人类理性思维和畅想思维的结合体，既缜密又浪漫，既是系统工程学，又是文艺灵感物，可抓可捏，可实可虚，在坚实的基本功中寻找事物的特殊性，在真理的客观性中寻找事物变化的规律，因此有人称半导体的另一半是哲学。哲学讲究方向和逻辑，半导体的芯片设计就是沿着正确的方向和逻辑进行亿万遍的运算和数千次的实验之后答出某一稳定的物体现象，便是成功的目标。

"成功啦！"三个多月后的一天，闵昊突然兴奋地向团队的同事们振臂宣告道。

"才多少时间你就给弄出来啦？！"大伙儿不敢相信。

从来都是低调的闵昊，这回骄傲地扶了扶眼镜，说："那当然！要不咋叫'中华儿女多奇志'！"后来有记者采访他的同事，大家说，闵昊这人精力特旺盛，晚上工作再晚都可以很早起来上班，而且从早到晚上脑子都很清楚，精神饱满，神采奕奕，我们还以为他天天吃啥补药呢！

是有一剂"补药"，就是一直想着为国家的芯片弄出点动静来！

闵昊说。

华虹在闵昊及团队的努力下，为中国设计出了第一枚具有自主知识产权的非接触式IC卡芯片。不久，很快运用到上海交通"一卡通"。当年发卡量一下达到410万张，两年后，"一卡通"在全上海发行量达1500万张。

闵昊团队再接再厉，于2002年2月，又成功设计出SHC1201、64KB接触式CPU芯片。致使华虹顺利承接了上海市政府的又一惠民工程——社会保障卡，此卡的发行量至2004年达到1000万张。

"当时我们其实也是冒着很大的风险接这个单的。"闵昊说他的压力来自两个方面：一是时间压力，政府当时给我时间是一年。而一般来说一个成熟的集成电路公司也需要一年到一年半的时间才能开发一个新产品，我们是在华虹集团下面新成立的公司，除了我这个刚被"抓"来的总经理外，其他人还不知在哪里呢！团队建设需要一定时间磨合。二是技术难度，一般来说，对一个新的设计工艺技术，需要两个以上的团队共同研发，并且是朝着不同方向进行，这样可能取得其中之一的结果而增大成功率。现在华虹选择了闵昊一个团队来研发，也就是说华虹走的是一条"独木桥"。

闵昊的成功，给了华虹好运气。

上海的"一卡通"一用，全国各大城市便竞相学习与推广，"南华虹"算是赶上了国家发展的大好机会，用他们自己的话说，"美美地赚了一笔"。你想吧，全国多少辆车？城市有多少市民可以用上方便的交通"一卡通"？肯定是几亿量级呗！

"南华虹"在拿下几个"卡"后，乘胜前进，抓住公安部门的身份证更换机会，这活干得更是风生水起，不到一年时间，身份证的芯片就上了亿数级产量……

第七章：南北双雄为国是

这时的"北华虹"没有闲着,其冲锋的程度并不比"南华虹"逊色,它最初的战略和布局也十分清晰和扎实:利用电子工业部和首都北京的资源优势,开发自己的产品,从而拓展全国市场。其二是与日本 NEC 建立合资的设计公司。先前华虹与 NEC 合资协议中有一条内容是 NEC 不但要向中方转让工艺技术,还要转让集成电路设计技术,因此"北华虹"——北京华虹集成电路设计有限公司一成立就成为当时中国最大的芯片合资设计公司,而且"北华虹"与"南华虹"发展方向上的差别是它们从头开始就非常清晰明确的。这一点要归功于"北华虹"的首任董事长俞忠钰和他手下的团队,因为他们都是电子工业部几个下属院所的技术骨干,这些人在电子工业系统奋斗了几十年,一直希望在电子核心领域建奇功,苦于机会和条件不足,此番与 NEC 合作,很快从日方专家那里学到了芯片设计工艺方面的"窍门",这门在这些人眼里一打开,局面就大不一样。

此时恰逢国家正推动移动通信产业,北华虹与 IT 企业合作,根据新一代数字信号平台开发 2.5G 手机芯片,一举拓开了通信芯片的广阔市场。

2000 年初,张文义接替俞忠钰成为北华虹新任董事长,很快突破了 SIM 项目,这给中国移动通信一下注入了自主知识产权的手机芯片。随即,不仅是中国移动,还有中国联通等皆看好北华虹产品……至此,北华虹宛若中国北方的一道彩虹,与上海的南华虹,一起辉映在南北中华天际之上,左右、前后地呼应着放射光芒。

如此南北合力抢占市场,华虹一下威震全国。当然,那些跨国半导体大公司也只能是眼红,同时它们也明白一件事:跟中国做生意是不能放弃的,即使有人用意识形态来扰乱这种正常的贸易,但市场是决定半导体产业的根本。谁背离了这一点,再先进和发达的芯片技术也会遭到惨败。

当然，关于这一点即使在今天，还有一些跨国半导体巨头仍然执迷不醒。我们早晚会证明它们跟随美国为首的反华势力的路走错了。

现在我们说自己的事。说我们华虹的发展。

说华虹第一步所迈出的"借船出海"的中外合资企业华虹NEC公司的成长与发展。

在我所采访的"老华虹人"，到时任华虹董事长的胡启立获得的一致印象是中国从高端芯片制造业的一无所有，到因为与NEC合作而迅速实现了重要起步，并承担和开发有关国家安全和人民利益保障的"金卡"工程（"交通一卡通"、社保卡、银行卡及身份证卡），同时开拓了广阔的市场，可谓"任务艰巨，使命光荣，业绩可观，人才倍增，底气油然而生"，令国内同行刮目相看——这一看既看到中国半导体产业的发展决心与信心，又看到巨大的中国市场多么诱人！

有人算了几笔大账：单单华虹NEC公司本身，中方赚到了几笔大钱，如100亿元左右的合作生产线；第一年就实现了盈利；之后五年中，也交出了几十亿元纯收入的好成绩单。另一笔账是：因为我们有了自己的芯片生产和设计能力，原本依赖外国进口的芯片价格有的一落千丈，比如像一枚8K容量的IC卡芯片进口价在4—5美元，因为华虹设计出了同类的芯片产品，所以很快连32K容量的IC卡芯片价格也只有1美元以下，这份降价是实实在在地给中国百姓消费者带来了巨大的实惠。

此乃真正的"金光闪闪的中国卡"！有人如此欢呼华虹芯片给中国现代化发展和人民生活所带来的福音。胡启立同志对华虹与NEC的合作给予高度评价，并精辟地总结道："我认为，在步入一个全新领域的时候，合作是一条最聪明、最经济的成功之路。而谦虚、大度、平等互利、着眼于双赢的合作，才是最聪明、最实惠的合作。"

华虹成立之初，与NEC合作走出了一条"成功之路"，可圈可点。

夏钟瑞正是那个时期的华虹总裁，他见证了胡启立所说的与NEC合作所走出的一条成功之路。"华虹成立之后，除了建立第一条生产线，即现在的华虹一厂外，其实华虹集团按照胡启立部长的思路，通过华虹一个公司，延伸了中国半导体产业的'五个桥墩'的基础建设：即夯实政府的政策支持，通过国务院出台发展我国半导体产业的战略决策与相关条例；积累和培养人才和科技研发管理团队；加强创新技术和建立自己的知识产权体系；拓展资金的多元化。再一个也是更重要的是市场……"夏钟瑞说。

在江泽民说那句"砸锅卖铁"也要把中国芯片产业搞上去之后，据胡启立回忆，在"909工程"立项和建设之际，江泽民同志多次提醒胡启立等，要特别注意市场，甚至说，如果不把半导体（制造芯片）的市场搞起来，那即使搞出了高精尖的科技产品，也等于是失败的，因为造芯的投入太大，民间没人能扛得起，作为一个发展中国家也是十分难为的。可见市场在很大程度上也决定了中国造芯产业的成与败。

"因此我们在与国外跨国公司谈判引进生产线时，就把未来的市场因素充分考虑进去并作为重要条件来跟人家谈的。后来与NEC合作的条件之一，就是要求它得保证把生产线的产品卖出去，并且规定五年之内达到盈利的目标。我们自己也一直在争取市场的拓展。"夏钟瑞介绍，华虹本身也没有放弃建立国际市场的渠道与平台，并与日本最大的半导体销售公司东棉集团合资成立了上海虹日国际电子有限公司，借助东棉公司已有的全球销售网络，专门从事半导体产品的销售和物流转运。中方在这一个合资公司中投入仅 500 万美元，却在 2003 年就已经实现销售超过 14 亿元人民币的好业绩，并由此与许多日资企业和国际上的诸多电子企业建立了购销关系。

"华虹一开始就朝着建设开放型的国际电子产品大企业的目标而努力。比如我们很早就成立了面向海外市场与投资的华虹国际公司……"夏钟瑞是这个海外公司的初创者和操刀人，对"华虹国际"充满了感情。"虽然我们没下多少本钱，但方向和目标十分明确，而且起点也高。第一步就踩到了美国硅谷那里，我们成功投资了新涛和 Ominivison 两个芯片设计公司。其中新涛公司在三年之后成功转让，我们华虹投入 500 万美元，却获得了 1123 万美元的收益，公司价值升值超过 8 倍。在 Ominivison 身上我们也赚了比投资多 3 倍的回报。"

胡启立对"华虹国际"的成功探索与实践，给出的评价是："利用外脑，超越发展，是华虹的国际触角。"一旦这一平台搭建好了，"一步棋活了一盘棋"。

然而，有棋盘的那一天起，它就注定有预测不到的棋局。

中国造"芯"从选择开始时，就同样注定了它的非凡与艰难。

华虹与 NEC 合作的第一步成功之后所面临的险情超乎了所有人的想象……

第八章

另辟蹊径

变幻莫测，这四个字似乎是专门为半导体产业而设计的。从"909工程"到"华虹"，其实没有间隔，只有衔接和传承。但"909工程"立项之初、之时和之中的风险种种，在"华虹"独立成名于半导体界之后，也相应承接在了"华虹"身上。

与 NEC 合作刚出一些业绩，国际半导体市场的风云突然像变了一个天似的，令华虹人通体寒气，大有瑟瑟发抖之状！

"怎么回事？"

"我也不知道……"

"这不等于前面几年白干了吗？"

"是。可……也不能这么说吧。"

"唉，这行业跟它自身的工艺设计一样，成功率实在太低，风险太大！"

华虹人的体会应该是最直接也是最深刻的。

现在的华虹一厂，即当年的华虹与 NEC 合资的生产线，正如前面已经讲过，它自投片之后收效应该是相当不错。从国家投资角度看，一下吸引了 100 多亿元的资金，从技术角度看，当时中国在造芯产业基本处于一片空白的情况下，一下有了国际水平的先进生产线，同时还培养了一批有实战经验的造芯人才和管理经营团队。这已经是了不起的收获。

但国际形势翻脸比翻书还要快。这个变化点对中国人来说完全是"意外"和"突发"的，那就是美国的"9·11事件"。

出事的那天晚上我正在中央党校学习。我是第十七期中青班学员，这一期学员中现在已经有人当上国家领导人了。但那一天晚上我们谁也没有意识到世界因此发生巨大改变——我是写作者，晚上的时间对我来说特别重要，那天因为有香港"凤凰卫视"直播，所以也基本上看到了"9·11"当时所发生的一切。当然我没有想到会与现在写的书内容有关，当时只感觉"美国要完蛋了"！

美国尽管没有因为"9·11事件"而完蛋，但从此世界格局却在悄悄发生变化，特别是对全球化的冲击一波又一波，直至今日，美国甚至把中国台湾的全世界最大的芯片制造企业"台积电"强制性地搬到了美国本土……"9·11事件"以来的二十多年里，世界芯片制造业或者说是国际半导体产业，完全不同于上世纪90年代的那种蓬勃发展态势。而日本、新加坡、韩国包括中国台湾地区，它们之所以现在走在中国大陆前面甚至世界的前面，就是那段时间被其充分利用上了。

那时国内正处于改革开放的阶段，中国的国力虽起步加速，但仍然没有到达实力强劲的快速发展期，因此无法实现太大的投入，加上以美国为首的西方世界从未对我们在高科技领域放松过限制。因此落后也是必然，起步的路程显得更加艰难。

2000年、2001年，应该是"909工程"的承载体——华虹与NEC合作开始出成果之时，预料不及的两件大事，使华虹差点遭遇灭顶之难："9·11事件"后，全球经济断崖式地滑坡，美国自身问题加之"海湾战争"和"伊拉克行动"，头号发达国家的动荡不安，使全球特别是刚经历过金融危机的亚洲地区又被这股萧条飓风逼到退速发展的地步。原本最具拉动力的半导体产业，一方面受自身的周期性低谷期影响，另一方面叠加"9·11事件"所带来的全球性经济萧条，因此到了2001年底的时候，世界半导体市场跌幅达32%……

中国怎么样？中国的华虹怎么样？

"华虹NEC 2001年前8个月亏损8个亿！"

"后4个月还没有出报表，估计不会低于5个亿吧！"

"天，这么下去，华虹可真是要破产的呀！"

"'909工程'又是国家的一个无底洞亏损工程啊！"

华虹与日本NEC合作开发的产品是存储器。在上世纪90年代，日本的半导体产业也倚重于存储器，因此华虹之所以当初选择NEC也就是考虑到当时国际上存储器的市场好，其次是日本的存储技术先进，再者人家愿意投资的同时，还能把技术给予我们。但不测的风云变化太快，或者说它提前到来了。

2001年的市场寒风在年底全部显现出来：当年的全球存储芯片销售额比2000年减少55.5%，芯片价格平均下降了90%。比如原本的128兆存储器单价为18美元，到了2001年底1美元一个都不好卖。如此跌价没有不赔的。

日本芯片业一片悲伤，NEC也不例外，往日雄风再盛也无能为力。以往生产一片存储器，能赚8到10美元，现在连白菜价都卖不到，你让它如何为好？市场经济就是如此。

华虹面临第一次台风式的考验。此时的NEC，已经对与华虹的合作渐失心气，资本家不可能心甘情愿去为他人做赔本买卖。而华虹本身也是"压力山大"——2001年结算下来,全公司亏损13亿元。这个数字放到老百姓那里,肯定是"哗然"四起。放到总理办公桌上,领导的脸色一定也不会太好看。因为他想到另一个问题:那百亿元投下去的设备生产出来的产品,一旦没有人要,或者越卖越赔,那可又是只"烫手山芋"啊!那时跟谁拍桌子去?再说,与NEC合作五年过后又该咋办?投下的百亿元生产线就废了?中国的"909工程"又成半途惨败的反面案例?中国半导体产业就这样止步了?中国社会主义现代化和强国梦就要放弃?

不不!绝对不可能,也不应该!

那么怎么办呢?想依靠一条NEC线扭转乾坤?不可能。从头再来?没了机会。国家也不会再咬着牙为你"砸锅卖铁"了——要做的事何止一个半导体产业!

怎么办?可以告诉你的是:中国领导人具有大国领导者的战略思维和智慧,他们在设计与NEC合作时就有充分的思想和技术上的准备——尽管要把与NEC合作的这第一条生产线尽力、尽快地去建设好、并努力产生效益,但绝不放弃更多可能更好合作的国际半导体高级伙伴。

其实在华虹NEC的市场碰到"冰寒期"时,上海领导被另一件"芯"上的喜事而洋溢着激情,这就是后来建在华虹NEC生产线斜对面的"中芯国际"……

作为混合经济体的"中芯国际"的横空出世,不能不说对华虹是个巨大的冲击——好的方面是激发了前所未有的同行竞争,另一方面是技术与规模上的压力。

"中芯国际"的来头不小,它有两个关键人物,大名鼎鼎,一人是我们前面介绍过的张汝京先生,另一个人在上海滩也是名声显赫,叫江上舟。

我们稍稍加些笔墨来记述一下华虹NEC产品的市场出现危机之时的另一个竞争战场。

这一天，上海市委书记正在批阅"华虹"送来的一份"简报"，桌上的电话铃突然响起。

书记一听，便知是熟人——那位刚从海南调上海不久的市经济委员会副主任江上舟来电。"上舟啊，怎么？又有什么高见急得马上要谈呀？"书记问。

"好事好事，书记，关于芯片的事……我有个巧遇，也可以说是难得一遇的机遇吧！需要马上向您汇报！"

"那就来吧！正好现在有点时间……"听完江上舟来谈"芯"，书记很是兴奋。

说到江上舟这人，许多上海人以为他跟某某某领导是不是有什么特殊关系，其实是猜错了。江上舟是福建人，其父亲江一真曾任福建省委负责人。不过江上舟确实与上海有特殊关系，是因为他是上海的女婿，其妻吴启迪是他在清华大学无线电系学习的同班同学。吴启迪后任上海同济大学校长、教育部副部长，江上舟与上海的关系因妻子而就变得不一般了。更重要的是江上舟作为改革开放后的第一代"海归"，他从瑞士留学八年后回到祖国时，正值海南省成立，他无意中被一位同学拉到了海南的三亚市。"洋学生"到了一片荒芜而待开发的三亚真有些不习惯，他操起电话拨号时发现只有三位数，以为是分机，哪知当时三亚的电话号码都是三位数的，因为全市总共才不到1000部电话。

三亚缺人才，更缺干部。有人推荐江上舟当副市长，竟然闹了一出笑话：他落选了。好在江上舟心态好。1991年，再次选举时，江上舟高票当选三亚市副市长。他大展拳脚，在全国建立了第一个土地交易中心。土地一活，三亚跟着活了起来，首先是有钱修路造房子了，这样一来，美丽的海滩也便慢慢成为全国热门旅游地。江上舟在海南的名气渐渐上升。上海就派人来海南希望他调到教书的妻子身边，以解决他们长久分居的现实难题。

"浦东开发开放也开始了，你还愁没有用武之地？"妻子那边的人这么说。

"那不行，他是我们省里重点任用对象，不能放他走！"海南省委书记听说后，立即制止了江上舟的调动问题。之后马上下达了一道新任命：海南洋浦开发区成立，开发区管理局局长兼党委书记江上舟。这一年，他46岁。

"来上海吧！"妻子的那一头正在招呼江上舟。这是一个意外，似乎又可能是必然，因为上海是江上舟生命的最后归宿。人们都不会想到这位具有开拓性创业精神的当代精英，却在年仅64岁时就永远地离开了他深爱的妻子和他已经熟悉了并为之挥洒才华的大上海……这是十分惋惜的事。

1997年江上舟调到上海，任市经委副主任。

此时的上海，可谓一片生机勃勃的火红年代，虽然金融风暴席卷亚洲，但智慧和聪明的上海人并没有放松黄浦江两岸热火朝天的干劲，尤其是"芯"事的沉浮，也一直在市领导的操心之列。当听到"能干"的江上舟有好消息要"送来"，自然赶紧"请"吧！

江上舟说："书记，前些日子我在浦东走了几次，又对全市的集成电路产业做了一番调研，我们需要做出战略和战术上的调整……"

书记回应："说说，往具体上说。"

江上舟说："好吧。我们应该在浦东那边再开辟一块芯片制造车间……"

书记问："跟'909 工程'不会有冲撞？"

江上舟说："不会，相反，可以形成良性竞争。最近遇到了一个台湾朋友，他在帮无锡那边的'华晶'干事，在台湾已经有自己的厂子了，但一心希望回大陆来搞芯片……"

书记问："他叫什么？"

江上舟答："张汝京。"

书记笑了："知道这人。'909 工程'也请他帮过忙的。"

江上舟说："最近跟张先生见面后我们谈得很深，他集资 100 亿美元，想在我们浦东建 10 条技术水平高于现在华虹 NEC '909 工程'的 8—12 英寸集成电路生产线……"

书记激动起来了："真的是天上要掉大馅饼了？！这个结棍啊！投资 100 亿美元！而且是比华虹 NEC 更先进的生产线，正是我们特别需要的时候！这么大的投资阿稳呀？"

江上舟说："稳个稳个。张先生说没问题，因为全世界现在都看好中国市场，所以放着这么个大市场，100 亿美元在芯片产业的投资者看来，不成问题。"

书记兴奋地一击掌，连声道："蛮好蛮好，上舟，这件事就交给你了，力争促成。"

江上舟重重地点点头："明白。"

我们再来说江上舟嘴里的那个准备集资 100 亿美元的台湾人张汝京此时的情况。

此时的张汝京已经同台积电的大佬张忠谋在谈一件并购的事，因为张忠谋要到大陆来造芯，而他其实也十分想过来，苦于美国政府的牵制，无法来大陆大投资，这对一个企业家来说也是痛苦的。然而张忠谋不同于对祖国怀有深厚感情的张汝京，这对昔日"德州仪器"的老同事，为了各自的"宏愿"，在1998、1999年间，达成了一项收购兼并协议：由张忠谋的"台积电"收购张汝京的"世大"。

"价格出得不错，是原来的8.5倍。"张汝京一直称张忠谋是"正人君子"，其实他本人才是真正的正人君子。真正的正人君子是容易被假正人君子愚弄的。

后来我们都知道了，听从于美国政府的张忠谋和他的台积电，一起参与了同美国联手制裁华为公司的5G，甚至把台积电的生产厂也搬到了美国，其命运到底如何还需日后观察。

张汝京则相反，此刻的他却急着回到大陆，因为无锡的"908工程"让他更急切地需要回到大陆帮助实现芯片制造的突破。

这个时候，他遇见了江上舟。两人一拍即合，但凡干大事的人只需一个下午就能把"世界大事"搞定了。

在浦东建一个超过华虹体量的芯片厂，这是张汝京的心愿：中国那么大的市场，应该有一流规模的芯片厂，几年之内必须超过台积电等，生产世界一流"晶圆"——这是国际上关于芯片的标准的专业用语，也叫"Wafer"，就是现在常用的大小是8英寸与12英寸的所谓芯片。

熟悉国际半导体产业的张汝京当初之所以没有接受华虹的邀请出任高管，就是上面所说的他还在台湾处理与台积电的合作事宜。当他决定回大陆建芯片代工厂时，又知道了华虹已经同NEC合作建设一条存储器生产线，便决定另辟战场——集100亿美元，建10条代工生产线。

他的战略与大手笔，让中国半导体产业一下走到了国际前列的同等跑道上——这就是横空出世的"中芯国际"。

第八章：另辟蹊径

张汝京确有非同寻常的能耐：半年之内，不仅筹措了建厂的巨额资金，而且从世界各地征召到了400多位专业工程师，一开始就以"中国芯片一哥"的气魄威震中国半导体界。毫无疑问，给对面的"华虹"更是形成巨大的压力和竞争态势……

2001年9月25日，中国大陆投资最大、技术最先进的半导体制造企业——中芯国际（上海）有限公司宣布正式投产。

那个时候的张汝京和"中芯国际"可谓风光无限。然而咫尺之间的华虹NEC的产品市场已呈大滑坡之势，而且日趋严重……

"启立同志啊，是不是考虑除NEC之外还得有新的发展方案吧！"领导开始提醒了！

"我们是有方案的。"其实电子工业部在胡启立部长的领导与主持下，从来就没有放弃过另一种与国际先进半导体企业的合作。只是现在形势所迫，必须加速提到议事日程上来。

然而国际上的经济之仗，与政治和军事仗一样，存在着极高风险，稍不留神，可能全盘皆输。

我们依然记得，在"909工程"进入与各大半导体跨国公司谈判之时，曾经有不少看好中国市场的外国半导体公司有意同中国合作，其中有一个欧洲公司，它就是比利时的IMEC公司。

关于IMEC，中国的朋友对它不是很了解，我们只知道造芯的光刻机巨头、荷兰的ASML，却并不清楚IMEC，这实在是与我们一贯形成的思维模式和看世界的眼光有关。但在英特尔CEO帕特·盖尔辛格的眼里却完全不一样，他曾这样说：欧洲有两颗宝石，一个是ASML，还有一个就是比利时的IMEC。前者生产最高端的光刻机，现在美国就是强制不让ASML卖给我们高端的光刻机，没有了ASML的高端光刻机，暂时让中国的造芯事业拉缓了前进的步伐，或者至少要落后于国际最先进水平一大段距离。尽管我们有人想"绕"过 ASML 这样的光刻机想另辟一条路，然而从目前来看，有点不容易"绕"。

我们知道，芯片制造，简单地讲，它有两大块内容：一是极其高端的设备，ASML 的光刻机就是代表，没有它你就是造不出尖端的芯片的。再者就是它的设计工艺。

IMEC 就是芯片设计工艺的顶级公司，它与美国的 IBM 和 Intel 并称 3I。IMEC 的创新研发目标是比国际上已经在大规模生产的芯片产业产品要提前 5 到 10 年，所以它的优势被全世界的半导体企业高度重视，几乎所有一流的 IT 公司都与它有着紧密合作。这与 IMEC 的组织架构和合作机制有着特别关系。

1984 年成立之初的 IMEC，是由政府资助搭建起来的一个半导体研发单位，后来为了确保单位的非营利性和开放性，其组织结构变成了现在的没有股东的"中立性"研发单位，其最高决策层是理事会，成员由产业界、当地政府和大学及企业关系的代表组成，同时它聘请国际知名学者和企业高管组成科学顾问委员会，提供科技咨询建议。理事会任命总裁。成立快 40 年，总裁却只换过三四任。

IMEC 从一开始就把自己设在半导体工艺设计的巅峰上，比如说它拥有一条设备先进的 8 英寸集成电路制造工艺研发线和一条 12 英寸的研发线，并且拥有 1000 多名专业技术人员。它的合作伙伴几乎涵盖了全世界顶级半导体公司及芯片制造商。IMEC 在制定自身的研发目标上的前沿性和它的灵活机制，决定了它的研发成果与水平优越于其他芯片工艺研发机构，因此到 1999 年时，它已经在世界上包括美国、日本和中国在内的近 100 个国家建立了全球化的办事处，并在一些半导体发展基地和产业重镇派遣和成立研发中心，中国的上海和台湾，都是它的重要目标，所以它还是比较早进驻上海的。最耀眼的地方是，IMEC 不像其他国际先进研发机构和公司那么死板于知识产权保护的封闭性，它采用的合作方式是开放性的，即想跟我合作，可以，且十分欢迎，而且它以这种合作方式中赚取相应比较可观的利润，这是它的盈利模式。道理并不复杂：我是你的老师，你来学艺，我教你，你学会了，成果可以算我们共同的，当然你得向我缴"学费"。

"这个对我们没有多少半导体研发基础的国家来说，是多好的合作伙伴呀！我们应该找 IMEC 好好谈，争取谈成功。"

"咱们不能脚踩两条船吧！刚刚跟日本 NEC 谈得差不多了，再转头又想跟 IMEC 合作，如果让日方知道后是不是最后弄得竹篮提水一场空呀？"有人立即提出反对意见。

"既然是合作伙伴嘛，我认为多谈几个又何妨？"

"我认为不地道。"

"我不这么认为。跟日本 NEC 合作是解决了我们没有先进生产线的问题，人家也愿意把技术转让给我们，使我们通过这种合作实现了一个跳跃。这是好事。如果我们再跟 IMEC 建立合作关系，那我们不仅有了 NEC 的一条先进的芯片生产线，同时也能在芯片设计工艺上靠近国际先进水平。等于半导体产业上我们有了两个翅膀一起飞的可能性……这样的好事为什么不可能呢？"

"我还是反对！让华虹这样一个企业再去背芯片工艺研发这么大投入的负担，最后的结果是：设计还没有啥成果，我们的企业可能就先被拖垮了！这个责任谁负得起？"

"无论如何我认为不能在一棵树上吊死，芯片产业实在变化太大了！"

"就是因为变化太大，我们必须每一步走得慎之又慎！"

"但慎之又慎并不等于一条道上摸黑到底！"

"我是那个意思吗？我是说我们现在已经有日本的一条生产线了，就可以让中国的半导体产业往前赶了。如果再背个沉重的工艺设计项目，一是并不一定三五年能搞出什么名堂来，二者我们拿得出1200万美元给IMEC的学费吗？"

"这个钱应该是国家出的，不能算在我们华虹头上。"

"这是你我说了算的吗？"

"反正我觉得应该多走几条路有好处，以防哪天山雨欲来风满楼，到那个时候可能就晚矣！"

"反正我不赞成这个时候跟IMEC再合作关联……"

关于是不是与IMEC寻求合作一事，华虹内部从一开始就有两种完全不同的意见，理由都很充分。相比之下，不赞同的占上风，这是因为华虹与NEC合作刚上马，新生产线正在形成，投入已经相当大了，如果能有一条先进生产线进入投产，这已经是"909工程"目标的重大胜利了。在这个时候华虹的战线和方向过长、过大，反会造成不测后果。"再说，等我们派出去的工程师们从IMEC回来时，华虹NEC还在日方人员管理下，中国工程师怕连在华虹上班的可能性都会出现问题，因为IMEC的设计工艺并不能应用到NEC生产线上嘛！"

反对方已经占了上风。

"不能这么简单认为。"北京方面对此发声了。俗话说，人无远虑，必有近忧。我们中国半导体产业发展已经落后于他人，抓住每一个机会至关重要，不能因为眼前的困难和暂时的情况而错失与国际顶级半导体企业的合作良机，尤其像IMEC这样的工艺设计单位。研发是半导体产业中五大支柱之一的重要一环，从国家发展芯片产业的战略角度看，它不可或缺。胡启立部长的态度十分明确。

可华虹真的有些力不从心。华虹决策层也不是所有人缺乏战略眼光，只是确实有些力不从心。

"这件事由我们部里想办法解决，我指的是假如与IMEC合作的那个1200万美元的资金问题。"华虹的"娘家"——电子工业部传来令人振奋的消息。

可那个时候的电子工业部也是有苦难言：手头十分缺钱。按胡启立部长的话说，他也是靠讨饭才能"养活"下面那些单位。

这回他又"老着脸"去科技部求人了：科技部是电子产业的"亲家"，没他们的帮助有些事是办不成的。

"胡部长的意见非常正确，我们部支持与IMEC合作项目。"两个相关部门都支持。

"那咱们三家就平摊这笔费用了？"胡启立提出建议。

"同意。"

"我们也没有意见。"

科技部在朱丽兰部长的直接关心下，立即派出一个专家调研组对华虹和相关产业进行了调研。专家们通过认真细致的调研，认为：华虹NEC生产线的消化吸收和自主创新项目应当充分利用中国自己的高校、科研单位和企业的力量来完成。建议国家科技部、信息产业部与华虹共同出资建立一个专门的发展基金，并通过此种形式走出一条中国式科研项目的新路子，为国家半导体产业发展添砖加瓦。

国务院主管副总理吴邦国很快在这份电子工业部呈报的调研报告上批示，明确支持电子工业部的两点设想：一是提高电路的设计能力，带动电子工业的发展；二是吸收消化引进技术，解决升级的问题。"否则几年就失去竞争力。"他特别强调，这些工作单靠企业是难以实现的，需要国家和大学、科研院所的支持。

科技部朱丽兰部长专门给胡启立部长致函，一方面同意调研报告意见，另一方面指出：华虹集团和比利时IMEC合作事宜可纳入拟成立的"专项"统筹安排。

华虹的内部争论到此休也。胡启立部长也是长长地舒了一口气。

然而"立项"并不意味着一定就可以派人到比利时去了。这个时候也有人提出：国家拿那么多钱出来不容易，何必非交"洋学费"嘛！我们中科院也有很先进的微米工艺为什么不可以用？

"邹院士，要不你去中科院微电所看看？"华虹管理层不得不考虑这种意见，并把这一任务交给了集团董事、中科院院士邹世昌先生。

邹世昌院士是最早向集团和胡启立部长提议与比利时IMEC合作的，而且他也非常清楚国内科研机构、高校与企业生产脱节的情况。曾经担任过冶金科研所所长的他，体会深刻："我们所里有二三百个科研成果，但就是与市场需要脱节，无法转化为大生产，所以搁在那儿根本没用。时间一长，科研费用光了，研究所也跟着关门了。这种情况在中国普遍，在国外也有。比如斯坦福大学的试验线就关门了，康奈尔大学的也关门了。原因都是一个：没有市场支持，只能关门，因为半导体一条试验线就要上百亿元资金，你的研究成果无法转化到大生产线，其结果只能关门。"

说心里话，邹世昌院士对让他去中科院微电子中心考察一事，并不那么有信心，因为他了解中国的情况，所以听说有人介绍中科院做出了0.18微米的芯片工艺，他嘴上没说，心里是有数的：那肯定还属于实验室的成果，离转化大生产不知还有多少路需要走呢！

果不其然，邹院士率华虹一帮专家到中科院微电子中心，对方的中心主任告诉华虹人：0.8—0.25微米CMOS集成工艺技术研发成果确实有，但尚处于单项工艺实验阶段，进入和平阶段需要二次开发，更讲不上大生产。对此有人作了一个比喻：能工巧匠敲敲打打做出了一辆越野跑车，可要把这样的跑车放到自动化生产流水线上生产，那还不知多少年才能实现。

从中科院考察出来后，华虹反倒把与IMEC的合作的阻力一下释放开了。

"OK，我到上海去吧！"IMEC副总裁De Clark先生得知中方想同他们合作，十分高兴，立即买了机票直飞上海浦东。谈判也随即开始。

与IMEC的谈判，完全不同于与日本NEC的内容，这回是芯片制造的工艺合作，所以围绕如何联合开发0.25微米、0.18微米CMOS工艺技术。"并且我们一再强调了双方合作项目所产生的知识产权成果归属问题，也就是说我们与IMEC一起研发的工艺技术所产生的知识产权双方共同拥有。"参与谈判的华虹集团副总裁蒋守雷特别提到了在与IMEC谈判过程中，他们曾小心翼翼地将上述合作内容又朝前迈了"一步"，即中方在与IMEC共同研发过程中可以无偿使用IMEC在该合作项目中所拥有的知识产权，IMEC还承诺其提供给华虹的全套工艺技术细节不会对第三方造成侵权，如果产生这种侵权情况，在第三方起诉时，IMEC有义务为华虹解决知识产权纠纷。

"这一条被写入合作协议中的那一刻，我的心跳都加速了，因为过去与国外合作，从来没有这样好的结局，即使像日本NEC把生产线卖给了我们，但设备的核心技术他们只会让你'知其然'却就是不告诉你'所以然'，因此有了一大堆先进的生产线，你可以用，但出了毛病，人家还是拿回日本去处理，不让中国人学会其奥秘。

同 IMEC 合作则既解决了'知其然'，又获得了'所以然'……"蒋守雷先生每每谈起此次与 IMEC 谈判所获的突破性成果，总会激动一番。

与 IMEC 合作最重要也是最根本的内容是中方每年派出十位左右共四年时间在 IMEC 与那里的工程师和专家们进行共同的研发计定的项目任务。这任务中不是简单地完成项目开发，中方的工程师要了解和熟悉所研发的工艺为什么是这样设计而非通过其他途径，当然还要认真学习 IMEC 的其他经验。至于怎么学，学到什么水平，合作协议中有要求，但更多的还是中方对自己派出的人员的要求：认真、虚心、刻苦。学到本领，为国争光！

胡启立部长在华虹与 IMEC 正式签约之后表示：此次合作意义重大，达到了"一箭三雕"的目的，华虹可以合作研究并取得 0.8 微米以下的芯片技术和工艺，做好技术基础的准备；在取得技术之后，可以作为说服 NEC 对我开放更窄线宽工艺技术的"敲门砖"；根据知识产权共享协议，华虹在 IMEC 取得技术又可以作为华虹 NEC 生产线知识产权的保护伞。与此同时还可以为中国建起一支属于自己的工艺设计队伍，这对加速我国半导体技术追赶世界领先水平具有特殊意义。

"1200 万美元的'学费'是贵了一点，但它绝对值！"电子工业部、信息产业部和科技部几位领导后来谈起此事，都这样表示。

2000 年 9 月 29 日——隔一天就是"国庆"。这一天对华虹的一批年轻工程师来说是个难忘的日子，因为不久他们将远赴欧洲，去比利时 IMEC 学习与研发，相较于前些年到日本 NEC 学习的工程师们，似乎大家感到责任与使命更重了。如果作一下比较，前面的赴日本的那数百位华虹人学的是技工，或者说是高级技工；这回到 IMEC 学习和参加研发，学的是工程师的设计专业，那就是真正意义上的半导体设计工程师的专业本领。为了这次派遣，华虹在国家有关部门的支持下，特意从上海贝岭公司、首钢 NEC 等国内芯片制造生产线上招聘了一批具有丰富生产经验的优秀工程师，又专门从清华、复旦、上海交大、东南大学、成都电子科技大学等全国各地的高校中招聘了一批相关专业的硕士与博士毕业生，组成了结构互补、专业知识过硬的青年技术骨干队伍。队伍人员的组成，直接得到了胡启立部长的关注，他内心有一股强烈的愿望：他们从 IMEC 回来，就应该成为中国半导体工艺设计的骨干，不仅要担起华虹的芯片工艺设计，还要挑起全国未来半导体发展的大梁。

"一定要有个好领队，要让 IMEC 瞧得起我们。"华虹集团的领导一开始就在选人方面定下了高标准。曾经在与 IMEC 谈判初期，对方就提出："你们中国半导体方面人员专业吗？"意思是说 IMEC 可都是世界顶级专业人员，如果没有能够与 IMEC 相"搭手"的工程师，这样的合作研发是很难出成果的。

这个问题提出后，中方确实有压力。都知道中国人讲究面子，而此次与 IMEC 合作研发芯片制造工艺，中方派遣工程师过去，面子肯定十分重要——一旦成果出来，双方共同拥有知识产权，这个面子让中国在世界芯片制造工艺上一下填补"空白"，意义非凡。但中方不仅需要这个"光荣的面子"，更需要实实在在的管用的"里子"。而且相比之下，这回赴 IMEC 的中国工程师都清楚，他们要学到本事，学到世界一流的芯片设计工艺，这才是根本目的。

现在中国人常在嘴上挂一句话，叫做：使命光荣，责任重大。其实当年赴比利时的年轻工程师们就是心怀此种使命和责任。

在欢天喜地地与 IMEC 签订完合作协议后，中方高兴之余有一个特别大的压力就是：华虹很难找几个能够可以同 IMEC 工艺设计师们一起参与研发的中国芯片专业设计人员。在与 NEC 合作过程中，工艺设计技术日方是不给也不传中方的，所以华虹实际上并没有工艺设计人员。当时的中科院微电子中心有几个专家，不可能将这些老专家"搬"到华虹集团公司来。因此最后所采取的"挑人"，便是从华虹自己的生产线上找出几个"脑子比较灵光"的人，再从全国各地的高校等招聘一批有潜力的年轻学子。然而大家都知道一个事实：当时中国高校电子专业毕业的学生所能掌握的一点点半导体专业知识，其实远远落伍于正在大踏步前进的世界半导体产业发展水平。

"有一个年轻人不错，能把他挖过来我们就能组成一支比较理想的学习团队了！"正在酝酿赴 IMEC 人选时，有人向华虹集团的领导推荐一个叫"陈寿面"的回国博士。

博士的名字叫"陈寿面"？

是，我叫陈寿面。

谁给你起的这大名？

父亲吧。

有意思。正是在你出生时有人过生日？

可能吧。

哈哈……这个我们不谈。今天请你来，是想邀你到我们华虹来工作。

你们可是"国有"公司呀？能满足我的待遇吗？

好商量。我们对你这样的顶级人才也是有相应政策关照的。你能提提你理想的待遇吗？开诚布公，实话实说。

陈寿面 1985 年南京大学毕业，1989 年中国科学院上海原子核研究所研究生毕业，后留所工作。5 年后，赴英国读博士。又先后在新加坡、比利时从事半导体技术开发，不仅有过在 IMEC 的工作经历，更因为他在新加坡特许半导体公司参与过 0.18 微米模块技术的开发，是个在半导体行业许多单位都想抢的炙手可热的人物。

看上去很文静，但两片眼镜片后面有一双特别睿智与刚毅的眼睛，那双睿智和刚毅的眼睛里其实有一道光，一道可以穿透万千事物的光，那光是信仰和特殊元素组成的。它凝集在一位具有不屈不挠的精神和爱国之心的人身上，会萌发出巨大的能量。

陈寿面的名字里到底包含了什么内容，是光的力量与光的质量？无法判定，但陈寿面现在作为上海国家级集成电路研发中心总裁的身份，似乎也证明了这一点。这也是后话。

我们来说当年陈寿面接受华虹"面试"的场景吧——不是让他说说待遇问题吗？理工男陈寿面到华虹"面试"前，已经有过十年的半导体国际公司的工作经历，可以说是见过世面的人。当然他也还是一名中国籍年轻工程师，他太懂得"中国国情"了，所以当"领导"直面让他谈谈待遇需求时，陈寿面博士笑了笑，然后问道，你们华虹总裁的薪水是多少？

应该是"××万吧！"面试方回答。

陈寿面博士随后掏出一支笔，在纸上写下"××万"，又在后面写了"乘 2"……

我们总裁的两倍？

是。陈寿面写完后自己笑了起来，因为他见华虹"考官"的脸有些涨红了。

"他竟然要我们总裁的两倍薪水待遇！简直……"

"什么？陈寿面这碗面是金子做的吗？"

"是钻石，钻石做的！"

"这家伙也不掂量掂量，他那一百三四十斤的小身子骨儿真是金子做的也值不了我们总裁的一半身价呀！"

"是嘛，也太狂了！"

陈寿面人未到，在华虹却已一声惊天。

"喂喂，大家安静。董事会会议开始了。"主持会议的董事长听了上面的议论，笑道，"大家的意见我听到了，也很尖锐啊！不过你们有没有想过：我们这些人中谁有像陈寿面陈博士的工艺研发经历和成果呀？"

"有没有啊？"董事长再次发问。

会场一片寂静。

好像是没有吧？尽管我们中间也有几个博士，但都不曾是芯片设计专业的博士，更没有过在国际先进半导体公司工作过的经历吧？

会场更静了。

是，在传统的印象中，我们这些企业的高管待遇应该比一般的技术人员要高，因为我们肩上的责任不一样。但大家想过没有，在国际半导体行业，最值钱的东西是什么？是发明创造！是那些具有发明创造能力的技术人员！因为没有他们的发明创造、工艺技术，我们哪来企业可办？哪来市场效益？哪来我们这些高管和高管的调薪呢？大家想想是不是这个理？所以，董事会提议同意给予聘任来的陈寿面待遇为现在我们集团总裁薪水的两倍，有什么不可以呢？

我看可以。

我同意。

我也同意。

同意！

陈寿面来华虹的待遇就这样解决了。他也同时被任命为首批赴

IMEC 共同研发团队的领队。

"一定不辜负公司和领导的信任，全力以赴干好工作！"陈寿面代表队员们表决心。

那天算是送行的座谈会，胡启立部长专程从北京赶到上海，跟陈寿面等年轻工程师们见面。

"大家都很年轻，这让我特别高兴。"胡启立跟各路汇聚到华虹的年轻工程师们一一握手和询问他们的基本情况后，又问，"你们到 IMEC 工作和学习做了哪些准备啊？"

"喏，我准备了好几本笔记本……"有大学毕业不久的小伙子掏出一叠崭新的笔记本，报告道。

胡启立一下惊讶地愣在那里。然后询问身边的华虹负责人：没给他们每人准备一台手提笔记本——他指的是便携式电脑。

没有。华虹集团负责人有些尴尬地红了脸。

这个一定要的！到 IMEC 学习和工作没有一台便携式笔记本哪成嘛！这不仅有失我们中国工程师的脸面，而且主要是会影响我们这些同志的工作与研究呀！马上配备，每人一台！

顿时，年轻的工程师们一片欢呼。

现在中国年轻人手中有一台便携式笔记本已经不是什么新鲜事儿，但在二十多年前，谁拥有一台这样的电脑确实挺牛的，公家单位是不会配备这样的电脑的，有一台台式电脑就已经很不错了。那个时候一台便携式电脑价格也不便宜，所以一般单位除了个别"总设计师"和"总裁"一类重要人物之外，享有便携式电脑者寥寥无几，难怪将赴比利时的年轻中国工程师们要特别感谢胡启立部长。"别小看一台笔记本，它后来对我们在比利时 IMEC 的学习和工作太重要了，等于每人有了一个随身'秘书'，工作效率提高很多。"一位赴

IMEC 的工程师对我说。

2001 年 2 月 11 日，第一批华虹赴 IMEC 工作的年轻工程师从上海出发，乘坐飞机抵达欧洲西部的比利时。因为这批赴 IMEC 的工程师中多数是第一次出国，更是第一次到欧洲腹地，所以他们都很兴奋……

> 啊，我就想成为一只青鸟
> 飞啊飞，飞越阿尔卑斯山脉
> 飞经维也纳，
> 再去感受塞纳河畔的
> 浪漫与风情，
> 以及路易十六王宫的精美与壮观
> 啊，我就想成为一只青鸟
> ……

一位成都电子科技大学毕业的硕士在飞越欧洲的空中，诗兴大发，这不由引得另一些"理工男"的羡慕与忌妒。有人便站起来问成都来的"理工男"："我有些怀疑你是文学系毕业的，竟然作出如此美的诗歌啊！"

"成都理工男"满不在乎，笑言："本人学的电子专业，但爱好文学，偶尔作些小诗自娱自乐也。"

哈哈，诗兴大发了呀！东南大学出来的"理工男"请教道："阁下口中的'青鸟'与中国的'青鸟'有何差异？我记得李商隐有首《无题》诗这样说：'蓬山此去无多路，青鸟殷勤为探看'，写出了这种信使鸟的传神……"

看来先生也是文学功底深深。"成都理工男"一听，便曰："本人此处所言的'青鸟'，是比利时著名作家、诺贝尔文学奖获得者梅特林克先生的代表作《青鸟》的延伸寓意，希望我们此行 IMEC，也能像青鸟一样，通过努力，终将在微电子世界发现科学工艺真谛，为国，也为自己争份荣光！"

"好！这个立意很好，至于你的诗作如何我们先不评价，但'青鸟'精神是要认真学习的。我也希望自己成为这样的一只'青鸟'，成为中国半导体行业中的一只'青鸟'……"北京清华来的"理工男"站起来表示赞同并响应"成都理工男"的"青鸟行动"。

我也加入！

还有我……

这是飞机上的浪漫一幕。其实后来这个"青鸟行动"一直作为赴 IMEC 工作的中国工程师中的一种精神与态度被延续了下去。

中国人对地处欧洲西部的比利时不是太了解，是因为这个国家比较小，其实古代的比利时在欧洲地位非常高，它属于日耳曼民族的重要组成部分。罗马帝国时期的凯撒大帝曾经统治过这块欧洲腹地，因此它也是欧洲古文明的重地之一。

> 你被敌人战胜
> 却不是奴隶
> 你没披甲胄
> 却昂然屹立
> 你的圣地已经被玷污
> 你的灵魂却洁白如璧
> 可怕的魔王把宴席摆下

战火的宴席闪着血花

由于他利剑无情的一击

粉碎了你们勇敢的国家

但是那自由的

强大的精神

却没有消失它巨大的力量

像雄鹰展翅

翱翔在云端

在无数忠勇的坟丘顶上

真理的预言必将实现

敌人会倒在你的脚边

他会要满腹哀伤地祈祷

祈祷在你那被摧毁的神坛

　　历史上的比利时和现在的比利时，从国疆角度看，都不大，然而它在欧洲有着很高的美誉度，就是因为这个国家和民族具有不屈的精神：小，但不惧强者；弱，但被敌人战胜后也不当奴隶。这是一份了不起的骨气。从个人不屈的骨气，变成一个民族的骨气，这便是比利时。

　　尽管比起德、法、英等欧洲列强，比利时一直被侵略者战胜，但它从不被奴役，也从没被灭亡，这也是比利时的历史根脉和民族精神所决定的。罗马帝国和凯撒给予了比利时曾经的辉煌。没有了罗马帝国和凯撒之后的比利时，不再以强权和武力支撑自己的存在，这个并不招人显眼的欧洲小国开始走科技强国之路。一个总人口不足上海人口一半的小国（2021年该国总人口为1108万），竟然出了十多个诺贝尔奖自然科学奖获得者。当然，布鲁塞尔及塞纳河畔出的哲学家、文学家就更如天穹众星一般璀璨。革命导师马克思如果不是因为布鲁塞尔城的岁月庇护，他的《共产党宣言》或许会晚好几年才能孕育出来。

如果要看欧洲人的性格特征，那么比利时则是比较典型的一个国家。比利时人虽然性格中具有不屈不畏的反抗精神，但平时又很浪漫与幽默，人与人之间见面交往时喜欢的手势。"OK"和"Y"是他们常用的两个表示高兴、胜利与成功的手势。

既严谨又浪漫的人群，通常具有卓越的创造能力，他们容易在自然科学方面和文学艺术方面创造奇迹。比利时属于这样典型的国家。二战结束后，欧洲进入和平与发展阶段，作为小国的比利时，选择了科技强国之路，而且它的科技强国与西方其他大国如美、英、法、德等国都不太一样。比利时的科技强国是开放性的，即：办科研机构、搞半导体、搞生物制药，只以平台为主，对谁都是开放的，合作成果共享，钱一起赚。当然比利时是"庄家"，赚的钱肯定会比前来合作共享的企业与国家要多一点。

"多一点就足够了！"比利时人经常这样自我满足。

他们还有一句话也很流行：拥抱你，其实也温暖了我。大概这是比较早的"双赢"理念。

比利时在战后走的这条发展道路使它在强国争夺资源和市场中获得了自己发展的可能，渐成欧洲"科技小巨人"之称，也成为全球进出口第十大国。

——开啊，人们，请开门
我在打着门槛和披檐，

——开啊，人们，
我是风，披着落叶的风。

请进来，先生，进来吧，
风，这里供给你壁炉
和粉刷过的墙角，
到我们家里来吧，
风先生。
……

——开啊，人们，拨开铁门闩，
开啊，人们，
我是雪，
在穷冬的道路上行旅，
已把我的白袍撕得粉碎。

——进来吧，请进来，
雪太太，带着你那些百合花瓣，
来撒布在我们的陋室里，
直到生着火的灶膛里。

因为我们是穷人
住在北国的荒野里
所以我们都爱你们……

中国年轻的工程师们到 IMEC 后，当地的工程师组织专门安排了一顿热情洋溢的晚宴，在欢迎晚宴上那些风趣的 IMEC "理工男"（还有不少漂亮的"理工女"）高声诵读比利时诗人写的著名的《主客行》。

这让中国的"成都理工男"好不激动，跟着用蹩脚的英语朗读了《论语》："子曰：学而时习之，不亦说乎？有朋自远方来，不亦乐乎？人不知而不愠，不亦君子乎？"

"请问先生，方才你朗诵的孔子的警句是何意？"比利时的半导体工程师还是第一次听得中国古人的哲思之语，便很好奇地请求解释。

"成都理工男"兴致大增，说："先圣说的意思是：学习需要温习，那不是很快乐吗？今天有朋友从远方而来，大家不是也特别高兴吗？如果这个世界上人人都和和美美，你我不都成君子了吗？……"

"好！好——中国伟大的圣贤。你们今天就是远方来的客人，我们特别高兴！特别欢快啊！"比利时工程师听后，大喜，纷纷伸出大拇指，夸中国先哲了不起。

IMEC 总部在比利时的鲁汶。这个并不大的城市距首都布鲁塞尔只有 25 公里。鲁汶虽然城市不大，但历史悠久，且在世界上有名，是因为这里有座名校——鲁汶大学。就像伦敦与牛津、剑桥一样，布鲁塞尔与鲁汶的关系就是因为那里有座名大学。也因为是鲁汶大学的存在，所以布鲁塞尔的城市影响力在欧洲具有独特的地位。比利时的大学城就设在鲁汶，这使得鲁汶成为比利时甚至欧洲的一个重要的教育、科研与文化的高地便很自然了。比利时有一半的诺贝尔奖获得者是在鲁汶的大学与科研单位里。

比利时在欧洲是"科技小巨人"。鲁汶在比利时可是属于"科技巨人"之城。鲁汶大学作为欧洲和全世界天主教最古老的大学（成立于 1425 年），但这座城市并不因为有所古老的大学而显得老朽，相反鲁汶城市里永远充满着朝气和年轻，每年 10 月学生们从世界各地来到这里，第一件事就是去大教堂看一看，再就是沿街猛喝一通啤酒。世界第一大啤酒公司——百威啤酒就在此地，到鲁汶不喝啤酒，就等于到中国不喝茶一样。

与其说鲁汶是座城市，还不如说鲁汶本身就是座大学，因为大学占据了整个城市全部，所有城市的角落、广场，还是其他什么建筑，你稍稍注意一下，它可能旁边就是一个教室、实验室和学生学习的地方。大学置身于城市，城市为大学服务。这就是鲁汶。

古老的建筑文化和大学城的特殊风情，以及喝啤酒的浪漫，构成了鲁汶无与伦比的文化。

科学在这里是严谨和浪漫的。科学家在这里同样是严谨与浪漫的。科学的制度与机构也是严谨与浪漫的。正是这样严谨和浪漫的科学，才使得中国工程师们有机会走到鲁汶来，走到世界半导体设计工艺的顶级圣地——IMEC。

这一个在 1984 年由政府投资 6400 万元建起的半导体工艺研究开发平台，以其与众不同的运营模式吸引了全世界有志从事半导体工艺研发的顶级科学家，这里的"与众不同"是 IMEC 本身，既不是政府办的科研机构，也不是某老板办的公司企业，它的决策机构就是一个技术委员会，由技术委员会任命的总裁负责。它不以营利为目的，所实行的开放式研发让它有机会与所有世界上最先进和强大的半导体企业、机构有合作关系，并共同分享成果与利益——注意，IMEC 的利益不是参加某某公司的股份，而是在共同开发产品后分享所得利益。如我们派遣队伍到他们那里从事相关标准的工艺设计需要花 1200 万

第八章：另辟蹊径

美元的"学费"。这就是 IMEC 赚的钱。当然还会分享共同研发出的产品成果所产生的利益。

　　IMEC 拥有强大的科研队伍，而且方向十分明确：先进于所有正在大生产的半导体产品 5—10 年的工艺设计成果。但这里的"师傅"又完全不像日本的 NEC 那样，中国去几个徒弟，他们 NEC 就派几个师傅来带，并且是按照生产线工程岗位需要配备多少名操作工程师，然后由师傅一一传教于众徒弟。

　　"我们花了钱到这儿，可人家怎么连师傅都不来跟我们交代一二三呀？"

　　"是啊，都一个星期了，全是让我们自己到处在瞎摸！这、这么下去非交白卷不可嘛！"

　　中国工程师们来 IMEC 后发现自己要坏华虹的事了……为什么？因为这里的"老师"根本不教他们，甚至谁是老师都摸不清！于是年轻的中国工程师们万分着急起来。

　　这天正是到鲁汶的第一个周末。领队陈寿面博士一挥手，说："今晚我请大家喝啤酒去！"

　　不喝还不要紧，一喝酒后大家的情绪就更大了：我看这老欧比日本人还瞧不起咱……有什么了不起的，全国加起来也才不到上海一半人。凭着几个先进科技拿捏着我们，就这么冷漠还要收我们国家那么多钱呀？

　　听了你一言、我一语的牢骚话，陈寿面笑了说，大家其实还是不了解鲁汶、不了解比利时，或者说更不了解 IMEC。

　　我们当然不了解他们。可他们也并不了解我们呀！有人忿忿不平地插话。

　　对呀。首先是他们并不了解我们，因为 IMEC 以前与其他国家和公司合作一个项目，对方往往派出的工程师是与彼方相等的，或者说是比较接近的。通常在这基础上进行共同研发，一起投入紧张的工作之中。但我们中国不一样，一派就派出十几人、几十人，而且分到各个板块……这样一来，彼方工程师们有些愣了。心想：到底怎么与中国工程师同行一起搞研发呀？到底哪些技术是可以对中方开放的、哪些又是不能开放的？他们有些糊涂了，一糊涂就不敢随便接触我们诸位了！

陈寿面又说，我们呢，对他们更是不了解了：首先是语言不通，这里的多数人不讲英语，而是讲荷兰语与法语。我们中多数人英语讲得也是马马虎虎，荷兰语和法语大家又都基本不会说，语言不通，怎么请教问题？老师又怎么与你交流呢？所以说，以我之前来此学习和工作的经验看：比利时特别是鲁汶这个地方，比起其他欧洲国家，这里是最不会瞧不起我们中国人的，因此这一点大家需要认识到。第二点，你想求得老师的帮助，那么先得把语言关攻破，这很关键，语言不通，啥事不灵。第三点也是最重要的，在鲁汶，在 IMEC 更是如此：上学、搞实验、做科学研究，一般情况下，都是靠自己钻研和琢磨。所谓的"老师"，就是与你合作的伙伴。他们怎么教你，全看你如何在与他们共同合作中发挥你的才智与研究能力。智者怎可能与愚者有太多的共同语言？"合作"研发的关键是"合作"，也就是一起使力。一个项目就像一个拔河，你在使劲，大家都在使劲时，有能力和技巧的人，这个时候才会帮助你、教导你如何更有效地去把劲使在合理点和刀刃上——IMEC 的老师就是这样的教学法……

原来如此！

中国年轻工程师们终于明白了为什么在第一周人家根本就"不理"自己的缘故——问题竟然主要出在"我"这边。

既然是问题出在"我们"自己身上,那就赶紧改!

虚心好学是中国人的传统美德,而且一旦开"学",那股忘我精神全世界人都会敬佩与害怕——不是说语言不行吗?那我们捧起词典就"啃"。晚上不睡觉、清早背单词,这种功夫对念过中国大学的人来说都是再熟悉不过的事儿,于是有人重抄旧活,感觉回到了"考试"年代……

你?在看书?

嗯。看书。

看词典?

对。词典。

一天早上,从生产线上抽出的一名华虹公司的"理工男"正在鲁汶的一处绿荫边手拿《荷兰语词典》,边散步边背单词时,被路过的一位鲁汶大学的女学生看到了。中国的华虹"理工男"的读音生硬而又有趣,所以吸引了这位鲁汶女大学生。

"真想学我们的荷兰语?"她问。

"是。"华虹"理工男"诚恳地点点头。他和她现在用的是简单的英语。

她笑了。然后将他手里的词典一把夺了过来,往近处的树丛里一扔……再留下一串脆响的笑声"咯咯"……

"哎哎,我的词典!你!?"华虹"理工男"脸都有些涨红了。

"今天是周末,我有时间。你有时间吗?"她问。

他仍处在不平静之中,说:"我本来安排复读语言的……"

"那么既然这样,跟我走!"她落落大方地一把拉过他的手,说。

"干什么去?"他有些紧张。

"你不是说学语言嘛？我带你去学……"说完，她拉起他就走。

后来，他跟着她到了鲁汶城的一个啤酒店。那里的热闹场面是他在上海从没见过的，看上去是个喝酒的俱乐部，而鲁汶城内的这种啤酒俱乐部似乎到处都是。"现在，我们开始用荷兰语说话，你也可以听旁边的人说，我可以随时给你当翻译，而你也可以与这里的所有人打招呼，说上几句你想表达的话……"她对他说。

他笑了，终于明白这位热心的女学生的一片真诚。

那一天，他学到了一大串当地语言，而且记得特别牢，因为这些语言是当地人之间交流时必须和常用的语言，比如：你好，你是从哪儿来的？到IMEC学技术的？中国的SEMI发展什么水平？为什么选中了IMEC而不是INTEL（英特尔）等等这样的话题。

通过女大学生的翻译，华虹"理工男"在这一天除了获得语言上的交流机会，而且发现在这间啤酒俱乐部里竟然有那么多"IMEC"工程师。而在这里喝酒聊天竟然能聊出许多半导体专业和欧洲古典文学哲学来。尽管现场无法让华虹"理工男"全明白比利时朋友们在谈论的全部东西，但他能感觉到这里的喝酒聊天里其实充满着学术火花的撞击……

这难道不就是我们中国工程师所要学习和了解的吗？回到宿舍，华虹"理工男"将当天的"奇遇"给中国工程师们一讲，大家一边调侃是不是那个女大学生"有点意思"，一边都认为这种学习语言的方法要比自己"啃"词典效果好多了！

我早就跟你们说过，把口袋里的"零花钱"都拿出来去喝啤酒！当你酒喝得水平差不多了，你也知道了如何与当地人交流了！领队陈寿面笑着说。

好，有领队鼓励，明天开始我们放开肚皮去喝啤酒！这鼓劲不用

第八章：另辟蹊径

太多口舌，全体人员立即响应。

哎哎，各位务请记住啊：酒可喝，但洋相不能出！

放心陈领队！年轻的中国工程师们从此欢天喜地地开始"从喝酒中学会当地语言和与当地交流的战略战术"……收获确实事半功倍。

当然，陈寿面博士所说的"喝啤酒学语言"实际上只是一种方法而已。包括后来去的中国年轻工程师们，有的就是一边工作一边通过当地夜校，很快用一两个月时间克服了语言上的阻碍，开始独立参与操作设备工作。

语言是入门的"第一关"。这一关过后，中国工程师发现 IMEC 研究人员与中国研究人员很不一样的现象，就是他们的工艺研究人员之间以相互交流、互通为主，所有研究的课题，都是在共同的交流与实验中完成的，不像中国科研团队是在一个导师或师傅的带领下，闷着劲儿朝纵深闯，一直闯到阳光灿烂或天昏地暗。

交流，讨论，碰撞，争执；再交流，再讨论，再碰撞，再争执……直到所有人的智慧和才华被发挥到极致，把所有的可能和所有的不能统统放在讨论与争执过程中进行选择和筛滤，然后再通过生产线上的实验，最终确立方向和结果。

"他们的这种开放型交流，常常让人茅塞顿开，思想火花迸发，简直感觉就像智慧在碰撞，收获特别大……"我问五厂副厂长陈菊英这位老乡有没有去过 IMEC 时，她说她是 2019 年到那儿当访问学者去的，这是她最大的感受。

"我们中国人喜欢在理论上一套又一套的，或者在做论文上功夫下得特别深，相比之下，比利时科学家们更注意交流与相互激发，然后再把所有问题放到生产线上去实验，通过实际的结果，来做出最终的选择，这就是他们的工艺设计水平为什么能够走在国际最前面的根本原因。半导体工艺设计,其实有些像文学家的思维,它需要畅想和幻想,需要靠灵感的迸发与燃烧,它有时还需要科学家发点不太正常的'神经病'——像诗人和作家那种看似疯疯癫癫,其实可能好诗句、好文章就在那一刻出来了!科学也需要这种燃烧的智慧与想象的癫疯……"我们说过的那位"成都理工男"这样总结他在IMEC的工作体会。

4年4批,每批10人……其实后来中方又多次派遣人员以访问学者等形式,到IMEC学习、培训,其收获非金钱所能折算。胡启立对这种共同研发和学到带、带中学的做法十分肯定,而学成回来的中国年轻工程师们后来为中国芯片工艺研发所作的贡献对中国半导体事业而言,都是奠基性的。

"对于中国的工程师来说,IMEC确实是一个全新的天地。国际主流技术、先进的设备、讲座、图书馆、网络,各种各样知识来源,有些知识是他们在国内根本接触不到的。在这个营养丰富的研发和学习环境里,我们的工程师们潜心立志,虚心学习。许多工程师积极利用晚上、周末的时间,利用IMEC研发线的空闲进行研究工作,中国人在IMEC成为众人皆知的'工作狂'。"胡启立部长平时很少用形容词,可在描述到IMEC学习的中国工程师时,他如此说。令他更欣喜的是:"随着华虹工程师的能力得到认同,IMEC对我们开放的技术门槛越来越低,而许多工作,从单项工艺开发到器件的调整,从工艺的生产化改进到新工艺条件的开发,IMEC都交由我们的工程师独立完成。"

在IMEC共同研发和培训学习,超出了华虹和中国方面的预期。一年后,中国工程师带回了IMEC的0.18微米技术的整套工艺资料及0.25微米技术后道5层铝布线工艺资料。这对华虹来说意味着第一次掌握了 0.18—0.25 微米工艺技术的独立的知识产权。

"我们之间可以进行更深入的合作与研发……"IMEC 对华虹提出的新想法举双手赞成。于是 2001 年 10 月，一项新的共同研发的"战略备忘录"在华虹与 IMEC 之间再度签约。

这回共同研发的目标是 0.10 微米及更高级的先进工艺技术。华虹随后根据新协议，陆续又派出三批赴 IMEC 参加共同研发和培训的年轻工程师。

有了第一批赴 IMEC "师兄"们的榜样，后面派去的工程师们更加努力发奋，同时也更加赢得 IMEC 方的认同与开放技术，所以在 0.13 微米和 0.09 微米工艺技术研发中，中国工程师成为了"半边天"而深受 IMEC 方的赞赏。"华虹工程师们作为一个团队在 IMEC 做出了很出色的工作……他们无论在知识的深度学习还是具体工艺的内在开发上，都取得了很好的成绩，并帮助我们进一步扩展了工艺能力，优化了工艺性能。"IMEC 给出的这一评价令中国工程师团队备受鼓舞。

对华虹和中国半导体产业来说，除了工艺设计方面的人才储备有了一次历史性的积聚外，"现成"的收获也是巨大的。据说这些赴比利时学习培训的工程师们从 IMEC 回来时，光带回的共享专利就有 34 项，后来他们回国后又在国内申请了 102 项专利，内容涵盖了相关芯片工艺流程中的许多方面。而华虹方面在获得这些人才和专利的自主权之后，很快形成了自己所拥有的 200 来项独立专利。

自然，更重要的是中国芯片研发的人才已经站立在了自己国土上——他们是无价之宝！

华虹此次选择与 IMEC 合作共享工艺，从战略与战术上看，都给当时陷入困境的生产储存器的华虹 NEC 生产线，带来震撼和扭转乾坤的推动作用。

我们现在可以重新回到华虹 NEC 在 2001 年之后的窘境时间——

实话实说，关本忠弘的 NEC 在与中方的合作问题上，尽管技术上有所封锁，但他们还是有其自身的难处——这就是他们的背后有一只"黑手"——美国在使坏劲，即很不乐意 NEC 将具有核心的工艺设计技术开放给中国，因此 NEC 与华虹的合作只是一条生产线，我们可以称其为半导体的"硬件"。然而在半导体产业上，光有生产设备而没有工艺技术研发的一整套专利，一旦市场产品出现问题，这样巨额投入的生产线就将是一潭死水，甚至可能是一摊祸水……

NEC 与我方合作的生产存储器生产线属于在工艺技术上不对我方开放的"买卖"，它的好处是让我们没有先进设备的中国，一下拥有了第一条先进的制造芯片的生产线，而这儿的问题所在是一旦国际半导体市场出现波动或一种产品失去市场时，崩盘便在所难免。同 IMEC 合作之际的华虹 NEC 就遇到了这种境遇。华虹在关键时刻，按照胡启立和信息产业部及上海市政府的指导与帮助，迅速另辟蹊径，以最有效的方法和成果，占据了半导体领域的"两手硬"中的工艺技术方面的几块重要高地。正是在此基础上，华虹在与 IMEC 共同研发相关项目时，NEC 立即意识到中方很快会获得 0.25 微米和 0.10 微米技术，故 NEC 马上回头向日本政府申请 0.24 微米的技术出口许可证。我们知道，日本政府想卖或转让半导体的高端技术，必定要取得"后台老板"美国的同意。

"你不批准也没有用了，中国已经从 IMEC 获得了……"日本方面向美方陈述的理由并不复杂，也是真实的。无奈，正是在这种情况下，美国政府只能睁一只眼、闭一只眼地允许日方企业同中方的华虹可以在一定范围的技术标准下进行更深入的合作。

"我们华虹抓住这个机会，也在这个时候引进了美国的 JAZZ 公司，一起开发 0.18 微米的技术，而美国政府对此似乎也很'痛快'地批准了。原因只有一个：他们知道我们拥有和即将拥有这一技术的自主知识产权开发能力。"华虹人告诉我。

科技领域的国际斗争，如同军事斗争一样"一招出奇，招招得胜"。华虹 NEC 在市场面临断崖式下滑的时刻，因为华虹从 IMEC 合作中获得了自主工艺设计专利和一批优秀工程师人才，迅速抓住机会，及时进行了从单一生产存储器到转型为代工的机会。NEC 对华虹提出的生产线转型从最初的"难以理解"到"勉强接受"，最后"全面配合"。华虹又通过与美国 JAZZ 公司合作的契机，于 2002 年下半年，先后从美国引进了几个半导体资深工程技术人员和管理者，帮助华虹 NEC 生产线转型。而从 IMEC 回来的中国工程师们及时接上了在华虹 NEC 生产线上进行对 NEC 工艺转型的机会。如此一种"借鸡下蛋"的办法，胡启立称其为"挂瓶子"技术。因为一条 NEC 生产线是专业的存储器产品生产线，一般情况下要将其换成代工生产线，是需要重新建一条另一种非存储器工艺的生产线，而建这样一条代工生产线需要的投入又至少是几十个亿资金。

国家何来那么多钱供华虹用？华虹自己也刚刚起步，华虹 NEC 虽开始赚了些钱，但存储器一不好卖，立即就亏得账上没有啥钱了。在这一时刻，靠原有的 NEC 生产线，进行"挂瓶子"式的代工技术转化，让美国资深专家和中国从 IMEC 回国的工程师通过在 NEC 生产线上的"挂瓶子"，获得了"借鸡下蛋"的可能，这方法是最省钱又最省时的。最后这个"挂瓶子"很成功，所以从 IMEC 回来的 3 位中国工程师首先进入 NEC 生产线后，通过艰辛努力，克服种种困难，很快帮助在这条生产线上做成了 0.35 微米的代工工艺开发。

第一批转型的代工样品成品率达到 75%。消息传出，华虹上下一片欢呼。远在北京的胡启立部长专门向华虹集团在上海值班的负责人表示热烈祝贺。

IMEC回国工程师们的第一炮成功鸣响，意味着华虹开始朝着自主生产的方向阔步迈进。

这一步迈得豪迈而值得骄傲，振奋而激动人心！

第九章

2003年——绝地求生！

从大喜到大悲，这似乎就是IC行业或者说是半导体产业的某些"必然"。并不值得太多渲染。华虹也经历了这样的过程。问题是，谁能在这"大喜大悲"中迅速摆脱才是真正的要点。

华虹最初同日本NEC合作的生产存储器产品，使得中国第一次拥有了一条先进的半导体生产线，并且一下获得了百亿元的投资，而且在生产线投片之后到2000年，一直是"高歌猛进"，效益相当不错。最根本的收获是：我国的造"芯"产业的某一领域一跃而起与国际水平拉近了距离。

但这种"大好局面"很快随着市场的打击而在2001年、2002年世界存储器市场的价格一跌再跌而陷入"赔大本"的惨局。这种结果，日本的NEC吃不消了，擅长生产存储器的日本半导体界同样吃不消了。搭车而行的中国半导体产业自然也在痛苦地喘气了⋯⋯

然而华虹竟然挺了过来！奇迹出自早有战略和战术上的准备，奇迹出现的时间点是：2003年。比与NEC签署的5年合作运营期结束早了一年。是的，这一年就是极其重要的，否则再拖一年，华虹新董事长张文义有可能连哭鼻子的机会都没有。一年折赔十几亿、几十亿元的亏账托在手里,这样的"国企"董事长还会有啥脸面?

结果是,张董事长不但没有哭鼻子,反而更加意气风发,扬眉吐气!

华虹牛,就牛在历史性的关键时刻不仅挺了过来,而且逆境上扬,战果辉煌。这也是我愿意为它而歌的重要原因。

那天我采访华虹一厂,厂长陪我看了一下车间,可能一厂的人并不知道我已经看过华虹最先进的后几个厂的生产车间,因此华厂长等仍在不停地向我介绍他们这条生产线是如何如何的"为国立功",并且说出了一大串光荣数据。说实话,当时我看着一厂的生产线设备和里面的环境,让我对这样的造"芯"车间有些颠覆,因为那里面的设备和自动化程度确实比较落伍了……后来一想也是:如果从1999年投产算起,也已经连续不停工作二十三四年了,这个时间在半导体"寿命"中属于绝对的"中老年"了,然而厂长告诉我产能和每年的销售情况后,我不由暗暗吃惊:全年这条生产线投片量每月超过4万片、他所担任厂长的十一年中销售产值年年往上涨。

何意?就是说,这条我很不看好的老生产线,不仅没有衰老,且依旧保持着青春活力。

"这得感谢20年前领导们决策及时转型的英明!"厂长感慨道。

从一条专用产品的生产线转型到代工产品生产线,这是华虹的一个创新奇迹,也是中国半导体产业闯出的一条艰辛而成功之路。简单地用一个大家可以听得懂的例子来解释这一问题:原本是一条外国人控制技术的坦克生产线,后来坦克不需要生产了,我们把这条生产线拿到自己手里,准备让它生产市场特别需要的拖拉机、水泥搅拌机、装备运输机等等特色机械产品,这个难度极大,甚至有的时候改造这样一条生产线会比重建一条特色生产线要复杂和成本高得多。华虹当然遇到的问题和困难十分相似：倘若"扔"下生产存储器的NEC生产线，浪费而可惜；但不扔也明摆着是每年在往海里扔金子（市场不景气所造成的严重亏损），然而如果重新造一条特色生产线，至少又需要四五十亿元的投入。在取与舍的无奈时刻，决策者们智慧地选择了"挂瓶子"的借鸡下蛋战术，从而化解了一道通常难以逾越的半导体"世界级难题"，一下使华虹从困境中摆脱，实现了新的更大飞跃。

这一仗让华虹人和胡启立部长深感欣慰和激奋。

最初，中方提出日渐衰落的NEC生产线再生产存储器已经没有希望，而且赔本生意谁都不愿意做，希望NEC方面能够转让工艺技术，开拓新的产品，也就是说必须"转型"。但日方并没有同意，而且样子也不想往这一方向转。无奈中方对此不是没有考虑，即使是在合作的最初，胡启立部长等已经布局同比利时IMEC的合作。然而光培训技术人员和开发一些拥有自主知识产权的专利，还远不能实现另辟新生产线的目标。这情况日方看得比中方清楚，因为他们要比华虹人对先进的半导体产业熟悉得多。

一个不易解套的难题，曾经困扰了华虹人相当长的一段时间。

两个机会来了：上海贝岭公司此时正在扩建一条新的生产线，但因为诸多原因，他们也面临了资金等方面的困境，希望华虹伸手救一把。在政府牵线搭桥下，贝岭新生产线以华虹作为大股东介入（后成为华虹二厂），使单一的NEC式引进进入了华虹多元的生产与结构形式；其二，引入美国JAZZ加盟转型，促成NEC同意提前放弃经营权。

这个过程确实是痛苦的。日本NEC公司应该说对中方和华虹起步时的发展是有贡献、有友谊的，他们顶住日本和美国方面给予的压力，毅然将一条先进的生产线搬到中国本身就是一种非常值得赞赏的精神，同时在合作经营期间也是十分卖力，创造了新的经济效益。2001年之后出现的衰落与滑坡，其主因不是NEC，而在于变化莫测的国际半导体市场。但2001年之后在产品市场上出现的恶劣形势，让华虹必须作出新的选择，否则所带来的后果不堪设想。

朋友间讲情谊是必须的，但最崇高的情谊是能够让大家的日子都过得好才是。因此，华虹集团新任董事长张文义在中央和上海市政府及胡启立部长的支持下，力排众议，大胆制定新的发展战略，确定了"以集成电路制造为基础，发展适度的、有特色的产能规模，加强有整体竞争力的制造能力；以集成电路设计和系统应用为两翼，支持和促进芯片业务的发展；以智能卡芯片等关键产品为起步，形成具有整体竞争力的核心业务链"。从这一发展战略看，完全摆脱和超越了前五年华虹发展的单一模式，进入了向三个方向齐头并进，并牢牢把握中国自己市场的稳健型发展模式。

"三个方向齐头并进，是需要相对强大的产能作支撑的，也就是说我们华虹的月产能力将要达到8万至10万片的规模。没有这个规模，也谈不上'齐头并进'，更支撑不起华虹想有所盈利的基本目标！"张文义董事长曾是电子工业部副部长，用电子工业系统人的话评价他是个"有格局的领导者"，因此他的出手充满了奋斗情怀，即不达目标不罢休。如何实现华虹的新目标，途径无非两个：一是提高和扩大老厂的生产效率，二是有一个新厂来支撑。而这两条措施绕不开的一个"东家"就是NEC。华虹当时与NEC的合作期还没有满（即5年日方管理期），两个目标想要迈步，都得以"华虹NEC公司"名义来完成。但NEC由于受国际存储器市场的巨大冲击，公司正处全面萎缩期，无力支撑起与华虹集团谋划的战略进行吻合的发展气魄，但又不想轻易放弃仍有两年左右时间的"管理权"。

朋友间的僵局一时难解。

中方和日方之间都有些尴尬——确实这种结局是谁也没有料到的。中方出于自身对半导体发展的紧迫性和发展远景的考虑，以及对国际市场的种种担忧，不得不重新调整发展战略：提前收回华虹 NEC 生产线的管理主导权，并开辟新的生产线；日方当然同样有自身利益的考虑，保证他们对华虹 NEC 生产线的 5 年管理权继续有效既是"面子"上的事，也同样有"里子"上的因素，更有能继续在中国半导体产业发展中扮演重要角色或者说参与中国市场的份额的"未来意义"，因此选择了"沉默"与拖延战术。

"我们可等不及了！提前收回华虹 NEC 生产线的管理权和建设新生产线的两项工作都要在 2003 年里完成……这是关系到华虹集团生死存亡的关键！"张文义在内部开会时把调子定得如此严峻是有其道理的：不达此目标，华虹倘若不能在 2002 年将大面积亏损的滑坡车轮止停，那么 2004 年就可能是华虹彻底崩盘之年。

有那么严重吗？

当然有。

不至于吧，咱华虹不是后面有国家嘛！国家还怕赔不起几十个亿、几百个亿？

错。华虹虽是国家的"909 工程"，但既然现在是企业生产单位了，如果我们为国家赚了钱，理所应当；如果出现巨额赔本，无法支撑自身的发展，国家不可能永远为你托底……再者，我们所承担的责任和使命，不仅仅是赔不赔、盈利不盈利的问题，而是国家半导体产业的整体发展重任。钱可以赚多赚少、赔多赔少，可是时间是无法用金钱来挽回的。倘若在历史性的关头，拖延两年的结果是，我们中国的半导体产业有可能失去了一个历史性的发展期，或者没有抓住这个正在发生巨变的历史性时间，我们再起步追赶国际半导体产业所要付出的代价更加巨大。这就是我们为什么必须当机立断！

明白了。

那就不要再犹豫了呀！

统一认识和统一方向是何等重要。张文义董事长点点头，说："无论NEC方面怎么想、怎么做，我们都不能再等了。诸位，下一步我们如此这般……"

"好。我们分头行动吧！"

突破口是从已经成为华虹麾下的另一条8英寸工厂——贝岭新线开始的。这条新线的建设，华虹决策层调整了战术——直接进入代工。不是NEC尚处在犹豫之中吗？

那好，我们也等不及了。

董事长张文义这天与美国半导体著名公司JAZZ的CEO李成先生在上海黄浦江边的某酒店频频举杯……这情景很快被日方NEC公司的业务员看到并传到了公司决策层。

他们（中方）真的要另辟路径了呀！日本企业家大多是务实派，尤其是跟中方关系很不错的NEC企业家，他们马上意识到必须重新调整与中方合作的维度，这既从在华的眼前利益，更从未来的中国巨大的市场考量。

"我们应该马上与华虹进行扩产的决策议程和建设新生产线的谈判，并且努力把思路朝中方的要求方向紧靠……"务实的NEC决策团队很快与华虹集团就如何实现原存储器生产线的转型和扩产达成一致意见，同时考虑提前将华虹NEC生产线运营管理权交还给中方。与此同时，NEC表示愿以自己的先进技术和管理能力，参与华虹的新

第九章：2003年——绝地求生！

生产线及其他新项目的投入与合作。

"太谢谢 NEC 方的理解和支持。我们愿继续与你们 NEC 保持友好的合作，尤其在新项目上首先向 NEC 开放！"张文义董事长向 NEC 杉原瀚司社长表达了华虹的真诚，并以此跟对方商定成立华虹 NEC 转换项目小组，以此推动公司向代工转型的工作。

"为了满足贵公司的新战略发展，我们决定派岛仓启一先生接任国吉敏彦先生的华虹 NEC 公司总经理一职，确保双方交接前的正常工作。"杉原瀚司社长还向张文义董事长转达了 NEC 董事会的另一项重要决定。

"我们衷心感谢国吉敏彦先生在华虹 NEC 作出的贡献，也欢迎岛仓启一先生到任。"张文义再次表示对 NEC 决策层的感谢。

此时，NEC 方面的难题与阻力已基本解决，华虹的绝地转型计划，立即进入全速加码的状态——

首先，一批从 IMEC 回国的中国工程师名正言顺地进入到华虹 NEC 生产线进行工艺技术工作；其次，原来只有三四个销售人员的销售部被扩大了十倍，人员达四十多个。最主要的是销售理念上彻底做出改变。以往人家到华虹 NEC 生产线来打听与洽谈"能不能加工"，这边的回答是："我们做不了，我们只生产存储器，其他的不行。"简单的一句话，把华虹 NEC 可能有的生意全都挡在了门外，久而久之，给外人的印象是：华虹只做 NEC 的存储器，而且基本上都是销往日本和 NEC 自己系统使用的。"现在不行，我们必须将每个客户的需求当作我们自己的工作目标和方向。客户提出什么，我们就想办法去为他们服务什么。拿到每一个订单，就是我们每一笔生意的开始，一直要争取做到全国、全球最大的某一工艺上的一流，这才是我们华虹新的奋斗目标！"

销售部理念所发生的变化，正是华虹新战略的行动起步。这起步最重要的就是工艺技术的提高和提升。

"我们希望同JAZZ的合作卓有成效。"与JAZZ的谈判正紧锣密鼓地进行着。

重点是关于人才和技术设备。

"我们已经相中了你们的三位专家，希望得到贵公司的支持。"华虹公司的老党委书记雷见辉先生出现在JAZZ公司来华代表的面前，他笑眯眯地告诉对方：在1996、1997两年中，我到美国招聘人才，你们那里的方朋、赖磊平，还有刘文焘三位小伙子，早被我盯上了，他们都是过硬的专家，年轻有为，又有爱国心，我们特别希望他们到华虹来。

他们本人同意了？JAZZ的CEO李成知道后，虽然有些惊讶，但还是表态道：如果他们本人同意回国效力，我和公司不会反对。

后来，方朋、赖磊平、刘文涛真的一起回到了祖国，来到了华虹。

这三位工艺设计师来到华虹，让华虹的底气仿佛一下子鼓鼓的。

现在，剩下的就是与JAZZ谈判对方提供0.25—0.13微米通用技术以及包括射频、高压、锗硅等特色工艺技术。这样一个完整的半导体先进特色工艺技术，在华虹集团成立之前的"909工程"初期与国外谈判时，人家的要价是2亿多美元。"那个时候2亿多美元，别说电子工业部多心疼，就是总理副总理也是要咬咬牙的事。"参加当年谈判的人告诉我。现在呢？现在跟JAZZ谈判，对方说："我们已经知道你们华虹与IMEC合作中已经拥有了0.18微米工艺的共享知识产权，所以我们愿意以优惠价提供你们同等的工艺。"

那么我们希望你们提供的0.25—0.13微米工艺的总价在多少？华

虹方面问。

总价不会超过 8000 万美元，你们说行吗？JAZZ 小心翼翼地问，并在末后加了一句：这个价是经本公司董事会研究后给予中方最优惠的价了。意思是，你们中方千万别再砍价了呀！那样的话，再回公司董事会讨论比较麻烦。

中方代表颇为意外地站了起来，说：请稍等，我们需要请示一下。很快，他们又出现在谈判现场，并大声地告诉 JAZZ 代表：我们完全同意你们的报价！

成交！

双方这次握手特别兴奋和欢快。因为彼此都感到自己是赢家。

双赢的感觉其实就是这样。

此时的华虹可以说，是成立以来少有的一段"激情燃烧"的日子：一方面与 NEC 谈判提前"接管"的进程越来越接近尾声，另一方面由 JAZZ 公司介入后的华虹 NEC 公司已呈中、日、美三国半导体联合体的新组合，使华虹 NEC 迅速摆脱"死亡之旅"，以生机勃勃的姿态步入市场前景异常稳定和节节上升的代工生产轨道。更让张文义董事长心潮澎湃的是，国内频频推广的"金卡""银卡"接二连三地上门到华虹来订货……还有什么比这更让华虹人自豪的？

生意兴隆，才可能聚集人气和斗志。

人气旺，心更齐。心齐了，业才大。

2003 年的华虹可圈可点，堪称"辉煌的一年"。

——这年国庆前后，在中日双方技术人员和管理人员的共同努力下，实现了华虹 NEC 经营权的平稳过渡。这对华虹而言其意义绝不亚于当年引入 NEC 并同其成为合作伙伴的事件，因为这是中国第一条造芯生产线实现了中国人"以我为主"的梦想，从此华虹人可以进行真正意义上的放飞，所以从厂长到各部门的"一把手"，在那一刻全部由日方专家、日方人员换成中方专家、中方人员。我现在已经非常熟悉和经常向他们请教的姚亮、陈菊英夫妇，他们就是在这一时刻成为中方部门长的。"我记得第一天以部门长身份进入生产车间时，那种自豪感油然而生，特别骄傲！"陈菊英说。

——工艺改变，生产效益大提高。这并不是一个简单的"换人"。事实上除了换人外，更多的是换了经营思路与模式，生产线上的工艺也从单一的存储器发展到了特色工艺、全面开花。由于JAZZ的加入，生产线产品的定位发生了根本变化，华虹NEC由此也建立了一批战略客户。到2003年底，NEC之外的客户的流片量超过了总产量的三分之二。此时的华虹NEC因为成功转型，它在RF（射频）、智能卡芯片、功率器件等领域形成了自己的特色工艺，建立了属于自己的70多家专门从事集成电路代工服务的公司，使得国内和世界各地的客户纷纷向华虹NEC订购产品。转型后的华虹NEC很快稳住了市场，同时生产成本不断下降，利润则月月上升。到2004年第二季度开始实现盈利。以前的NEC高管们得知这一消息后，大为惊叹，说：即使在日本、韩国、新加坡的半导体先进企业在建厂后7至8年的亏损期中，很少有实现盈利的。中国华虹NEC业绩可嘉！

——最令人欣喜的自然是华虹第一次完整地拥有了一个属于自己的技术团队和管理团队，而这个技术团队与管理团队它既是"中华牌"的，同时又是通达于国际的，即是具有国际经验和国际水平的团队。我不得不又提到陈菊英这个人，除了她是我老乡之外，主要原因是在我采访现在的华虹一厂、当年的华虹NEC时的"厂史"展览上，看到这样的一段文字：2001年1月在华虹的生产线上，0.35微米CPU卡芯片试制成功，标志着我国智能卡永远结束了完全依赖国外进口核心产品的历史，从此走上了独立自主的发展道路。2001 年 0.35 微米 EEPROM 平台上的身份证卡实现量产、2014 年第一个金融卡 IC 卡在 0.13 微米 SONOSflash 平台上实现量产……华虹智能卡的发展和崛起是华虹产业转型的关键一步，它引领华虹走上商用发展之道，开辟了华虹自主技术发展之路程。国产智能卡的一座座丰碑，由华虹一批批前赴后继的团队共同铸就。众多技术人员筚路蓝缕，呕心沥血，其中陈菊英同志由于在二代身份证项目中的杰出表现，被评为上海市"五一劳动奖章"获得者。看到上面这些文字，我便再度请陈菊英老乡介绍。那几天正值 2022 年底，防疫政策大调整，上海与北京大面积"阳"了，华虹厂又一次经历考验，身为副厂长的陈菊英再次肩负重任，坚守在生产第一线。她在微信上这样回答我："华虹一厂是中国大陆第一条 8 英寸生产线，在我们做出卡类产品之前，所有的卡都是进口的。我们做出 SIM 卡、加油卡后，国家要求做身份证卡。从技术角度来说：身份证卡同其他卡比，一是高可靠性，二是薄，要封在卡里面。在当时都要技术突破。我和我的伙伴们，加班加点，讨论技术方案，反复实验论证，技术越来越好，一举通过了专家验收，陆续开始发卡。我一直记得，当初客户提到，我们产品的好坏，关乎全国人民的用卡体验，一定要用心做。大约是 2003 年我们第一代技术完全成熟，两年后还升级了一次，将 die 面积做得更小了一点。这个时间大约在 2005 年。第二代技术成功后，该技术一直用到现在……现在每当我看到大家广泛使用身份证卡、医保卡和银行卡时，还是有点小小的自豪感。"在这之前，我只知道陈菊英和她丈夫都是华虹的第一代工程师，现在一个厂长、一个副厂长，在华虹有"夫妇厂长"美誉，却并不知道原来"女厂长"的她竟然为国家立过大功！她说的"小小的自豪"可不是一般的"小小的功劳"，而是让十几亿中国人方便了快 20 年呵！而且这个方便还将持续下去。

这就是华虹转型所带来的巨变，我们完全可以总结出的收获还可以列出"四、五、六……"来，但简而言之，半导体生产企业的最大进步和成功，总是体现在数字和效益上的。那么有两个阶段的数字足以证明上述的结论：一者，到 2004 年底，华虹 NEC 完全依靠自己的积累，使生产规模扩大了一倍（2005 年底实现了月投片 5 万片的水平，这水平与国际上最大的生产线平起平坐），工艺技术从 0.5 微米升级至 0.18 微米。其设计业务规模与技术稳居全国前列。二者，在我采访的 2022 年底时，原华虹 NEC——现华虹一厂厂长华光平告诉我：他当厂长之前和他当厂长的近 11 年中，该生产线一直稳步增产，效益年年上升，利润不断涨高，客户布满全球。"关键的是现在业务量和业务面一直在扩大，这是我们的希望所在。"他雄心勃勃。

对一个已有 20 多年运营期的老厂而言，昨天的华虹 NEC、今天的华虹一厂确实让人敬佩。

我们应当向这"中国芯片"的华虹根据地致敬！

第十章

战略与格局

一门科学技术，它往往是科学家在实验室里的某一瞬间偶然发现的，而这样的偶然发现通常又使人类社会发生了历史性的巨变，芯片的出现就是使近五十年间人类文明史发生根本性变化的一个"偶发事件"。

我与华虹相识其实也是一个"偶发事件"：记不住是哪年的事，一位文友送来一本未成型的书稿给我看，说是一位企业家写的作品。开始我并没在意，因为任中国作家协会副主席之后，我一直兼任着中国作家出版集团管委会主任和党委书记及作家出版社社长的职务。见的名作家多了，有时难免对一般作者的作品不太重视。一方面太忙，另一方面一旦"黏"在手上不好处理。但是这回因为朋友多次催促希望我"看一看"。如此只好硬着头皮捧起一个叫"赵振元"的书稿看起来……

嗯，他是搞企业的？分明是位很专业的文学家嘛！不是文学家写不出如此优美的文字呀！而且他的文字充满了哲理，这一点尤其令我惊讶和敬佩。

与赵振元先生就这样认识了。不给这样写出优美文字的"非专业"作家出书，有愧于我这个专门为作家出版书籍的作家出版社社长之职。

后来我才知道，赵振元先生是原电子工业部十一科技研究院院长、现在的"十一科技"上市公司董事长。

"十一科技"是干什么的？我第一次见赵振元院长的时候问他的第一个问题似乎就是这个。他笑笑，用一句简单的话回答了："就是专门为电子产业的企业服务，比如盖房子、安装设备……"

听完我点点头。其实仍然什么都是糊里糊涂的，一直到第一次进了芯片厂才知道原来赵院长他们干的活可是不简单啊！厂房庞大而复杂，如同迷宫一般，建设者自然非同一般。

"我们公司一年至少要干100多亿元的工程量！"他报出的企业工程量又把我惊了一下。但如此工程上的"激动人心"，怎么可能与文学联系在一起呢？偏偏赵振元先生将它们无缝连接，我由此开始暗暗被"赵院长""赵董事长"折服——他还是"十一科技"上市公司的董事长。

我们第一次正式见面在无锡。这一见面又是令我记忆深刻的一幕："十一科技"不是在成都吗？怎么又在建那么大、那么高的"科技大楼"呀？在无锡著名的太湖风景区的"无锡集成电路产业园"，赵院长单位的大楼气势磅礴地耸立在湖边。一问才知：他将企业的华东主战场的"总指挥部"设在此。

"无锡是中国集成电路的老根据地，也是中国芯片的发源地，今天正在建设中国最大、最先进的芯片生产厂，所以我们企业在二十多年前就根据国家集成电路产业发展的战略，早早地瞄准了华东这片热土，故在无锡置地盖房，广泛开展业务。这些年尤其跟华虹有着许多业务……"这是第一次从赵振元院长口中知道了他和华虹的关系。

第十章：战略与格局

也就是那个时候，我开始读到赵振元院长笔下的许多关于"华虹"的文章。下面这段文字应该是最早看到的——

尘埃终于落定，梦想可以实现，愿望终于变真，格局已经形成。

整理一下服装吧，抖擞一下精神吧，赶快参与这一改变历史的进程，见证这一精彩无比的一幕，我们要享受这欢乐的美好时光。

矛盾，总是这样新奇，一切来之不易，一切又皆有可能；机会不会太多，机会又总在我们身旁。

机会，在我们的不经意间；机会，在我们智慧的头脑中；机会，在我们的精心策划中；机会，在我们敏锐的分析中；机会，在各方的需求中。

没有不可能，一切皆有可能，只要努力再努力，变不可能成为可能。

可能，存在于顽强努力之中，存在于不懈争取之中，存在于永不放弃之中。

共赢，是发展的境界；共赢，是发展的和谐乐章；共赢，是发展的可持续模式。

市场，可以创造。创新，要从实际出发，从需要出发，从结合点出发，从高起点出发。

快乐，就是让别人幸福；幸福，就是让别人快乐；喜悦，发自心窝；歌声，从心里飞出。

与城市共生，幸福永远满满；与客户同乐，共赢才能长久；与大家共享，分享就是快乐；与朋友共舞，舞动真情相悦；欢乐，永远伴随身边。

顺潮流而去，舞大潮而动，乘大势而为，伴大势成事。

序幕不是高潮，精彩总在最后，慧者一时，诚者长远。

2017.8.2

"赵振元院长"——这个称呼后来被改了，改成"作家赵振元"。他早已是名正言顺的中国作家协会会员，按其出版的作品和水平，在文坛上称呼他"著名作家"也是实至名归。赵振元先生企业做得那么好，文章也写得这么好，这是极为不容易的。令我敬之。

作家赵振元的文学作品中，散文和随笔居多，许多作品都是他工作和生活中点滴记载与感悟，因此短而精小，但不乏美。在上面的这篇短文后面注有一个时间：2017年8月2日。

这个时间对一般人而言，除了前一天是我中国人民解放军成立90周年外，没有任何特殊意义。但对华虹、对无锡，甚至对赵振元来说，意义不同一般。

这当归为华虹集团经过近20年的"夹缝"发展——国内同行的竞争、挤压；国外受美国为首的反华势力对半导体技术的严控制裁……华虹的历史和发展又将进入新的起点。

自本世纪以来，无论在国内，还是国际上，半导体产业的惊涛骇浪几乎占据了整个世纪之初的所有年份。相比之下，华虹一直处在并没有让外界感到"惊心动魄"和"心潮澎湃"的境地。

这个局面何时打破？这既关乎中国芯片产业，也关联到那些特别愿意窥测中国发展的势力与国家。所以华虹到底如何走、未来发展是何种模式，近十年以来始终是外界异常好奇和关注的。

这实在因为芯片制造业太热，因为芯片制造牵动着资本市场，因为芯片连带着大国之间的明争暗斗，又因为芯片产业在股票市场上吸引了亿万人的神经中枢，所以一个不温不火的芯片企业就容易被人说三道四，或者嫌弃它没有"酷"的题材炒作而另眼看待。事实上，在国际舞台上，那些越是被炒作得热火朝天的"题材"，越容易在瞬间变得"水深火热"。芯片企业就是这种资本和政治交织在一起容易被炒热又瞬间被抛弃的那种灼手的"题材"。从华为到"中芯国际"哪一个不是被炒得遍体鳞伤？

华为因为 5G 太强大，全世界都想"吞"了它，尤其是美国为首的西方国家，甚至到了不择手段的地步，连任正非的女儿都被无理扣押在海外几年之久。

华虹就是在这种国际环境下求取生存与发展的中国芯片企业，其艰辛之路，非一般企业所能体会和承受的。然而中国人真正到了需要挺起腰板的时候怕过谁吗？

没有。在共和国成立不久的上世纪 50 年代，西方全面封锁我们，后来邻国苏联又与我们交恶，加之国内自然灾害，在如此艰难的条件下，毛泽东领导的中国人民勒紧裤腰带，完全依靠自己的力量造出了"两弹一星"。

又经过半个多世纪后，世界科技革命飞速发展，人类进入一个信息与数字化时代。又有人想全面压制与封锁我们，手段虽无多大变化，但他们借助"游戏规则"所起到的封锁作用和压制氛围，似乎与当年中国受到的封锁与压制相比则有过之而无不及。

从上世纪 90 年代末起步，到与 NEC 合作建设第一条生产线，再到自主生产"卡"与"芯"，再到可以独立代工生产，一步一步地朝着"诗和远方"进发……这过程、这节奏，我们不能不说华虹是进步的、发展的，也是对国家作出了特殊贡献的。然而它又在半导体行业，尤其是在国际上，似乎一直没太多被人关注、被人重视。即使在国内，也比其他芯片制造企业少了相当的"知名度"。这多少让华虹有些尴尬。归根到底是什么原因？

体量与规模不大，发展的趋势与魄力也显得有些平平。

2015年前后，国际半导体发展态势的竞争越来越激烈，西方世界对中国的全面崛起又十分惧怕，因此在其他方面无计可施的情况下，死死地在芯片技术与设备上压制与封锁中国，华虹则在此时越来越感到有种难以承受的窒息感……

必须摆脱困境，冲出包围圈！国家决策者和半导体从事者发出同一怒吼。

华虹需要展现新气象！

华虹需要重布战略与格局！

自然，要实现这一战略战术，需要有一位新的"当家人"。张素心是在这个时候被聘任为第六届华虹集团董事长的。之前，他是上海市发改委副主任，分管科技产业；再之前，他出任过浦东金桥科技园区"一把手"；再之前，他是上海国有大企业的"一把手"。

"素心，市委征得国家有关部委同意后决定由你出任华虹新的董事长。在这个时候由你来带领这支中国芯片制造队伍，知道怎么干吗？"市委主要领导找张素心谈话时这样问他。

张素心没有直接表态，只是认真而又谦虚地笑着说："请领导指示。"

领导的指示真的来了，华虹非同一般企业，它是国家高端科技最重要的大型企业之一。注意它身上所赋予的两种责任与使命：国家与企业的双重属性，因而它的领导者，就必须是既懂政府，又懂企业。

既懂政府，又懂企业？！

"是既要懂政府，又要懂企业。所以市委决定由你去华虹，因为你具备这两种能力。你既在市政府任发改委领导，有政府的全局意识与观念，同时又有长期在国有大企业工作的领导经验，自然很懂得企业管理。市领导一致认为你是华虹党委书记、董事长的合适人选……"市委主要领导紧握张素心的手，目光里充满着期待和厚望。

华虹可不是一般的企业啊！市委、市政府包括国家的领导曾多次说过这样的话。张素心出任董事长后，遇见各级领导和过去的老朋友、老同事，也都会在他的面前说这样的话。这也让体会到"华虹"的不一般。

"一般国际化是不敏感的，而敏感的行业是不太可能国际化的。但华虹这样的芯片制造企业既敏感又要国际化，所以就成为大家心目中的'不一般'！"张素心对华虹的认识非常独到，像个穿行在哲学与经济两个领域之间的"独行客"，其认识和思维方式令人刮目相看，又很"半导体"——缜密而复杂、线路（思路）又极其清晰。

在谈到出任华虹董事长时，他说了三点：国家和上级需要你干什么、同行如何评价、下面的骨干对你的期待……这三个问题弄明白了，并且做得圆满了，那你就是一个合格的芯片制造企业的董事长。

一艘行驶在惊涛骇浪、波涛汹涌的大海上的航母，如何让它保持永不偏航又不被其他舰船所击败，领航者的研判将是决定因素。而领导的正确研判与决策又会受到多种因素的影响。应该说，张素心在任华虹董事长之前，他是了解华虹一些情况的，金桥开发区管委会负责人和后来的上海市发改委负责人身份有机会让他接触、了解华虹与上海甚至全国半导体产业情况。但那时的"多看一眼"与"少看一眼"都无大碍，然而现在身为华虹董事长的张素心就不一样了。

"到华虹上班的第一天我就到了康桥……"这是张素心跟我谈他

担任华虹董事长时提到的一句话。

华虹的第一个基地在浦东金桥，即现在的华虹一厂所在地，也是当年华虹NEC生产线所在地。在浦东，叫"桥"的地方很多，比如金桥、高桥、唐桥、严桥等等，桥多是因为浦东原来就是冲积地，河流与水多，故桥也多。以桥为名也就自然而然地形成了。自浦东开发开放之后，这些桥一个比一个放射光芒，过去外人从未听说的这些"桥"，不仅在国内名声显赫，甚至有些在世界上出名。比如华虹最早的公司落地的金桥，在上世纪90年代之后到本世纪初的十多年间，其名声在海外可谓是"响彻云霄"。因为它是高新技术开发区，国外的好多跨国公司、世界500强企业也在此落户、办厂，因此这些世界著名企业来做生意的人，他们甚至并不太清楚浦东与金桥的关系，通常有人问他们在中国什么地方又办了新公司，他们就会说在"上海金桥"……金桥由此出名。

金桥的名字对生意人来说，是个好听、响亮和吉利的地名。而上海和浦东人招商时，也这么宣传：金桥是一个美丽的地方，是聚财、生财、发大财的地方！金桥，四通八达，链接全球，通达你所心想的每一个地方！金桥，是会给你带来运气和财富的桥梁。

当年浦东开发之初，确定的三个开发公司，其中一个就设在"金桥"。据浦东首任区长胡炜介绍，在一无所有的创业之初，他们能想到的浦东"资源"就是像"金桥"这样自带光亮的地名。"金桥"名字好听呀，有财气呀，所以我们就把其中的一个开发公司设在那里。

华虹后来落户金桥，也成"金窝"里飞出的一只金凤凰。

> 碧海无风镜面平，潮来忽作雪山倾。
> 金桥化出三千丈，闲把松枝引鹤行。

陆游的这首《金桥》或许还没有来得及给新任华虹董事长带去一点怀旧之感，张素心告诉我，他上班的第一天最想去的地方并非金桥，而是另一个地方，它叫"康桥"。

过去浦东没有开发开放之前，有几个人知晓浦东什么样？更不用说，谁能想到浦东竟然还有那么多叫"桥"的好名字。金桥之"金"还未说尽，张素心去的一个更富有诗意的地方——康桥。

  轻轻的我走了，正如我轻轻的来；
  我轻轻的招手，作别西天的云彩。
  那河畔的金柳，是夕阳中的新娘；
  波光里的艳影，在我的心头荡漾。
  ……
  悄悄的我走了，正如我悄悄的来；
  我挥一挥衣袖，不带走一片云彩。

第一次华虹采访，我去的就是康桥，说到康桥时我就忍不住哼起了徐志摩的这首浪漫无比的《再别康桥》。当然，我还想在体会一下浪漫且温馨的康桥后再自己作一首《康桥》。实在是"康桥"太容易引人思绪万千。

不同于诗人艺术描绘中的"康桥"，现实中浦东的康桥没有楼房、更没有高楼，一眼望去甚至连农民的小房子都没有了，当然这状况张素心是知道的，这里刚刚把原来居住于此的农民们迁走了，只有一丛丛、一棵棵尚未砍伐和锯断的残树枯竹以及几条河沟边的芦苇在风中摇曳着……自然没有路，因此如果想往里走只能做好双脚被泥浆沾满的准备。

但这并没有阻止张素心的脚步，那天他往"一片荒芜之滩地"里面走了不短的"路"，因为没有路，几百年或许是几千年来算是第一个人在这里蹚出一条"工业之路"。所以尽管有些与大上海的市景格格不入，但那天张素心的心仍然是兴奋澎湃，他来此察看，就是为了即将在此开辟华虹新战场。

华虹太需要开辟大战场，舒展新蓝图了！这是那天他从金桥出发向东一路行驶过程中脑海里盘旋最多的一句话。而也是那天他再回到集团办公地，第一次站在"董事长"办公室，透过窗口，看着与华虹毗邻的"中芯国际"那般气势与威声，张素心默默地凝视了许久，却始终没有说话，似乎也没有表情，唯有眉睫在不停地轻轻颤动着……

是啊，尽管毗邻的同行屡有巨浪起伏、逆流暗潮，但人家就是名声远扬、乘风破浪前进着。俗话说，树大招风，你不招风的本身，从另一角度讲就是你还不够惹风的格。这难道就值得骄傲和可以嘲讽他人了？这是张素心在想的问题，更像是在问华虹人，包括现在是董事长的他自己。

看上去言语不多的张素心，有一双鹰一般的眼睛，其神其光，仿佛有一股穿透的力量。与他长久共事的同事们会发现，他一旦把目标锁定之后，其双眼便有着非凡和猛烈的出击力，宛若鹰姿……

是的，华虹必须加快产业发展！这是他的第一直觉。

华虹再不加快产业发展，就等于再一次被国际半导体潮流甩到一边，远远地甩到一边！而华虹成立之初，我们与国际半导体产业之间落后很多，所以我们要迎头追赶；现在，再不加快产业发展，何止仅仅是落后的问题，而是要被压扁、挤死！

那么华虹的发展空间在何处？此刻的张素心，脑海如启动的一台高能芯片机，开始回望华虹近二十年的发展历程，他发现一个问题：

当中央决策发展这一产业，力争赶超国际先进水平，决定在上海浦东建设国家第一条现代化集成电路生产线那天起，相关产业和布局都局限在浦东，而且同行企业向华虹周边不断聚集，这一方面形成了产业共振效应和产业链，但另一方面又让张素心深切地感觉到华虹有些"挤"了：物理上的地盘之"挤"、发展模式和形态上的"挤"……正是这种"挤"，让本没有达到大鹏展翅的华虹发展空间愈加受阻，愈加缓速。

突破口和解压环在何处？在何处呢？

"找张地图来……"张素心对办公室的工作人员说。

"是上海地图还是？"

"能有长三角地图最好！"

地图铺展在张素心的面前，他的目光从黄浦江移到金桥、移到整个浦东，又开始从大海的那边回移至上海黄浦江西，再向西北方向移动……

他的目光滑到苏州、无锡、常州、南通和嘉兴、湖州等这些上海周边的经济"小老虎"身上，而在这些长三角的经济"小老虎"中，"无锡"的地名又特别让张素心的心头颤动了一下：无锡是国家电子工业重要基地呵，那个地方现在不知有啥情况？

很快，"华虹要在上海以外的地方扩大生产基地"的消息迅速在行业内悄然传开……这消息传得很快，连华虹内部的许多人都觉得有些坐不住了，问新来的董事长张素心"有没有这事"？

张素心笑笑，说："是我有意放的风，试探一下外面的反应，然后我们再作决定。"

高！华虹人听明白后，夸张素心董事长办事方式独特，且有谋略。

这是必须的。大的战略决策，往往可以是悄无声响中突然惊天动地式的雷劈，也有先下些"毛毛雨"后再风驰电掣的。张素心的决策似乎属于后一种。

"先放些风，探探情况，再作决断……"一位半导体行业的领导这样对我说，原因是这个行业太敏感。作为一个大国在半导体领域的每一个新的决策，可能会影响整个全球的同类产业市场，从而还会波及世界的政治与经济等。

富有大型企业和政府机关工作双重经验的张素心自然深谙其道。

"风"一出，"道"上立马传来反响。就在这个时候，其中有一个人的电话让张素心特别注意。在这之前，张素心和他见过面，但也只是作为同行，在张素心出任华虹董事长后，此人在第一时间特意前来拜会过他。

"张董事长好，我是十一科技的赵振元呀！现在我在北京，今天准备飞上海，看你有没有时间我去拜会一下，主要想跟你聊聊我的一些想法，这个事对华虹可能非常重要……我们十一科技作为华虹的合作老伙伴，希望今后一如既往地服务好华虹……"

张素心一听，这是个在电子工业系统也算是大名鼎鼎的人物，又是华虹屡次建厂的合作老伙计了。见！

"赵院长啊，你太客气了！你在电子行业大名鼎鼎，而且十一科技跟我们华虹又是长期的合作，听我下面的同事介绍，我们两个单位又是合作得非常好的双赢单位！你要来，我是巴不得呢！我马上安排时间，在浦东恭候阁下！"接到这个电话，张素心是非常高兴的，因为他知道赵振元在电子工业系统人脉广、人又热情，办事与决策能力又强。更不用说，赵振元的口才如同他的诗才一样，可滔滔不绝，大江奔流；可曲径通幽，涓涓细润；时而抑扬顿挫，时而豪放开怀。总

第十章：战略与格局

之，在张素心和华虹人眼里，赵振元是个特别值得信赖的合作伙伴与真挚朋友。

这个时间是2017年2月18日。

下午，赵振元从北京飞抵上海。晚饭前，赵振元与张素心见面。之后两人单独进行了交流，赵振元首先把自己在无锡近二十年的体会与感受，一股脑儿"倒"给了张素心："无锡离上海非常近，又是我们共和国无线电、半导体的摇篮和发源地，一大批科学家、工程师在那里，而且无锡是长三角经济最活跃的地区之一，从某种角度讲可以说是最活跃的地方，尤其是他们对集成电路产业的重视程度堪称全国第一，找不出第二个地方！这不是我瞎为他们吹的，因为无锡建起了第一个集成电路产业园，我们十一科技华东分公司总部大楼在1999年就在那边落户了。这可以说明问题了吧！告诉你素心董事长，我的好朋友，也是无锡现在的常务副市长黄钦，他对集成电路产业格外重视，亲自抓产业的招商和引资工作，还有他们的市委书记李小敏，也都特别关心和重视集成电路产业……"

赵振元说到这儿，特意停顿了下来，认真地观察着张素心的表情，然后认真地问道："素心董事长，你们有没有可能到无锡去建厂？"

张素心笑了，说："有可能。"

赵振元猛一击掌，高兴地说："哎呀素心董事长，你是太有远见了！我对中国的集成电路产业情况也可以说是比较了解的，华虹现在处在什么位置、遇到什么瓶颈、出路在何处等问题，虽然我不如你清楚，但作为老合作伙伴，我多少能够看得出一二三来。华虹是国家队，毫无疑问要挑起中国集成电路产业发展的重任，要当龙头企业。可到目前为止，华虹在行业内还没有达到龙头的规模和影响，主要就是产能没有上大台阶，高端产品不够多，原因素心董事长你比我更清楚。其中有一点我作为旁观者也看得清楚：就是一直以来华虹的发展思路还没有真正放开，尤其是转型成代工企业之后，发展的步子迈得不够大，局限在上海浦东地盘上，这样建厂和资金就遇到了瓶颈，尤其是这些年国家鼓励全社会都来参与芯片制造产业，社会投入已经超过政府，在这种情况下，华虹再只把目光放在上海，发展受到的限制必然是很大的。因此在我看来，一定要有走出上海的思考和布局……"

"谢谢赵院长，你跟我想到一起了！"不太容易显露内心真实情绪的张素心，这一天与赵振元的见面会谈，也是异常兴奋，时常心潮澎湃。

"走出上海""打开华虹一片新天地"的想法，在他上任之后的这些天里一直在他脑海里盘旋。而拓展到无锡又是他在与赵振元见面之前一闪而过又特别深刻的那道光！

"如果你真有此念，我马上向无锡市领导报告。然后你看是否抽个时间专程到无锡那边去走一走，与无锡方面面对面地进行一次正式交流？"赵振元兴奋得有些迫不及待了。

"可以。我很愿意到无锡那边去一趟。"张素心表示。

"太好了！无锡那边的事我来安排，我会马上跟他们的领导报告，同时也会跟相关部门的负责人取得联系，商谈一些具体的事宜。"赵振元说。

"那有劳赵院长了！"

"你客气了，我们是老电子工业部的一家人嘛。"

"对对，我们是一家人！"

两人的谈话前后总共二十来分钟，却商定了一个重大意向。并且两人相约一周后，请张素心董事长到太湖边与无锡领导见面正式

第十章：战略与格局

商谈。

无锡那里你素心董事长肯定以前也去过，但现在更美了，反正我是特别喜欢那里。最近我准备要写一首歌，可能就叫《无锡美》……赵振元与张素心临分手时说。

张素心抱拳致敬："我知道赵院长不仅是位著名企业家，而且是个诗人、作家、作曲家，期待你的大作问世。"

"瞎玩瞎玩！"赵振元笑着谦逊道。

后来赵振元真的创作了一首《无锡美》歌曲，且这首歌创作得非常有水平，成为无锡市歌而被当地广泛传唱——

  春到无锡美如画
  樱花谷里歌声飞
  鼋头渚上呀心向往
  桃花笑了梅又醉
  长堤杨柳盼故人
  明月何时照我回 照我回
  无锡美 无锡美
  最美是这山和水
  百年工商筑起金色丰碑
  产业强市结出了硕果累累
  硕果累累
  秋到无锡喜相随
  虾肥蟹美好滋味
  太湖白鱼呀美名扬
  麦浪起舞太阳追

蜜桃杨梅酿成吻

深深思念留给谁 留给谁

无锡美 无锡美

难忘一生家乡情

群英荟萃贡献你我智慧

新的时代书写下新的壮美

新的壮美

无锡美 无锡美

难忘一生家乡情

群英荟萃贡献你我智慧

新的时代书写下新的壮美

"无锡美",美到我心田。与赵振元交流之后,那几天张素心的情绪分外高涨,他那缜密而灵敏的大脑在这种高涨的情绪推助下,旋转得异常快速:华虹真的能从上海之外寻找到一个理想的生产基地,将对华虹乃至整个中国独立自主的芯片产业产生一个不可估量的推动和促进!其意义在于:拓展了华虹的空间,可以不用再为"一亩三分地"还是"二亩六分地"争执发愁了;其二加速了华虹实现快速发展的可能;其三有利于促进整个长三角地区集成电路产业链的建立,从而最终实现中国芯片制造的本土现代化。

值得干!既为华虹企业之利,也为以中国半导体为代表的高新科技发展。当张素心将自己"走出上海"的想法向北京和上海的领导们诉说后,得到的回应使他受到万分鼓舞。简单一句话,就是支持。

那到无锡的这一步,我要迈出去了?!

迈!大胆地迈出去!

第十章:战略与格局

包括华虹的老领导胡启立，还有国家信息产业部和上海市领导，都表示支持张素心的想法。

走，到无锡去！

江南的初春，虽有一丝寒意，但大地回暖的趋势已不可逆转。郊外的高速公路两旁，可以放眼看到一片片麦田正以蓬勃之气向远方铺展着生机盎然的绿意，杨柳开始飘花，桃树枝上的朵朵小花也在频频探头张望……

2月25日上午，张素心以少有的心境抵达太湖边。车子路过太湖边时，张素心特意打开车窗，此时车速也似乎有意稍稍缓慢了下来。这让他可以借此机会领略一下初春的太湖之景。

太湖美，那是真的美呵！张素心的心头一阵感慨，脑海里便"飞"出了那首家喻户晓的"太湖美"来——

> 太湖美呀太湖美
> 美就美在太湖水
> 水上有白帆哪
> 啊水上有红菱啊
> 水边芦苇青
> ……

"素心董事长，欢迎你到无锡来呀！"根据事先约定，张素心先到他曾经去过的太湖边的一个工会疗养院，再由赵振元接他到"湖滨饭店"与无锡方面的领导会面。

就这样，张素心在赵振元的引领下，一起来到湖滨饭店九层的一间小会议室。

"张董事长，我代表无锡700万人民欢迎你的到来！"提前到此的无锡市政府常务副市长黄钦及无锡市发改委主任、无锡产业集团负责人等站起欢迎张素心一行。

"素心董事长啊，你此次到我们无锡，可以说是回老家呀！"黄钦副市长的一句话先是让大家愣了一下，随后听他解释道，"我们这是国家集成电路的重要基地之一，而且是'908工程'的实验地，所以现在的华晶和华虹、跟'909工程'是国家半导体产业的一对亲兄弟。你现在是华虹董事长，是不是可以算是回'老家'了？"

"是啊是啊，到无锡不仅是回老家，本来我们跟这里的华晶、跟'908工程'就是'亲兄弟'！"张素心说。

"哈哈……一家人！亲兄弟！"气氛顿时热烈而亲切。

经"中间人"赵振元一番扼要地介绍双方，黄钦副市长代表无锡市政府便首先发言："所以听赵院长介绍，素心董事长有想法在上海之外开辟生产线，这是个大决策。我们无锡十分期待能够为素心董事长和华虹这一重要决策尽点力。如果项目落地无锡，我们一定拿出最好的资源、最好的土地、最好的服务，来迎接'亲兄弟'到这里安家落户！"

"黄市长说得太好了！这里确实应该算是华虹的'老家'。华虹能回'老家'安居乐业，实在是件幸运之事啊！"张素心深为动情地说。

之后，无锡方面几位部门负责人，就无锡在集成电路产业和政策方面向上海来的客人作了全面介绍。张素心听得频频点头，看得出，他对无锡各方面都比较满意。

"素心董事长，我看这事可以定下来了！我以十一科技近二十年来在无锡的切身感受和体会，给你和华虹打包票：如果华虹要想走出

第十章：战略与格局

上海，综合各方面条件和因素，你很难找出第二个比无锡更好的地方……""中间人"赵振元恰如其分地向张素心点题。

"董事长你看呢？"

"我看可以！"

"太好了！"

第一次见面，张素心和无锡市主要领导就把中国半导体发展史上的一件大事情敲定了下来，并且就合作建厂的大致细节作出了安排，无锡方面慷慨而又真诚地决定参股华虹在无锡的落地新项目的20%。这是张素心获得的一大意外收获：众所周知，芯片厂的投入之大，非一般小企业所能，即使像华虹这样的国家背景的国有大企业，想要新建一条新的生产线，从项目设想到批准到落实资金，也非一天两天，有的时候就是因为资金问题，一年两年都可能没有结果。原因是：国家也并非很有钱，用钱的地方实在太多。数百亿的投资，20%占股就是一个非常大的资金额了。无锡如此气度和胸襟，让张素心的心头热乎乎的。那天在与无锡领导暂时告别的一刻，他深情地感叹道："909工程"能够回到"老家"跟亲兄弟在一起，我们现在真的成了一家人呵！

"是，我们就是一家人！"无锡领导也不无感慨。

这一天，其实最开心的人是赵振元。因为这位具有战略思考又善牵线搭桥者看到华虹和无锡双方领导如此迅速地"握手"，作为促成中国半导体产业上的一个重要事件的他，怎能不欣喜若狂！这也就有了本章开头我们读到的赵振元先生在当日晚上所写下的一篇激情随笔：

尘埃终于落定，梦想可以实现，愿望终于变真，格局已经形成……

是的，作为一个战斗在高科技领域最前沿的并承担着国家使命的国有大企业，它的决策者和领航者的格局有多大、目光有多远，将决定着企业能走得多远，目标能实现多高。

"序幕不是高潮，精彩总在最后……" 2017年8月2日晚上，赵振元再次提笔，补写下当日那篇随笔的最后一句话。

华虹的新格局、大格局，是从走出上海的这一步开始的。

第十一章

华虹"无锡速度"

有位国际著名半导体专家说过这样一句话:你可以对一个先进的半导体企业指手画脚,但你也无法决定一个跨国公司在建设的一条半导体生产线的命运,因为也许一个决定或批复晚了一年半载,那么原本所谓的"先进"生产线可能在建起后便成为一堆废物。

这位专家的话所表达的一个观点是:半导体产业中的"摩尔定律"本身就是一个魔鬼式的方程,即便你的权力再大,也很难违背它。违背的结果,一定是失败的。

然而我还听到一位专家这样说:所有的建筑师都可能偷工减料,唯独在半导体生产线上你无法马虎一丝一毫。

这就是高科技造"芯"产业的与众不同之处——你必须遵循规律,紧扣时间;你必须全力以赴,马虎不得。

在上海之外建设的一条华虹先进的12英寸芯片生产线,投资高达数百亿……如此规模、如此投入,在中国显然需要经历各种繁琐的审批,从选址、平地、打桩到开工建设,到安装,到投片正式生产,"摩尔定律"告诉我们需要18个月。在我们所熟悉的中国基础项目中,有这样进程的大工程吗?似乎很少听说过。但在半导体行业,它又是谁都不太好更改的"法定"周期。

董事长张素心能更改吗？不行。

还有那个大名鼎鼎的"建厂大王"张汝京能更改吗？同样不行。

是的，没有谁能随便更改。更改的结果是自找麻烦，而且不是一般的麻烦。

决定在无锡建一条最新生产线之后，张素心和华虹人其实等于要面临一场"华虹的渡江战役"——这"江"自然是黄浦江，因为无锡与浦东隔着一条最大的水域就是黄浦江。华虹以往所有的厂都在浦东，虽然相互之间有一点距离，但那也是几分钟、几十分钟的车距，既是在同一块浦东地面上，更重要的是在上海区域内，现在不一样了，无锡的华虹厂既离浦东很远，又不属于上海的区域。这条"江"就很大了，比当年百万雄师过的"大江"还要大许多……

这不是简单的多少公里还是米的距离，它的距离既是物理意义上的，更有行政区域和很多社会组织上的甚至是"人情"上的"距离"。

"快速建线、快速上量"，18个月的建线周期似乎不完全由"摩尔定律"决定，但是巨额的投资让张素心他们必须去"拼"，当然，这更是华虹想追赶国际半导体产业发展快速水平的"必由之路"。

难度其实从一开始就给张素心设置在那儿，就看你有没有魄力去干这件事。

张素心和华虹人已经选择了在无锡建厂，这就意味着不可能有退路，唯有向前迎战——再大的困难也一定要逾越。

"赵院长，素心真的拜托你了！"这一回张素心对赵振元说的可绝对不是客套话。而赵振元回答他的话也是铿锵有力、掷地有声："放心，素心董事长，我和我的团队一定会以您提出的'安全是前提、质量是基础、进度是关键'这十五字为建厂总方针，保质、保安、保时间地完成好总包任务，干出无锡速度来，为华虹争气！为国家争光！"

"感谢！"张素心听完赵振元的话，眼睛顿时有些湿润，这正是他所希望的。

18个月，数万平方米建筑、数万件设备与设施的安装，当然还有这些设备和建筑后面所需要的材料与采购……"建一个芯片厂，就如打一场大仗，哪个环节出了问题都可能会影响全局。"有"芯片建厂大王"之称的张汝京曾经跟我谈他的建厂辉煌史时这样说。张素心自然也很担心无锡工程的每一个细节乃至整体。

他，不愧是上海市领导选准的可以打大仗的"老板"。当头绪万千时，什么最重要？当然是安全。没有安全，所有皆空，尤其是芯片厂建设，因此张素心在动员和计划无锡厂开工时就提出了第一个"原则"：安全。而且这个原则必须作为一切工作的前提。"没有这个前提做保证，其他的事必须放一放。"他明确这样要求。

"在建设期间，素心董事长要求我们做到的安全性，包括了多方面，一是施工时人员的安全，二是所有建筑材料及设备的安全，三是环境的安全，四是建筑体寿命的安全……要实现这样的'安全'原则，就必须对工程的每一个细节和整体都作出周密与精细的安排，同时要作出横向和纵向、短期和定期的检查。"建筑总包负责人赵振元在解释和贯彻张素心的指令时这样说。

确保了安全的前提，工程方能顺利实施。而实施与进行的过程，需要一个最基本的自然条件作为基础，这就是质量。没有工程质量，就无法建设先进的高科技芯片制造厂。这是个根本和基本的问题。

质量从何抓起？"质量首先在管理者和指挥者的神经与意识之中。"作为十一科技董事长、党委书记，赵振元在电子工业产业领域耕耘了几十年，承接过无数国家电子产业建设工程，深知造"芯"厂的质量要求，也可以说每一次指挥建设芯片生产厂，就是一次"淮海战役"——一两百亿元的工程量，十几个月的不间隙施工，江南四季春夏秋冬的风雨雪霜，都对建筑大军是少有的考验，需要每一个工人、每一个工程师、每一个监理员，都把力气使在恰到好处之上，都把眼睛盯在丝毫不谬之上，都把精力保证在高度专注之上……

"为什么说'安全是前提'？因为没有了生命我们干这活还有啥意义？我们背井离乡出来干活、为家人孩子挣钱，为的就是让他们的生活过得好一点是吧！可如果我们在干活中，你稍稍马虎一点、我稍稍马虎一点，那么这个厂就一定是废物。厂废了，我们这些人跟着也就废了！华虹和其他业主还会要我们吗？不会！那我们大家不等于失业了吗？所以，大家要把自己的所有看家本领都用在华虹的这个无锡厂上！从每一砖、每一块木、每一根梁、每一只钉子开始……"自开工以后，赵振元几乎天天"竖"在工地上——他个头高、身材魁梧，所以他一出现，就是工地上的无声号令。

"素心董事长说的'质量是基础'，我们就要把这话融化在每天工作的自豪意识里，落实在手中的每一份活之中，向最优秀的、严格的师傅看齐、学习，实现百分百全员的质量一百分！"赵振元说话的声音似乎并不高，但能在工地上四处回荡。

"进度是关键。"为什么它是关键呢？张素心没有在我采访他时对此作出解释，但他向我袒露了他出任华虹董事长后最大的一个心愿，就是要加快华虹发展的步伐。"芯片产业就是这样，我们都知道现在全国各地都在搞，而且各地的投入空前，尽管有些地方是盲目乱建，然而整体上是一个高速发展、快速发展的产业。国际上的半导体产业发展速度更是不以我们的意志为转移，你今天慢一拍，明天你就可能慢几步，你今天慢两步，之后就可能永远追赶不上了，我们真的耽误不起，一刻也耽误不起！"

一个忧国忧民者。一个胸怀国之大者的企业领导者。有这样情怀的人，就可以干出人间奇迹。

无锡生产线给了张素心和华虹人一次新的历史性考验：把每一次属于自己的时间夺回来，把每一次历史中飞逝而过的时间拉回来，把每一次时代赋予的时间催赶过来……这是张素心想的和他要求自己及全体华虹人所要努力的方向。

没有速度的半导体生产企业，就等于没有希望和激情的企业，这样的企业怎么可能成为先进的半导体产业生产单位呢？道理早已在"摩尔定律"中明确，谁人能破坏与违反？不尊重科学、违反科学定律的人想从事科学研究不是很愚蠢与无知吗？这样的人怎么可能来搞芯片生产呢？

张素心有时觉得市领导把自己后半生的命运"绑"在芯片上，本身就是一种既光荣又残酷的事儿，光荣是因为与国家的伟大崛起沾点边、作出一份贡献；残酷就是自己没有任何退路，华虹的事只能干好，干不好你就是产业和事业、企业和国家的罪人！

然而，张素心就是张素心，一旦指挥千军万马战斗时，那种睿智、果断、气魄和雷厉风行的作风，便使他成为了虎虎生威的大将军——

是。我们现在的战场不在上海，在无锡，但正是因为战场远离上海，所以我们集团的主要领导、集团的主要工作就必须前移，移到战场的最前线。

是。我们是有无锡地方政府的全力支持，有十一科技赵振元董事长他们这样的钢铁队伍，但工程是我们华虹的，是我们华虹的工程就该每时每刻有我们华虹的决策者、管理者站在施工现场，随时发现问题，解决问题。现在我代表集团党委宣布：由唐均君同志出任华虹宏力党委书记、总裁，负责无锡生产线建设现场的工程一线指挥……

是。坚决完成好集团交给的任务！唐均君其实是个文绉绉的"团干部"出身，是什么让他从参与同外国公司谈判的外事干部，到一步步成为华虹宏力上市公司的总裁、党委书记？

"在华虹 NEC 时，我是与日本公司谈判的成员，后来到了五厂建设时，我已经是党委书记兼副总裁；到六厂建设时，我是六厂的第一位员工，因为我总是最早一个到工地的建设现场；到无锡厂建设时，张素心董事长又把我调到那里担任工程现场负责人，我的责任就明确了，就把自己牢牢地夯实在了那里……好像从无锡厂开工到后来投产的十几个月里，除了回集团开过几次会外，我基本上就一半时间在无锡抓工程建设，一半时间在上海管运营。"唐均君说这话时有些自嘲，"那个时候真的就没有时间去想除工地建设之外的事！"

在前线指挥的唐均君是这样。集团董事长张素心在建设无锡厂时到底去过多少次施工现场？"我真记不清了……"他自己说。

"至少二十多次！起码我记得有十一次现场工程促进会是素心董事长亲自到无锡来主持的。像这样的现场工程促进会，作为总包方的我是必须参加的，并且每一次会议我都有记录。"赵振元回忆说，"有时他一早从上海过来，在现场主持会议，检查工程，处理重大事情，一待就是十几个小时，甚至到深夜还在和我们一起召开会议，解决问题。"

赵振元讲起这段他在现场领导施工大决战的往事时，总是难以平静："速度就是在素心董事长的一次次调整工程部署、优化计划安排、抢占时间要点之中实现的。他不仅是一位战略家，更是一位战术家，在他指挥下的施工单位和现场的五千多名施工人员是幸运的，干劲格外高涨，所以我们才用了14个月就创造了建完生产线厂的纪录！一个三万多平方米的具有世界先进水平的大型芯片生产厂仅用13个月就建设好了，这在中国是前所未有的，在国际芯片建厂史上也是少有的。这就是华虹的无锡速度！"

在华虹的展览厅里，我听到了赵振元的一段录音："从2018年4月3日正式开工，到2019年6月5日，整整428个日日夜夜，我们在素心董事长和唐均君总裁的领导与指挥下，克服重重困难，所创造的无锡速度，也是中国集成电路工厂的建设新速度，它也将载入世界集成电路的建设史册。"

华虹"无锡速度"如今已经成为华虹历史上的一个标志性符号。那天我采访当年的"前线指挥官"唐均君时，请他介绍他和团队如何创造"无锡速度"时，他谦逊地笑笑，然后说："这都是张董事长领导有方，我只是干了应该干的事……"随后他就把话题移到了别处。

见到赵振元董事长后说起"无锡项目"时，情况就大不一样了。身为作家的他，立马给我找来两篇他记录无锡开工和竣工的"日记"，我读着就仿佛置身当时的无锡工程现场——

今天是无锡华虹桩基工程开工的日子，这个项目从去年8月2日双方签约后一直受到各界的普遍关注，而今天的正式开工则标志项目进入一个全力冲刺新阶段。

早晨，醒得很早，看着天气非常好，就决定早起晨练。从宾馆到蠡湖旁很近，用不了10分钟就到了蠡湖边的绿道。

春天的早晨很美，无锡蠡湖旁的湖景就更美了。一轮朝日从东方冉冉升起，很快就跃入天际。湖光山色美，林间鸟儿鸣，湖中鱼儿跳，山上云雾绕，地上百花耀，空气清新好，绿道健身忙。春色真诱人，春光无限好，如同仙境，恰似梦境，蠡湖的早晨，春天的无锡，真是美得太过分。

美景，属于早起的人。其实早晨的美好很短暂，就像春天很短暂一样，早晨的美景很快就会过去，太阳很快就会升上来，气温很快热起来，早晨的凉爽感很快就会过了；天色很快会亮起来，早晨的朦胧感也很快就会过去，因此那种美好的感觉很快会过去，只有早，只有快，才能抓住这个机会；只有早，只有快，才能有这个感觉。

机会，属于早起的人。只有起得早，才能看到早晨的各种美景；只有起得早，才能感受春天的美好；只有起得早，才能捕捉各种可能的机会；只有起得早，才能身体好；只有起得早，才能心情好。

成功，属于早起的人。早起，是属于勤奋着的人。一年之计在于春，一日之计在于晨，抓住早晨，就是抓住了一天，而抓住春天里的每一天就是抓住了春天，抓住了春天，就是抓住了一年，抓住了每一年，就是抓住了一生。

美好的一天，从早晨开始；成功的人生，从勤奋做起。

2018 年 4 月 3 日

这一篇"散文体"日记，是赵振元用优美的诗句描述的无锡厂建设开工那天的心境。他用人要珍惜每一天"早晨"的时光来形容华虹无锡厂宝贵的开工建设时间。

那么，华虹无锡厂从开工之后经历了怎样的速度呢？令我欣喜的是赵振元先生为我找到了一份"华虹无锡基地 12 英寸生产线重要里程碑"：

2017 年 8 月 2 日，无锡基地签约。
2018 年 3 月 2 日，举行开工典礼。
2018 年 4 月 3 日，一期桩工程启动。
2018 年 6 月 25 日，桩基工程完成，开始大底板浇筑。
2018 年 7 月 21 日，F1 厂房首件钢柱完成吊装。
2018 年 8 月 12 日，F1 厂房首根桁架吊装完成。
2018 年 10 月 12 日，F1 厂房钢屋架吊装完成。
2018 年 12 月 21 日，F1 厂房结构封顶。
2019 年 2 月 26 日，启动一级洁净管制。
2019 年 3 月 27 日，自动运输传送系统搬入并启动二级洁净机制。
2019 年 4 月 17 日，无锡基地正式通电。
2019 年 5 月 15 日，启动三级洁净管制。
2019 年 5 月 24 日，首台设备搬入。
2019 年 6 月 6 日，光刻设备搬入。
2019 年 9 月 17 日，正式投片。

看完这张时间表，才理解了为什么华虹说它是"里程碑"，也理解了为什么华虹人特别自豪地称无锡厂的建设创造了值得他们自豪的"无锡速度"，因为像这样一个数百亿投入的超大型工程，从意向立项，再从开工到竣工，仅用一两年时间，而其中建厂的全部时间才不到 17 个月，仅此一点，半导体业界的专家就告诉我，华虹无锡厂当时是创造了世界同行业中的"之最"。

"弹指一挥，今非昔比！"

"可喜可贺，值得骄傲！"

投产那一天，许多华虹老前辈格外激动，甚至热泪盈眶。他们纷纷向张素心表达这样的心情。

而作为工程"总包"的赵振元谈起这张刻着他"事业生命辉煌史"的里程碑时，感受又与一般人不一样。他的讲述如同观看电影似的那种生动与精彩——

"我们在接受任务之后，跟打上甘岭战役一样，每天都是在拼命、拼质量、拼能力……半导体厂房与一般的厂房不同，它的三万多平方米就是一个大车间，中间没有墙壁隔离，完全是一个庞大的单体建筑，钢梁是它的筋骨，所以吊装每一根钢梁就是最辛劳的活儿，你不能停下，必须连续作战，就像搭积木似的……

"到了启动洁净车间的管制时，建筑人员就得按照一级比一级更严格的要求进入建筑场所。什么叫一级管制、二级管制、三级管制？就是从你最初进入车间内的工地时就不能带灰尘，到后来你每次进工地必须消毒、必须穿特制的衣衫、必须在规定时间内离开……到后来洁净管制升至最高级别时，建筑人员进入工地就像医生进入重症病房时要求一样高！

"光刻机安装为什么会成为一个标志，因为安装它比接生孩子的工序还要精细十倍、百倍……"

赵振元的陈述这些工程内容时，丝毫没有半点夸张，他说建设芯片厂就这么要求严、技术高、难度大！

"严到你想不出还有更严的要求。技术高到你闻所未闻、难度大

第十一章：华虹"无锡速度"

到你甚至想放弃……可你怎么能放弃呢？几百个亿的投资、多少人在期盼，你是没有权利放弃的！必须干好，必须干得最好，必须干出中国人的样子来！

"这就是华虹的无锡工程、无锡速度！"

难怪赵振元先生有如此心潮澎湃的激情——

今天，是无锡华虹正式投产的喜庆日子，这是一个重大的历史节点。

这个节点，标志着华虹建设取得了关键性的胜利，标志着建厂速度创造了历史的新纪录。

这么多领导从各地赶来，体现了老一代领导人对无锡华虹的亲切关怀和高度关注。

华虹，是中华民族的一面艳丽的旗帜。

这面旗帜在新的时代，格外耀眼；

这面旗帜，沐浴着历届领导人的关怀、厚爱；

这面旗帜，是几代人艰苦创立的结果；

这面旗帜，在风雨中巍然挺立，厚重伟岸！

如今，华虹这面旗帜，由素心董事长高高举起。

战略突破，冲出重围，实现跨越，开辟一片崭新的广阔天地，将华虹的大旗高高举起。

这高举，不仅需要勇气，更需要智慧；

这高举，不仅需要继承，更需要创新；

这高举，不仅需要立足现在，更需要面向未来。

华虹，家国情怀，红心向党；历史使命，创新希望，你是高科技尖兵！

——民族产业的大旗，你扛起！历史的责任，你肩负！

华虹，一个国际化的团队；

华虹，历久而弥新，处变而不惊，从容应对。

国际化的团队是其人才的保证，只有具备了国际化的人才，才能实现市场的国际化，才能实现技术与产品的国际化。

华虹，始终有稳定的核心，而维持这个核心是华虹的体制、核心价值观、企业文化与团队的灵魂人物。素心就是这个团队核心，就是这个团队的灵魂。

华虹在掌舵人清晰而远见的战略指引下，在掌舵人坚定的执行力的推动下，正在快速发展。

华虹的未来，寄托着我们的希望，也寄托着全国人民的热切的期待；

华虹的未来，必定是光辉灿烂的一片；

华虹的未来，必定是朝霞满天，虹贯长空。

华虹的未来，有党的阳光照耀，有改革开放春风的沐浴，有光荣的华虹人的齐心拼搏，有华虹人不断的创新突破，华虹的明天一定更加美好。

在冲锋陷阵中，华虹，你是光荣的先锋；

在民族复兴大业中，华虹，你是当仁不让的主力军；

在高科技的较量中，华虹的旗帜一马当先，格外地艳丽。

华虹，就是一首诗，这壮丽的诗篇，昂扬高亢，激励人心；

华虹，就是一曲歌，曲调优美，沁人心脾；

华虹，就是一段舞，舞姿翩翩，天上人间；

华虹，就是光荣的梦想，初心不改，梦想成真。

彩虹飞舞，长虹贯通，霓虹高照，华虹当艳，胜过万千虹影；

光芒四射，虹彩多姿，众虹争媚，华虹独美，超越寰宇佳色。

看哪，风吹虹飞，虹飞彩舞，红旗独艳，华虹旗帜舞动！

我们集结在华虹的旗帜下，雁南高飞，蓝天白云，我们在凯歌声中再出发。

2019 年 9 月 17 日

这是一个作家的语言。

这又是一个建设者的心声。

这更是一个对时代怀抱深情的歌赋。

2019 年 9 月 17 日，华虹集团无锡生产线（华虹人通常称它为"七厂"）的投产仪式异常隆重，这有两个原因：一是标志着华虹开始向上海以外的广阔境域开辟生产基地，这是具有战略意义的大事；二是由于无锡厂作为 12 英寸生产线，在高压工艺研发体系上领先于业界的地位。这次华虹导入了三个国内最为先进的工艺平台，分别是嵌入式非挥发性存储器；功率半导体；模拟及电源、逻辑与射频。这条生产线建成之后，华虹的技术将由 8 英寸的 90 纳米延伸到 12 英寸 90 纳米，并同时开发 65—55 纳米技术，为华虹"8+12"的技术路线图提供巨大的发展空间。因此投片仪式特别隆重，华虹集团首任董事长胡启立、首任副董事长华建敏专程出席，他俩都是"副国级"老领导。时任江苏省委书记娄勤俭和上海市发改委主任马春雷及无锡市委书记等数百名嘉宾都出席了这一盛大仪式。

在此投产仪式上，最难掩内心激动的当然是华虹张素心董事长。

他在投产剪彩的瞬间，眼眶已经湿润……因为这是他上任后的第一个成功的"大手笔"，更是华虹集团"走出上海"的第一张"百分"卷子。

他在这一天这样讲——

……在国家加快集成电路产业发展战略部署和"十三五"规划的全面引领下，华虹集团响应上海市委市政府号召，主动服务长三角区域一体化发展的国家战略。在江苏省委省政府、无锡市委市政府的关心支持下，在各参建单位和业界伙伴的鼎力配合下，在华虹无锡项目建设团队的奋力拼搏下，华虹无锡集成电路研发和制造基地（一期）12英寸生产线建设项目，经过18个月的紧张奋战，今天迎来了生产线建成投片的重要时刻，这标志着项目将由工程建设期迈入生产运营期。

华虹集团是国家"909工程"的成果与载体、我国发展自主可控集成电路产业的先行者和主力军，无锡是国家"908工程"所在地、南方微电子重镇，沪苏携手，奋进长三角，华虹集团走出上海、布局全国的第一个制造业项目落地无锡、开花结果，这在华虹新20年发展战略中具有标志性意义。华虹无锡项目是国内最先进的特色工艺生产线，也是江苏省第一条自主可控12寸生产线……恰逢中秋佳节刚过，即将迎来新中国成立70年的喜庆时刻，我们相聚在丹桂飘香的太湖明珠、魅力无锡，一起见证和分享集成电路产业发展的成果和喜悦。

作为联动沪苏两地的重大产业项目，华虹无锡项目的布局，是华虹集团全面贯彻落实中央关于长三角区域经济一体化发展国家战略、推动经济实现高质量发展的重要举措；是深化贯彻落实上海市委市政府提出的打响"上海制造"品牌建设的重要抓手；是带头贯彻落实无锡市委市政府推动打造新一代信息技术产业高地的重要保障，将推动无锡与上海一道成为全国集成电路高端生产线最密集的地区。

华虹无锡集成电路研发和制造基地按照"整体规划、分期实施、高效建设、优质运营"的原则，实施规划布局、精心组织施工。在过去18个月里，李小敏书记和黄钦市长多次来到工地现场调研指导，亲自推进项目建设。无锡市有关部门和无锡高新区以"尊商、亲商、安商、富商"的理念和"专业、高效、务实"的服务为项目建设保驾护航，如：短短7个月内，一期项目顺利完成了可行性研究、项目建设环评、用地许可、规划方案、EPC招投标等各项前期准备工作，创造了无锡审批速度；全力以赴做好水、电、气、通信、道路等配套设施，为工程建设的快速推进创造了有利条件，奠定了扎实基础；对人才引进和培训等给予有力支持等。得益于各级政府的全力支持和鼎力相助，华虹无锡项目实现"当年开工、当年主厂房结构封顶"的目标，今年5月洁净厂房全部达到净化标准，6月初实现首批光刻机的搬入，今天正式建成投片，建设速度创造了业界新纪录，这是华虹速度，也是无锡效率的生动体现……

华虹无锡一期项目（华虹七厂）总投资25亿美元，总建筑面积20万平方米，共26个单体建筑和构筑物。其中，生产厂房建筑面积近13万平方米，洁净室面积2.88万平方米，自动化搬运系统轨道全长7650米，1级、100级、1000级高标准洁净室可满足90—65/55纳米芯片生产的工艺条件，具备月产12英寸4万片晶圆的生产能力。自2018年4月正式打桩，华虹无锡项目建设团队秉承"安全是前提，质量是基础，进度是关键"的原则，严格贯彻安全管理体系和安全生产，始终坚持筑牢安全防线，开工初期，就成立了安全生产委员会，建立了几十项安全生产制度，全面落实安全生产主体责任。工程总包十一科技会同上海建工等各施工方勇于科学创新，采用"逆作法""跳仓法"等先进施工方法，加快建设进度，仅用262天完成生产厂房主体结构封顶。又在接下去的155天里，土建、动力机电系统安装多界面交叉同步作业，在时间紧、任务重、工程量大的诸多困难下，以小时为单位计算工期和节点，交出了一份来之不易的亮丽成绩单：实现一次性送电成功，废弃处理装置完全符合环太湖流域排放标准，达成了净化厂房满足工艺设备搬入的目标。华虹七厂项目建设坚持高标准、高要求，厂房在设计、能源、大气、节水、室内环境质量、材料与资源管理等方面符合绿色建筑的标准，关键材料和施工质量检测100%合格，厂务建设和洁净系统质量全部合格；主要工程节点较计划大幅提前，设备安装和工艺调试速度刷新纪录；生产线全自动化系统快速全面建立，成套技术转移完成试点；以同"芯"合力的工匠精神，创优质卓越的华虹精品工程，努力将无锡单体最大的产业项目打造成为经得起历史检验的精品工程、廉洁工程和行业标杆……

张素心在这一天的讲话中，特别强调：华虹无锡项目在较短时间内工艺通线、进行投片，得益于华虹七厂全体员工的辛勤劳动，得益于华虹一厂、二厂和三厂的能力延伸，得益于具有12英寸丰富经验的华虹五厂、六厂的鼎力协同，得益于致力于先进工艺前瞻研发的ICRD的技术支持，得益于华虹人坚守和弘扬的"知难而进、奋发图强"的企业精神。

他又特别深情地提到：源自华虹六厂工地的"华虹520精神"，蕴含着"家国情怀、一诺千金、敬业奉献、使命必达"的丰富内涵，在华虹无锡工地得到了传承和弘扬，使华虹集团在全面支持中国集成电路产业链创新发展、率先为长三角一体化高质量发展和打响"上海制造"品牌贡献中成为中坚力量。

"无锡速度"源于"华虹520精神"。

那么"华虹520精神"又是什么呢？它又是怎样诞生的呢？

第十二章

"520精神"诞生记

在中国共产党领导的革命精神体系中，有许多精华如今已成为中华民族伟大复兴进程中不可或缺的巨大精神力量，正在亿万人民中间不断产生不可估量的推动时代发展的动力。

"大庆精神"是其中的一个精神体系。而关于大庆的几部重要作品是我写的，比如2010年央视一套的"开年大戏"电视连续剧《奠基者》、比如获鲁迅文学奖的《部长与国家》及写大庆六十年的《石油圣城》等。"大庆精神"的核心是铁人精神和"三老四严"。关于"大庆精神"的诞生过程，从大的背景看，它诞生于60年代初期最艰难的那几年，国家为了打破帝国主义的封锁和霸权主义的横蛮欺压，实现石油自给的伟大战略目标，在以毛泽东为核心的党中央领导下，组织了五万人的"石油大会战"。在此期间，石油工业部部长余秋里、康世恩等领导会战干部在施工一线发现了钻井工人王进喜的事迹和在一次事故之后提出了"三老四严"的工作制度，之后经石油工业部部长余秋里、宋振明（时任大会战前线指挥部领导、后任石油工业部部长）等总结归纳，并向中央报告后，渐渐形成了工业战线的"学习大庆"活动，之后"大庆精神"不断完善成熟，进入中国共产党的革命精神体系……

一个国家、一个政党、一个民族需要自己的精神架构。一个成熟的国家、一个成熟的政党、一个伟大的民族更需要建立精神体系。

企业和单位同样如此。那些著名企业、世界品牌，其实都有自己的企业文化与精神体系，它应该是支撑着一个企业或一个品牌持久旺盛的内核力量。

不是可有可无，而是必须有的最宝贵的东西。

华虹从成立之初，也开始形成自己的文化和品质，那个时候完成主要任务靠的是一股拼劲，一股追赶国际先进水平的愿望和理想，攀登艰难险阻，所以第一任董事长胡启立曾挥毫给华虹题写这样一句话：知难而进，奋发图强。

华虹人告诉我，在他们前十几年的奋斗和创业中，华虹一直以首任董事长胡启立部长的这句话来激励和鼓舞斗志，闯出了一条艰难的中国半导体开创新局面的探索之路。我看到华虹厂的许多地方仍然高挂和书写着胡启立的这句话。

无疑，芯片产业的发展与其他产业不同，它的发展速度和形态超乎常规，所以企业的文化构架也有其不同特质。那么什么是大型芯片制造企业的核心文化和核心价值观，其实是需要在实践中不断磨合与熔炼的。

芯片和半导体产业是全球性的产业，市场是如此，设备是如此，人才也是如此——没有一个国家能完全依靠自己的力量完成半导体产业的建设和市场需求与供应。因此也是这个高度的非独立性，又要创造个体——生产单位（或称一个企业自身）的文化，其实是很难的。然而，每个企业肯定不同于其他企业，尤其是中国的国有大企业、中国的国有半导体企业，它既要面向全球，又必须首先服从于国家和自己的市场。其实两者是矛盾的，但是即使是矛盾的，也必然需要它将矛盾体本身尽可能地"协调"和"统一"。

显然这又是矛盾的问题。但矛盾又必须获得统一。这就是华虹与其他芯片企业的不同之处。当年上海市领导在找张素心出任华虹董事长谈话时所说的要他具备"政府"和"企业"双重素质，其涵义即包括了这层意思。

航程早已开启。前程远大而又浩瀚苍茫……现在需要掌舵人张素心定义新的思想方向，这就是人们常说的"企业文化"。

文化是什么？文化是每个人对世界认知的一种感觉，当然包括了道德与哲学层面，但更多的是支配人的行为的一种精神世界的东西。对企业而言，它属于影响企业生存与发展的力量源。因此企业文化的内涵与外延，实际上辐射到企业所有人的一种具有凝聚力的精神内容。

半导体或者说芯片制造厂的企业文化是什么？一位日本的芯片老板说了一个字：钱。他认为世界上做得越大的芯片厂越关注的事就是一个"钱"字，而且是一直走在他人之前的、能够控制世界的那个"钱"字。因此在这样企业里，笼络人心的是钱，而人才流动最大的原因也是钱，受到另一个对手挤压或最终破产的原因是钱，而像台积电这样最大的代工企业搬到美国的原因也是为了一个"钱"字——这并不奇怪，资本家的诞生与存在的根本原因皆是"钱"在作用与发酵。然而华虹是社会主义的国有企业，是一个不能以"钱"来代替一切但与所有以"钱"为核心主轴的世界芯片企业走在同一条快速发展之道上的中国企业……

这样的企业文化是什么？在何处凝聚与绽放？

华虹人一直在思考与摸索。董事长张素心或许比任何一个华虹领导都更关注这一问题。他的任职时间正是国际芯片业和中国芯片业的发展进入到一个大博弈时刻：进则可能有生存的空间，但挤压你的力度更疯狂，甚至有些变态；退，则彻底灭亡，前功尽弃。

与人交手而失败与灭亡不是华虹可以选择的，唯有进，唯有前进这一条路。然而这条路的结果和结局在今天我们已经看得更清楚了：中国芯片企业发展所处的外部环境可谓"狼烟四起"，那些不想看到中国高科技高速发展的西方国家对华虹这样的企业使出了所有不友好的甚至心狠手辣的手段……

但我们必须同样要发展、要生存，故而我们更加艰难。

从第一天站在华虹集团董事长办公室的那天起，张素心心中涌动最多、最激荡的就是如何以最快的发展速度紧紧追上国际先进的芯片制造产业。因为在中国身边，仅日本、韩国、新加坡的同行们就足够华虹"喝一壶"的了，更何况半导体先进技术发源地的欧美国家的那些企业与机构它们至今仍然在以"飞"的速度发展！

我们怎么办？我们必须以更快的"飞速"来发展我们！

这是张素心内心的"黄河奔腾"……

于是我们便知道了华虹"无锡速度"下的上海之外的又一座现代化大型12英寸代工厂的诞生——17个月的速度，崛起在美丽的无锡太湖边上。

西方人一片惊呼。

但就在同一个时间里，他们又在上海浦东的华虹本部的另一个叫"康桥"的地方发现了一个"重大秘密"：一座更大的、更现代化的新芯片厂在悄然崛起……

呵，哪有一个企业同时建设两座超大型芯片厂的呀！惊讶的不只是那些紧盯中国半导体发展的西方世界，连同属一个国家的台积电都暗暗吃惊了：华虹想干什么？华虹在干什么？

华虹不干什么。华虹只在干自己的事。那个时候，康桥工地上刚刚出现华虹人时，有方方面面的人开始向张素心打听和询问。身为董事长的他淡然一笑，答：我们在干我们自己力所能及的事。

这不轻不重的话，足足让问话者知其分量：华虹要干大事了！

华虹自然要干大事。不干，更糟！

所以，张素心上任之后便在受到上级领导首肯之后，与集团班子迅速作出了启动上海与上海之外的两个12英寸的大型先进生产线的决定。上面我们已经说了无锡工程（华虹内部称之为的七厂），那么排列在无锡生产线之前的"六厂"呢？

六厂是何时建的？

"六厂与无锡那个七厂基本上在前后一年干起来的！"华虹人这样骄傲地告诉我。

这就是张素心和华虹人在2016年之后新的集团班子所干的大手笔。

读者应该还记得我在前面提到的张素心出任董事长之后的第一天他便到了"康桥"，即现在的华虹六厂……那个时候的康桥基地什么都没有，只是一大片农民刚搬迁走后的荒凉毛地。但就是在这个地方，张素心和他的团队又干成了一件大事，且在此铸造了一个可能成为中国半导体产业不朽的企业精神——现在华虹人人都知道的"520精神"。

"520"是什么？520首先是一个数字，是一个时间概念的数字，那么它应该就是5月20日这个日子。

不错，它就是5月20日。

2017年5月20日这一天。

是的，那一天是华虹集团所属的华力二期工程即华虹六厂的主厂房钢屋架吊装的日子。当时在现场参加这一工作的华虹人有25名负责基建的团队队员。他们在与张素心董事长和总包、十一科技董事长赵振元等领导一起完成第一根钢架吊装仪式之后，面对未来十个月的建厂最繁重和紧张的任务和眼看华虹又一个现代化大型生产线在自己手上崛起的未来，个个心潮澎湃，于是有人就提议说：今天是5月20日，我们都是放弃了与家人在一起的宝贵时间，来到厂里为中国的芯片制造事业作贡献，下一步的任务将更加艰巨，我们一定要按照董事长的要求，全力以赴、赤胆忠心地干好工作。为了纪念"520"（我爱你、爱我的华虹厂）的这一寓意，我们一起照个相，争取在明年的这一天再相约……

"好，这个提议好——520，我和工地有个约会！"

"哈哈……好，520，我和工地有个约会——"

这时，25个基建团队队员就兴高采烈、欢欣鼓舞地站在一起……

"咔嚓！"眼前的相机声响起，25张青春的脸庞被编织在一张相片上、凝聚在一个时间点上，这个时间点就是具有暖心和爱意的"520"。

"520"——我爱你。这是亲爱者之间的一句寓意浓浓的情话，是恋人之间的一句纯洁与滚烫的誓言。现在，华虹基建团队的25位年轻队员们为了纪念在这一日子他们舍小家、为大家、为华虹，所以一起合影留念……然而他们没有想到的是，这张小小的、在一瞬间留下的照片，如今成为了华虹全体员工为之骄傲和遵循的"520"企业精神！

"说实话，我们当时并没有想得那么远、那么高尚，只是想为自己做的事留点念想而已……"当年在现场带领华虹驻工地的基建团队负责人、现在的华力公司副总裁张悦说。

他跟我讲述了当时整个过程——

2017年5月20日那天，是周六。"这天我们华虹六厂建设基地正好举行大梁吊装仪式。芯片厂很大，生产线车间就是一个单体建筑，六厂现在也是我们华虹几个大厂的生产线之一，生产厂房将近十四万平方米。通常建设这样的工程，开工打桩有个仪式，大梁吊装也有一个仪式，当然后面还有几个仪式，如厂房全部安装完成、芯片光刻机安装、投片生产等。5月20日那天举行的就是大梁吊装仪式。"张悦介绍。

据说日本、韩国和欧美国家及中国台湾的芯片制造厂在生产线车间吊装时都要举行很热闹的仪式，华虹是国企，仪式就比较简单些。但这样的形式还是非常需要，所以那天张素心和集团的主要领导及总包方赵振元等都到了现场。一根钢铁大梁很重，吊装完成便意味着工厂厂房结构进入一个新阶段，它是整个生产线的重要标志之一，如同建造航母时的船坞建设工程，没有船坞怎能造舰？大梁一吊上，芯片制造的生产厂房便有了"影子"。

"我们华虹在建康桥的六厂时，也有这样的意思。所以赵振元董事长领导的十一科技及其他基建队伍都参加了吊装仪式，我们张董事长等领导也都到了现场并发表一番热情洋溢的讲话，主要是勉励和鼓舞建设队伍，包括对我们负责现场基建工作的华虹团队提些要求。我记得是在这一次仪式上，张素心董事长第一次提出了'安全是前提、质量是基础、进度是关键'三句很经典的话，后来一直成为我们建设生产线的总体要求。"张悦在谈到25个基建团队成员为什么想起集体合影时，这样说，"20日那天是周六。我们25个基建团队成员中有10个是新成员，他们大多数是青年同志，有15个相对年龄大一点的老员工，这些同事如果不是因为吊装仪式，他们通常在周六、周日是休息的，可以与亲人团聚，或者与对象一起游玩、谈恋爱。因为那天的日子又特殊，是5月20日。'520'在我们中文里的谐音是'我爱你'。这在上海等大城市里，这一天已经被当作爱人之间表达爱情的一个特殊日子，甚至很多人选择这一天去登记结婚。可我们在这一天偏偏厂里的建设工地上有个吊装仪式，因此25名基建队员中有几位年轻人就不得不放弃与恋人、亲人在一起的机会。自然在施工现场的几千名建筑工人中有更多的年轻人放弃了这一特殊日子与亲人、恋人在一起的机会。正是这一情况，我们在参加完吊装仪式后，有年轻同事提出这一提议时，当时我们基建团队的25个人马上全体响应，合影留念。而且共同许诺在第二年的同一日再相约于此，所以最后形成了'520，我和工地有个约会'的共同誓言。这里大家所说的'我和工地有个约会'，是因为我们的六厂建设工程一般都需要十六七个月，那么吊装仪式结束后，意味着下一年的'5月20日'大家还都在建设工地上，因此这个相约对我们那些负责工地建设的人来说是非常有意义的事——'520，我和工地有个约会'便成为那个合影的中心意思了……

"可以说是当时参与建厂的基建团队同事们的一个共同心声与许愿。我们作为六厂基建团队，是从桩基工程基本结束后，于2017年3月8日正式进驻到康桥工地办公的，整个基建团队包括动力、安环、消保、物流等部门，一个生产线建设约十七八个月，意味着我们从2017年3月份一直需要干到2018年底左右。这个工程时间很长、工程量很大，前后近两年，投入资金五十多亿元。这对我们负责基地这一块的华虹基建团队来说任务相当艰巨，因为我们这些人实际上是作为业主方，在工地现场主要负责监理整个工程的所有质量、进度和材料来源等等，所以工作比较辛苦，张董事长称我们既是开路先锋，又是后勤兵，既是一批最早进入康桥这块地方的华虹人，又是整个工地最后一批撤的人——其实等厂子建好，参建队伍撤了后，我们又重新进入，成为日常的工厂管理者……"张悦让我知道了华虹"开路先锋"和"后勤兵"的许多动人故事。

这里有一个重要的背景需要交代：上面我们已经说过无锡所建的12英寸生产线，其开工时间是2018年3月2日。张悦他们进入康桥这个厂的工地工作的时间是2017年3月8日，不到一年，新来的董事长张素心干上了两大生产厂，共投资超过五百亿元，气派之大，大过任何时候的中国半导体企业建设的规模，也大过国际同行的速度。如此速度，上面我们已经说到他的战略布局之大手笔，但毕竟较过去的华虹也是前所未有的。那么需要什么样的精神力量激励和鼓舞自己的队伍，其实这是一件关乎华虹能不能实现新的战略布局与快速发展的轮子能不能真正转动起来的事情。

谁也不曾想到康桥工程给予了这样一个契机——

当一片广阔的土地上响起隆隆的机械声时，华虹的一队年轻基建队员率先出现在康桥，并且在此一脚高、一脚低地踩着泥泞异常的荒弃之地，开始了一场用他们的青春与热血铸造与谱写的精神礼赞之战。

"当时连一条像样的道路都没有，尽是荒弃的农田与河沟。每天我们进入工地干活，比农民垦荒还要艰苦……"说话的女士叫范晶，我第一次见她就看到她烫了一个那种爆炸头发型，心想这一定是位十分讲究的上海时尚女孩，哪知她竟然是"520精神"的铸造者之一、华虹的先进员工！

反差真的有点大。

第十二章："520精神"诞生记

我采访她时，所看到她工作的华虹六厂是上海最现代化的芯片厂，一眼望去不见边的那种芯片制造大厂。可她告诉我：5年前她和负责基建的同事们一起进驻康桥这片土地时，每天走上下班的路都像是在做题……

"那个时候这里什么都没有，白天不用说，我们就是在一脚水、一脚泥的烂泥地里跑来跑去。早晨和晚上就惨了呀！我一般从家里6点多一点就要出来，路上转三趟地铁，再从地铁走到工地需要二十几分钟。那二十几分钟你可不知道是啥路嘛！它就没有路！前一天明明才走过的路，第二天又见不着了……然后到了工地就更没法形容了！因为当时康桥这片工地还没有平整，大约用了近一个月才弄平整，然后是修路，路是根据建厂房的位置一条一条修建的，我们基建人员就是在没有路的时候蹚出路来，等一条路建好后再去蹚另一条路。每天都是在天黑后才能下班，一下班就摸黑往地铁站走——经常要算着时间赶最后一班地铁，否则就回不去……"说到这儿，要强的小范眼眶里透出了泪水。

在她一旁的朱云海插话说："她们女同志真的很辛苦又有许多无奈，我们男的还好办些。当时像我从工地到家的路程更远些，所以干脆我跟基建队的一位同事跑，因为他家离康桥工地不是太远，我就住到了他家去，前后吃住了人家好几个月！"朱云海笑笑："我一直欠着这位同事的情。"

"每回我从工地上拖着疲倦的双脚和一身脏兮兮的外衣走进地铁、回到家时，那份狼狈……家人也会说你这个高科技的企业员工怎么像是个讨饭的？弄得我经常哭笑不得。但我们就是这样过来的，为了华虹，为了中国的半导体产业快速发展，我们真的舍去了许多许多。"像她的名字一样，范晶不仅有个时尚的发型，她的精神世界更是晶晶闪亮的。

那天我专门请求华虹组织一次参加当年"520"大事的基建队员们的座谈会。于是也让我有机会跟这些英雄们面对面地交流。他们都很年轻，即使现在当了副总裁的张悦也正值年富力强的年华。

年轻的六厂基建队员们回忆起他们曾经的光荣时刻，他们为自己能够参加那场艰苦卓绝的创业战斗而感到骄傲。"确实在举行大梁吊装仪式的那天，至少有三四个新同志他们本来同女朋友、同爱人相约，但为了厂里的事，他们都放弃了，来到厂里连续战斗在工地。也正是这种奉献精神，张董事长当天在仪式上也表扬了我们，而我们团队自己也通过集体照一张相，一次工地相约，形成了一种团队的友谊和相互激励的精神。把'520'这一天的时间巧合，化作了同事之间相互激励、化成了全体基建团队队员们对公司和企业、对国家现代建设的一种高尚精神行为……"

"520"就是这样的一个缘由。

华虹人自己创造的一个充满温暖与亲切、形象而生动的精神标志，从此诞生，从此闪耀着不朽的光芒。

这个光芒开始是一束自然形成的光束，后来渐成一片熊熊燃烧的火焰，再后来便成为了每一个华虹人心中腾起的一团对企业、对事业、对国家的赤诚之情，这情超越了亲情和爱情，成为了华虹的一种精神！

第十三章

"精神"的推手

我记得在写"大庆精神"产生的过程中,有这样一段故事:

1964年,大庆油田出油,石油部向中央报告后,引起毛泽东、党中央的高度重视,随后在北京刮起了"大庆"之风,中央机关和各部委纷纷邀请石油部领导余秋里、康世恩等去作报告,有时一个报告连作几天、听众听几天……后来石油部的领导们太累了,又把"铁人"王进喜叫到北京,让他讲"石油工人一声吼,地球也要抖三抖"的艰苦奋斗、奋发图强的精神。这样一次次报告、一次次石油热潮,从而在中央和全国人民心目中的"大庆精神"逐渐形成了一股越来越强大的建设国家、热爱祖国的奋斗力量,于是后来中央发出了"工业学大庆"的号召。"大庆精神"也在各个层面铺展开来,成为上世纪六七十年代响彻中华大地的一种民族精神力量,激励和鼓舞着全国人民尤其是工业战线,为摆脱落后的中国面貌起到了巨大的精神作用。

"520精神"是华虹发展史上的一个企业精神,它今天在企业内部已经成为人人皆知、人人认同、人人自觉遵循的一种企业精神。虽然它目前局限于华虹企业内部,但我相信它的意义和内涵其实代表了今天各行各业的人们在实现中华民族伟大复兴过程中的一种精神境界，这种境界是对国家和民族、对自己的工作和事业的情感的时代化。其实在我深层了解"520精神"之后，发现它与当年的"大庆精神"，甚至是"延安精神"等中国共产党的精神谱系中的那些经典精神的内涵是一致的，它闪烁的核心是爱党、爱国、爱事业的崇高境界，是推动国家和民族发展的精神动力。

我们可以大胆做这样的预测："520精神"今天是华虹企业的精神，其影响已经不断在整个中国半导体行业中发酵，因为它的核心价值观是与中国共产党所倡导和奋斗的目标是吻合和一致的。那就是对党和国家赤胆忠心、干事业不畏艰难、全力以赴，直至胜利。

而这，一直是张素心来到华虹后布局"大华虹"战略时所思考得异常多的一个工作目标和工作任务。

"没有企业精神的企业，是不可能实现持久高速发展的，没有持续高速发展能力的半导体企业早晚会被行业淘汰的！"张素心在领导华虹追赶国际先进水平的征程上，始终有一个重要思考在他内心涌动着，这就是如何培育企业文化和铸造企业精神……

自"909工程"上马之后至2016年前的近二十年间，整个华虹集团已经发展到了一定阶段。然而，近二十年历史的华虹却在一些十分重要的问题上仍属于"一盘散沙"：几个厂相互之间没有统一的排序、大大小小的华虹竟然各挂各的旗，更不用说对内对外统一的公司形象及关乎一个团队上上下下的企业精神的建立与凝练成文。

这怎么行呢？这怎么可能形成中国力量、中国形象而与世界上最先进的力量去竞争、去抗衡呢？

一直身处大企业领导岗位的张素心，深知没有品牌的企业，不可能打造"百年老店"；没有统一的旗帜，攀登高峰是永远没有力量和号召力的。只有统一的目标、统一的思想、统一的文化所形成的统一的企业精神，这样的企业才可能去追赶世界上最强大、最先进的潮流。

华虹必须有自己的文化引领和精神旗帜！张素心在推进"大华虹"时，已经把这一任务同时纳入他的战略布局之中。只是他在默默地寻找契机，对标聚焦，终于，在华虹六厂建设期间，他找到了这样的机会……

一个高手下棋，不太可能纠缠于一棋一卒之上，全盘大局才是他最关心的事。"大华虹"战略思维形成之后，张素心的布局令业内人士大为惊叹：且不说康桥的"六厂"和无锡的"七厂"几乎是在同一时间"敲锣打鼓"，这两个项目合起来的资金投入量高达五六百亿元，这在中国同行中史无前例，即使在整个国家建设中也极其罕见。

"华虹想干什么？""华虹会干什么呀？"行内行外、国内国外的都在看中国的芯片制造业到底发生了什么？到底会朝哪个方向走……不用说，凡是反华势力阻止的事，我们肯定更加努力去做。芯片制造在2015年前后，扼制和制裁中国的风潮一波更比一波疯狂，中国不前进就是倒退，中国想前进，但有人也不让你往前一步——这就是张素心上任伊始强烈感受到的形势，而华虹内部的情况也清醒地告诉他：不作调整、不作整合，其命运将越来越不被看好。

2017年8月3日是无锡厂的开工日，当外界还在猜测华虹"是在干什么"时，华虹人则突然发现了一个令他们人人感到新鲜和欣喜的事：

嗨，快看，我们现在都称"华虹"了！

我们叫"华虹一厂"了！

我们是"华虹二厂"！

我们是"华虹……"

这看起来似乎并没有什么奇怪和特殊。但在华虹成立至今，却在集团内部一直没有统一过"大华虹"的命名，比如华虹下面有两个生产线平台：一为华力，一为华虹宏力，也正是因为这两个公司所属各管几个厂，所以大华虹反倒一直没了统一的"一、二、三……厂"了。

这多别扭！大概张素心到华虹上班后第一天就发现，而我在采访华虹若干天始终没有搞明白到底几个厂归"华力"、几个厂归"华虹宏力"。更有甚者，在华虹下还有许多控股单位和厂区，它们同样各叫各的名，就是很少有直接喊出"华虹×××"单位的。这更让人别扭。

再到华虹的这些单位实地看看，门口挂的旗、贴的标识，五花八门，各成一体，唯独少了集团"华虹"二字。如此现象，张素心第一次见了感觉奇怪，第二次见了感觉别扭，第三次见了不可忍受。于是"必须改"三个字在他心中汹涌波涛起来……

首先，把厂名统一起来！该把华虹一厂、二厂、三厂……六厂、七厂叫起来！这不仅仅是各厂建厂的历史与时间顺序一目了然，更重要的是各厂彼此之间有了"兄弟""姐妹"的血缘关系；

其二，把各厂和各单位的标识、旗帜统一挂"华虹"，包括墙上的、文件上的和对内对外的宣传材料上的，全部改过来。这结果是，让所有的人都明白了"我是华虹人"；

其三，原本分散的资源，统一起来由集团调配，其实施的结果是：成本大大降低；

另有一个触动上上下下心弦的事便是：统一之后的单位与单位、人与人、工种与工种、岗位与岗位的待遇成为一个标准。其结果是：干部和技术人员，甚至一般技工都可以由集团统一调配，"大兵团"

第十三章："精神"的推手

作战完全成为可能，从此不再"你们""他们"，而是"我们华虹"了……

"一二十年了，过去我们确实也是华虹人，但又觉得首先应该是某某单位的人，其次好像自己才是'华虹人'。现在不是那样了，首先'我是华虹人'，其次'我还是华虹的人'。别看这变化，我们的心一下贴近了'华虹'，更为自己是'华虹人'而自豪，而骄傲！"现在，你无论到哪个厂、哪个单位，只要他们是华虹集团的，所有的人都会这样对我这样说。

这是张素心最想和早想看到的——"华虹"作为中国芯片产业的龙头和旗帜，必须整合资源、合力出征，才有可能在追赶国际先进半导体产业先进水平的快速道上获得生存的空间与可能。因为如果不是这样，华虹一定会势单力薄。事实上，中国的芯片产业本来就不是强者，而作为强者的美国一直紧紧盯着中国、盯着代表中国国家水平与方向的华虹的发展步履。

如果我们自己不作为，等待我们的只有一个结果：被他人所困死。或被飞速发展着的同行远远甩到一边，成为永远的落伍者。

2023年1月4日——这一天我恰好写到此处，看到手机上一则《纽约时报》中文版里的这样一段话：

> 为阻止中国成为芯片领域的先进大国，美国大幅增加对芯片产业的投资，其规模堪比冷战时期的太空竞赛……

《纽约时报》的三行字，透露了当今国际在芯片产业上围堵中国的势态与严重性。曾经美国为了应对苏联的崛起，动用巨量资金和各种明的暗的手段，从1957年到1975年间，进行了长达二十年的竞赛。在这场太空竞赛中，最后是以美国胜而苏联最终被拖垮的结果结束。虽然苏联作为世界上可以同美国并起并坐的强国最后是在上世纪90年代初解体的，然而真正被美国在经济与实力上拖垮则是一场太空竞赛。

21世纪之初，当中国成为世界第二强国时，美国又重拾"太空竞赛"的老套路，企图通过当今代表未来科技最先进的芯片产业来阻止中国的崛起，其手段可谓用尽。而在这场中美"21世纪大决战"中，华虹无疑成为旷世之战中一个特别敏感的企业。

至今有多少"眼睛"盯着华虹自然彼此心中有数。然而中国从来"不惹事""也不怕事"。发展是谁也挡不住的大势，发展中国自己的芯片产业更是势不可挡。

张素心的"大华虹"其实就是奉行"走自己的路"的一种破局，一种奋争，一种勇气和一种智慧。

"石以砥焉，化钝为利"。张素心深谙此理。因此在他出任华虹董事长之后，除了我们所讲到的在2017年、2018年连续大手笔在浦东康桥和江苏无锡先后建起两座12英寸现代化生产厂外，其实对原来的一厂、二厂、三厂等所属厂企也开始了大动"内科"手术，即调整和加强原有代工的业务方向与产能全面提速。

"大华虹"到底走什么样的产业道路，这既关系到企业自身发展的方向，同时也关联到国家半导体产业的宏观目标。张素心清楚地意识到，夹缝中求生存、求发展的华虹，必须高举最先进的产业技术和具有广阔市场前景的特色产品两个"拳头"，否则"大华虹"就是一个空架子。

在布局六厂、七厂全线开工之时，张素心来到一、二、三、五厂进行调研摸底，与各厂负责人、市场销售成员一起研究企业现有产能与市场，结果发现不少技术问题成了当务之急需要解决。比如智能卡一直是老华虹的"看家产品"，曾经在华虹创业初期为集团立下汗马之功，但十几年过去了，产能除了国内占据政策优势下的"一家独大"外，并没有在国际市场上占有多大份额。这显然不符合半导体产业的国际化特性，同时也从某种程度上阻碍了华虹成为真正超大型国际化企业的步子。

"2018年底，我多少有些意外地被抽回到工程一部，任务是提升银行智能卡的良率。这一任务来得突然，但似乎又是过去一直没有足够认识的老问题。"说此话的是一厂副厂长、技术专家徐云。

徐云是第一批到日本NEC学习回来成为华虹第一代自己培养的和一线生产车间的技术型工程师，也是参与早期中国第一代智能卡的骨干之一。"从本世纪初我们厂拿下国家的智能卡订单十几年来，老实说也没有哪家国内企业可以同我们华虹竞争的，所以无形中我们的产品和质量都是在一种内循环中运营，好坏都是我们的。而产销没有竞争状态中的所谓好与坏，其实就没有实际性的好与坏之分了。"徐云说，但是随着国内外芯片企业在这些年蓬勃发展，竞争变得越来越激烈和开放的今天，以往像华虹企业的产品在某些领域中的一家独大的格局也在被打破，那么再固守在原有的产能与技术老轨道的话，企业的出路显然越走越窄。这一点张董事长在上任之初就看得非常清楚。

"而我被重新抽回工程一部和团队攻关智能卡的良率提升技术，就是一次标志性的行动……"徐云说。

他介绍，华虹一厂（原华虹NEC厂）自2003年完成从日方手里接回管理权后，就开始从事代工业务，并因为承担了国家和上海的银行卡、身份证及社保卡、交通卡等，一路业务稳定、年年"丰衣足食"，似乎成为半导体行业不愁日子的"铁饭碗"企业。然而在芯片产业没有人可以永远不进步而独享光景，尤其是在技术领域方面。

徐云所在的华虹一厂一直以来的以 0.13 微米和 95 纳米为两个主要产品在国内市场上占有率非常高，但良率却比较低，也就是说质量并没有得到巩固和提升。在国内智能卡生产低水平时，产品良率的要求并不那么影响订单。可十几年过去后的国内外芯片技术迅猛发展，技术水平普遍提高。徐云他们厂生产的 0.13 微米仅为 88% 左右的良率，而 95 纳米只有 80% 左右的良率……产能不小的产品却成不了拳头产品，这是华虹人的一个痛。

"我回到工程部的任务就是要求我带领团队为华虹拔掉这一痛！"徐云说，"我记得当时我的团队是跟要货方签订了军令状的，也就是说我们要是完不成任务是要'吃生活'的……"在上海本地话中的"吃生活"便是要受到重罚的意思。

为了不受重罚，更是为了华虹在激烈的竞争中求发展、求生存，徐云团队用了一年多时间，攻破了一个个技术难题，最终使 95 纳米智能芯片卡的良率达到了 92% 以上，另一个 0.13 微米的产品良率也提升到 93%。正是这两款产品的良率达到了国际先进水平，所以徐云所在的华虹一厂在近五六年中掀开了"老厂焕发青春"的新局面，多个特色产品（智能卡等）产量与质量实现了国际同行最前列的好成绩。

一厂是华虹的老厂、华虹的"老根据地"，一厂又是华虹第一个自己独立管理并实现转型的代工生产厂，现在又成为全球特色芯片走在前列的企业，这样的进步与发展是难能可贵的，而这也是张素心描绘的"大华虹"的一幅甚为出彩的"大手笔"画卷。

一厂焕发新颜，让后面的二厂、三厂……五厂、六厂等都受到振奋与激励，于是每个厂在自己的生产领域开始"盘算"、开始琢磨，慢慢也开始热闹起来，各种鼓干劲、争上游、创先锋的活动一个接一个、热浪一浪又一浪！

这些都在张素心的眼里，他笑笑，下面的同志等着他"说几句鼓励的话"，可他仍然笑笑不张口。

为什么？

"一个没有精神支撑的企业文化，其实就是娱乐活动，比如搞点表演、比赛等等。"第一次听张素心说这话时我暗暗有些吃惊：几十年中，我书写和采访过大大小小的中国企业数百家，其中不乏"国"字头的著名企业，在他们向我介绍"企业文化"时，也基本千篇一律地搬出有多少文化俱乐部，一年搞了多少比赛和文艺表演等等，可到了张素心和他的华虹后，竟然听到他如此评价我们印象中的"企业文化"。那么他心目中的"企业文化"又是什么呢？

"我到华虹后，就想建立一个能够凝聚全体干部和员工对企业的忠诚之心、热爱之情、奉献之力的华虹文化，要真正让每一个人通过大家共同认知的企业精神来激发干工作、干事业、奔前途的信心和力量，所以我从进华虹的第一天起，就在寻找和挖掘真正属于华虹人的企业文化。那么它又到底在哪里？内容是什么呢？其实我也一直在寻觅……"张素心说。

他发现和寻觅到了吗？他当然能发现和寻觅到，只是在前两年的工作实践中隐隐约约地感受到了某些"信息"，但似乎有的时候像闪烁在星空中的流星之光一样稍闪即逝，而同时在华虹的一万多名员工中又有那么多令人感动和感慨的可贵精神一直在工作岗位上闪耀着光芒，散发着魅力，留下一幕幕令张素心难忘的画面。

"董事长，马上又要到5月20日了，我们工会今年还想在那一天搞个活动，大家希望你能够到时候给我们说几句勉励和激励的话……"2019年5月20日的前几日，集团工会同志来向张素心报告说。

"好啊！时间过得真快，又到'520'了……"张素心发出一声感慨后，突然想起什么似的，对工会的同志说，"你们每年这一天搞个活动，是挺好的，不过我想：是不是我们还可以搞得深一点、内容丰富一点？"

"行啊，只要董事长支持，我们一定把活动搞得生动、精彩、大家难忘！"工会同志又说，"董事长，能不能请你给我们作一个纪念'520'活动的精神层面的讲话？到时在活动上给大家讲一讲，那我们今年的活动就会意义大不一样了呀！"

"嗨，本来是我给你们出的题，现在你们反给我交个任务……"张素心连说带笑道。

"哪敢哪敢！董事长你答应了？"

"就算答应了吧！"张素心随即问，"你们前两年搞活动有没有留下点资料？"

"也没有啥。就有两张照片，都是在两年的'520'那天照的……"工会同志随即把2017年和2018年的5月20日基建团队队员们在康桥建设工地现场照的照片，给了张素心。

这是两张非常普通的照片：第一张拍摄的时间是2017年5月20日，25个人。第二张拍摄的时间是2018年5月20日，一百多人……

然而就是这两张普通的照片，放在张素心手里的那一刻，他的心像被什么东西猛烈地触动了一下似的，难以平静：这是多么可爱的华虹人啊！他们为了企业、为了中国的芯片产业发展，为了强国梦，从不计较个人得失，无私奉献，长年累月地工作——"520""我爱你"！

可"520"这一天对华虹人意味着什么？

是意味着他们将放弃与自己爱人、亲人的团聚，是他们放弃自己的休息和原本可以干自己私事的宝贵时间和机会，他们为了"大华虹"的发展、为了中国芯片事业的强盛、为了中华民族的伟大复兴……他们默默地在岗位上流血流汗地工作着、奉献着、努力着！

"520"——华虹人的"520"，是对企业、对国家、对民族也包括了对自己亲人的爱！这是个大写、特写的"我爱你"！

"520"——华虹人的"520"的背后是付出、是背负、是承载、是使命、是责任、是信仰，是中国人的爱与情和精、气、神！

没有爱，便不是一个正常的人；爱是人类最纯洁和高尚的情感。有爱的人，人生才会有方向，才会去奋斗，才会有收获。爱，可以让人高尚，让人无私付出，让人尊敬与同样愿意给予他人爱……

爱，是这个世界上最明亮和最温暖的人的情操。爱，也是华虹人与众不同的地方。

爱让华虹人凝聚在一个信仰、一面旗帜和一个目标下砥砺前行，从不畏难，排除险阻，勇担重任，努力奋斗，永远向着"不可能"实现的目标去努力实现可能！

呵，华虹人的"520"，又是放弃，又是无我——放弃的是个人的得与失，"无我"而修行出的是对工作、对生活、对时代和对国家的赤胆与甘为奉献！

"520"——5+2+0……

五天工作日加上周六、周日，再加上一颗无我的"心"，这不就是华虹人的"520"吗？

呵，这就是华虹人！这就是我的华虹人！这就是我们的华虹人！

手捧着两张普通员工的"520"照片,那一瞬间,张素心的眼睛突然一热,热得再也无法抑制一股激动的热流,从心底,从灵魂中奔涌而出……

那是泪,一个中年男人不易流淌的泪。

他被照片和照片上一张张赤诚、温暖、火热而又善良的笑容所感动;他被这些笑容背后的一个个家庭、一个个故事所折服、所感叹……

那一瞬,张素心觉得自己都被自己感动了,因为他是在这一刻似乎才真正认识了华虹,认识了华虹人!

那一瞬,他觉得照片上的所有人都是无名的英雄,与习总书记提出的"以人民为中心的发展思想"是一致的,"江山就是人民,人民就是江山。"人民才是历史的创造者!

"喂,是小赵吗?你、你马上过来一下!"看着照片,张素心越发激动,因为越发激动,那双拿着两张照片的手竟然有些颤抖起来。他有些迫不及待地抓起电话,给负责工会工作的小赵打了个电话。

小赵马上来到董事长的办公室,问:"董事长有事?"

张素心点点头:"有。"在示意小赵在他办公桌对面坐下后,他问:"工会'520'那天的活动安排得怎么样了?"

小赵答:"正在积极准备,到时董事长您一定要去讲话啊!"

张素心摇摇头,说:"我想可以换一种方式,比如请这两张照片上的同志讲,或者提前让他们准备准备,围绕'520'这个主题写点心得,这样会比我讲更好些……"随即,他将两张照片递给小赵。

"董事长这个主意太好了!我马上通知他们准备……"小赵也觉得这个点子好,跟着兴奋起来。

张素心向正要走的小赵招招手,示意还有话。"一定要让他们说掏心窝子的话,实实在在、真真切切的,说说他们在'520'那两天的真实想法，以及他们自己所理解的'520'……"

"明白。"

其实，华虹集团通过张素心董事长上任几年来的不断宣扬和推崇"520"那天员工们在工地上的表现和大家对"520"的认同，连与华虹相关的单位，尤其是在华虹建设工地上并肩战斗的十一科技等建设团队也对"520"和华虹员工的无私奉献精神产生了强烈的"外溢"效应。工程总包负责人赵振元毫无疑问是一个"最华虹"的外人，甚至我觉得在很多时候他就是个与华虹一起心跳的人。

作家赵振元爱把每一天发生的事写成散文式"日记"。2019年元旦，是华虹新厂——六厂（也叫华力二期）开年日。张素心董事长带着集团领导们，与在工地现场的十一科技等单位的数千名员工和施工人员进行了新年升旗仪式和龙舟邀请赛。赵振元把这一天的活动现场和内心感受写成如下文字：

> 今天是元旦，是2019年的第一天，我正好在上海，很高兴与上海分院的干部们一起，应邀出席华力升旗仪式、新年跑步比赛、华力二期龙舟邀请赛。华虹集团素心董事长、华力二期均君总经理、华虹集团陈剑波副总、华力二期雷海波书记等领导与几百名华力干部员工出席了系列活动。
>
> 今晨，寒风凛冽，有些刺骨，上海浦东康桥的华力二期（华虹六厂）人头攒动，人潮如涌，在庄严的国歌声中，灿烂的五星红旗在人们的注目中升起，随之华虹、华力的旗帜也冉冉升起，飘扬的旗帜升在天空，激荡着人们的心底，心中腾起一股蓬勃的信心与力量。
>
> 素心董事长发表了新年致辞，他在讲话中回顾了2018年

华力二期建设取得的辉煌成就，展望了2019年的国内外面临的形势，提出了2019年的奋斗目标。素心董事长特别强调要与合作伙伴同舟共济，一起迎接新挑战。显然，在新的一年，华虹、华力面临繁重的任务，而素心董事长的重要讲话是对大家与全体合作伙伴新年的极大鼓舞，是对大家的信心提振，因此受到大家长时间的热烈鼓掌欢迎。升旗仪式后，在素心董事长的发令下，分组跑步开始了，2公里的跑步比赛在寒风中进行，而跑步的热浪则为大家驱散了严寒。

接着开始的是龙舟邀请赛，龙舟比赛是利用了华力二期（华虹六厂）厂前一条天然的市政河道进行的，这也是国内集成电路厂唯一有这个特色与条件的。共有华力、上海建工、十一科技、上海振南、美施威尔、中电二栗田共六支队伍参加这个比赛，经过初赛，有四支队进入决赛。

在决赛前，素心董事长、我等分别给各自进入决赛的龙舟队点睛，助威各自队伍加油，力创佳绩，最终由华力龙之队获得冠军，上海建工上安队第二名，十一科技队第三名，这就为新年的龙舟比赛与迎新年系列活动画上了句号。

今天上海的天气格外冷，要穿很厚的羽绒服，但我们的心中很热乎，因为感受到华虹华力的蓬勃活力，感受到春的召唤，感受到组织的力量，感受到历史的责任。

我一直在思考这样一个问题，为什么华虹的旗帜这么艳？为什么华虹的团队如此蓬勃活力？为什么华虹的组织这么凝聚而有战斗力？为什么华虹的品牌如此响亮？其中的原因有很多，最重要的是有以素心为董事长的领导团队始终把领袖、党和人民的重托放在心上；始终把历史的责任与神圣的使命记在心上；始终不放初心追梦想，一直把华虹的大旗高举；始终坚持党的领导与市场化、国际化、法治化相结合的原则；始终把发挥党与国家的政治、资源优势与自己的努力相结合；始终把努力追赶世界一流作为目标，永远向前进！而依靠长期的技术积累与不断的调整，华虹的战略发展思路越清晰，华虹的技术与专利积累越来越厚实，华虹的开放、科学、严密的管理制度，使华虹的人才队伍越来越国际化，华虹驾驭市场化、国际化、法治化的发展路径的技能越来越成熟了。

在当下，华虹具有多方面的重大意义，她是万花丛中一朵娇艳的鲜花，她是迷雾中前行在桅杆尖上的灯塔，她是国家的民族瑰宝，她是植根于中华民族之根的国际旗舰。

在我们行进的队伍中，华虹作为国字号的主力部队，红旗是如此艳丽，艳丽的旗帜下集结着宏大的国内外高端人才队伍，集结着庞大的国内外合作伙伴，而十一科技作为其中的亲密一员而无比自豪。

"长风破浪会有时，直挂云帆济沧海"，在我们通往民族复兴的大路上，华虹的旗帜高举，中环的旗帜高举，十一科技的旗帜高举，国际化的旗帜高举，汇成一股民族创新的强大力量，那时可以告慰于一代创业的革命前辈，告慰于无数寄予希望的国人。

2019.1.1 速写于华力

我们回头再来说华虹在"520"前筹备纪念活动的事——

很快，工会按照张素心董事长的意见，2017年和2018年两个"520"这一天上照片上的人，临时召集起来，请他们按照张素心董事长的意见，回去准备自己对"520"的心得。大家一听，顿时你一言、我一言地热闹了起来——

有人说，我那天本来确实要跟女朋友约会的，但后来到厂里干活，耽误了那天的约会。女朋友开始有些埋怨，后来我们厂建好后有一天带她到厂门口参观，她一看就特别激动，而且还把对我的半年"考验期"缩短了三个月。现在我们都有小宝宝了！

有人说，我结婚之前就跟爱人说清楚了：我在华虹上班，跟其他地方不一样，芯片厂是高科技企业，24个小时连轴转，在这里上班的人跟在边境上守边关的人一样，随叫随到，得舍得了小家。我爱人充分理解我，她说只要你在厂里好好上班，我就支持你。所以"520"那天本来是我休息日，但工地需要，我就来到了厂里。爱人非常理解，而且她说的一句话我特别感动，她说你爱华虹，我爱的是你，既然你爱华虹，那么你对华虹的感情中也有我的一份爱……

也有人说：2017年的第一个"520"我在工地上，2018年第二个"520"我也在工地上，今年第三个"520"时，我对象干脆对我说：以后"520"这一天，只要你到厂里上班，我就开车送你，算是公私"520"都不耽误！

"有人说"并非是我特意用的虚化的词儿，而是"520"两张照片上的华虹人他们真实的故事。比如在"'520精神'诞生记"章节中曾经讲到必须每天赶地铁的人，他叫朱云海，当时他跟那个爆炸头发型的范晶每天晚上都要赶最后一班地铁。"这真不是我们好像白天不抓紧工作非要拖到晚上加班的意思，而是整个工地上为了赶每一分钟时间而不断需要随时处理的急事儿太多。急事太多，你不可能说什么时间下班就可以下班的，因为工程队伍等着你的新方案，你新方案、新决策不定下来，后面的几百人、几千人等着怎么行嘛！时间就是这样在我们屁股后面追着……我们六厂建设时，光厂区的总平面图就前前后后搞了89版，总包方是赵振元董事长的队伍，他们有位搞平面设计图的设计师是位女同志，叫彭玲，因为工地现场随时要改动图纸，她就得马上绘制新图出来，这一次次地改，她常常一边哭着一边在编改图纸。其情其景，印象太深刻了！"朱云海说完这个故事，轻轻地"叹"了一声。

他又说："其实，彭玲改了上百次图纸，哭得稀里哗啦，我们呢？我们是有泪又有笑地过来的……"

"怎讲？"我问。

"你想想看，彭玲他们是施工方，我们呢？我们是业主，华虹人，我们承担的责任其实远远比单纯的施工方承担的要大得多！因为这是我们自己的厂，以后真出些问题，我们这些负责基建任务的人是啥滋味？一辈子可能抬不起头呀！所以我们的责任真的是'压力山大'！每天一到工地就得把眼睛睁大，看有没有关注不到位的地方，看有没有进度和质量差位的地方，还要想可能哪个地方的设计和施工存在你想不到的问题……有人形容睡觉的时候还绷着神经，这是真的。我们这些负责基建的队员每天睡觉前都有个习惯，要认真、清醒地对白天自己负责的那一块工作梳理一遍、回忆一下，看有没有漏洞。然后再想着第二天应该做的事和可能会遇到的问题。每天如此。所以到了5月20日到厂里上班，也是习惯了，也觉得理所当然。正是因为前一年同事之间彼此有一个约会，故而这一天到来的时候，大家都有一种欣喜之感。你问什么欣喜？就是我们觉得一年没白干，没食言，第一个'520'我们许下的诺言，到了第二年的'520'，我们不仅准时在工地上相约，更重要的是我们交出了一份合格甚至优秀的答卷，我们提前超额优质地完成了工作进程，这就是大家都感到欣喜和欣慰的事，'520'的意义也在不言之中，大家都感觉过去一年没白干，有意义，虽然舍去了个人、家庭和爱情里的许多东西，但我们为企业、为中国的芯片产业发展做了很多值得骄傲和自豪的事。这份'我爱你'，既有对企业、对国家说的那情分，其实也有向自己的亲人、爱人汇报的情分，所以我们后来大家越来越感到'520'的情分是浓浓的，是暖暖的。

"也正是这种浓浓的、暖暖的情分，让我觉得在建厂的两个'520'时间点里，自己每天早上五六点钟起床吃点饭就从家里出来赶地铁到厂里来上班，晚上踩着泥泞的路程，赶最后的末班地铁，十一二点回家洗个澡往床上一躺，第二天又如此反复，日复一日很值得。真的感到很值得、很充实……"朱云海并不是一个善于抒情的人，但讲起"520"的感受，他便成了"抒情诗人"。

我们同时在上面说到的范晶，当张董事长重新出题让在"520"两张照片上的人都说说自己对"520"理解和认识时，这位女工程师心潮激荡，仿佛又回到了二十年前第一次踏入华虹时的那份激动与神圣……如果不是自己说出年龄，或许还没有人相信范晶已经是参加工作二十多年的"老华虹"了，她的青春活力，如同她的容貌一样始终年轻。"我是亲身体会到华虹的发展与变化，从最早在一厂，又看到二厂的建设……五厂建设时我就来到了建设之初的工地，见证了一个现代化大芯片厂崛起的全部过程，而这样的厂在我入职时是根本不敢想的事，然而现在它就是我们中国人自己建的、自己设计、运营还有销售的……一切的一切都是我们华虹人自己干出来的，这份骄傲和自豪，是我从心底里发出的，因为我们见证了华虹和国家芯片产业的发展全过程，它就像一曲昂扬的歌刻在我的心头，时常激奋着我在华虹努力工作，努力工作好每一天！所以当董事长出题让我们说说对产量超过200万片、连续八年实现盈利；华力一期通过挖掘产能、成本控制，全年达到40万片，首次实现了盈利。"

张素心说到这里，心头顿时涌起千层巨澜，他说，二十年前，首任董事长胡启立同志提出的"知难而进、奋发图强"是华虹开拓进取的精神写照。如今，华虹将开启新的二十年征程，那么"经过那么多风雨兼程和无悔付出，我们该留下点什么呢"？

是啊，该留下些什么呢？

"留下我们的华虹精神！"

这个时候，"毅行"活动的现场，有人在窃窃私语。

"对，留下我们的'华虹520精神'！"突然又有人发出这样更大的声音了。

"是的，华虹人创造了许多奇迹，但我们还要留下更宝贝的东西，那就是华虹精神！"这句话张素心没有说出口，是他在心里说的。而在他讲话稿上形成的文字则是这样说：

"……来自华力二期建设一线的'华虹520精神'，集中体现了家国情怀、一诺千金、敬业奉献、使命必达的华虹精神内涵——我们的华虹精神！"

"董事长总结得太到位了！当时我们彼此约定'520'那天在工地的内涵就是这个意思嘛！"

"家国情怀。"

"一诺千金。"

"敬业奉献。"

"使命必达！"

没有人领诵，也没有人高呼，但自从张素心把"520精神"的这四句话说出口的那一刻，现场的华虹人，都在默默地口口相传，直到与张素心董事长后面慷慨激昂地喊出"是致敬来时路、昂扬再出发；遇见未来的最好方式就是再出发，拥抱幸福的最佳路径就是再奋斗——"融汇在一起，宛若百里黄浦江潮，拍岸惊涛！

那是一首歌。那是一首诗。那是华虹人的歌。那是华虹人的诗。

那歌里是华虹人对国家、对亲人的情，和庄严的许诺与赤诚。

那诗里是华虹人为企业发展流淌的汗水，与对事业的崇高责任……

有家国情怀者，方能在任务和责任面前，一诺千金。

有敬业奉献精神的人，才能把党和国家与祖国人民赋予自己的使命目标实现！

这就是华虹人。这就是华虹人的信仰与境界。

这就是华虹人的"520"。

这就是华虹人的"520精神"。

"520"属于全人类，然而华虹的"520"有着与众不同的内容与含义，所以它从2017年25名基建团队的员工们的一次"相约工地"之后，到了2018年的"520"时，照片上的人就变成了一百多个，而到了2019年的"520"时，一张照片根本就"装"不下了那么多人了，因为参与"520"活动的人——他们都是自觉自愿的华虹员工，并且不再纯粹是工地上的人，还有机关和设计部门甚至销售部门的都有了，已经有几千人了！

令张素心内心异常感动和激奋的是，三年来的"520"活动和在这活动的鼓舞下，华虹上下的精神面貌、工作干劲、生产指标越来越高涨，年年创造灼人的成绩。到了2019年底，全集团不仅提前实现了六厂和无锡基地（七厂）两条超大型生产线的建设任务、并且都进入投片生产，其他厂的生产任务和销售指标，也都创造了历史最好纪录。正如张素心在这年 11 月份的一次讲话中所言：华虹在业界的地位显著提升，时任上海市委书记的李强同志在一年多时间里先后四次到华虹考察调研。华虹在全球半导体代工的行业排名逐年提升，到 2019 年位居世界第六名……

"大华虹"的宏图已在东方冉冉扬起曙光！

岁月如此匆匆。转眼是 2020 年的 5 月 20 日。

2020 年的春天我们经历了什么？武汉的疫情震惊全球，随之疫情也很快席卷全国……

这一年的春节到整个春天，疫情对上海的影响同样是前所未有，而我作为上海这场疫情的一名亲历者和记录者，当时一直在黄浦江两岸生活着、战斗着，之后写下了两部书：《上海表情》和《第一时间》。

那几个月的上海城，是空荡荡的。自 2 月 15 日第一例从武汉来沪的感染者出现之后，上海就没有安定过。那些日子里，我所住的酒店，最后只剩下包括我在内的极少数几个人，几乎所有人都在家"屏牢"。然而我知道仍有几个行业的人在坚持着工作：医院的医生和卫健委系统的工作人员、海关人员、物流人员、电信人员……现在我们知道，还有我们的华虹厂员工们、张素心他们这些领导者，都依然坚守在工作岗位上！

这是难以置信的，如果不是此次华虹采访，我真的并不知道华虹所有厂在这个时候都没有停过工、歇过一天生产……这是何等的艰难和可贵！

那些日子里，我被独自"锁"在酒店，每天贴着玻璃窗，看着呜咽的黄浦江，常常感到悲切与忧苦，曾写过这样一首诗：

被困家中

我的心犹如被巨石压着喘不过气哟

春天——你的温暖在哪个尽头

请告诉我

告诉我

何时我们能够到庭院

到外面走走

而且不用戴着口罩

像以往那样轻松愉快地欢笑着

自由着

一个特殊的节日——

城，没有了喧嚣

街，不见了行人

唯有每个居民宿舍的窗口里亮着灯火

遵守着同一条纪律：

不让疫情再肆虐地侵袭到我们身上

是，这是一场生死较量

我们与病毒，也与我们自己

没有回旋的余地

只有听从一个号召：

保护自己和亲人

就是保护国家和民族

许多时候我有些消沉与悲苦

因为每一次、每一日的疫情"简报"

总如针扎在心尖

有种欲哭无泪的痛楚……

于是我每天站在窗口

看到了奔流不息的你时

我总是默默流泪

默默祈祷

为了我的城市

我的人民

还有大批大批被隔离的

患者以及冲锋在前线的医生和护士

也许此刻，也许此时

也许这个不该有的节日

人们把你忘在一边

去无止无休地等待疫情的变化

等待商场开门时还能看到

满架的面包和青菜

然而你——依然默默地潮去潮落

背上万千重任、驼上百舟千船

装着这个城市每天所需要的口罩与粮食

不分昼夜地日复一日

日复一日

呵，黄浦江啊

你再一次闪亮着"母亲河"的光芒
让我懂得和明白了什么叫无怨无悔
爱的伟大，伟大的爱

你，还在流动
你从未不曾流动
你从不为风与云所动
你也不曾为喜与悲改变自己的脚步
你更不可能丢下这个城市
和城市里的每个人
每一个我的姐妹兄弟

呵，我已无更美的语言赞美你
唯有每天热的心、热的泪
随你而动
而动

　　这首诗曾被上海录入文艺界抗疫诗集的第一首，也曾被"腾讯"配音播出后四千多万人传阅。然而现在当我再吟读它时，忽然我有一种感觉，诗中所描述的"黄浦江"似乎就是华虹一样，在上海疫情最困难的时候，它一直在奔流不息地涌动着、努力着、奋争和坚持着……
　　疫情中的华虹确实如同黄浦江的潮流一样，从未失去过它的尊严与威风，它始终以自己独有的"520精神"，为国家奉献着汗水，创造着财富。
　　没有经历疫情的人是不知疫情中那些坚持上班、坚持工作的人有多困难、有多坚强！而华虹人就是这样坚守着、坚持着。难道世界上还有比他们更好、更坚强、更值得赞美的人吗？

有。会有的，那一定也是在中国共产党领导下的与华虹人一样伟大的中国人民……

又到5月20日。2020年的5月20日到了。

这一年5月20日的华虹人已经把"520"当作自己的一个不能忽略的节日，一个不能不令他们热血燃烧起的庆典日了！

"董事长，今年的'520'时，您是不是也跟我们一起参加活动？"工会的同志又来向张素心请求并征求意见。

"那是肯定的！每年的'520'，是你们的活动，也是我们所有华虹人的重要活动，更是我们企业精神的一种聚集的日子，激励的日子，今年我不仅还要参加，而且要讲讲话了……"张素心说。

"太好了！太好了！"工会同志欢呼着奔走相告起来。

张素心果然不负众望，他在这一年的5月20日，自己动手，写下了如下深情的文字，并在全集团的公众号上发表——

> 又到了5月20日！以前一直不以为意，这只是缘起于网络的让小青年感到激动的日子，我早已过了会引起激动的年龄。而现在，期待的520一天天临近，心潮起伏，眼中依然噙着泪花，或许，它是对付出的感慨！伴随着华虹集团近些年的不平凡岁月，经过了连续三年的5月20日，见证了华虹人连续三年的内心探寻，从起源、提炼、塑造，520已经演变成为华虹人心中不变的情怀！
>
> 2017年5月20日，缘起华力二期项目的一个关键节点（主厂房钢屋架吊装），一张照片（基建团队与工地的合

影），一个约定（一年后的5月20日完成洁净室建设，实现工艺设备搬入）。作为华虹集团新二十年发展的起步项目，华力二期（HHFAB6）基建工地自开工起一直热火朝天，这一天主厂房第一榀钢屋架就位，项目基建团队当时共25人，基建团队策划，在主厂房第一榀钢屋架前合影留念，标语打出"520，我和工地有个约会"，团队成员手持中国共产党党旗和青年突击队队旗，寓意接下来的硬仗，基建团队将和工地的亲密相聚，如同恋人。另一含义，团队自我确定了激进的内控工程目标，力争第二年的5月20日，实现首台光刻机搬入，这比工程预定目标提前约两个月。当时看到同事的朋友圈照片，也了解了背景和含义，为之振奋，但并没想到日后所造成的效应。在随后的一年里，项目团队战酷暑、斗寒冬，冒暴雨，顶台风，舍小家保大家，日夜奋战，确保了工程建设的内控节点目标。

2018年5月20日，华力二期（HHFAB6）主厂房基本完工，洁净室Ready，具备当年中国大陆集成电路生产线最先进的浸没式光刻机搬入条件，因为下雨改在5月21日举办仪式。20日，基建团队以同样的标语和风格，在同样的位置和角度，再次留影纪念，此时基建团队已经达到100多人的规模。20日晚，我看到了跨度一年的两张照片，内心充满了激动和感动。21日Move-in仪式上，有感脱稿即兴演讲，"今天有点激动、有点感动……我要感谢我们的项目团队，去年520我们第一榀钢屋架就位，基建团队在现场留了影并有了约定，为了这个约定，他们付出了难以想象的巨大努力，提前近两个月实现了首台光刻机的搬入。此时，我对520有了新的理解，基建团队的520，我的解释是5+2+0，5个工作日加上2个休息日，留给自己和家人的时间几乎为0！今天我们在521实现设备搬入，除了天气原因，我想给521新的定义，要确保项目投产节点计划后墙不倒，使命必达，5+2的高强度投入仍然是不可缺少的，同时我也真心希望，我们的团队和建设者能留下1点时间给他们自己和他们的家人。"后来同事告诉我，当时现场听到我对"520"的解读的时候，基建团队好多员工的眼眶都是湿润的。其实讲话时，我的眼睛也是湿润的，因为受项目团队对工程建设的520情怀所感动！

2019年5月20日前，5月10日工会举办歌咏比赛，我和工会、党办说，如果放在5月20日应该会更好，和华力二期的'520精神'契合。我提出"人物要靠不断打造，精神要靠不断锤炼"。正好5月18日还有工会组织的《我和我的祖国》系列活动之毅跑活动（因为周末的原因），我提出了问题："经过那么多风雨兼程和无悔付出，我们是否该留下点什么？"，"没有精神支撑的企业文化，其实就是娱乐活动"。集团工会、党办开始策划，毅跑活动以"我爱你中国，520华虹"作为主题，本来希望我提出一些对"华虹520精神"的诠释文字，我建议请项目参与者讲述他们的感受，更具有感染力。活动邀请了基建团队成员作演讲，并请毅跑活动参加者以"您所理解的'华虹520精神'是什么？请用简短话语概括。"在心形卡上留言。经过对无数表述的梳理、筛选，最后提炼出"家国情怀、一诺千金、敬业奉献、使命必达"，成为"华虹520精神"内涵的硬核。

2020年5月20日，还是有点激动！还是有点感动！华虹的建设者用"华虹520精神"的实际行动诠释和造就了华虹速度、华虹力量、华虹精神！今天华虹集团微信公众号正式上线，之所以选择今天，依然是一份忘却不了的情怀！

因为付出，有了感情，因为坚守，有了情感！在华力二期项目建设表彰大会上，基建团队负责人借用艾青的诗句，动情地说："'为什么我的眼里常含泪水？——因为我对这片土地爱得深沉。'康桥，我们深爱的热土！"制造部负责人在大年三十的生产早会上，在年度汇报PPT中特意选用了粤语歌曲《偏偏喜欢你》作背景音乐，回顾六厂制造部走过的日子，说：对于工厂我偏偏喜欢你，因为我们喜欢热爱着这片土地；我们严格检查，确保安全，因为我们喜欢热爱着这片土地；我们谨慎操作，确保质量，因为我们喜欢热爱着这片土地；我们周详计划，确保进度，对于这片土地的爱我们深深埋在心里！

有基建团队成员写下：520，是一场风雨无阻的约定；520，是一种水滴石穿的坚持；520，是一份坚韧实干的睿智；520，是一捧执着忘我的深情！感恩有这样奋进的团队，感谢有这样可爱的华虹人！

如今，"华虹520精神"已成为华虹人"家国情怀、一诺千金、敬业奉献、使命必达"内化于心的代名词，激励着全体华虹人共勉而继续前行，并辐射到产业链上下游的圈内同行，正在成为行业志同道合者的共同准则。今天又一个520到了，让我们再次相约：成绩已成为过去，成绩不能作为挥霍的资本，而精神将永驻！中国集成电路事业还任重道远，唯有坚守华虹的初心，坚持我们自己铸造的"华虹520精神"，把职业变成事业、把产品变成作品、把热情变成激情，把平凡的事情做出不平凡，把简单的事情做成不简单。用我们的热情、活力、好学、创新，在付出中积累，在积累中成长，在成长中迎接每一天崭新的挑战，不断坚持砥砺前行，必将树立起一座座新的里程碑，把华虹建设成为国家强大可以依靠的中华彩虹！

自2016年底进入华虹，到2017年参加并见证华虹人的第一个"520"活动，再到2020年，经过近五年的工作实践，身为董事长的张素心，已经把自己和自己的感情全都融入了华虹，融入了华虹的每一个微末之处……我们从上面的字里行间，无不清晰和深刻地看到他自己就是"520精神"的一柱巨梁、一个缩影！

是的，华虹的"520精神"，是华虹人创造和凝练的，也是华虹人精气神的一种符号式的表达，更是包括张素心在内的所有华虹员工们共同创造的一份宝贵的精神财富。至此的"520精神"已经在华虹全集团、全体华虹人中盛开花朵、光艳照心，并由精神层面开始转化为物质层面，在生产、发展与实际的工作之中，强有力地推动了集团的整体发展和整体形象。

走过难忘的2020年，迎来明光耀眼的2021年。

2021年同样是个极不平凡之年。这一年是中国共产党成立100周年，可谓喜事不断、大事多多。这一年也是华虹人自己创造的"520精神"的四周年。

在这特殊的一年中，张素心一直在思考如何在新的征程上把华虹精神——"520"从一个纪念仪式，推至全集团的思想教育、精神落实和推动工作的层面，让"520精神"成为每个员工的日常行为指引。

2022年，虽处于封控期间，但这一年是"520精神"诞生以来的第5年，这5年里，是华虹飞速发展、大华虹全面展现雄风的5年，而这其中，正是"520精神"激励和鼓舞着全体华虹人的奋斗意志与拼搏精神。

"我们到了大张旗鼓宣传'520精神'的时候了！应当把'520精神'作为企业的引领思想和每位员工学习落实习近平总书记提出的砥砺奋进、开创新局面的团队精神写入华虹工作的指导原则之中……"集团党委会和公司董事会上，张素心一而再地坚持这样一个主张。很快，在华虹相关的各项工作安排与展开过程中，"520精神"成为企业上上下下"都在喊、都在说"的一个行动口号、一面标杆旗帜。

这一年的5月20日，华虹集团历史上前所未有地举行了纪念"520精神"诞生5周年和表彰优秀"520"人的活动，并从此确立"520"为华虹人的企业精神节日。

在此次活动和表彰大会上，张素心做了题为《将"520精神"进行到底》的讲话。这是他对"520精神"的第一次全面阐述——

> 从一个网络用语，到出现在华虹的项目工地，到走进华虹人的内心深处，已经有五个年头。当年、当时的一幕幕感人画面，仿佛历历在目。520，已成为华虹人永立潮头的无形力量。今天，我们在七厂举行"追梦新时代，启航芯征程"520周年庆祝活动，迎接已经成为华虹人节日的特殊日子，依然有点激动，仍然有点感动。
>
> 520，520，从"我爱你"的最初含义，到"5个工作日加2个休息日，留给自己和家人的时间几乎为0"的深切感受，

到"家国情怀、一诺千金、敬业奉献、使命必达"的精神共识，到成为华虹集团核心价值观的文化确立，到今天我们纪念这个印证了我们风雨兼程和无悔付出的特别日子！

"520精神"的感染力，来自于一群充满"家国情怀"而知难而进的华虹人。520，从承诺一件件任务，到渐渐变成"一诺千金"的责任担当，它是无私而自豪的；520，从挑战一个个极限，到自觉付出无限潜能的"敬业奉献"，它是自发而朴素的；520，从约定一个个节点，到渐渐建立起"使命必达"的豪迈信念，它是具有精神而散发力量的。"华虹520精神"，在约定中形成，在实践中锤炼，在突破中发光。

一位哲人曾说："人民群众是历史的创造者"，"520精神"源起于一批血管里流淌着华虹血液的华虹人，"520精神"不是我提出来的，是六厂基建团队提出来的，是六厂项目团队干出来的。而我，只是个记录者、推动者、传播者，同时也是受感染者。

在"华虹520精神"的鼓舞下，我们相继投产了六厂、七厂，成为业界第一也是唯一连续两年建设并投产两条12英寸大生产线的制造企业集团。最早喊出"520，我和工地有个约会"的25人项目团队，五年后的今天已在三地工作，刚才六厂、七厂和研发中心的基建团队在七厂再度相遇、一起还原最初520场景照片，是留念，是传承，更是约定。

"十四五"期间，我们将继续坚持一张蓝图绘到底，进一步聚焦三大任务，进一步打造三大优势。我们将持续不断播种着希望、我们将持续不断收获着梦想。因为，我们是华虹！因为，我们有520的约定！

今天我们表彰了七厂项目建设、研发和上量的核心骨干和团队，因为他们，以及他们所代表的许许多多的华虹人，我们的七厂实现了业界上量速度的绝对最快纪录，七厂团队，他们用行动践行着"华虹520精神"！

七厂成功的背后，有我们上海三个8英寸FAB及其他有关部门的骨干团队的辛勤付出，他们的努力奉献同样精彩。尤其是还有我们华力同事的守望相助，他们以"一诺千金"的担当，奉献了"使命必达"的结果。许许多多的华虹人，付出了许许多多的休息时间，他们以"华虹520精神"推动了大华虹一体化战略的实现。

七厂的成功，来自于许许多多的华虹人，付出了许许多多的努力，七厂成功的光彩，是华虹人干出来的！

在我们一路艰难、一路艰辛、一路艰苦的前进路上，涌现出一批全国、上海市和无锡市的劳动模范和集体，涌现出一批立功竞赛的先进个人、先进集体，他们是华虹人的代表，他们是华虹的骄傲，他们是"华虹520精神"的忠实传承者和努力实践者。华虹这五年，在实现翻天覆地变化的过程中，涌现出许许多多闪亮的瞬间，留下了许许多多历史的烙印，成就了华虹的今天，成就了今天的华虹！

劳动模范的榜样，先进人物的事例，是低调、务实的华虹人干出来的！

今天，我们为在华虹连续工作二十年以上的333名员工，颁发荣誉奖牌。二十多年来，他们守护着华虹，陪伴着华虹，辛勤耕耘着华虹每一个角落，他们中的许许多多，其实是很普通的员工，没有惊天动地，没有闪亮光环，他们把平凡的事情做出了不平凡，他们把简单的事情做成了不简单，华虹有今天，感谢他们二十年的坚守，感恩他们每一天的付出！

他们的二十年，是踏踏实实一步步走过来的！华虹的今天，是一代代华虹人踏踏实实干出来的！

今天应邀参加活动的，还有无锡市委市政府的领导、上海市国资委的领导、上海市总工会的领导，他们一路见证了"华虹520精神"的力量，他们一直在鼓励和支持着华虹人，不断探索，不断前行，不断突破，不断创新。感谢有你们！

今天还有部分客户和供应商代表应邀参加，他们是华虹一路走来最亲密的伙伴，他们不仅是"华虹520精神"的见证者，他们也是"520精神"的实践者和参与者。他们中的许许多多，始终陪伴着我们，始终支持着我们，始终对我们寄予厚望，始终给我们信心勇气，始终与我们携手同行。520，已经成为我们共同的价值和追求。感恩有你们！

"华虹520精神"已经不再是个符号，不再是个标语，而是一份难以割舍的情感，无法取代的依归。因为付出，有了感情；因为坚守，有了情感！因为牢记使命，所以永远奋进！因为华虹人，华虹更加精彩；因为华虹，华虹人更加绚烂！今天，我们华虹人和华虹约定：让我们集结在华虹的旗帜下！守护好我们共同的家园！让华虹的旗帜高高飘扬！将"华虹520精神"进行到底！为将华虹建设成为国家强大可以依靠的中华彩虹而"芯"火相传、永续前行。

张素心的这篇讲话稿是他亲自撰写的。后在华虹公众号上发出，引起数万人的热切关注，其中既有华虹自己的人，更有华虹之外的同行人和关心中国芯片产业发展的普通人，他们同为"华虹520精神"所感动并受其教育。

其实，"华虹520精神"，至此已经不仅在华虹内部成为一面引领人们奋斗的猎猎作响的精神旗帜，而且行业内外也光照四方……

早在2021年初，华虹在一厂（原华虹NEC和"909工程"项目的原址）举办了一场全球供应商年会。ASML、美国应用材料、美国泛林集团等全球供应商及国内外百余家厂商代表到会。尤其是ASML、美国应用材料、美国泛林集团，他们的董事长或CEO都通过视频发来了热情洋溢的祝贺。

这是一次高规格的商务国际会，也是"大华虹"新形象的一次展现，而"华虹520精神"也作为华虹奉献给同行一份重要"产品"，第一次在海内外嘉宾面前亮相，并获得了良好收效。此次盛会，从这天下午一直开到晚上并至深夜，其热烈之气氛和盛况之难得，令同行盛赞"这是中国集成电路产业界一次少有的聚会，更是华虹成就的一次最美检阅"，也有人称它是华虹"十四五"元年、"华虹新出发的宣言"。

"我想歌唱！我要歌唱！我要为华虹和华虹的今晚高歌！"现场，嘉宾之一、作家赵振元握着张素心董事长等华虹集团领导们的手，连声说道。后来我问赵振元董事长是不是真"赋诗"或"讴歌"了一首？

"是的，我当晚写了一篇《华虹之夜》。马上发你……"他说。于是我又见到了这篇激情洋溢的诗文：

> 这个晚上，属于华虹，属于崛起中的中国集成电路，属于一切自强不息的民族高科技企业。

人们看好华虹的发展，是因为以下一些因素：

素心董事长为核心的领导班子，以远见卓识制定的长期稳定的战略，指引着华虹快速发展。战略始终是企业发展的灵魂，华虹近5年步入稳定的发展快车道，正在不断超越竞争对手。

华虹的企业价值观与文化力。这个价值观与文化力，正在集结全球优秀人才，为实现华虹的目标而努力。在华虹，各国的人才都有，这里没有派别斗争，没有派系争搏，只有一个共同目标，就是实现华虹的战略目标。

"华虹520精神"，源于华虹一线，在素心董事长的提炼与总结下，已经成为华虹、成为产业界的一种精神，这种精神是华虹发展的动力，也是行业发展的榜样。

华虹的夜，是美丽的。这里是浦东金桥，曾经是"909工程"的诞生地，这里曾经是中国第一条8英寸片的生产地，今天各据一方的人才，大多都是在这里培养出来的，这里曾经是梦想启航的地方。

华虹的夜，是热烈的。这里气氛如此热烈，这么深夜，人们仍然不愿离去，因为这里是发展的大平台，这里是集成电路产业界的大聚会，这里是欢乐的夜晚。

华虹的夜，是光明的。华虹未来的发展充满期待，中国集成电路产业界的发展充满希望，"十四五"元年，一切都是那么充满希望，都是那么充满期待！

华虹的明天是美的，美得令人羡慕！

是的，华虹之美里有一束光芒，那就是他们的"520精神"……

第十四章

"疫战"大考

有人说，用瞬息万变来形容半导体产业，是最恰当了。我们已经知道的"摩尔定律"像魔咒一样紧箍在这个行业的所有人头上。然而自傲的人类又一次因过高估量自己而吃尽了苦头——2020年至2023年初，即眼前尚未彻底消除的"新冠"病毒，害得我们在这三年中不得消停，苦不堪言。

显然，人类在对付病毒的方法和手段方面存在着无数束手无策的尴尬与被动……在这尴尬与被动之中，留给人类的代价是巨大而沉重的。或许需要十年、二十年的修复。

然而无论是"新冠"还是其他什么"旧冠"一类的病毒，它在人类一批最杰出的优秀的人群面前，它显然又节节败退，最终以"告退"休战。

它遇见的是华虹人。

华虹人在2020至2022年间，一直是"战上海"的现实"剧本"中表现最出色的主角，尤其是在最复杂多变的2022年这个春天……

这个措手不及的春天。

这个春天里，大上海2400多万人在瞬间被"封控"在家，不得出门，不能出门——这是疫情防控的统一要求，人们无法正常上班，无法正常生活，更无法出入家之外的地方……一切来得突然，所有想不到的事也都在那一瞬间发生，并且必须应对。

华虹属于不能停工的单位，停工意味着整个华虹生产线将面临瘫痪和报废——半导体生产线的特殊性早已决定了它的"寿命"：你一旦投片生产之后，你的"命"不能中断，只能到设备彻底"老死"的那天才会"寿终"。否则就是另一种结果：几百亿的资金投入彻底打水漂。华虹无法停工，国家越是困难时、城市越是静态时，华虹必须加强努力地维持生产，才能力保人民生命和国家发展的安全。

保证"双安全"是华虹的特殊责任。华虹无法停产，也绝不能停产。

从3月28日，浦东全域"封控"开始那一刻，华虹完全进入逆境前行的"战时"状态——

"立即通知可以来上班的尽快返厂……"

"必须确保生产能够正常运转！"

"你们要在第一时间向集团报告返岗人员的情况……"

"当然当然！材料和物资供应必须维持正常状态，绝不能出现与平时不一样的情况！"

战时的华虹，就是一台战斗的机器，就是一片生死较量的战场——上级给予他们的一个特殊的名称叫做："保供"单位。什么意思？就是其他人、其他单位可以暂时先自保，但华虹这样的特殊单位必须保证供应其所需的各种物品。

这不是好事嘛！是。又不是。因为在整个城市处于"暂停"状态下的所谓"保供"多半是一句无法兑现的空话。其实一切供应和保障则要靠自己想办法。

经历上海春季大疫情的人，都清楚当时的每一个单位、每一个人的处境，那是真正自顾不暇、叫天天不应、叫地地不灵，何来为你"保供"？

2022年3月27日晚，华虹在浦东封控前的几小时之内，经历了一场拼抢返岗时间的战斗……关于这场大战前的"前奏曲"打得精彩而出人意料：全集团在黄浦江"划江而治"的28日零时之前，先后有数千人逆境返岗，谱写了一曲催人泪下的战歌。从最初统计的约返岗人数达50%左右，到两个小时之后上升至70%……这中间的华虹人，每一个人的返岗过程，都是一则动人的故事，包括董事长张素心在内。

"可以说，逆境返岗的人，个个都是'520精神'的生动而具体的践行者、发光者，他们中间有的人也许平时根本不是人们印象中的先进分子和劳模，但在企业和国家最需要他的时候，毫不犹豫、奋不顾身，视企业和国家利益至上，这就是我们的华虹人，我为他们感到骄傲。"在采访所有工厂时，那些厂领导们无不如此激情地异口同声道。

"我们没有动员过，只是让各单位统计有多少人能够返岗，因为当时谁都不知道封控多少时间，从当时所获的防控信息看似乎也就一周时间，所以大家所有的准备都是冲着一个星期的时间返岗到单位的，而各厂的应对准备也是按这样一周的时间来权衡和考虑的，但谁也想不到结果是整整75天……"张素心说。

75天的华虹，如何运转；75天里的华虹人是如何在坚持生产；75天里的华虹最后出现了什么情况？

这是2022年华虹经历的历史上从未有过的最严峻的大考——这场大考，让华虹在中国乃至世界整个半导体产业中的形象光芒

第十四章："疫战"大考

四射……

"逆境东进"的华虹人群体和个体形象，我们已经领略。而在大疫情中坚守岗位的华虹人，犹如一幕幕纪录片时常在我脑海中映现——

"妈妈，我能，你安心上班吧！"

这是一个13岁的女儿对妈妈说的话。在那个风雨萧条、大疫当前的夜晚，她的这句话给了妈妈孙秀梅全部的力量支撑。

"那我……回厂了？！"妈妈孙秀梅说这话时连自己都不能保证该还是不该。

"放心妈妈，我能！你去吧，再不走就来不及了！"13岁的女儿又说。

"好好，我走、我走了——"这回妈妈真的走了，"注意电、火……不要出门啊！"她一边往前奔跑，一边留下叮咛的话。

"知道了！"女儿的回话传来。

"注意接我手机——最多一周我就回来了啊！"妈妈已经离家很远一段路了，可还在叮咛。

"妈妈好好走路。我行的……"女儿的声音有些变调。

"宝贝你咋啦？不哭啊，不许哭……"妈妈突然心一紧，声音变得急促起来，嗓子也突然有些哑。

"我、我没哭，妈妈……你好好回厂吧！"女儿的声音渐小。风和雨声在变大，浦东的疫情每天都在发生，出乎所有人的意料与想象。

一周，又一周……

"宝贝，你今天吃啥了？还是西红柿炒鸡蛋？"妈妈问。

"嗯，还是西红柿鸡蛋！"女儿回答得响亮。

妈妈则心疼地问："宝贝吃腻了吧？一个多星期了，一直吃这个菜……"

女儿骄傲地说："妈妈我觉得挺好的，以前总嫌你做的菜太单调，我现在知道妈妈平时其实挺花心思给我做饭的呢！"

妈妈心酸了："不，是妈妈平时工作太忙，做得不合你们胃口……"

女儿反安慰起来，说："可我现在真想吃妈妈做的饭菜，那个香呀，比我的西红柿炒鸡蛋不知香多少倍呢！"

妈妈哭了："妈妈回去就给宝贝做几个你最爱吃的菜……"

女儿笑了："我妈妈是世上最好的妈妈……"末后，女儿便唱起了"世上只有妈妈好"的歌。

妈妈的眼泪无法收住。"我女儿才是世上最好的女儿！"她说。

女儿说："妈妈，其实我就是晚上睡觉有些害怕……你什么时候能回来？"

妈妈突然收住眼泪，说："宝贝不害怕的，妈妈告诉你：睡觉如果睡不着，你就把灯打开，或者把电视打开……你试过了吗？"

女儿说："我试过了，可有的时候越看电视越害怕，所以不想半夜打开电视，我就想听楼上的声音，他们有了声音，我就知道我不是一个人在楼里……"

妈妈强打精神："宝贝的身边一直有很多很多人，他们就在你楼上楼下，他们保护着你呢！我们宝贝四周都有人保护着呢！"

女儿开心地说："嗯，我知道的我知道的，他们每天可热闹了，叮叮咚咚的，总有声音……"末后，女儿又向报告道："妈妈，我算了算，我还能做一个多月的西红柿炒鸡蛋，嗯，至少还能做40

天呢！"

妈妈又心酸了，说："宝贝吃腻了没有？要不我看看能不能让外卖送……"

女儿坚决地说："不行不行，妈妈我不要！不要！我就自己做饭吃！外面可乱呢，妈妈教我不开门的，我不会向外人开门的！"

妈妈连忙："对对，宝贝不要开门，我们自己想办法……"妈妈轻轻地"唉"一声。

女儿问："妈妈你们厂里有好吃的吗？你睡在哪儿呀？"

妈妈说："厂里可不错呢！厂长他们对我们可关心呢！虽然我们不如在家里睡得舒服，但人多，阿姨们在一起也很热闹，打打闹闹的，就跟集体宿舍似的……"

女儿羡慕地说："妈妈，我可想睡集体宿舍呢！可是我从来没有离开过家、离开过妈妈……就这一回离开了妈妈……"女儿的声音又变了。

妈妈说："嗯嗯，好宝贝，其实你也没有离开妈妈呀！妈妈每天晚上跟你聊到宝贝睁不开眼睛的时候才放下手机的呀！"

女儿大笑了，说："妈妈，我今天13岁了，可从来没有像这些日子跟妈妈聊这么多话呀！妈妈其实心可细呢，连我蹲厕所都教我做一二三四……"

妈妈也跟着笑了："那当然！你是妈妈的宝贝嘛，所以我要从头到脚关心你的呀！"

"哈哈……妈妈太好了！太好了！我是世上最幸福的宝贝儿，因为我有世上最爱我的妈妈！"

这一夜，孙秀梅的女儿睡得很香，而当妈妈的孙秀梅则在厂里哭了半宿。同事们以为她有什么不舒服，过来轻轻地拍拍她的被子。

"没有没有。我挺好的……我、我就特别高兴,我有一个好女儿……"

这个时候同事们才知道孙秀梅返岗那天起,她把13岁的女儿独自"扔"在家里。

"哎呀呀,秀梅你咋回事?平时看你做事挺细致的,怎么这么大的事你竟然这么稀里糊涂呀! 13岁的孩子你竟敢让她一个人在家,而且又不是一天两天……"同事们知道后纷纷地过来"谴责"她,而这个时候的孙秀梅反而显得淡然和幸福,因为她为自己有个好女儿高兴,也为有这么一个乖女儿能够让她返岗而自豪。

同事们后来才知道,孙秀梅的丈夫也是因为突如其来的疫情和防控要求,结果出差在外未能赶回上海,所以孙秀梅只能在自己返岗时把女儿独自"扔"在家里。

华虹集团和厂领导很快知道了孙秀梅的情况,一方面千方百计地联系孙秀梅的丈夫,通过各种可能争取让其早日返回上海,另一方面发动厂里的女工,在孙秀梅上班时与她的女儿视频连线,看她做饭,与她交流学习和聊天……

13岁的女儿就这样坚持了一个多月,每天炒一盘色香味齐全的西红柿炒鸡蛋,而且偶尔还能做个西红柿面条。

一个多月后,在华虹方面的帮助下,孙秀梅的丈夫从外地回到上海,回到了女儿身边。孙秀梅的女儿也从此结束了每天独自在家天天"西红柿炒鸡蛋"的日子。

"妈妈,今天我要给你亲自炒一盘西红柿炒鸡蛋……"两个多月后,上海疫情防控解封,孙秀梅回到家的第一天,母女两人紧紧地抱在一起哭了好一阵。末后,女儿亲自动手,使出"看家本领",为妈妈和爸爸特意做了一盘她的拿手菜——西红柿炒鸡蛋。

"嗯，好吃！太好吃了！"孙秀梅一边吃，一边嘴里念叨个没完，吃着吃着，眼泪直往两颊淌。

"我的好宝贝，妈妈让你受苦了……"孙秀梅一把搂过女儿，将她紧紧贴在怀里。

女儿反倒一边笑着给妈妈擦眼泪，一边说："妈妈，我现在长大了，等我长大后也要像你一样，做个对国家有用的人才！"

女儿的爸爸在一旁逗这母女："好啊，你们都去为国家作贡献了，我就在家里为你们做西红柿炒鸡蛋哟！"

"那你也是在为国家作贡献哩！"

"哈哈……"

全家三口乐着抱在了一起。现在，孙秀梅和她女儿的故事已成为华虹人人皆知的"抗疫经典"故事。

又是一位年轻母亲的故事。

"能不说我名字吗？"她真的很年轻，非常羞涩地提出这样一个请求。

"可以。"这应该也算她的一点隐私吧。我这样答应。

她说她的孩子还小，在3月28日封控前，每天她上班时把奶水挤在一只小瓶里，然后放在小冰箱内，下班再回去给她小宝宝喂着吃。

"哪知27日晚下班后就回不去家了，头两天我没说，所以单位里的同事都不知道。大约第二天、第三天时，我看着手机视频里的孩子没奶吃的哭闹情景，我也跟着在厂这边掉眼泪……这个时候有同事看到了，我就把我还在哺乳期的事说了。哪知她报告了厂里领导，这下让厂里上上下下为我的事着急起来！"

厂里确实紧张起来：这可怎么办？动员这位年轻母亲回家吧。可她不肯，说岗位离开了她人手更少了，在这个时候她绝对不会离开岗位的。

"你孩子还小，没有奶吃，小宝宝怎么办嘛？"经人这么一说，年轻母亲的眼泪跟着就下来了。

"还是送你回去吧！"厂里的同事们这样说。

"不不！我不能离开岗位的……"她的眼泪流得更"汪洋"了。

怎么办？

"能不能想办法把她的奶从厂里送到家去——包装好后？"有人建议。

可厂里能够"通行"的车子极其有限，都为保障生产物资供应才能动用一辆车子的。专门为这位女工送一趟奶而出趟车，恐怕既无法安排，也很不容易。

"特殊时期，特殊情况！为我们的员工解决这样的困难，也是为了保护好一个幼小的生命。值得送！必须送！"华虹集团领导得知后，坚定地支持道。

就这样，该女工返岗的第三天，一辆持有特别通行证的"华虹"车，带着一盒封装好的乳汁，从华虹厂区飞驰地送达市区一居民区，送到了这位女工的家……

"宝宝快吃快吃！妈妈的新鲜奶哟！"婴儿的家人将加温了的母乳喂进原本一直在啼哭的孩子嘴里后，小宝宝一边吮一边小胳膊小腿使劲地蹬着，那神情乐坏了宝宝的爷爷奶奶，因为宝宝的父亲跟母亲一样，也是华虹驻守员工，并不在家。

"宝宝——宝宝……妈妈看到你笑了……"这一头，年轻的父亲母亲在手机里看着自己的心肝宝贝的样儿，热泪淌满了两颊。

那一天开始，这位年轻的母亲脸上永远挂着幸福和开心的笑容。上班的时候，她依旧像平时一样，定时把乳汁挤在准备好的小瓶里，然后小心翼翼地存放在小冰柜内。而厂里，总务部专门有人与她对接，每隔三天，厂里都会派一辆送货的车，顺道将这位年轻母亲的母乳送到她家……

如此日复一日，到员工陆续返岗后，这位年轻的母亲被公司领导批准提前回家了。

那天回家的年轻母亲，进家门的第一件事便把两个包裹一扔，伸手冲过去就将自己的宝宝抱在怀里，一边亲，一边一个劲儿地左瞧右看着嘀咕着"我看瘦了还是胖了"……最后惊喜万分道："咋宝宝比以前胖了呀！"

"那当然！小家伙一直吃着你的奶能不胖嘛！"一旁的年轻丈夫说。

"姆、妈，姆、妈……"突然小宝宝呀呀咿咿地叫了起来。

"呀，宝宝会叫姆妈啦！会叫姆妈啦呀！"年轻的母亲激动得又蹦又跳起来。

"这一天我是最激动的。比把孩子生出来还要激动！"年轻母亲末后说，"我是真心感谢我们华虹的同事和领导们……"

"错了。华虹要感谢你和你这样的好员工！"华虹领导则这样对她说。

是的，要感谢的自然是这位年轻的女工，以及她的家人和那位未来可能也是小"华虹人"的宝宝。

母亲之歌总是那样令人感动与缠绵。她应该是另一首"母亲之歌"，因为她的宝宝还在胎中孕育着、成长着……

一直以来她并不想让厂里的同事知道她怀孕了。年轻的她，这种羞涩可以理解，再说生产线上的工作那么紧张、那么激烈，那么需要她全神贯注，

于是她的怀孕在华虹厂里没有人知道。所有以往定期到医院的孕期检查都是她与家人悄悄而去、悄悄而归的。

突然的"封控"，突然不能回家，更不用说去医院做定期的孕期检查了。开始她有些焦虑，因为每天还要紧张地工作，睡大地铺……

怎么办？

她依旧不想说。"大家工作那么忙，而且疫情期间厂里要处理的事那么多、防控又那么严。我不想给厂里和领导们找麻烦，所以我也不想说自己怀孕了……"她在后来回忆时这么说。

但每天同吃、同住、同劳动的同事发现了她的问题。"你总呕吐……是不是怀孕了？"女同事问。

她不能再瞒下去了，于是点点头。

"几个月了？"

"快4个月了……"她说。

"那得定期做检查呀！"有经验的女同事提醒道。

她说出了实话："是，上个月我已经做过了……"

"但现在又过一个多月，应该又到检查时间了！"

"我……"她有些不知所措地。

"我给你向领导反映……"

"别别！"她急了，拉住同事的衣袖，"千万别去麻烦厂里了！这都啥时候了！"

"啥时候？啥时候都不能耽误你肚子里的宝宝！"同事的嗓门一下更高了。

"啥事让你嗓子那么响呀？"不知什么时候领导出现在她们面前。

"没事没事！我们白相呢！"她赶紧出面打哈哈，说是她和同事闹着玩呢。

"这哪是白相嘛！"同事不由分说道，"她怀孕了，到定期检查的时间了……可现在不知怎么办？急死人了！"

"是吗？这可不能耽误了！"厂领导突然又增了一份压力，"看看怎么弄啊？"他在思考。

全厂"封控"、全市"封控"之时，出厂门、上医院都是极其困难的事。出厂，再回来，有可能把病毒带回厂来；不去医院又会影响未来妈妈的身体和尚在胎中的小宝宝……

又一个难题搬到了张素心等华虹集团领导那里。特殊时期，有人要临时离开厂区，必须由领导批准。

"生产线不能停机。物资供应不能停车。华虹所有的工作都不能耽误，但像年轻的未来妈妈们的孕期检查同样不能耽误！这一点与我们集团对防疫工作要求一样重要，所以我们没有任何理由不给她们安排到医院的车辆和时间……"董事长、党委书记张素心态度十分明确而肯定。

"至于如何保证出厂、到医院的安全问题，是我们第二位要认真考虑和慎重安排的。同样，这跟我保证我们全集团生产线不得有任何差错一样，必须一丝不苟，确保100%的安全可靠！"这是张素心在此问题上说的第二句话。

"而且要尽快在全集团排查一下，到底有多少女工是处在怀孕期的。万不可耽误一个人，大家务必记住了！"

张素心这三句话，饱含了华虹领导层对员工的多少爱与关切！

工会和行政部门迅速布置并在第一次时间里，把那些深"藏"在女工中的"未来妈妈"们查了个彻底，果不其然，竟然有二十多位哟！

领导厂真是又喜又惊："赶快安排她们的孕检！不得有一点儿差错！"

一声令下后，各厂工会和妇女干部立即行动起来，一位位"未来妈妈"像比光刻机还要宝贝似的被妥妥地安排一次又一次的医院孕检——她们去时安安稳稳，回时妥妥善善……

"宝宝们，记住这个特殊的日子，记住你受到的温馨关爱！"从医院回来的"未来妈妈"们一个个笑盈盈地轻轻拍着肚皮，对她们的宝贝这样说。

疫情下的华虹车间里、行政楼里，除了与平时一样的忙碌与紧张外，此时却平添了一份暖暖的爱意，让人幸福与感激。

常说有家才有国，家是最小国，国是最大的家。疫情中的华虹人比谁都真切地感受到这句话的内涵和意义。

又是一个"家"与"国"的故事——

五厂制造部日勤主任陆晓骏比3月27日晚逆行返岗的其他三千多名华虹勇士们还早10天到厂里从事驻守保产工作。3月中旬时，其实上海的疫情已经一波又一波地在"小区"泛滥着，为了以防万一，避免不可估量的后果。华虹集团其实已经有一个预案：即按生产线需要，各厂组织一批最低保障人员驻守在厂里，以防不测风云变幻。陆晓骏正是这批驻守人员之一。

离家的时候，他和其他厂友一样，准备了"最多半个月"的驻守打算，但疯狂的疫情完全出人意料。10天后的浦东和14天后的整个上海完全被推到了全城封控的境地,陆晓骏他们不仅不能等着他人来"换岗",而且还必须遥遥无期地困守——而非前先的驻守在厂里。

3月28日一早,正在值班的陆晓骏一觉醒来后,发现他工作的地方,全睡满了人——"这是咋了?"他惊愕了。

同事告诉他:所有的人回不去了。厂里为了确保生产,这些员工都是昨晚从家里返岗来厂的。从昨晚开始,他们跟你一样,全得"驻守"在厂里,直到疫情封控解除……

"这么说我们都回不了家啦?"陆晓骏顿时着急起来。

"应该是吧!"同事们都这么说。

"哎哟哟……"陆晓骏忍不住连声"哎哟哟"。

"怎么?家里有事?"同事们忙问。

"嗯——没、没啥大事。没啥。大家不都一样嘛……"陆晓骏赶紧饰言。

他不想惊扰大家,更不想让厂里为自己操心。"那个时候厂里闹疫情已经够困难的了!我不能因为自己家里的事还添乱嘛!"事后陆晓骏说。

陆晓骏始终未给厂里添任何乱,而他在3月18日出来上班时,其实已经有些乱了,当时因为想的就是十天、半个月的驻厂工作时间,所以已经6个月身孕的妻子向临走的丈夫开了一句玩笑:"你可别一走,丢着我们娘仨不回家了啊!"

陆晓骏开心地一笑,然而拍了拍妻子鼓鼓的肚皮,冲还在胎盘里的"儿子"喊了一声:"二宝,好好听妈妈的话啊,耐心地等着老爸啊!"说完,又蹲下身子,对6岁的大儿子说:"爸不在的时候,你就是我们家里的男人。要帮妈妈端杯水、递个椅子什么的啊!"

"爸爸早点回来!我抱不动二宝的……"6岁的大儿子说得陆晓

骏和妻子都笑了。

陆晓骏是这样离开家的。尽管当时他也有些担忧，但妻子和6岁的儿子给了他几许宽慰，毕竟一旦家里有事，从厂区可以随时请假回到妻子和儿子身边。同在上海一座城里，无非是一个来小时的车程……

但突发的大疫情，所有生活常规发生了意想不到的变化，谁也不会想到竟然在同一座城内的他和家，一时间犹如相隔千山万水。"我的好儿子，要听妈妈话，爸爸现在一时回不去。你要帮我照顾好妈妈啊！"3月28日一大早，陆晓骏打开手机，也是跟有身孕的妻子说了几句，就让她把手机递给6岁的儿子，并告诉他：妈妈怀着小宝宝，不能长时间听手机，以后每天由儿子你替妈妈接电话，跟爸爸说事。

"爸爸，你啥时候回家呀？"儿子第一句话就这样问。

"嗯——十天半月吧！"陆晓骏临出家门时猜想着，其实厂里也是基本这样安排的，因为按照前两年上海疫情的发展趋势这个轮番值班的时间也算到了"天花板"吧！所以陆晓骏做了这样的心理打算。

厂里也是这样计划安排的。

但大疫情让大上海第一次改变了城市运营的方式——全城静默，黄浦江两岸更不得随意通行，所有人必须"足不出户"。

华虹作为"保供"单位，这是两层含义：对内，必须保证生产正常，供需得有保障；对上海和国家，必须保证该生产的芯片不得有误，且更需全力以赴。

陆晓骏是单位的保供人员，他的岗位至关重要。在3月28日前的10天里，他和同事们一直在尽力为保障可能出现的更大疫情做好保供物资准备，每一天的工作比平时繁重了许多。但他是踏实和充实的。因为每度过一天，他就在晚上休息时与家里妻子和儿子进行一次视频通话。

"宝贝儿子哟,你跟妈妈今天怎么样啊?我孩子美丽的妈妈这一天感觉如何……?"陆晓骏的第一句似乎都是这样。而他的最后一句又总是这样:"快了,又离回家的日子近了一天……"

但十天后的3月28日一大早,他向妻子和儿子发去一个急促的视频说:"厂里全部封控了:只进不出,而且至少可能需要封控一周……"

"你放心,我们挺得住!"

"爸爸,你放心,我跟妈妈挺好的。等你回来……"

妻子和儿子都知道了身边发生的一切,没有一个上海人不知道疫情已经改变了原来的防控规则,所以人都必须"足不出户"。

那一天起,陆晓骏开始担心了……但仍然心存一份希望:一周后疫情防控应该差不多可以解除了吧!那个时候,所有的上海人都在这样想,这样盼。

但可憎的病毒传染完全与人们的期待和期盼背道而驰,越发疯狂……一周过去之后,又一周。

一周之后,又一周……形势总比上一周更严重、更严峻!

"儿子,儿子他妈,你们可要坚持,有啥困难赶紧告诉我呀……"陆晓骏越来越着急,他是单位做"保供"的,当每一天忙碌下来后,心头就无比歉疚:因为他想到自己的家里没有事先"保供"——把妻子和儿子所需的生活用品备足!

"爸爸,妈妈说让你放心,让你好好地给单位做事,家里有她和我呢!"6岁的儿子渐渐成为视频对话的主角,陆晓骏其实已经发觉怀孕的妻子与他视频的次数变得越来越少了。

"我不想影响你的工作……家里怎么着还有吃有穿的。可你们单位要正常运营,几千人的吃喝拉撒,还要生产芯片……你就够忙了，我打扰你干嘛？再说，你小宝越长越大了，我尽量让他少接触辐射……"妻子给出的理由是这个。

陆晓骏心头清楚：老婆不想让自己为她担心。

"陆晓骏，厂里的储备材料还能用多少时间？"

"小陆，看来疫情非一天三日，我们必须做好长期抗疫的准备，这样厂里的各种材料与物资得备上一个月以上啊！"

"陆主任，明天那批货能不能进厂呀？"

"陆……"

白天，单位各方面的指令和要求内容越来越多一天比一天多而长。而他与家人谈的内容却一天比一天短而少了……

"儿子，坚持呵！老婆，你更要坚持啊！"

"爸，我想出去玩……"儿子时不时地突然冒出这样的话，让陆晓骏能瞬间泪奔，但每每他强忍着，并告诉儿子："来爸爸教你个新玩意……"

"老公，你说这小宝能等得到你回家后再出生吗？"妻子问。

"等得到！必须等！你必须等我回了再生产啊……"陆晓骏一听这话就万分焦急。

这份压力实在太大。

妻子淡然一笑，说："好吧，放心，有你大儿子在我身边，你就踏踏实实把单位的事做好，我们仨等着你回家团聚……"

"嗯嗯……"

"爸，你咋哭了？"视频里，6岁的儿子奇怪地问。

"没……我、爸爸是高兴的。你们等我回家啊！"陆晓骏赶紧关掉手机。

"那一夜，他一个人躲在睡袋里没少流眼泪……"同事们说。

"你今天怎么样啊？"之后的很长一段时间里，是家里的妻子和儿子先在视频里问陆晓骏，然后告诉他，"我们能坚持，邻居能坚持，我们也能坚持……"

日复一日。听起来内容很重复，但特殊时期的陆晓骏一家的这种对话，则饱含了太多太多的相互关心与爱。

也正是家人的一个又一个"我们能坚持"，给了在工作岗位上的陆晓骏无比强大的力量支撑与帮助。他在单位的保供工作也越来越顺手，从未耽误过厂里的生产与生活，而且被同事们称为"多面手后勤部长"……

4月过去了。

5月又过去了。

6月初的头一天，妻子有些紧张地给陆晓骏来电说："孩子他爸，你的小宝有点等不及了，可能想早点见到你了呀！"

"啊？你、你可要坚持到我回家生啊！"陆晓骏一听，顿时急得满头大汗。

"你别急嘛！我是说，刚才他在里面猛地踢了一脚，所以我想，他是不是就想出来了……"妻子有些气喘吁吁地说。

"临产期不是还有近一个月吗？"他急促地问。

"可也有怀胎八九个月就生的呀！"

"哎哟哟，我的姑奶奶你可别吓唬我呀！你可要坚持住，千万要坚持到等我回家再生……"

"我、我能坚持，可肚里的小家伙能不能坚持……"

陆晓骏这回真的急了，急得在办公室直跺脚。

"妇产科医院吗？我们单位有位家属可能快到临产期了，我们提前给你这儿挂个号，一旦有情况，我们想请你们帮助……"

"噢，是华虹的呀！明白，我们一定保证给她留有床位！"

"××社区吗？我这里是华虹呀。我们单位有位家属可能快要临产了，请你们帮助关心一下这位孕妇。她现在住在……"

"好的好的，我们会尽快与她取得联系，你们放心好了！"

陆晓骏家里的事很快被单位领导知道了，并且迅速由单位帮助与相关单位取得联系，并做出妥善安排。

"谢谢。谢谢领导，谢谢我亲爱的同事们……"陆晓骏感动得热泪盈眶。

6月10日，共驻守了85天的陆晓骏终于可以回家了。临离开厂门口时，他向单位领导和送别他的同事招手之后，拔腿就像飞似的往家里奔……

两周后，妻子平安产下一个儿子，母子平安。陆晓骏把这喜讯通过微信发在朋友圈内，引来无数华虹人的热烈祝贺。

在陆晓骏传出喜讯的那段时间里，来自华虹人中间的各种喜讯和有意思的事频频传出。他们都是发生在疫情封控期间的那些"厂与家"之间的传情故事。

我听说有一只"小鸡盆"的故事，它虽事情小，内容却极其丰富和多情：3月27日，华力"品质与可靠性部"的王敏在这一天给儿子买了一只"小鸡盆"，这是儿子想玩的小玩具。妈妈王敏从商店里买到这"小鸡盆"后，突然晚上接到返岗通知，还来不及回家就逆向直奔厂区，身上还带着她给儿子买的这只"小鸡盆"……

"妈妈，我要看看那只小鸡盆盆……"在几十天的封控日子里，王敏与儿子视频通话内容最多的是关于这只小鸡盆。

每一次通话，儿子的要求就是盼着妈妈给他看小鸡盆，并且要求妈妈给他讲一段小鸡盆的故事。于是这小鸡盆承载了母子俩七十多天中数不清的惦念与传情。儿子从小鸡盆那里知道了许多妈妈编述的知识与人生故事，而身为妈妈的王敏在"小鸡盆"故事里寄托了千万缕对儿子和亲人的思念之情。

与王敏相比，朱文良在整个封控的几十天里，他身上的那张不离手的照片最让他感到温暖……因为这张照片上有爱妻与新生儿的合影。重要的是宝宝出世时朱文良正被封控在厂里不能回家、坚持岗位，同事们因此既万分羡慕朱文良，又替他捏了一把汗。

"我是双丰收！"其实在封控最初的日子里，朱文良整天急得像热锅里的蚂蚁……年轻的爱妻要生产了，而且是头胎，可他却不能回家，每天在公司里忙里忙外，只能在下班后跟妻子在手机里相互鼓励。

"媳妇，这回真的实在对不起你了……但你要相信，我就在你身边，我真是就在你身边……"爱妻生产的那天，朱文良的手机视频一直开着，一直与爱妻通着话。

爱妻后来在产床上都笑出声了："我们谈恋爱到现在，加起来都没有你今天跟我说的多……"

"哇——"当一声清脆的婴儿啼哭声从产房传到朱文良的手机上，这位华虹铁汉竟然泪流满面。"媳妇，儿子，我欠你们的……"

一个"欠"字，在朱文良的心目中重如泰山。然而，在万余位华虹人的家属心目中，他们和她们则骄傲地认为自己的亲人在疫情封控的那些日子里，是全上海"最英勇和最可爱的人"，因为他们从未停止过一天的工作，他们冒着巨大风险战斗在生产岗位上。

你们，逆行的身影那么美丽

你们，在流水生产线上挥洒着汗水

你们，在城市和国家最危难时无私无畏

你们，是我们骄傲的华虹人

你们，是新时期最可爱的人

……

是的，在我知晓和接触的华虹人中，他们大多数曾在2022年上海春季的那场特殊的"封控"中承受了从未经历过的严峻考验，并且他们个个都在那场"疫情大考"中彰显了华虹人的风采与光芒。

也许最初的时候，有人对"520精神"尚有几分理解不透、不够的成分，而经历了"疫情大考"之后，他们真正懂得了"520精神"的意义和精神所在。

精神不是空话。精神源于生活，高于生活，是生活的重要内容与幸福源泉、动力燃料。

当疫情袭来时，华虹领导层没有下达任何"命令"要求谁返岗，然而3000多名华虹人他们逆行在向东的路上，谱写了华虹历史和上海战疫史最出彩的一幕画卷……

其情其景，充满"战地黄花分外香"的味道，也充满激情燃烧似的那般盎然诗意，更浓墨重彩地呈现了"华虹520精神"的灵与魂——

华虹人记忆中最强烈的是："那些日子我们的集体生活充满了紧张而又有情趣……"

自然，第一个印象最深的是"睡"。

除了六厂、创新园宿舍等处有几栋单身宿舍外，华虹的其他厂区，没有专门的员工宿舍。现在"封控"在厂里的所有人都必须睡在单位。于是，所有的办公室、会议室、乒乓球室，以及走廊等等，只要是空间的地方，现在都成了员工们睡觉与休息的地方。张素心和集团其他领导也一样：他们的办公室就是他们的宿舍和生活的地方。

在现在的六厂的楼上，有个"我们在一起心连芯"展览，以图片和实物记录了华虹人在封控75天中的生活与工作的情景，给人留下深刻印象。

最有意思的是看到当时华虹人的各种"睡姿"与"睡具"——因为没有床，所以不少人自制了临时"床"，可谓形形色色、百态奇妙：地板当床是"普遍现象"；桌上桌下的"双层床"则随处可见；沙发与废弃纸箱作垫的"床"属于"星级"待遇……当然，某位女士因为爱好旅游，所以当她逆行返岗到厂后，得知没有床时，她随即从后备箱里取出野营的小帐篷床，撑在了走廊的拐角处，于是她的这顶"露营床"成为其他同事眼里最羡慕的"豪华装备"，好几个人曾轮番享受过睡在其中的"美滋滋"哟！

床的故事最丰富，也最有趣，尤其是长长的走廊内的地铺上，整齐排列着几十个睡袋，大伙儿一起直挺挺地躺在那儿时，有人就编排起一套充满幽默而浪漫的又能锻炼身体的"睡操"……十几人、几十人一起翻身、挺直和鲤鱼打滚，令人忍俊不禁。

"其实，这种集体作息、朝夕共同相处和生活在一起的日子十分难忘和新鲜，因为走出校门踏上工作岗位之后就几乎再也没有过几天、几十天的吃住在一起的集体生活了，所以现在同一个单位的同事突然聚集在一起，天天睡在一起，竟然比天天在同一个岗位上工作还新鲜、还有趣！"华虹的男工和女工都这样说。

一些平时本没有的风趣与各自的专长，也在特殊的时候被"逼"了出来：

洗澡的地方，大多是原厕所临时改建的，于是分楼层、按时间排序便成了"男女"分场的主要形式。为了避免搞错，一群机灵鬼就开始"奇思妙想"：将男生寝室画成一幅漫画，上面写着"修仙洞府"。女生厕所都是原来男厕所改建的，因此，那些女厕门前的"男生止步"四个字有的是四个拳头、有的是四个斧头，着实可以吓退所有男士的。

封控期间，厂区内部的防疫措施也十分严厉，上楼下楼按电梯钮，也需要十分注意。我看到有男员工用废打火机，自制"按钮器"，实用而又简单。大概他的这一"发明"很快在厂里传开，所以这一"专利"便成了华虹各厂员工们的共享之物。

数千人在一瞬间被控在厂里，许多生活用品一时无法解决，但又必须得用。比如男士的刮胡须刀，听说多数人没带这东西，厂里就赶紧组织购货，哪知费尽力气，才只有一个商店有货，可等货送到手，一看竟只有刀片部分，把柄却没有。这怎么刮须呀？聪明的理工男立马开动脑筋，见笔筒内有铅笔，便随手制作起来……很快，一把"笔柄胡须刀"制成。理工男和其他同室员工顿时三呼"万岁"！

白天在车间站一天，晚上睡前泡个脚，这是不少员工的习惯。可仓促之间返岗的临时行政楼里。连洗个澡都要轮时排队，哪还有可能提供洗脚盆嘛！泡脚？想得美，委屈点吧！

纯属个人爱好与兴趣，干嘛不让我泡嘛？

请公家帮助解决？不太可能。能有个睡袋地铺已经相当不错了，战时日子，不可能照顾到所有要求。泡脚桶或其他可供泡脚的用具是不会有人提供的。

"我有法子！"这位是个巧手，一下想到了平时在车间里扔掉的硅柱的包装套……那东西结实且不漏水，"折巴折巴不可以当作泡脚

第十四章："疫战"大考

桶吗？"拎了两个废硅包装套回去一试，天衣无缝的奇效！

哈哈……有泡脚的可来预约，免费提供。

某巧手的"泡脚桶"顿时成为同事们共享的宝贝疙瘩。

生活是具体而繁琐的，同样又会带来欢乐与忧闷的。所以在同一"屋檐"下日复一日地在一起，要像家人一样和和美美，并非容易……怎么办？

华虹人在疫情中经历的一个个困难和一道道难题，远比意想的要多得多。最初的激情和集体宿舍的新鲜感慢慢消失之后，乏味与单调、思家和想挣脱禁锢的感觉，日趋月增。

"应该想个办法，把大家的情绪活跃起来！"

"是不是可以发动一下工会、团委和党支部，在各个厂内搞点球赛、歌咏赛、棋盘争霸，甚至足球什么的……"

"好主意。应该尽快开展——！"

六厂的厂区内，有一条千米以上的环圈土路，平时很少有人走过。打封控之后，这条土路成了"华虹决策小道"。何谓"决策小道"？原来董事长张素心等集团领导自3月28日封控后，他们也在六厂吃住。每天夜幕降临之后，几位领导需要碰头研究与互通些情况，办公室固然可以开会，但张素心董事长说：何不到外面一边吸点新鲜空气，一边跑步锻炼身体，同时还能研究讨论些问题呢？一举三得。

好，这个主意好！其他领导异口同声道。

如此，张素心等每晚在这条土路散步，边聊天，边研究和讨论与决定些事儿，"华虹决策小道"便从此传为佳话。

是因为大家感到"领导走得对，我们紧跟走"，所以后来跟在张素心他们后面散步的人越来越多，渐成一条奔流般的人潮，每天在月色下涌动……

于是，工会组织的各种球赛开始了。一场足球赛能把一个厂的情绪高高地掀至半空……

于是，厂区内的龙舟赛，把全集团各厂的风采来了个"全景展现"，你追我赶的气氛烘托出一片生机……

于是，歌咏赛的此起彼伏，把俊男靓女争得个个脸红耳赤、开怀欢笑……

于是，封闭和厂区的生活不再单调与忧闷了，欢笑与快乐伴随着每一个留在厂里的员工与干部们……

"祝你生日快乐！祝你生日快乐……"

一月一次的集体过生日仪式，简朴而又隆重，董事长张素心不仅要出席，还要亲自为"寿星"们献上祝福的贺词。

"我都没想起自己的生日，厂里却给搞得这么热闹……"数位员工如此感叹道。

六厂四栋宿舍楼举办的"阳台音乐节"，让疫情中的华虹"艺氛"，达到了高潮——

吉他手一首改编的《成都》，引来大海一般的呼应与共鸣：

在这特别的时刻，身边有一群朋友，
不同以往的场景，却倍感如此温柔。
虽没蜡烛来祝福，没爱人陪伴左右，
但我心依然能感受，那涌动的爱流。
在这花开的四月，疫情来得匆匆，
上海抗疫全封控，华虹人携起手，
深夜返岗月色朦胧，一个个如战士英勇。

你们在，心才踏实依旧……

"在这特别的时刻，身边有一群朋友，不同以往的场景，却倍感如此温柔……"那一夜，一首歌、一个口号、一次全体人用手机照明，让无数人一次次热泪盈眶，一次次泪流满面，一次次高呼"做华虹人光荣！""我的祖国万岁——"

这是华虹人少有的热血沸腾，少有的激情澎湃！

3月28日之后，为了安排厂里生产需要的员工、厂商回单位参加必不可少的工作，又必须保证生产厂区的安全，在张素心的亲自布置和指挥下，六厂动力部11名员工有了5天连续突击战斗，把原本建厂时遗留下来的几排简陋木板工棚，临时改建为新返岗的员工和厂商的休息与生活宿舍，这对华虹集团来说，是个"五湖四海"人员汇聚的地方，员工们一起给它起了个温馨的名字：康桥驿站。

今天"康桥驿站"仍然在，它也成为华虹人"战疫"的见证地。所以我到华虹采访，仍然能亲眼看到这个被华虹六厂人称之为"战地诗与歌"的地方。在那里，我看到当时六厂建设期间的员工们留下的许多十分珍贵的物品，和简易墙上写下的一条条他们自己的"战语"与"心语"——

"我相信我能
——为梦想的起跑
永远都不会太晚"

"今天你足够努力了吗？
——说的就是你！"

"畅想青春 梦想飞扬"。

"再难也要坚持！
越努力越幸运！"

"一个今天，
胜过两个明天！"

"相信自己可以撑起，
属于自己的那片蓝天！"

"华虹人，华虹心，华虹人的心与芯连着！"
……

"这些其实就是我们员工们在战疫和生产最紧张时发自内心的一句句心里话，至今看上去仍像冒着热气……"工会小赵十分感慨地告诉我，"当时住在这里的员工，生活条件比较艰苦，但是员工们十分活跃，自发组织起了许多文娱活动，比如诗歌比赛，阳台音乐会等，没想到许多平时不露声色的'理工男''理工女'，此时大显身手……"随手，她给我递过一本《诗抄》。

"这首《康桥之花》写得很动情——"小赵说着，便给我轻声地吟诵起来——

康桥之花
第一章：坚守在康桥

飞蓬，你为什么在这里？
因为我坚守在这里

最近我总听大家讨论疫情的声音
匆匆的步伐透露着不安和担忧
我很担心我会失去他们的陪伴
可是就在那天
梦醒朦胧间
我看到有一个人
从暗中走来　回首间
越来越多的人已披着星月而至
也就是在那天
我依稀听到有人辗转反侧的声音
我想那是他们在思念自己的家人
这样的他们，让我真正懂得了
什么是坚定

小赵读完《康桥之花》的"第一章"后，给我解释"飞蓬"是与华虹六厂生产车间对面的那片荒地上生长着的野花，它大概是自然地长在康桥最有生命力的一种野生植物。"但我们从建厂到康桥后，最早看到也是看得最多的花了……所以华虹人对它特别有感情。"小赵说完又开始吟诵起《康桥之花》：

第三章：奉献在康桥

飞蓬，你为什么在这里？
因为我奉献在这里

最近，我总是发现
他们的身影忙碌
穿梭在研发楼前，来往于宿舍之间
数万人次在核酸检测
我看到了他们的衣服，也是我的颜色
他们是理发师，是调度员，是搬运工
他们憋住了思念，掩下了疲惫，扛住了责任
用自身小小的力量，守护"芯光"永久闪耀

四个基地，六条产线
供应链保供轩申请出战
他们千方百计抢购"弹药"，想方设法运送"粮草"
为了身边每一朵小飞蓬的安然
他们的每个瞬间，都是高光时刻

这样的他们，让我真正懂得了什么是奉献

　　老实说，开始我并没有被这非专业诗人写的东西而触动，但随着小赵声情并茂、入诗入画的讲解，我开始进入了这首《康桥之花》的意境，并且到后来则完全被这首来自生活一线的"心灵之歌"而吸引，而打动——

第四章　深爱在康桥

飞蓬，你为什么在这里？
因为我深爱在这里

最近，我总有惊叹
这里的丰富多彩
从阳台上悠扬的歌声
到篮球场上激情的碰撞
或是特殊时期里的生日会
是的，没有什么可以打倒他们
他们用浪漫展现坚强
他们用热爱诠释执着
他们在一起 心连芯

这样的他们，让我真正懂得了什么是深爱

尾声：

我在这里简单地生长
见证了不简单的日子
我在这里平凡地摇曳
陪伴了不平凡的坚持
不，我不是飞蓬
我是康桥之花！

"康桥之花"是美的,是因为它有一种自然中形成的强大自信,不管风如何骤,不管日如何烈、霜如何冰冷、雨如何猛烈,它总在长成、长大开花。那是它坚信根植于大地的力量,以及这个世界需要的缤纷色彩。

康桥之花同时也是温馨的,是因为它自带那种让人甜蜜而清新的气息,以及蓬勃的生命,无论风如何吹拂,它依旧按着自己的节奏摇曳。那是它永远昂扬于天地之间,在阳光和空气中吮取甘质的营养。

它纯粹而纯洁。它多情而妩媚。它同时富有个性与独立。尽管它不易被移植于温室供招摇,却它在旷野上有着自由艳舞的独特魅力……

一直以来,它在不起眼的路边仰望着晨曦中匆匆而来、夜幕中欢笑而去的华虹人,如同一群守护的小精灵,始终如一、不知疲倦地陪伴在制芯人的身边。它们为他们的欢而欢,为他们的忧而忧,为他们的彩而彩,为他们的欣而欣!所以华虹人视它们为自己最忠实的朋友。

当大疫情阻断了华虹人炽烈而多情的目光时,唯有"康桥之花"依然不弃不舍地守卫在灯火永不熄的华虹制芯车间旁,与华虹人一起扛过风雨飘摇的每一个劳动与生活的日子。在病毒肆虐,大地凋零的时光里,是它们以其不懈的努力纵情地昭示着自己美丽……

这是华虹人心底深处最中意的情礼之物,于是许多华虹人把它视作知己并以愿做"康桥之花"而倍感骄傲。

没有刻骨铭心的爱和真心实意的情,"康桥之花"绝不会在华虹人心目如此绽放与艳丽。

没有对企业和事业的执着与忠诚,大疫情下的生产线怎可能每天依旧昼夜机器飞旋?

"下楼！下楼喽——"

"现在做核酸！做核酸！"

每天清晨皆如此。

"测体温！测体温啦！"

每天今晚睡前的"必一道程序"。

几千人的队伍。万人次以上的检测，谁来做？

"我们是党员，我们上！"

"我们是团员，我们去！"

在上班时，他们是生产线上的操作手、研发楼上的设计师……

上班前和下班后，他们又成为接替防疫人员的"大白"——没有倒休，更没有加班工资，所有的付出都是自觉自愿的。每天斗志昂扬、意气风发，比别人早一个多小时起床，比他人晚一个多小时睡觉……疫情最困难的时候天天如此，生产线就是抗疫最前线！

"我们还有什么理由不好好干、干出点名堂呢？"朱骏，华虹抗疫之战时的"保供团"团长。

"'保供团'？真有这样的编制？"

"没有。只是集团根据抗疫需要，临时成立的一个团队。专门负责全集团各种生产、生活物资的供应与协调任务……"朱骏回答我的提问。

"保供可是在战时最重要的一个环节啊，你那个时候责任重大！"我不由感叹。

"是。真的是'压力山大'，关键是不可控的因素太多，但我们的生产线和六千名员工的生活都必须每时每刻都要保证供应的……"朱骏给我介绍他的保供事迹时，竟然先"扯"到了万里之外的苏伊士运河——

"你可能也记得苏伊士运河有艘大船堵道后那些日子全球着急得不行！金融市场出现大波动……就是因为正常的供应线出现了意外。2020年新冠病毒出现后，全球供应链断裂，物价水涨船高，2022年上海封城，几乎所有的供应链环节都出现了重大困难。"朱骏终于回到了主题。

"而你们又怎么办呢？"这是我主要想了解的问题。

"不能断。得跟平时一样。"朱骏说，"半导体产业的生产线客观要求就是不能突然停止，它必须是个持续状态，也就是说我们的生产线设备是不能关关停停的。如果一关，再调试的难度就更大，成本太高。地球上的所有芯片制造生产线都一样，从来不停的，只有被淘汰的时候才会停的……"

"那么你们怎么保障不停呢？"

"所以才有了我们这个'保供团'，它的职责就是在大疫情中确保华虹所有的生产线不停产、不断供，所有平时用的材料、零件等等，需要源源不断地供应……这就是'保供单位'，就叫'保供团'！"朱骏已经把他团队的艰巨性与重要性说明白了。

"上海都瘫痪了，你怎么办呢？"

"谁瘫痪都行，但我们的任务就是不能让华虹瘫痪，哪怕是一个小时的断供都不能让它出现！"似乎他的"保供团"有点儿像战场上的"敢死队"。

"差不多。"他笑着说。

他又说："张素心董事长等领导向我交代任务后，我就意识到自己这个团队就是战场上的敢死队，就是要用自己努力和牺牲去保证战役的胜利，没有任何退路，一点也没有。"

朱骏现在是华虹下属公司的副总裁。上海本地人。1978年出生，

第十四章："疫战"大考

父母都是知青。他于2001年到的华虹，是一位工龄超过20年的老员工。"我负责的保供团，每天需要落实80到100辆车的材料与物资，每两周需要落实一架从日本飞到上海的飞机，还有每个月约75条海船，进而能够把生产线所需要的核心材料从全球各地源源不断地运回来，并且解决因为生产线运行而产生的各类突发需求……这就是我这个保供团的主要工作量。这些车、船、飞机一样都不能出问题，一个架次出了问题可能影响的是全局、全生产线、全华虹！"

朱骏报出的这些"地上走、天上飞、海里行"的供应链就是他"保供团"的任务。"在没有疫情的时候，就像天天在打仗。疫情中的这些供应链任务，就是我们面临的每一天一个'上甘岭'……"他不是在夸张，"每天眼皮一张，我的眼前是'蚂蚁雄兵'——汽车司机们浩浩荡荡地在四面八方以我华虹为轴心来来去去。"

"我们有通行证。"这是上级部门对华虹这样的企业的特殊关照，因为他们是"保供单位"嘛！但凭一张"通行证"想在疫情封控的时候，进进出出大上海也绝非件易事——我们都能回忆得起来：2022年3月至6月期间，上海进出的道路是封控的，不仅需要"特别通行证"，更还有驾驶员的核酸证明等等。而且每张"通行证"和核酸证明也非万能的，它们都是有时间限定，此时和彼时并非时时可用。但华虹的原物料与供应链则并不分此时彼时，它是每天24小时全程都在呼唤、都在需要，从不因任何"情况"而减少与减弱的。

"我们调用了五百多位运输司机，先后申请一千五百多张通行证……每天睁开眼皮的第一瞬间，我得先把这五百位司机理一遍：他们现在有多少人在路程上走着，有多少位正在什么地方装卸货，还有多少辆车等命令，以及多少辆车出现什么故障。这些我都得掌握在手，像放在棋盘上随时摆弄的棋子，因为只有这样才可能确保运输安全。"

但实际情况并非都是按朱骏的"如意算盘"拨动的。变化都会随时随地"冒"出来。比如上海城内是封控，进出关口都有人严格把控着，而且时常分时分段，你有通行证也要对对时间表。外地虽不像上海全城封控，但为了防控，对进出上海的任何一辆车、一个人的管控严之又严。

司机不管出上海城，还是进上海城，或者到了目的地，也是不能随便出驾驶室的，也就是说你不能随便下车。那吃喝咋办？

"都得在车上呗！"朱骏说，"每天一早我们除了要理一遍这些司机的情况，还要大排查有没有谁身体不舒服的，有没有其他情况的。核酸什么时候做的，结果什么时候出来。通行证还有没有效，饭吃饱了没有，路上的食物带足了没有，目的地住宿安全不安全……我这'保供团'团长够婆婆妈妈的了吧？可不这样不行，一松懈就会出大问题！"原来朱骏的这个"保供团"的工作竟然如此繁琐和复杂啊！

朱骏说那些日子里，他的神经就像上了弓的箭，每时每刻绷得不能再紧了。"晚上睡觉的时候经常突然在梦中'蹭'地从床上坐了起来——惊醒的呀！有的是真有事来电话要马上处理的，有的是梦里吓醒的……那种日子确实很难。但再难也得坚持，厂里几千人都在生产线上，你断供了还了得！"

朱骏说："敢死队精神就是在这个时候体现出来的！"他每一天要带队确认有足够的运输资源，确保司机核酸、通行证有效。"接下来的第二个事情，就是要把发货地的事搞定，也就是说要保证所有车辆，能进能出大上海；第三步是与路上的司机保持密切沟通，解决一路过来的各类突发问题，我们就要为每一辆车建立出行工作日志，这工作日志要细致到用小时来计算和登记,并汇集到我们保供团团部的指挥系统。一旦出现问题,需要迅速协调……"

"那些日子里最容易发生些什么事呢?"我想起了在疫情期间我和上海市民们所遇到的许多想象不到的尴尬事,那么朱骏的出行司机会是什么境况?

"太多太多了!而且碎而繁杂……"朱骏举例,"比如突然通知某某地方调整防疫措施,我们的车辆到不了目的地,那这个时候司机到底是继续等在那边还是回到上海,都需要做出决定与调度。你倘若让他等在原地,吃喝由谁负责?晚上他睡哪儿?总之都是问题。看起来这些问题不大,但在那个特殊时期有可能成为大到天边的事。这个时候,我们的协调任务就极其艰难,它会超出我们所能执行、指挥与调度的能力,得上报到浦东新区、上海市政府各级主管单位,再由市与周边的省之间进行协调、提出解决方案。其他不说,就是为这些事打电话,我和我的团队同志有的时候能一天把手机打到断电很多次……"

朱骏说有一次到金山运货的惊险历程:"许多意外的事情,我们在办公室是想不到的。我们的司机得到指令后,浩浩荡荡开过去,到了目的地就往里开。哪知里面有一个食品企业,他们是专门为方舱提供食物的,实行完全隔离政策!这样的地方病毒传染概率就太高了!可我们的车已经进了里面,想退出来的时候也已经晚了!怎么办?工厂急需物料,必须尽快解决,否则事情更复杂。我清楚地记得,当时为这事,我们保供团的几位骨干一齐上阵处理,通过多方努力,才化解了现场防疫和安全生产之间的大难题,妥善处理了一场突发危机。"

不用身临其境,只需闭上眼想象一下,便知朱骏他们的"保供团"之工作艰辛。

我现在理解了他为什么说每天眼皮一睁就满是"蚂蚁雄兵"了——每天应对和安排这些汽车司机及其车子的"作战兵阵"就足够心碎山河的了！

地上走的不好调配。天上飞的就是难上加难。

与其他国际芯片制造厂一样，华虹的一些核心材料是需要通过国际航运才能解决的。

自2020年2月底开始，为了防止输入性病毒情况，国家对国际航运是严格控制的。而2022年上海大疫情出现之后，国际航运基本处于停运状态。个别开通的航运也在机场经常遇到一些具体的问题，比如海关是否及时通关等等。"可我们的生产线物资说什么时候要就得什么时候到，提前太多不行，迟到更是不行。这是摆在我们保供团面前的另一个大难题……"朱骏说从4月初开始，他在处理国际飞机运输方面几乎每一架飞机的起飞到降落，都是一场惊心动魄的"地空战"。

朱骏说的所谓"地空战"，是因为芯片制造的一些特殊材料具有无法绕开的国际化产业链。华虹生产线也不例外，因此有些货量虽可能不是太大，但它却又离不开进口。

疫情处在"山雨欲来风满楼"之时。正在国外采购的货运飞机尚在他国机场……是飞，还是不飞；何时飞，何时停？这些都成了朱骏他们保供团纳入"战情"特别重要的战斗任务。"我们且不说飞与不飞问题，那个时候货从何地组织起来，能不能按我们生产所需及时采购到，这本身就是特别难的问题，因为我们上海大疫情时，其实国外的疫情也从来就没消停过。在这种情况下，我们采购和组织的货源经常也在发生变化。国际飞机货运可不像在国内调动汽车司机那么容易。你先得有专机，你有了装货的专机，你就得赶紧报货运目的地，报准备飞行的时间、航线等等。你一旦报完并获得批准后，你就得让飞机飞起来。可此时你假如货物没有组织好、没有组织全的话，你咋让飞机飞呢？你不让飞机按申请的航班飞起来，机场要再收你钱、再重新给你排航线和航时……总之，每飞一架货运飞机，复杂程度超乎一般的想象！"

然而再难，再复杂，朱骏他们的"保供团"都得组织和保障好。还是那句话：一个环节的货物供不上，华虹生产线将有停产、缓产的可能！

这是最危险的信号。谁都承担不起！朱骏最怕的就是这。如何保证特殊材料能按时供应给企业生产线所需，朱骏说他和团队的同事们就是在那些日子里学会了既当"外交官"，又当"航行家"，还兼任"防控调度员"——"比如飞机要到浦东落地，你就得跟机场打交道。经过几个千方百计落实货运飞机的航班时间之后，机场又突然来通知说：你们的货运飞机也要实行'闭环管理'，你们也得要防疫人员检查货物，你们也得派专车专人到机场把货物及时运走，而且绝对不能打乱整个国际机场的防疫闭环管理系统，等等。总之平时你根本想不到的、碰不到的、完全不懂的事，这会儿一股脑全部堆到你面前，你得处理，而且是及时处理，不得有一丝一毫差错的处理……"

朱骏讲这些时，听者的头都大了，但朱骏说，你不能头大，你还随时要处在特别清醒的状态，否则一个处理不当的小细节，都可能影响全盘。

康桥的那栋昼夜灯火辉煌的行政大楼上，"保供团"的作战员们便是在这样的工作要求下调配和调度着一架又一架从国外起飞、到国内降落，又从国内起飞、到国外运货的货运航班……每一架从头顶掠过的飞机轰鸣声，都会让朱骏和他的团队同事们仰起头。此刻，他们的目光里充满着责任与使命，以及期盼与希望。

"每一家大型芯片制造企业，其原料与市场都是很国际化的，也就是说我们华虹集团的采购与销售，也是全球性的。一般情况下，我们平时的库存是一个月左右的存储计划。但世界性疫情出现后，加上我们上海也出现了从未有过的全城封控，所以当时的几种库存只有几天时间了。这可怎么办呢？我们保供团立即组织精兵强将，用四天时间把东西从韩国弄了回来，是包了一架专机。那一次真是险啊！保供不断的成果差点前功尽弃……"朱骏坦言。

"如此千头万绪，真是难为你们了！"都知道造芯难，哪知为了造芯的材料和生产保障竟然也那么难！我对朱骏的保供团表示深深敬意。

"张董事长有一句话我们记得很牢，他说：'凡事努力到无能为力，就算你是尽力了。'他还有一句话叫做'努力未必成功，放弃一定是失败'。我们后来之所以很好做到了地上、天上、海上的生产与生活物资保障没出问题，就是尽到了全部的努力，不放弃任何解决问题的可能！"朱骏坦言，在他和团队感到最困难甚至想放弃的时候，也有时想把无法解决的问题向董事长请求时，突然抬起头，看到黑暗中董事长的办公室还亮着灯，还在主持会议……"那个时候我就想：全华虹的生产线、6000多人的队伍在岗位上，董事长和集团领导此刻肩上的是啥责任、啥难题！我们分管这一小块有点问题、有点困难就往上推，那华虹还能维持正常生产吗？想到这儿就不再去想推任务、推困难了！就会继续像董事长说的那样，去继续努力再努力！"

努力的结果就是不一样。

海运的物资，多数是化学品，有限定的时间和装卸的特殊要求，因此要求十分严格。这也给保供团的指挥调度增加了许多工作量和精细要求。

"有一船的化学原料在海上运回来就非常困难，但当时我们的厂里已经只剩几个小时的原料供应了，如果这艘船不能在六七个小时之内靠到上海港口岸，那么就会造成这批化学原料在使用上出现问题。这是很要命的事，而且留给我们供应保证部门的时间也已经少之又少了……"朱骏举例。

"后来怎么样？"

他告诉我，他的团队几乎倾巢出动来处理此事，当然也运用了集团的力量，通过海事与港口等部门，总算把这批化学原料在可控的时间内及时运到了厂里。

"类似这样的紧急情况在那段时间里如家常便饭，主要是全球性的疫情中许多不可控的因素太多。"朱骏说，"庆幸的是，整个疫情期间，我们的几十艘远洋海船运输与装卸从没出过问题，更没有影响生产！"

大疫情期间出问题是正常的，不出问题才是奇迹。朱骏的"保供团"在疫情大战中出色完成了单位生产和生活所需的物资供应保障，打出了威风、干出了水平，如今华虹人一说疫情的胜利，总会提起这支敢啃硬骨头的钢铁队伍。

张素心董事长告诉我，其实在整个75天的封控期间，华虹的每一个环节都面临着比平时几倍甚至十几倍的困难。比如6000人顶起10000多人的工作，本身就是道难解的题，制造芯片是极其复杂而精密的工作，有些工种就得原来是谁干的活，就得谁干，替代都是一件极其困难的事。

"厂长，我坚决请求返岗，不然生产工序会受影响的呀！"当返岗回厂的员工们一人顶着两人的工作在日夜加班加点坚守生产线之时，那些被封控在社区的工程师们焦急万分地纷纷向集团提出。然而当时上海防控的要求严之又严，不是有人、有单位出面就能轻易放行的，尤其是疫情最困难的4月一个月和5月初的那段时间，即使华虹生产十分需要有关技术人员返岗，但真要拉回这些人回厂上岗其实是非常有难度的。

怎么办？

只能靠远程视频了！

好啊，尽管我们不能进厂上班，在家网络上工作也算尽了一份责任……

数百位被无奈封控在家的工程师们运用起网络视频，每天跟进厂上班一样，开始了紧张而特殊的"线上工作"。其实大家后来慢慢发现，有些事在线上视频处理的效果倒也并不差到哪儿。"关键是待在家里一步也不能跨出门，这样反而能够全神贯注地投入到单位的生产和研发上……"不少工程师慢慢摸出了一套"线上工作"的特点，与前方的在岗同事密切配合，解除了生产上的一个个难题。

如此前方、后方；如此线上、线下……聪明而机智的华虹人在疫情的战争中学习战争，开创了以往从未有过的工作新模式，同时也激发了同事之间密切配合、团结协作的团队战斗精神和凝聚力。

"哎呀坏了坏了……"某工程师正忙碌时突然叫喊起来，而且在视频前急得团团转。

"某工，怎么啦？怎么啦？"在岗的同事忙问道。

某工道："刚才一直伏在电脑上忙着跟你们讨论那道工艺，却忘了我们待在家里今天没有吃的了！你们先歇歇，我要去网上'下单'……"

不一会儿，某工沮丧地回到视频，有气无力地说："看来今天晚

第十四章："疫战"大考

上要饿肚子了……"

同事们惊诧道："不会吧！"

"肯定的嘛，刚才去下单，想订个外卖，可根本抢不到……"某工无奈地摇头。

"这个你不急！把此事交给我们来完成！"视频里，同事们说。

"对，交给我们来……"

干吗？"现在，我们几个人一起帮助某工在网上抢单——开始！"

"好嘞！"

于是，一场兴高采烈的非生产性战斗在一群华虹人中热火朝天地干了起来，而且越干越起劲、越干水平和窍门掌握得越多……

"我们订到啦！"

"我们胜利啦！"

这是一份意外的喜悦。这样的意外喜悦在平时或许不太可能出现，但在疫情之中，它也会让华虹人斗志倍增，欣喜万分。

3月。4月……疯狂而不可抑制的上海疫情在经历这两个多月后，进入5月中旬后明显缓解了许多。而一年一度的华虹的"520"的纪念日又将来临。自2017年第一个"520"以来，"华虹520精神"已经走过5载岁月。当工会请示疫情中的"520"如何庆贺时，董事长张素心那一天他的内心掀起巨澜：是啊，五年了，这五年华虹走出一条高速前行的发展道路，业绩辉煌的道路，闪耀着"520"光芒的道路！而所有这一切，如今疫情中的华虹人才是真正让张素心感动和深谙"520精神"的，所以他立即提出："520"五周年，一定要庆祝；疫情中的"520精神"最显著的特点和特性是全集团在岗的6000多人一直在一起，这是"520精神"最真实、最具体、最生动的体现，因此我们要高扬——"520，我们在一起"的精神！

"520，我们在一起！"这个主题太灼人了！一场大疫情，6000余华虹人手携手、肩并肩，用共同的心声唱响了一曲最壮丽、最动人的"520精神"之歌。

　　这歌是我们华虹人用汗水、用泪水所谱写和凝成的，所以它是我们华虹人自己的歌，自己被自己感动的歌！

　　这一天——2022年5月20日的这一天，对华虹人来说，它实在值得记忆，实在值得回味。虽然受疫情影响，出席纪念会的是华虹集团驻守上海各工厂的代表，虽然许多在生产一线和封控在家的员工们都没有机会看到"实况"，但那一刻所有华虹人与他们的董事长张素心的心情是一样的"感动"——

　　"……今天，这个让我们充满期待的场景，与其说是活动，不如说是感动，我们感动着'华虹520精神'5周年，我们感动着闭环运行、驻守工厂2个月，我们感动着在最艰苦的时刻，我们的驻守团队、居家员工、合作厂商、重要客户、外包服务，始终保持着0距离！520，我们在一起！"

　　这是张素心在纪念会上发表的开场白。他的话音刚落，会场内外，顿时此起彼伏地响起：

　　"520——我们在一起！"

　　"520——我们在一起——！"

　　呵，这是华虹人的节日。这是华虹人用对党、对国家、对亲人所爆出的心声！

　　这是华虹人特有的"520"！

　　五年前的今天，也是在这里——让"我们对这土地爱得深沉"的康桥，在六厂项目建设的一个关键节点，25人的基建团队留下了一张珍贵的照片。当时谁都没有料到，多年之后，由这张照片缘起的十六个字"家国情怀、一诺千金、敬业奉献、使命必达"，已成为影响一代华虹人的"华虹520精神"。最初的感动，是因为基建团队为了"我和工地有个约会"，而付出了5+2+0的努力，实现了团队为自己设定的激进的工程建设进度目标，为华虹新二十年的发展争取到了宝贵的时间。在"华虹520精神"的感召下，在"大华虹一体化战略"的推动下，华虹走过了快速发展的五年时间。五年来的成绩，我们可以自豪，但我们不会自满；我们可以骄傲，但我们不能骄躁。

　　华虹的发展记住了发生在五年前的这一段奉献拼搏的历史，提炼成为一种精神，倡导成为一种文化。我们感动着这样的付出，背后和内心里"一诺千金"的骨气、定力，和"使命必达"的勇气、毅力。并非需要提倡5+2+0的生活，然而不提倡，并不等于就不会有，岁月静好，只是因为有人在负重前行。

这一天张素心真的是激动和感动了。他是被自己的员工、被自己的华虹所激动和感动了！显然刚刚过去和仍在经历的这场突如其来的疫情"遭遇战"，让他难抑内心的这份情感：

　　疫情并非我们所愿，闭环运行也不是我们想要。既然面临了，华虹人不回避、不逃避、不躲避，坚定地把这段路走好，坚持负重前行的勇敢，坚决不留遗憾的努力。开始我们以为会努力到无能为力，我们知道努力不一定成功，我们更知道放弃一定失败！驻守工厂的日子里，我们每一个人都用心守护着华虹，维持着生产线的稳定高负荷运行；我们每一个团队都用情在共同相处中彼此汲取信心和勇气；我们每一天都用力留下了艰苦的烙印和奋斗的足迹。两个月来，我们取得了疫情防控的阶段成效和保产保供的初步成果，这是我们用心、用情、用力守护的结果，这个结果来自于我们每一位1/6000勇士坚持不懈的努力，来自于全体华虹员工云端携手并进，来自于所有合作伙伴团队同向发力！向你们致敬！

今天，我们自豪，华虹生产线一刻没停，持续运行为各行各业提供着"工业的粮食"，践行着我们对客户的承诺，保障国民经济的基础需求；今天，我们骄傲，最艰苦的环境下，我们不断创造新的营运纪录，树立起产线新的标杆。华虹两大平台1至4月份销售收入、MOVE数、出货量都保持着稳健增长的运行态势。

华虹人奉献出的"华虹520精神"一直在塑造华虹奇迹，无论是顺境，还是逆境；华虹人一起共克时艰，戒骄戒躁，勇于面对赋予华虹精神的时代气息，我们一直在努力！今年520，我们在一起！

从数千人逆行的那个夜晚开始，我们经历了3个忘了节日的节日，经历了8个没有周末的周末，经历了54个不分昼夜的昼夜；更早的"最小化营运团队"模式，从3月16日开始已经入驻工厂。我们披星戴月驻守工厂的生活，已经不经意间成了6000勇士彻彻底底的5+2+0！成为6000勇士践行"华虹520精神"最生动的写照！他们中有党政工团班子，有各工厂管理层，有各部门负责人，有服务华虹20年的荣誉员工，其中最大的一个主力群体，叫做"华虹芯青年"。全员占比约70%的35周岁以下青年员工，在参加闭环运行的队伍中占比高达80%！你们是抗疫保产主力军，是氛围营造突击队，是信心传播压舱石，是华虹未来接力棒！因为你们，用热情陪伴，用青春守护，华虹的今天才显得如此灿烂！"时代各有不同，青春一脉相承！"愿你们青春无悔，了无遗憾！

尤为令人感动的是，两大平台共有52对夫妻档，同时加入了驻守队伍，闭环运行之后他们中绝大部分见面机会为0，今天我们请来了其中一部分代表，祝福你们在这样特殊时期，在这个特殊日子相见！愿你们彼此珍惜，永远520，永远在一起！

我们看到了奋战在各厂区的消杀专班、检测志愿者服务队、送餐服务队、联合厂区点位防疫保障队、厂区安全巡逻队；我们看到了奋斗在各时段的生活物资保障队、防疫物资保障组、生产物资保供团，我们启动了"24小时供应链保卫战"，任命了"大华虹一体化"机制下的保供团"团长"，既有上海厂区物资保障队，又有无锡运输保障协力组，筑就起疫情防控和物资保障的坚强屏障。我们还看到一夜之间党政工团筑成坚如磐石的港湾，部门长担当了"父母"的角色，厂长自觉成为了家长，他们不辞辛劳，共同编织出守护员工安全、安好、安定的温度环境和温情围网。

华虹人即使在闭环运行艰苦环境下，也不满足于眼前的苟且，不忘诗和远方。在充分做好疫情防控措施基础上，举办了惊艳的阳台音乐节、温馨的员工集体生日会、露台电影吧、以弱化"对抗"为保护的篮球赛和足球赛、纪念五四青年节座谈会等活动，吉他弹唱《成都》展现了浪漫，云合唱《等待明天》唱出了芯声，韭菜盒子成为网红，康桥之花绽放心头，Tony老师不用团购，可口可乐实现自由，小龙虾美味排队守候。

驻守团队的华虹人以身为"1/6000"而感到骄傲、感到自豪，"1/6000"成为驻守员工的一个庄重而特定的标签；定向专属的"我们在一起"纪念徽章成为驻守员工的荣誉；背面印着"我们在一起，心连芯"的定制T恤成为一道亮丽的风景线。这些标签印证了华虹人的知难而进，伴随着华虹人的奋发图强，在华虹未来发展征程中将留下难以磨灭的浓重一笔。

坚持"不停产、不断供"！因为我们有信念的力量。信念的力量源于精神的力量，"知难而进、奋发图强"，我们以坚持驻守完美诠释了"华虹520精神"，以大团结之力汇聚必胜的勇气与坚定的信念。正是华虹人时刻以奋进者、开拓者、奉献者的姿态，绘就了"华虹520精神"底色，传承了华虹历久以来的扎实本色，彰显了华虹业绩的卓越成色，值此特殊时期，亦是华虹人前赴后继、一往无前地拼命奔跑，将热血融入使命，将守护进行到底，如同深夜里的星光，是指引，更是希望！我们一起创造了华虹今天的精彩，也必将迎来明天非凡的成就！

2020年的《520，让我们再次相约》文中提出："把平凡的事情做出不平凡，把简单的事情做成不简单"。疫情以来驻厂坚守的这段日子，华虹人已经用抗疫保产的生动实践给出了答案。两个月来我们用每一个人的平凡做出了大华虹的不平凡，用每一个人的简单做成了大华虹的不简单！

这是一个非常特殊的520周年纪念日活动，5年来坚守的岁月，我们始终铭记，始终初心不忘，我们在一起，精神必将永驻！2个月驻守的日夜，我们依然坚强，依然无怨无悔，我们在一起，胜利必将属于我们！0距离相守的经历，我们将永远珍惜，永远热泪盈眶，我们在一起，一心向未来！

华虹人以坚韧的意志和无私的精神，在疫情中谱写出一支支悠扬的乐曲和一个个感人至深的故事，都在董事长的情真意切的讲话里获得了崇高的褒扬；那些美妙而精彩的文字里，则又透着他为华虹、为华虹人而骄傲与荣耀，以及那份真诚的感恩之心。

所有的华虹人在那一刻，都看到了他们董事长在讲话时的眼里始终闪动着的晶晶发亮的泪光——

谢谢你们！你们辛苦了！520，我们在一起，心连芯，守护华虹的今天，为了华虹的明天！

"我们听过张董事长的许多讲话，但那一天他的讲话，真的让我们每一个华虹人热泪盈眶，而他自己也是十分动了感情。这都是因为'520精神'，和疫情中华虹人所真真切切地表现出的'520精神'感动了董事长，感动了我们大家！"采访中，我听过无数人这样说。

那天张素心的讲话，宛若一片云霞，又宛若一股热浪，有一位在华虹工作的台湾技术人员通过微信向张素心发了这样一段话：

说实话，几年前没有认识您和接触华虹的时候，我曾经对大陆的集成电路制造的先进制程非常悲观。但是从去年接触华虹和认识您后，我对中国共产党领导的这个行业又充满了信心！在中国能把这件事干好的，最后还是要靠中国共产党培养和领导的干部。他们有情怀，有责任，有担当！还懂专业，会管理，这些方面海外过来或回来的人和你们比，就相形见绌了！

一位原来并不相信中国共产党的中国台湾人，在"520精神"的感召下，来到华虹工作，与华虹人一起并肩战斗在大疫情的风口浪尖之后所吐露的这般心声，难道不是对华虹和"华虹520精神"最好的诠释吗？

我第一天到华虹采访，当时有些纳闷：华虹这么重要和核心的芯片厂，怎么会有台湾人？

张素心笑对我的问题，回答说：世界上任何大型芯片制造企业其实都是很透明的，尤其是人才方面，可以说基本上是全开放的，也就是说，他一旦要走，到其他厂去，是很难阻止的。

那华虹是如何留住骨干人才的呢？我问。

当然我有我们的办法，包括用人制度和待遇，但更多的还是企业精神、企业文化对人才的吸引力。"520精神"就是其他企业所没有的独特的企业文化和企业氛围，它对人才的挽留也起着非常重要的作用。

真的吗？对此我当时心存怀疑，后来在接触台湾等非大陆员工时，才证实了张素心的话。

"是的。他们不仅认同，而且积极融入'520精神'中去……"张素心骄傲地告诉我。

也许正是为了证实这一点，我的第一个采访对象竟然是台胞陈明志先生。

在大陆的企业里，竟然领导用它来倡导全厂员工凝聚力量的一种方法和形式，而且现在越搞越好，成为了人人都争相成为发扬'520精神'的先进标兵。现在连我这样的人，也都跟着大家一起深深地被融入到'520精神'中去……"

一面旗帜，一种精神，能感召所有的人，这就是它的魅力。

现在，在华虹，像陈明志这样的台湾同胞，就有不少，他们中不仅有像陈明志这样的技术高管，还有执掌一条大型生产线的厂长林俊毅。

比起陈明志，台胞林俊毅在华虹的资历就更深了，已经超过了20年。"上海现在是我的第二故乡，我的两个女儿都是在上海长大的，现在在上大学。2000年，那时我结婚8个月就带着太太一起来到上海了，一晃20年，可以说见证了华虹的发展，同时我也跟着华虹发展与成长……"

林俊毅现在是华虹三厂厂长。一个台湾同胞能在大陆国有大企业任厂长，仅凭这些足可以看出华虹集团在对待人才方面的开放与包容。"我来后，从来就没有遇到过因为自己是台湾人而有什么问题，而且当年跟我一起来大陆的，有一百多人，有人一干就是很多年。所以在去年纪念'520精神'五年的活动上，表彰了一批在华虹20年的老员工和'520精神'先进工作者时，我是被表彰的其中之一。这样的荣誉面前，我自己觉得没有什么不自在，我跟其他华虹人一样，我就是堂堂正正、明明白白的华虹人呀！"

林俊毅也是一个标准的台湾男人，平时说话做事，讲究仪态。而说到他也被表彰为"520精神"的先进工作者，竟开怀大笑起来。

那是一份真诚而自豪的幸福之笑。

末后，林俊毅指指胸前佩戴的那枚红光闪闪的徽章，骄傲道：

"520——我们在一起！"

"520，我们在一起！"

"520，我们在一起，心连芯！！！"

在华虹，这句话，已不再是行动口号，也不再是一场特殊战斗中的行动指令，它是所有华虹人内心光照于世的奋发图强、追求卓越、为国争光的爱国情、爱党情……并且深深地根植于华虹企业文化和灵魂，成为华虹人高扬的精神旗帜！

也许是华虹人在疫情中的表现太感动人、他们的事迹因此也传扬到了行内行外，甚至连北京都知道了……

首任董事长、第九届全国政协副主席胡启立难抑内心的激动，他给张素心写了一封亲笔信这样说：

> 得悉华虹员工已经坚守岗位，坚持生产长达两个多月了。我内心感到非常震撼！这种在极端困难的情况下为了祖国需要，为了保证工业的粮食，咬紧牙关奉献一切的精神，将在祖国半导体发展的历史上永垂不朽！听到你们在艰苦的环境下，举办"华虹520精神"五周年庆活动，凝聚力量，鼓舞士气，我向华虹全体员工和他们的家属致以崇高的敬意！他们的奉献精神将铭刻在祖国母亲的历史上永放光芒！

正如胡启立所言，华虹人在疫情期间所表现出的"520精神"不仅成为中国半导体发展历史上的一座丰碑，也将在共和国建设史上闪耀光芒。现在的华虹人以自己成为"1/6000"为荣，那些在疫情中坚守了75天岗位的员工胸前都有一枚"我们在一起"的徽章。用华虹集团司标、彩虹、"我们在一起"、象征希望的橄榄叶等元素设计的徽章上，下方刻有"1/6000"（人数）和 2022.3.28 5：00（时间）的两行数字，它寓意华虹 6000 人在大疫之中，手牵手并肩在闭环中 75 天艰苦战斗的一段光荣史诗。

"这徽章与党徽一样，挂在胸前，就是一份光荣和激励，让我时刻牢记自己是华虹人，应该怎么干！"采访那天，我随意叫住一位胸前佩戴着党徽和"我们在一起"徽章的年轻工程师，听他这样十分自豪地这样讲。

"我能拥有这样一枚徽章吗？"华虹人在疫情中的事迹给了我太多的感动，所以那天我也忍不住向他们要了一枚"我们在一起"的徽章。

我觉得，我和祖国人民与华虹人也将永远在一起！

第十五章
国之大者

有位哲人这样说：巨人总是在历史的非常时期诞生。人类进入经济与科技时代后，许多经济巨人和科技巨人的诞生也遵循着这一逻辑。

刚刚过去的中国的2022年和世界的2022年里，有太多值得人们记忆的事情。中国的2022年，有激动人心的中国共产党二十大召开，中华民族从此吹响了全面建设社会主义现代化国家、向第二个百年奋斗目标进军的伟大号角。而在这一年的中国，同样还经历了疫情的大考——这一大考对置身上海的华虹来说，异常意外、异常艰难，然而华虹人偏偏在这一时期创造了少有的同行中最好的业绩。用董事长张素心的话说：这一年华虹人坚持锚定主责主业强化发展，积极推进产能展开与深耕，持续提升特色工艺平台技术水平，加速创新链、产业链、供应链的进一步深度融合。

企业讲求经济效益，作为国家大型芯片制造代工企业，尤为需要讲求经济效益，而华虹在几度饱经疫情摧朽性的考验之后，依然保持创历史最好效益、国内全行业中成绩最好的半导体企业地位，全集团主业收入首次突破40亿美元，这一业绩来之太不易呵！

令人更敬佩的，在上海大疫情最困难时间里，华虹逆境而行，六千余人高扬着"520精神"，以超凡的毅力和意志，创造了令人"震撼"的壮丽史诗！作为中国改革开放的重要见证人、"909工程"的重要领导者的胡启立，之所以用了"震撼"二字，是实在因为华虹人不畏困难而展现的伟大奉献精神令他老人家百般感叹与感动了！我想当你了解了华虹人是如何走过上海大疫情的过程之后，谁都会有这份感叹与感动的。

需要在此补充一段内容：那就是在2022年底至2023年1月的那一个多月里，因为国家防疫政策的调整和开放，原本是在全程严控的闭环式环境中坚持开足马力生产的华虹一万多名员工，突然之间又以半数以上的"阳"者出现——而且是暴风骤雨式的、前赴后继似的"被阳"……但生产线仍需要坚持、集团需要正常的运营、各平台的业绩不能往下掉落，面对如此颠覆性的"新疫情"现象，华虹员工及时调整战术、合理分配兵力，依然确保了生产线、产业链安然无恙地正常运营，再创可歌可泣诗篇，为极不平凡的2022年实现了完美收官！

这又是一个奇迹，尽管时间很短，却同样是地动山摇式的震荡！疾风知劲草，华虹和华虹人再一次证明了他们是一支特别能战斗的英勇团队，也再一次证明了"520精神"的伟大所在。

战争年代，我们知道有"钢铁战士"，有"上甘岭"战役，有"尖刀连"……他们后来都成为中国共产党史册和人民军队史册上的光辉名字与称号，以及中国共产党的精神谱系。那么在和平时期，大庆、铁人、"南京路上好八连"等等，他们是共和国史册和人民军史上的光辉名字与称号；华虹在新时代谱写的奋斗史诗与"520精神"，显然又是中国共产党和中华人民共和国在新时代史册上的光辉名字与精神体现。

2022年，对世界而言也是极不平凡的一年。俄乌战争爆发，战争结局至今仍不明朗，但对整个世界的和平与未来的格局已产生不可估量的影响。以美国为代表的西方世界将崛起的中国视为"威胁"，并不断在台海区域制造麻烦，凡此种种，其目的都是为了削弱与阻止中国快速发展、和平统一的步伐。

在芯片制造领域，美国对华的技术制裁和产业封锁可以用"白热化"来形容，正如《南华早报》所说的，由美国联合"盟国"对中国所采取的"围剿"式的"芯片战争"，日趋激烈。有政治观察家和国际著名经济学家这样认为："芯片战争"从长远意义和对全球化经济而言，它的涉及面和影响面，远远大于俄乌战争。事实也是如此。当疫情袭击全球之后，各国经济尤其是发达国家的经济状态出现了快速衰退，全球人民的生活水平和安全系数迅速下降，本来作为对全球经济增长贡献率最大的中国，作为低价和丰富的日用生活物资的主要生产国和输出国，给全世界的人民带来巨大的福利。然而以美国为首的西方国家对此却采取了与世界贸易组织背道而驰的做法，除了以往对中国高科技尤其芯片产业的种种限制之外，2022年10月开始，美国政府再次宣布一系列旨在针对中国的半导体领域的出口管控升级措施。如英国《金融时报》所言，此举"震撼了全球半导体供应链，可能破坏全球最大科技集团数十年来在中国的投资"。

2022年12月12日，在距极不平常的这一年年终不到20天的时间，中国向世界贸易组织（WTO）提出了对美国对华芯片等出口管制措施的起诉。商务部负责人对此这样解释："美方近年来不断泛化国家安全概念，滥用出口管制措施，阻碍芯片等产品的正常国际贸易，威胁全球产业链供应链稳定，破坏国际经贸秩序，违反国际经贸规则，违背基本经济规律，损害全球和平发展利益，是典型的贸易保护主义做法。中方在世贸组织提起诉讼，是通过法律手段解决中方关注，是捍卫自身合法权益的必要方式。"

国际上普遍认为，这是中方对美国在近一个时期以来不断罗织对华"芯片围墙"网络，已经同日本与荷兰等主要芯片技术设备国达成共同对付中国的态势而采取的对应措施。然而正如美国多家媒体报道的那样，由于美国阻挠WTO上诉机构新法官任命，WTO的争端解决机制已经陷入瘫痪状态，这意味着一些争端永远无法解决，预计中国的新起诉以及WTO有关美国钢铝关税的裁决对美国的实际政策行为影响不大。"即使中国胜诉，WTO也没有能力迫使美国扭转其行为。"

结果是显而易见的，但中国必须这样做，因为这代表着世界上的一种正义之声。正义或许暂时不能战胜邪恶，但正义一定会让邪恶早晚付出代价。

当世界进入高科技主宰整个世界发展命脉时，它也在深刻地被政治化了。"芯片战争"就是美国霸权和强权科技政治化的典型表现。

这样的结果所产生的影响便是东西方的更加对立，世界也因此不会安宁。

其实稍稍细心一点的人会发现：2022年12月11日至12日两天，美国派了一个高级代表团到中国，在北京附近的河北廊坊举行了一次重要的会议。美方派出的代表是美国国务院亚太事务助理国务卿康达和白宫国家安全委员会中国事务高级主任罗森伯格。中方是外交部副部长谢锋。显然这是一次比较重大而严肃的交锋。后来发布的新闻中显示，与芯片为主的高科技是交锋中的一个主题。一般情况下，当美国出现问题时，他们就会主动来找中国"谈"。但双方显然没有取得预想好的结果，因此 12 日会谈刚刚结束，同一日，中国政府就宣布向 WTO 起诉美国政府贸易保护主义。

也就在中国起诉美国、美国再度加大制裁中国企业的同时，又有新闻传出中国将进一步给予芯片制造业大力支持。显然，如此一来一回，针锋相对，虽然看起来是"新闻稿"上的事，但实际上是一次并不亚于俄乌战争的世界级贸易战役，因为这是两个大国之间的一场闻不到硝烟却已经让人明显感受到了四处星火的摩擦战局。

一个国家制裁另一个国家的企业；一个国家无奈地向世界贸易组织提出起诉，同时用反制的手段支持自己的被制裁的国家团队进行产业反击。在这之前，美国政府总在喋喋不休地横蛮指责中国政府"补贴"给企业，违背 WTO 的规则，那么现在中国政府明确告诉你：你用制裁手段压制中国企业发展，那么我就用国家支持的力量来扶持好我们自己的企业，尤其是芯片产业，你美国不也一直是这样扶持硅谷的吗？我们后来居上者为什么不可以呢？

是的，历史的经验告诉我们：既然霸权主义者已经拿起了灭杀我方的武器，那么我们就别无选择，只有用同样的或者更先进的武器武装自己，这是唯一的出路。

30 年前，中国领导人发出就是"砸锅卖铁"也要发展芯片的呐喊，迅速推动了"华虹"的崛起，并在之后的近三十年中，掀起了中国半导体产业追赶国际潮流的"芯片风暴"，曾几何时，万千亿巨额资金奔涌而去，大有"全民弄芯片"之势。尽管这一过程是大浪淘沙，浪费也极其严重，但毕竟中国的芯片产业从无到有、从弱到强，再到辉煌的阶段，芯片量产和芯片进出口总量超过全球所有国家，更主要的是造就了一大批包括像海思、清华紫光、豪威科技、中兴微电子、中芯国际、纳思达等著名企业。然而，所有的这些名声显赫的微电子企业，都没有比华虹具有更纯的"国家血脉"——资金的、品质的和责任与命运的"国家色彩"。

华虹人当之无愧。

华虹诞生在中国共产党用热血铸造的伟大城市——上海，成长于波澜壮阔、激情燃烧的浦东开发开放伟大时代，奋斗于东西方力量百年之大变局的历史大躁动时刻。它所要承受的和担当的，是其他企业无法想象的艰难和责任。华虹的每一个"动作"，甚至每一员工的正常工作与生活，也有可能成为对方"鸡蛋里挑骨头"的理由。

不用回避，敌对势力对华虹更是"另眼看待"、虎视眈眈，一直在"鸡蛋里找骨头"。实际上，在国际半导体领域，也无多少秘密可言，越中端和低端的企业与厂家，越像一个"透明体"。正向超大型和更高端方向迈进的华虹，毫无疑问是西方世界更为关注的"中国企业"。也正是这一点，华虹人更清楚和明白自己肩上所承担的"国之大者"的责任与使命。

作为全球第六位芯片代工企业，华虹在国内市场的份额占有率也是位居第二的"国器"（仅次于中芯国际）。而作为国有控股企业，华虹走的发展道路完全是按照中国社会发展的需要所制定的，即专注于研发及制造专业应用（尤其是嵌入式非易失性存储及功率器件）的8英寸、12英寸的芯片制造。全集团的产能也超过了每月50万片（折算8英寸）的水平。值得一提的是，作为上市公司之一的"华虹半导体"最近又将扩张40多亿美元的新投资，将全力以赴地展开新一轮的实力扩张和产能扩大的新战略部署。如此大手笔，既体现了前六七年所采取的"大华虹"战略的目标获得了全面实现，也表明了国家的芯片产业市场也在日趋增量，并不断向着自主产业方向大踏步前进。

"敌军围困万千重，我自岿然不动！"华虹定当在这一历史进程中显现自己的威风。

是的，华虹人比谁都清楚这一点。华虹人更懂得审时度势。

"……当今，世界之变、时代之变、历史之变正以前所未有的方式展开，人类社会面临前所未有的挑战。'两个确立'是历史和人民的选择。我们必须进一步深刻领悟'两个确立'的决定性意义，更加坚觉地做到"两个维护"，维护习近平总书记党中央的核心、全党的核心地位，维护以习近平同志为核心的党中央权威和集中统一领导，全面贯彻习近平新时代中国特色社会主义思想，坚定不移在思想上政治上行动上同以习近平同志为核心的党中央保持高度一致。坚定信心、守正创新，奋力谱写出全面建设社会主义现代化国家的新篇章。"在学习贯彻党的"二十大"精神的动员会议上，张素心告诫全集团党员与干部，"我们所处的集成电路行业是一场没有终点的马拉松比赛，是中国经济实现高质量发展，以中国式现代化全面推进中华民族伟大复兴绕不过去的坎。这需要我们从更高的站位，更系统、全面的角度去看待和理解我们所投身的事业。"

在 2023 年开年之际，张素心对他的员工们这样深情而豪迈地说：

> 大舸中流下，青山两岸移。站在新的历史起点上，华虹集团肩负"建好'909工程'，推动信息产业发展"使命，聚焦"开放、创新、合作，为全球客户实现芯梦想"的企业愿景，秉承"知难而进、奋发图强"的企业精神，发扬"家国情怀、一诺千金、敬业奉献、使命必达"的"华虹520精神"。广大党员、干部、群众团结一心、奋勇争先，敢于斗争、善于斗争，必将续写华虹新的时代荣光。

2023年春天的日子，华虹董事长张素心满面春风、昂首挺胸地从天安门广场，走向人民大会堂，参加即将召开的第十四届全国人民代表大会。作为全国人大代表，他将履行自己的神圣职责，在国家大政方略的制定时举起庄严的手。而作为"国之大者"华虹的掌门人，他的心中则一直涌动着三句话：不负众望，不辱使命，不忘初心……

是呵，国之大者，责任与使命，怎可有丝毫偏失！

华虹作为中国半导体产业的龙头，腾飞的气象已经呈现，明天的华虹，展现在世人面前的是一片更加绚丽的虹霞！

第一稿：2023年1月21日

（大年除夕之日）

改毕于2023年4月8日

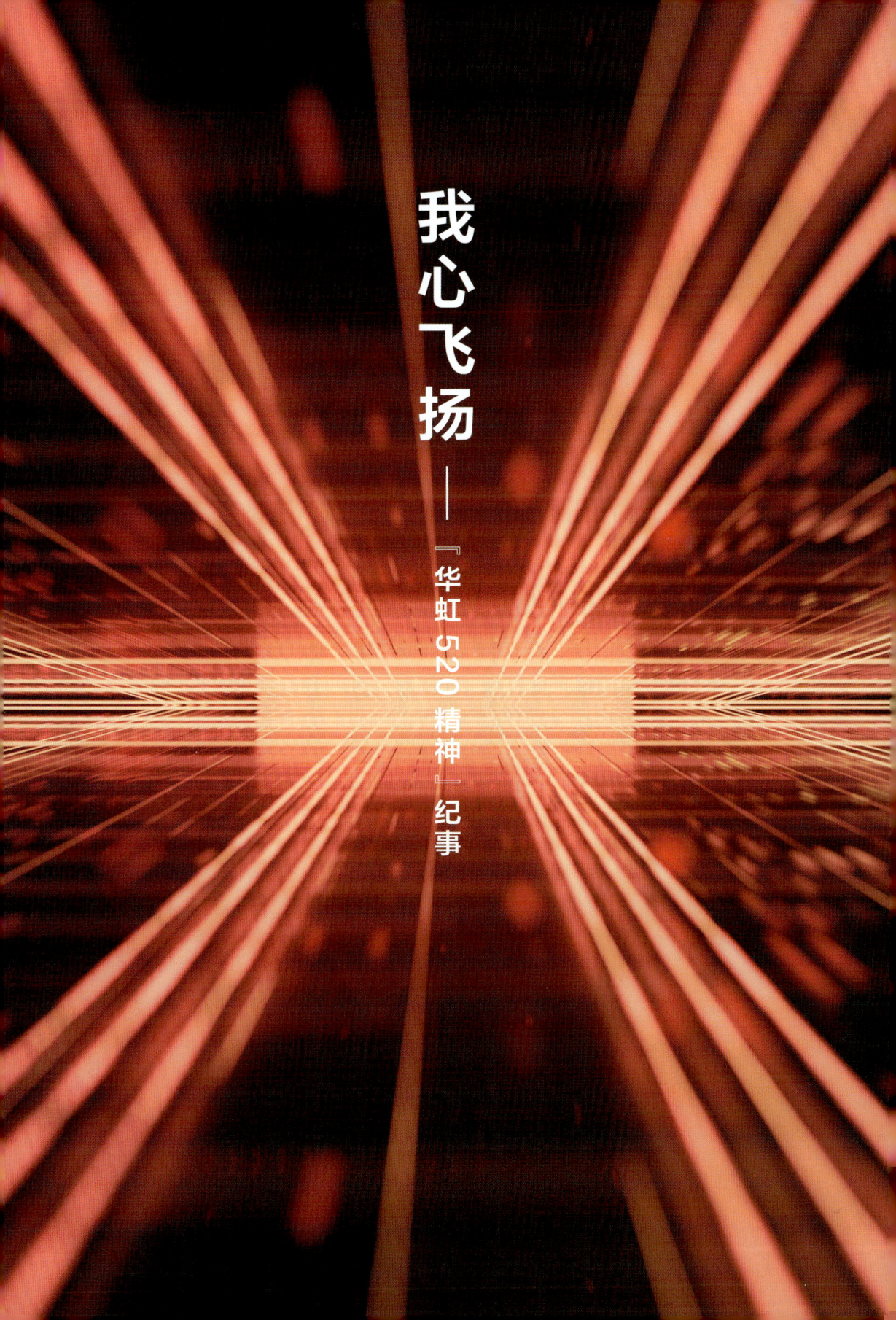

我心飞扬
——「华虹520精神」纪事

4 月 16 日

华虹六厂，出席《我们在一起》阳台音乐节

4 月 16 日

阳台音乐节

1999 年 2 月 23 日

"909 工程"主体、华虹 NEC 芯片生产线（现华虹一厂）投片仪式

2017 年 5 月 20 日

在华虹六厂工地第一榀钢屋架下，25 人基建团队第一次打出"520，我和工地有个约会"

2018 年 5 月 20 日

华虹六厂主厂房基本完工，洁净室 READY，基建团队以同样的标语和风格，在同样的位置和角度，再次打出"520 我和工地有个约会"的标语留影纪念，此时基建团队已经达到 100 多人的规模。受天气影响，次日当年中国大陆集成电路生产线最先进的浸没式光刻机搬入，比工程预定目标提前约两个月

2018年10月18日

2018年10月18日

华力二期（现华虹六厂）12英寸先进生产线建成投片大会

2019 年 9 月 17 日

华虹无锡集成电路研发和制造基地（一期）12 英寸生产线建成投片大会

2021 年 5 月 15 日

最早喊出"520，我和工地有个约会"的 25 人项目团队，五年后的今天已在三地工作，他们作为华虹六厂、华虹七厂等重要项目的基建团队，在七厂再度相遇、一起还原最初 520 场景照片，是留念，是传承，更是约定

2021 年 5 月 15 日

"追梦新时代 启航芯征程" "华虹 520 精神"诞生 4 周年庆祝活动

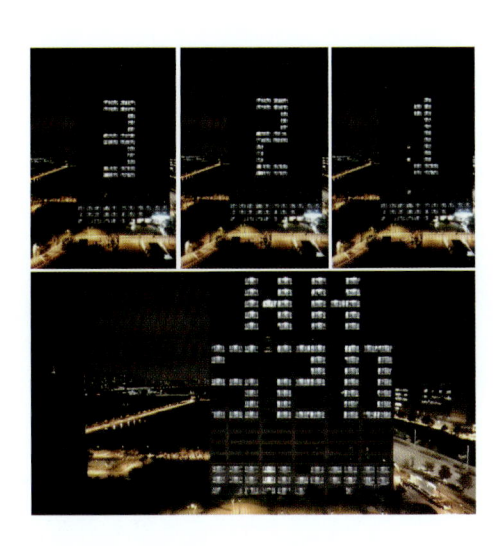

2022 年 4 月 16 日

华虹六厂举办阳台音乐节

2022 年 5 月 20 日

"520 我们在一起"——"华虹 520 精神"五周年纪念活动

2022 年 5 月 20 日

华虹 6000 勇士中 5 月 20 日生日的职工共同在华虹六厂过集体生日

2022年5月20日

华虹6000勇士在"华虹520精神"诞生地再次拍摄纪念照片

封控期间共度端午节,张素心董事长领航击鼓、两大制造平台党政工团共划一艘龙舟

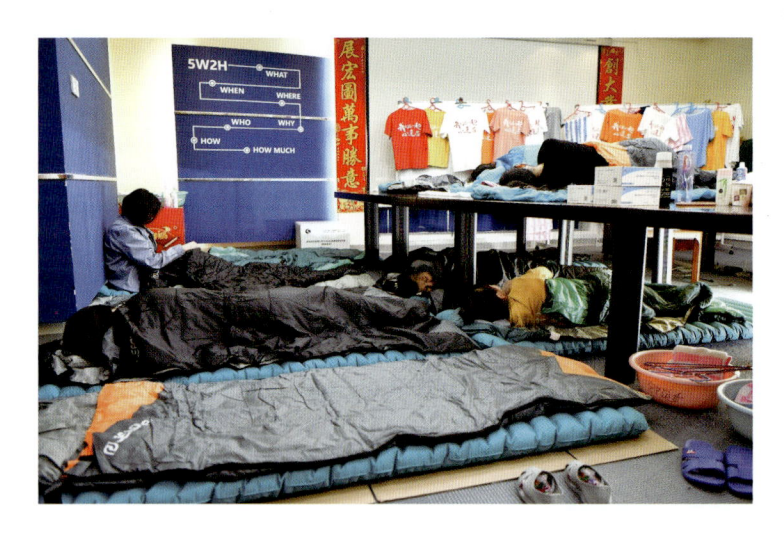

抗疫保产期间员工驻守工厂

4月7日

张素心董事长来到华虹一厂,看望慰问张江和金桥厂区驻守员工,现场了解抗疫保产工作情况和驻守员工生活工作困难

上海华虹NEC电子有限公司一厂（现华虹一厂）鸟瞰，上世纪90年代拍摄

图书在版编目（CIP）数据

我心飞扬："华虹520精神"纪事 / 何建明著. --上海：上海文艺出版社, 2023
（2023.6重印）
ISBN 978-7-5321-8742-3
Ⅰ.①我… Ⅱ.①何… Ⅲ.①纪实文学－中国－当代 Ⅳ.①I25
中国版本图书馆CIP数据核字(2023)第086488号

发 行 人：毕　胜
责任编辑：江　晔
装帧设计：付诗意

书　　名：	我心飞扬："华虹520精神"纪事
作　　者：	何建明
出　　版：	上海世纪出版集团　　上海文艺出版社
地　　址：	上海市闵行区号景路159弄A座2楼　201101
发　　行：	上海文艺出版社发行中心
	上海市闵行区号景路159弄A座2楼206室　201101 www.ewen.co
印　　刷：	上海中华印刷有限公司
开　　本：	720×1000　1/16
印　　张：	23.25
插　　页：	12
字　　数：	282,000
印　　次：	2023年6月第1版　2023年6月第2次印刷
I S B N：	978-7-5321-8742-3/I.6889
定　　价：	88.00元

告 读 者：如发现本书有质量问题请与印刷厂质量科联系　T:021-69213456